U0925649

魅丽文化
天下同萌

布衣祺 著

江苏凤凰文艺出版社
JIANGSU PHOENIX LITERATURE AND ART PUBLISHING, LTD

图书在版编目（CIP）数据

王爷年少 / 布衣祺著. -- 南京 : 江苏凤凰文艺出版社, 2018.9
ISBN 978-7-5594-2735-9

Ⅰ. ①王… Ⅱ. ①布… Ⅲ. ①长篇小说－中国－当代
Ⅳ. ① I247.5

中国版本图书馆 CIP 数据核字（2018）第 186288 号

书名	王爷年少
作者	布衣祺
出版统筹	汪修荣　邹立勋
选题策划	天下同萌工作室
责任编辑	胡小河　姚　丽
文字编辑	孙宇航　杨笑薇
设计总监	周　辉
封面设计	刘芳英
责任监制	刘　巍　江伟明
出版发行	江苏凤凰文艺出版社
出版社地址	南京市中央路 165 号，邮编：210009
出版社网址	http://www.jswenyi.com
印刷	湖南关山美印有限公司
开本	880 × 1230 毫米　1/32
字数	263 千字
印张	10
版次	2018 年 9 月第 1 版，2018 年 9 月第 1 次印刷
标准书号	ISBN 978-7-5594-2735-9
定价	34.80 元

目录

目录

第一章 飞雪乍遇

大雪纷纷扬扬，天苍地茫，一辆正快速行驶的马车“吱”一声骤然停下。

前面的李管事跳下马，哈着手，在车窗旁躬身道：“王爷，路中间有一个好像冻死了的人，待小的挪开了再走。”

车里的人“嗯”了一声。李管事忙朝去清路的护卫们挥挥手，示意他们动作快点。

清路的一护卫却叫道：“王爷，没冻死，还有口气呢！”

齐恒“咣”一声将车窗打开，喝骂道：“你啰唆什么，扔一边去！”

王爷这是还发自己婚事的邪火呢？护卫们一时骇住，天地一片死寂。骂完人，齐恒的右眼皮突然很强烈地跳了跳。

被喝骂的护卫们已经弯腰把雪里的人往路边拖，齐恒知道自己错发了脾气，但一时下不来台，他伸手按了按眉心，忍不住往地上的人身上瞟了一眼。

洁白的积雪间，一抹极耀目鲜艳的大红色。他的心突然动了一下，穿得起这种料子的人，非富即贵吧。

“等下，”齐恒开口道，“给她灌碗热汤，看还能不能救活。”

不想到了黄昏他们住进驿馆的时候，人还没转醒。齐恒有些不耐烦，他瞟了那人一眼，却见是个女孩子，长发如墨，映得一张小脸如纸苍白。

也不知为什么，齐恒留了心。女子看上去还很年轻，虽闭着眼，但五官轮廓倒也算得上精致。

齐恒脑中突然灵光一闪，若他把这么个女子带回京，假装宠爱，会不会气死那个谢家的？

这样想着，他伸手托住那女孩儿的下巴细细地端详，眉宇，唇鼻，两排小刷子般微微上翘的眼睫毛，齐恒看着看着不由得嘴角一牵，微微笑了。

“去找个大夫来看看。”他扭头吩咐道。

大夫来了，细细地看了脉，沉吟良久对齐恒道：“这位姑娘貌似受过内伤，耗损了极大的体力，身体无以为继，才这般虚弱昏睡。老夫开个方子，待姑娘醒了，吃上几服药调理，仔细着千万不能再受寒，也就没大碍了。”

齐恒琢磨着他的措辞，浓眉一拧：“你是说，她睡是因为累了？”

老大夫突然出了一身冷汗，面前的这位爷英气逼人，可朱门富贵家，肮脏龌龊事，前院后宅，种种手段处处关联，他不晓得昏睡的那位姑娘与这位爷的关系，有些话便不能讲。

齐恒看出他的恐惧犹疑：“怎么了，老先生还有什么话不能说的？”

那老大夫听了此话，冷汗更流得快。

齐恒拧眉，不怒自威。

那老大夫忙躬身，战战兢兢道：“爷请恕罪。以老夫看，这位夫人目前昏睡并无大碍，但是被人害了，灌了虎狼之药，剂量之大，着实骇人，以后怕是难有子嗣。”

齐恒凌厉的目光扫了床上少女一眼，她难道是嫁过人的？

那老大夫得了丰厚的诊金，在小厮永哥儿的示意下唯唯诺诺地退了出去。

待永哥儿返回了房，齐恒道：“下午你给她灌热汤时，有什么反应没有？”

永哥儿道：“只哼了一声，睁了下眼又闭上了。”

齐恒扫了永哥儿一眼，拂袖回了自己的房。读书到深夜，永哥儿捧了夜宵来，齐恒无甚胃口，吃了几口便推开了。他望了眼外面纷纷扬扬越下越大的雪，突然想起那个女人来，来路不明不说，她恐怕是个不守规矩的，否则因何年纪轻轻被灌了那种药，还被赶出家门？

他再不济，也不能收用这样的女人吧？

齐恒问永哥儿道：“她醒了没？”

永哥儿一愣神，半晌才反应过来自家主子是在问谁，忙着答道：“还没呢，刚才还听说，她睡得沉，打雷都惊不醒。”

齐恒唇边浮上一抹冷笑：“你去井里打桶水来，冻在外面。”

永哥儿不解其故，只遵命照做了。过了两盏茶工夫，齐恒道：“看看外面的水结冰碴儿了没？”

永哥儿回禀：“结了一层薄冰。”

齐恒道：“拿着这桶水，把她给我泼醒，然后带来见我。”

永哥儿噤若寒蝉，内心忐忑，心想这主子刚刚还好好的，怎么一转眼就变了脸。

陆雪弃第一次见齐恒时，她被淋得宛若落汤鸡，冻得瑟瑟发抖。

齐恒正抿着热茶，拨着火，他轻轻地瞟了一眼她衣下滴落在地上的水渍，语气淡淡的：“舍得醒了？”

陆雪弃只看了他一眼，没说话。她虽强自隐忍，可身上的湿冷被屋里的热气一熏，也战栗得不能自持。

齐恒拧起了眉。也不知道是她刚从酷寒中来，还是齐恒自己的错觉，他只觉得这个单薄狼狈的女孩子对他有种隐忍的桀骜与疏离。

这女人不说话，不谢恩，他是她的救命恩人啊，这个态度算是什么？

定是谁家不知天高地厚的侍妾，怪不得被灌了那种药，当真不懂规矩。齐恒走过去，嫌恶地避开水渍，用一根手指头托起她的脸。

她的脸苍白发青，与他对视的眼眸如同寒冬腊月漫天飞雪里的两眼冰泉，青黑而幽冷。

她很快垂下眼睑，但那轻轻的一眼，却让齐恒突然心动。

他觉得这女子美得令人心疼，如同刚刚被猎捕的一只白狐，伤口流着血，却目光清澈，高贵不驯。

齐恒遂问她："你叫什么名字，家住哪儿？"

发上的水顺着她的脸颊流下来，湿了齐恒的手指。齐恒松了手，用帕子擦了擦，见她不答话，遂转头望了过去。

"我没家。"

她的声音低哑，整个人低着头，古井无波。

齐恒遂笑："那总有个名字吧？"

她沉默半晌，开口道："我姓陆，陆雪弃。"

齐恒瞟了眼外面斜落进门的雪，道："姑娘像是临时起意，不过这名字倒也应景。"

陆雪弃没说话。

齐恒踱了几步，有些按捺不住了，这丫头被人救了，不知道谢恩求收留，就不怕这冰天雪地的，再被赶出去？

他忍不住道："我救了你，你怎么谢我？"

陆雪弃奇怪地看了他一眼。

一时间屋里极静，静得可以听到她衣襟往下缓慢滴水的声音。齐恒有点纳闷了，她不是应该跪下说听凭吩咐，为奴为婢粉身碎骨结草衔环难报救命之恩什么的吗？

难道不是吗？她看着我干什么？

却听陆雪弃道："我没有求您救我。"

齐恒几乎被气笑了，反问："所以你觉得被我救了，就不用报答了，是吧？"

陆雪弃默认。

齐恒咬着后槽牙道："那你便出去吧，我这儿容不下你。"

陆雪弃竟是在暗影里淡淡笑了，她说："那请您再把我送回我原来的地方吧。"

"哦？"齐恒觉得有意思了，"我若不呢？"

陆雪弃道："您将我救下，便开口索要回报，那您知道我想去什么地方，走哪个方向？"

齐恒见过无赖，但没见过这般耍无赖的，不由得道："那你要去哪儿？"

陆雪弃道："无可奉告。"

齐恒被噎得差点吐血，气得来回踱了几步，瞪着眼朝外面喊："来人！"

陆雪弃却凝眸看向他，一本正经地提醒道："公子，您别忘了，捡到我的时候我衣服是干的。"

齐恒突然顿住，然后咧嘴便笑了，敢情这丫头是生气自己用冰水泼醒她。

但是他极其敏锐地抓住了她的小辫子，不由得走近一把捏住了她的下颌："你刚说什么，嗯？我捡到你的时候？"

陆雪弃无可否认，垂眸不作声。齐恒突然用力地摆正她的脸，盯着她的眼睛道："我捡到的，便是我的，且不说没人讨，便是有人来讨，也要看我高不高兴还，是不是？"

陆雪弃不说话，齐恒一把卡住她的脖子，声音渐冷："半死不活被扔在这荒寒野外，被我救活，你怎敢和我讨价还价？"

陆雪弃闭上了眼，被他突然卡住脖子，她只觉得头脑一空，有些眩晕。

那一瞬间她复又想睡去，冰水寒冷的刺激在这暖屋里渐渐消退，她湿淋淋的身体颤抖着，人却似踩着棉花云般虚浮游晃。

可看在齐恒眼里就成了听天由命任人宰割。他心道，她不是被弃，便是私逃，得先留下自己的标记，免得回头再生纠纷麻烦。

这般想着，他从领口处一把撕开陆雪弃的衣服，露出她雪白的肩膀颈项。陆雪弃一个趔趄，被他搂在怀中，齐恒扯住她湿淋淋的头发，强制她仰起头。

随手将在炉火中烧得通红的火箸子拿出来，将火箸圆钝的头对准她的左肩印了上去！

灼烧皮肉的剧痛让陆雪弃瞬间醒过来，不等她叫喊出声，齐恒已将火箸子重新投入火中。他道："我喜欢将我的东西做个记号，免得再丢了。"说完，他松开了臂，陆雪弃只晃荡了一下便跌在地上，直接晕了过去。

齐恒看她跌倒在地，对外面的小厮道："拿笔来，拿朱砂。"

说着他看到一个出乎意料的东西，顿时觉得被什么烫了一下似的。那女人裸露的左臂上，竟赫然还点着守宫砂！

还是处子，却因什么被灌了虎狼之药，剂量之大不能生育？齐恒弯下身，于烛光中细细打量。

她肌肤雪白腻滑，完美无瑕，拿过她的手，水葱般娇软白嫩，柔若无骨，绝不是寻常人家保养得起的。

放下左手，拿右手，然后齐恒微微顿住，她右手指根处有薄薄的茧子，摸着那触觉，已经岁月久远了。

这种茧他很熟悉，她竟是练过刀剑？

那日她晕倒在周夏两国的边境，看她的身量模样，是周人，可大周的贵女纤柔温婉，绝不会用刀，而东夏的贵女虽舞刀弄枪，却生不出这般细腻的模样。

这时永哥儿拿了笔和朱砂来，小心翼翼地在旁候着，齐恒道："放这里吧。"

永哥儿放下东西，见没别的吩咐，忙躬身出去，关上门。

齐恒在朱砂中倒入点消炎止痛的药粉，调匀了，用笔蘸着，在刚刚烫出的伤口上耐心地描画。不多时，一朵盛开的红梅，栩栩如生地绽放在陆雪弃白雪般的肌肤上。

陆雪弃整整昏睡了三日三夜，如坠冰窖，高烧不退，这期间除了吃药，只被强灌过两次热米汤，齐恒倒像是没这回事一般，一句也未询问。

黄昏时候他们刚刚歇下，李管事来回禀，说陆雪弃醒了。

当时齐恒正在喝粥，眼皮也没抬，只说了一声“让她做下役”，就挥手让李管事下去。

李管事调教人的手段他素来是知道的，那女人不是有骨气吗？看过两日会不会哭着喊着跪在我面前求饶！

于是接下来的日子，齐恒常能有意无意地瞥见那个纤细疲惫的身影，穿着下役的衣服，不停地干粗活。

白天别人骑马坐车，唯有她深一脚浅一脚步行跟着走，遇到雪深的时候，她也要随护卫除雪，动作稍慢便遭责骂。

到驿馆住下，她便是所有下役的下役，夜深雪盛，天寒地冻，她一个人在井台边为大家洗衣服，然后众人都睡着歇息了，她方能暖暖手脚，将湿衣晾好，将半湿的衣服烤干。

那日齐恒故意夜间去赏雪，陆雪弃在井边洗衣，天上悬着弯月。

两人撞见，陆雪弃只停了一下手，然后低着头，继续若无其事地干活。齐恒站在一旁看着她，也没说话。

她脸旁的碎发冻成了冰柱，纤细而白的手指正浸在彻骨的冷水里。

齐恒的影子正好落在她木盆的衣裳上，她拿着棒槌，狠狠地捶，不知道砸的是衣服还是他的影子。

齐恒不由得笑了。

这女人还当真倔强，这么好的机会，今夜他这么好的性子来看她，她竟然还不服软求饶。

瞟了一眼她浸在冷水中的手，想起大夫的话，齐恒内心冷笑，都已经不能生了，再多受些凉有什么要紧！

齐恒回了屋，屋里的温暖让他陡然打了个冷战。永哥儿殷勤地捧来茶，齐恒不耐烦地一挥手，永哥儿躲闪不及，茶便洒了，染了他的衣。

永哥儿很惶恐，忙着来擦。齐恒不动声色地换了衣服，说道："把这衣服送到外面去让那女人洗，今晚务必烤干了，我明天要穿。"

夜深时齐恒回房就寝躺下，最初还能听到外面的捣衣声，然后声音渐稀渐模糊，然后万籁俱静。

突然"咣当"一声门被闯开，永哥儿惊魂地叫道："王爷，陆姑娘她……她杀了李管事！"

齐恒坐起，皱眉道："你说什么？"

现场一目了然。

李管事死不瞑目地倒在桌下，一条鞭子横斜在手边。桌角有血，该是被大力甩到桌角上，撞破后脑致死。

而陆雪弃面无表情地站在屋里，她的背上有鞭打的痕迹，她的脚底下是齐恒的那件衣服，上面有火烧的破洞。定然是她烤衣服的时候睡着了，李管事进门见她烧坏了衣服，怒不可遏鞭打她，发生了争执。

可李管事三十多岁，正当壮年，块头又大。火堆与桌子隔了丈余远，能把这么大块头的一个男人甩飞过去撞破后脑，那力道，着实骇人。

她手有薄茧，以为她不过练些花拳绣腿摸过刀剑，却不想她真的有不可小觑的功夫。

齐恒的目光微冷，对陆雪弃道："怎么？救了你养了你，如今有了力气，竟敢杀我的人了？"

陆雪弃一双寒潭般的眼睛望着他："他该死。"

齐恒不由得皱了皱眉。鲜少有人能在杀人后这么平静，一般这种情况，见了主子，不是该跪下说自己不是有意的，是自己失手。

杀人非小事，她竟不知错，还不惶恐！

齐恒道："该死？你偷懒贪睡，烧坏衣服，他就不该责罚你？"

陆雪弃迎着光，扬头淡淡笑了。她笑的时候，眼睛如弯弯的月牙，闪着柔和的光亮，只那一瞬间，整个人竟如同阳光万丈林下清风的夏天，明媚而清朗。

那是齐恒第一次见她笑，不由得呆住了。

陆雪弃道："王爷只想让我学乖，并不是让他来折磨虐待，我受不了了自然便杀了他，有什么不对？"

这一句便陡然惹了齐恒的怒气上来："在我身边纵性行凶，你知道什么下场！"

陆雪弃要死不死地扬眉反问："什么下场？"

齐恒冷声道："拉下去打二十板子！"

陆雪弃虽腰背挺拔，却有种难言的绝望和悲怆。看着她被拖走经过自己身边时骤然握紧的拳头，齐恒突然觉得心脏突突眉心直跳，下意识做了个停止的手势。

侍卫愣住。

齐恒觉得烦躁，但他相信自己的直觉。

常年战场厮杀，齐恒对危险有一种本能的感知。不知为什么，他直觉这个女人很危险。

于是齐恒道："拖下去让她在雪地里跪一夜。"

凌晨也不知何故，齐恒突然便醒来了，外间的小厮都在睡。

出了屋才知道不知何时下了雪，没有风，迎面是一种夜气特有的寒冷清芬，齐恒看向陆雪弃罚跪的地方，她成了个雪人。

他走到她身前，居高临下望着她。她闭着眼，眼睫毛也没眨一下。

他伸手探了探她的鼻息，呼吸还在。齐恒瞟了眼她头上衣上的积雪，负手问她："大雪里跪了一夜，可知错了？"

陆雪弃的眼睛张开一线，垂着眸子，轻声道："知错了。"

齐恒微微叹了口气，伸手掸落她头上的雪，轻抚她额间的发："这世上没女人敢像你这般强硬放肆。服个软求个饶，便免了诸般苦，你这是何苦？”

陆雪弃温顺地道：“我……知错了。”

齐恒近身捏住她的下巴，抬起她的脸，彼时飞雪漫天，他说道：“你记着，从此以后你的名字就叫雪奴，是我大周平原王齐恒的，雪奴儿。”

事态的逆转让永哥儿瞠目结舌。

陆姑娘竟能与王爷同车，说是服侍，可是端茶倒水送点心都是叫他，而且他每次去，那姑娘都是在角落里缩成一团睡觉。

晚上还是他捧茶研墨侍候读书递送夜宵，陆姑娘还是倒在床上睡大觉，不管发生什么事，她眼皮都不抬一下。

如此过了三天，过了五天，过了十五天。

那日永哥儿送上茶水，还没倒，齐恒便挥手让他退下。

永哥儿大喜，王爷这是忍不住，想要使唤使唤陆姑娘了。果然他没走几步，便听到车里传来齐恒的声音：“雪奴儿，倒茶。”

却是没动静。齐恒拧了眉，伸脚踢了踢她：“起来，倒茶！”

陆雪弃迷迷糊糊地爬起来，揉着眼睛，抓了茶壶便倒，却没看清杯子，倒出的水全洒在车里的小木几上，还是齐恒眼明手快，抓了块布子擦住。

齐恒怒：“陆雪弃！”

陆雪弃清醒过来，无辜地端着茶壶纠正：“王爷说从此以后我叫作雪奴的。”

齐恒气结：“你给我滚下去，跟着车走！”

陆雪弃低了头，端端正正地倒好了茶，双手捧着送到齐恒身边，低眉顺眼地道：“王爷息怒。”

齐恒怒气稍缓，斜了她一眼说道：“过来给我揉肩。”

陆雪弃应了一声，爬过去跪在他身后为他揉肩，齐恒道：“重一点儿。”

陆雪弃加大力道，疼得齐恒皱眉。

陆雪弃忙松了手，无所适从。齐恒侧首横了她一眼警告："再揉不好就滚下车跟着走。"

可能是警告起了作用，陆雪弃手上的力道非常适中，揉得他很是舒服，齐恒不由得闭上眼打起盹来。

揉了大约半个时辰，陆雪弃累了，却见齐恒似乎睡着了，她遂试探着轻唤："王爷？"

没有回答。

陆雪弃舒了一口气，悄悄地移开了手，刚想活动下腕子，不料齐恒重重地"哼"了一声。

陆雪弃骇了一惊。齐恒睨了她一眼："以为我睡熟了，便敢偷懒吗？"

陆雪弃将手又放在他的肩上开始揉，齐恒道："刚才唤我干什么？"

陆雪弃倒是老实："想看看王爷睡着了没。"

齐恒一笑："怎么，累了？"

陆雪弃"嗯"了一声。

齐恒道："休息了这么些天，干这点活，便累了？好吃好喝地侍候着，便娇气了，前些天日夜劳作，也没见你喊累！"

陆雪弃低下头不吭声，齐恒剜了她一眼："好好给我揉，我不说停不准停！"

这回他不打盹了，而是喝茶吃点心看书观风景。又过了半个时辰，他察觉身后的手力道软了下来，有一下没一下的，回头一看，那丫头竟盹得磕头虫般，困得直晃。

他也算见多识广，还从没见过给主子揉肩自己先睡着的，不由得咳嗽了一声，唤道："雪奴！"

陆雪弃惊醒了，只得又去揉肩。齐恒道："倒茶。"

陆雪弃迷迷糊糊地爬过去，拿了茶壶欲倒。

齐恒正盯着她，瞧见她的茶壶嘴明显偏离杯口，出声警告道："你若再敢给我倒洒了，就下去跟着车走，今晚洗干净所有人的衣服！"

陆雪弃忙倒好茶给齐恒奉上，然后毫无自觉地闲在一旁。

这到底会不会服侍人啊？

齐恒将腿一伸，恶声恶气地道：“揉腿。”

陆雪弃虽不愿，但还是顺从地为他去揉腿。齐恒却是有口气横着下不来，她这是什么人，白长了一副好相貌，给点苦头磨一磨，她敢杀人，稍微宠一宠，就懒得没骨头，就这性子，怎么和那姓谢的斗气呢？

齐恒开了半边窗子扭头看外面的雪，荒远边地，四处茫茫一览无余，看这里跟看那里一个样，除了一片白什么也没有。

然后便觉得腿上按摩的力道消失了，他纳闷地转头一看，正看见陆雪弃一头栽在他的腿上，睡了过去。

他出声喝：“雪奴！”

这回叫也叫不醒了。依着齐恒的气，就想伸脚把她踹下车去，可是只一眼，便陡然把他从气恼的边缘拉了回来。

从他那个角度，正好看见陆雪弃精致白皙的侧脸，浓密的眼睫毛弯弯地微翘着，弧度优美的鼻梁，柔软安详的嘴角，有细碎的乱发散落下来，衬得那张脸越发单薄娇小。

齐恒恍若被什么撩拨了一下，心生柔软，伸手拂过她的脸，肌肤有些微凉。

他关了车窗，然后莞尔着用指尖点了点陆雪弃的鼻头。

她皱了皱眉头，抹了下鼻子翻身继续睡。

这死丫头拿爷的腿当枕头了，再说竟敢背过脸去，爷还没看够呢！齐恒这般想着，便将她的小身子捞了起来放在臂弯里。

臂弯宽广温暖，陆雪弃把身子往他的怀里缩了缩。

这个动作，小猫一般娇柔弱小惹人怜惜，齐恒顿时被取悦，这丫头看着执拗脾气古怪，但是对自己还是听话信任的。

这般想着，他便握住了她嫩白的手指，用自己的掌心暖了暖，多少便有些怜惜。

齐恒松了手，低头去看她的脸，这张脸太美，尤其是她笑的时候，当真如碧海的粼粼波光一般明媚。

一种陌生又极其亲昵温暖的感觉充溢他的胸怀，齐恒怜惜又起，便低下头，去吻她的唇。

吻如蝶恋花般，轻细而悠长。

她的唇很柔软，但是凉。竟是连唇也冷吗？齐恒那一刻竟有些懊悔，日后她纵是再惹自己生气，也万不能让她受寒了。原本以为那样的苦役严寒，她看着弱不禁风，一两日便会不堪其苦跑来向自己服软求饶，可谁知她竟连自己的身体也不珍惜。

她究竟为了哪个男人？这样想，齐恒又恼了。

这股子气不同于一般，他将她狠狠地扔在了一旁，屁股着地，惹得陆雪弃一声痛哼。

睁开迷离的睡眼，陆雪弃委屈地哀声唤道："王爷。"

齐恒"哼"了一声，扭头不理她，于是陆雪弃不再说什么。

这丫头是晓得他生气了，所以害怕不敢出声了？

算她识趣。

齐恒转眼去看，却气得七窍生烟，没见到那丫头可怜认罪的姿态，却见她舒舒服服窝在毯子上睡得沉沉人事不知的样子。

齐恒气不顺，于是用餐时故意没叫她，陆雪弃被饿醒的时候，日已西斜，齐恒摆着一张冷脸。

她爬跪起来，一时没敢言声。齐恒斜睨她一眼："舍得醒了？"

"嗯。"她低着头，再无他话。

这丫头丢了主子顾自睡了大半天，面对主子责问还不知道认个错求个饶吗？齐恒正待发作，却听陆雪弃无可无不可地补充道："我错了。"

这话就像美食少了盐，全然的寡淡无味，可有总比没有强，齐恒敛了气："你怎么回事？一天到晚就只知道睡。"

陆雪弃道："王爷，我身体亏欠大，一时没有恢复，难免嗜睡些，以后不会了。”

这丫头懂得说软话了。齐恒想着，正赶上永哥儿过来送点心。

点心甜腻的香气一点点散漫了整个车厢，齐恒决定大发善心打赏给她一点，于是他倒着茶，拈起块点心吃，斜睨着陆雪弃道：“饿了吗？”

陆雪弃望着那点心说：“饿。”

齐恒最见不惯她这笨鹅般的呆样子：“那还不求爷打赏啊！”

“求王爷打赏。”

鹦鹉学舌，这丫头何止欠教，她简直欠打，齐恒恶狠狠地道：“不赏！”

突然齐恒便觉得一阵眩晕，他以手支住头，心下狐疑，自己这是怎么了，竟会被这丫头气得头晕？

不对，出事了！他心下一凛，却发现全身都动弹不得，声音也发不出。

然后外面传来惊呼声，跌倒声，马车停了，传来卫队的马嘶声。

陆雪弃打开了窗子。齐恒隔着窗子看见自己的人丢盔弃甲，还未交锋已毫无还手之力，一定是中午的那顿饭有问题！

这时他的视野里出现了十一骑骏马，骏马上的人皆蒙着面，做黑衣打扮。

为首的纵声道：“平原王！我等受命于人，冤有头债有主，谁想要你的命，你自己心里清楚，将来冤魂索命，别找到我等头上！”

说完那十一骑骏马飞驰而来，成包围状冲向这队待宰羔羊，为首的人直取齐恒！

齐恒却见身边的陆雪弃竟忽地拔出他身上的剑，如凶狠的猎豹一跃而起，猛地冲了出去。

一眨眼工夫那队人马便被冲散打乱，不过两盏茶时间，战斗结束。白雪的旷野死寂无声，只横七竖八躺下了十一具敌人的尸首。

战斗惨烈，陆雪弃出手之快，之狠，之霸道，如怒江，如霹雳，力敌万钧，惊心动魄，身手干净利落。

她身上没有沾染任何一滴地上的尸首血渍，雪地仍旧白茫茫一片。

所有人看傻了眼，如做了一场梦，梦醒了犹不可置信。陆雪弃站在雪里，迎着风，半眯了眼望着西落的太阳。

她用拿箫的姿势拿剑，刚刚如地狱修罗毁灭杀伐的一个人，顿时干净无染得一如无邪的少女。

寒鸦盘旋，凛冽的风吹拂无主的骏马。陆雪弃走过去摸了摸马的脖子，似欲抚慰马的哀怨寥落。

这样的一个人，为他们除雪做饭洗衣服，挨打受骂，现在所有的人都相信，她在烤衣服时睡着了，李管事冲过去鞭打，她一时愤怒挥了一下，是失手将李管事打死的。因为真正的杀招他们见了，她若真有心害李管事，想必李管事死时定是另一种模样。

陆雪弃弯腰从那些人的身上搜寻解药，闻闻嗅嗅，大概是敌人势在必得，翻遍所有黑衣人，解药也未找到。

陆雪弃却起身回眸对齐恒一笑，斜射的日光照来，她笑眼弯弯如摇曳的格桑花一般清透明亮。

齐恒的整颗心突然怦怦乱跳，他犹自震撼，但骤然欢喜。便觉得他十八年来所见环肥燕瘦，却从没有人如他的雪奴儿，破颜一笑动人心弦。

陆雪弃顾自走到他们的物资备用车前，那里面有一些应急的药材，她挑挑拣拣了半晌，然后蹲下身用药杵去捣药。

这下齐恒郁闷了。她背对着他，他只能看见她曼妙的身影，她低着头，很认真努力地干活，连回头看也没看他一眼。

终于陆雪弃搓好药丸，可接下来的动作令齐恒出离愤怒了，她竟然就近先给其他人喂。

长了两条腿，有那么多力气，多走几步先给我喂药不行吗？好歹我是王爷，她眼里有没有自己这个主子？

于是陆雪弃第一次来喂，他不吃，以示他生气了。

陆雪弃遂又转头去喂别人了，齐恒更生气了，这丫头竟掉过头去，若无其事地走了。

陆雪弃第二次来喂他的时候，齐恒正气得一佛出窍二佛升天，虽是这回她很自觉地换了他平日用的杯子盛水，还很温柔地说“王爷吃药了”，可是换来齐恒更猛烈的抗拒。

陆雪弃便放下杯子走了。

她给全部人都喂完了药，又换了热水，端了杯子，拿着最后一粒药回来了，回来却弯腰钻进车厢，也不说话，只睁着水汪汪的眼睛默默望着他。

齐恒看她那样子便心软了，这丫头不敢近前，是怕他生气。

给所有人都喂完了药再给他喂才好，他的雪奴儿是太懂事了，自己配置的药用别人先试过再来给他吃，偏他一时没理解其中深意。

齐恒准备好了和解原谅的眼神，却不想陆雪弃望了他半晌，将水和药放在桌上，缩了手，缩着头，窝在角落里躺下睡了。

齐恒几乎被气晕过去，这丫头是故意的！她做出这副畏怯的样子，看着是乖了，看来目的其实是要他在全部属下面前难堪的。

半个多时辰后，大家纷纷恢复过来，能开口出声。谁知他们激动地跑来拜谢陆雪弃的时候，见到的是一个非常诡异的场景。

他们的陆姑娘像猫儿一样窝在车厢一角睡得正香，自家王爷却铁青着脸，不能动弹不能言语，和桌上的解药大眼瞪小眼。

众人面面相觑。

永哥儿很是机灵，重新换了热水，服侍齐恒吃了药。

之后他们的马队要继续向前走，齐恒因需要时间恢复，虽气得牙痒痒，却也拿陆雪弃无可奈何。

因为这一通折腾，到了人定时分他们还在赶路，边地地广人稀，往往百十里才有村镇驿馆，四处无一点灯光，所幸有白雪与弯月交相辉映，赶路并不算黑暗。

齐恒恢复了行动言语，便忍不住咬牙切齿地低喝了一句：“陆雪弃！”

没有回应，车内幽暗，他明明知道她就睡在那个角落的暗影里，明明他很想把她踢醒了，可也不知道为何偏偏就没能下得去脚。

给众人都喂了药却偏偏不喂他，众人都来谢恩了，不想独独剩下自己还中毒受制，他好歹是个主子，如何还有面子？

可她刚迎阵厮杀救了他们，总不能连觉也不让人家睡，免得下属们觉得自己残忍无情。

不想这丫头光顾着睡了，她不饿吗？中午没用餐，还拼杀耗了力气，这大半夜的了，不饿吗？

齐恒如此左右思量反复，一时喜一时怒，突然车猛地一震，停了。

齐恒清晰地听见陆雪弃脑袋磕在车厢上的声音，他一下子大为光火，探出身便不悦地道：“你们到底是怎么赶车的？要我亲自去？”

赶车人吓得战战兢兢，急忙道：“王爷，有条小沟，都是雪，看不清道。”

齐恒道：“既然如此，那你们还不快去换个人来。”说完关了车厢门，不想却忽地发现一个暗影在静静地盯着他。

两人默视了片刻，车厢黑暗，看不清彼此的表情，连同呼吸也很静谧。

齐恒道：“过来。”

陆雪弃倒也乖，便过去了。齐恒一把将她抱在怀里，她的身子有瞬间僵滞，但很快温顺了。

齐恒伸手在她头上揉了揉：“你……撞疼了吗？”

陆雪弃对他突然的亲近感到排斥，蹙着眉，没有答他。

齐恒耳垂微红，露出点别扭的表情，故意岔开话道：“饿不饿，喝水吃点心吧。”

语气尽量装作如平常般自然了，可其实还是透露出了说话人的难为情。

陆雪弃听他一说，便不客气地动手倒水、拿点心。齐恒看着她毫不扭捏的举止，有点疑惑难懂，却又莫名开始恼怒为何她不知晓什么叫胆小害怕。

他暗自气愤，索性将环着她腰的手松开。

齐恒突然间想到了什么，不禁猜测，东夏人尚武不太讲究礼节，她不会是东夏人吧？

这念头一出，话就问出来了。陆雪弃正塞得满口点心，含糊应了一声，语气仿佛似答应又似惊讶地反问。

齐恒一时竟有点紧张，却是没好气地训斥："把东西吃完后，好好回我的话。"

陆雪弃咽了点心，喝了口水，声音低而笃定："我是周人。"

齐恒顿时心花怒放眉开眼笑，一顺手便将她又揽了回来："我大周能教出你这不懂规矩的吗？你家在哪里，父亲是谁？嗯？"

陆雪弃："我爹出身雍州，名为陆仲秀。"

齐恒皱了皱眉，雍州陆仲秀是谁，没听说过。

陆雪弃似乎明了他的疑惑，道："他是个穷秀才，我是他十六年前从雪地里捡回来的，爹便为我取名雪弃，可是我养母认为我是爹在外面生的野种，趁爹不在，常常虐待我。六岁那年我爹去世，养母便将我赶出去，后来我遇到了师父，他教我降狮伏虎，我们四处流浪，以此谋生。"

齐恒几乎失声："降狮伏虎？"

陆雪弃点了点头："嗯，就是把女孩子打扮得漂漂亮亮，把头放在老虎嘴巴里。"

齐恒一声断喝："无知，怎么可以为赚一点口粮银两就如此行事？"

陆雪弃噤声。

齐恒当初以为是贵女才留下她，几日相处下来，她毫无大家闺秀的气质，才发现自己看走了眼。

他半天没说话，像是在懊悔着什么。

陆雪弃自觉地起身离开，缩到自己常待的角落里，开始还跪坐着，渐渐地又靠着车厢开始睡。

齐恒斜她一眼，突然想到了什么，她这么好的功夫，怎么会被人灌了虎狼之药，又是因何在边境晕倒？

他把陆雪弃留在身边已有些时日，却忘了最重要的疑问还没有问，便去喊她："不许睡，醒一醒。"

睡着的人是叫不醒了。齐恒生了一会儿闷气，只好作罢。

这时马车又停了，却是永哥儿慌张地过来低声回禀："王爷，遇上了几只狼，护卫们要王爷稍等下。"

齐恒闭着眼睛懒得吭声，心想身边有个玩狮子老虎的，区区几只狼算什么。

不想一个护卫冲了过来惊慌道："王爷，有伏击！"

第二章
刹那风华

齐恒跳下车，上了马冲到前面，却见不远处是一个小丘陵，地上横着十来具狼尸，尚还有十来只狼隔着一丈距离围望着，一双双眼睛闪着凶悍的绿光。

齐恒奇怪道：“不就是几头狼吗，说什么被伏击了？”

“王爷！”护卫长道：“刚才小丘背后好像有人偷袭！”

齐恒眯眼眺望前方，细细打量。

他自十二岁跟随临安王从军，也算艺高人胆大，何况下午才被陆雪弃摆了一道，此时忍不住要英武亮相，出出恶气逞逞威风，于是他搭弓射箭冷笑：“故弄玄虚的几个宵小，以为几只狼就唬得住我平原王？”

他单枪匹马横冲直撞而去，挽弓如满月，箭离弦而去，射中一只狼。

可能狼感受到了他勇往直前的杀气，忽地四散逃开。众护卫见自家王爷闯出去要端了那小丘后的埋伏，唯恐有失，忙上前去左右护翼。

可惜齐恒的英姿只限于射杀了一只狼，小丘后空无人迹。

众人下马查看，只见雪地上的印记清浅杂乱，而且很怪，不似马，不似人，可也不似狼。

齐恒正盯着那印迹纳闷，忽听得护卫长惊怖道：“王爷！”

声音都变了。

齐恒抬头看去，却见一个潜伏于雪地上的人形物，四肢着地，身上雪白，飞猿一般，发出一种类似狼嗥的哭啸，倏而西去。

月光惨淡，在扬起的雪烟中，众人清楚地分辨出他戴着幽冷阴森的狼头面具。

齐恒只觉得血被凝住了般，感觉冰冷。

他们竟遇上了御狼天人，身着白衣的御狼天人，他们可是能调动雪狼王的人啊！

御狼天人，边关妇孺皆知，齐恒也听过不少传闻。

传说中的御狼天人从小在狼群中长大，冷血凶残，熟悉狼的一切习性，可发出嗥声招引号令狼王，一旦启动开，大小狼群将会蜂拥而至，将它们的敌人撕成碎片。

但御狼天人一直只是充满神秘色彩的传言。世间万物生灵，极少有违背自然规律的事情发生，虽然人的才智与残忍远胜于狼，但以人御狼，听起来还是有几分不可思议。在传言里，曾有一个心术不正的御狼天人几乎让狼群遭遇了灭顶之灾，故而御狼天人的数量极少，所要恪守的戒律也极严。

狼群以狼王为首，以狼群的不同颜色分为火狼、雪狼、苍狼。其中火狼王最为凶猛厉害，不过十分少见，苍狼王则较为常见。

没想到真的有御狼天人，更没想到的是，有人会动用御狼天人来对付他齐恒。也不知晓那人目的为何，明明以后会登顶的皇子不是他，而是他的三哥临安王。

四面狼嗥渐起，此起彼伏，由远及近，正在缓缓地围聚。

齐恒喝令众人归队，马似乎也感知到了极大的危险，有些慌乱，不听控制。

狼群悄无声息地过来将齐恒一行人团团围住，迅猛地袭击他们身下的战马，众人齐齐戒备持刀退了几步，背对齐恒围成一圈，眨眼间那些狼群已经在饮食战马的血肉。下一秒，可能是接到了同伴的信息，他们身侧的几只狼安静地远远伏在雪地上。

绝境将至，齐恒从众人的保护圈中走出，当下切齿道："我从军六年，杀敌无数，与其任畜生宰割，不如拼死一搏，众将士随我来！"

说完，他杀气腾腾纵马而去，座下的马有些惊悸，不若平时好控制，但他还是手起剑落斩一狼首。

跟随他的护卫也皆是武艺高强不怕死的士兵，见他冲杀出去，遂皆策马出去，一时狼逃马乱，血腥大盛！

被追杀的狼引颈发出几声哀恸的嗥叫，引发愤怒的狼群以更快的脚步，潮水般震天动地踏雪而来。

众护卫围成团，将车马随从护在其中，持剑以待。

成千上万的狼潮聚上来，漫卷着雪烟，齐恒如置身千军万马孤军奋战，战意浓浓。

万千头野狼迈着凶悍勇猛的步伐靠近，倏地狼群中闪过一道白色光，那是雪白的狼王之王，雪狼王。

它于那静寂莽原中奔驰，一声嗥叫，万千响应！

大概也是被众人同仇敌忾的杀气所摄，雪狼王倏而于百十步远的地方停了下来。

齐恒手心微微出汗，与野狼面面相对。

那一刻他只有求生的欲望。

然后他突然间瞥见，陆雪弃不知何时醒来，正站在车辕上。淡淡的月光洒照着她的衣裳，她长发垂在腰间，在风里飘。

齐恒觉得雪狼王在凶悍地望着他，整个狼群都在望着他。

很快齐恒发现，雪狼王和狼群看的不是他，而是他身后的陆雪弃。

齐恒也不由得回头看陆雪弃。这女人没事不躲在车厢里等着被最后吃掉，跑出来站着干什么？

情况这么凶险，他们七尺高的汉子都有些腿软，她那儿云淡风轻地站着，定是不知道出了什么事，想出来看看，然后一下子被吓到了吧。

他正这样想着，陆雪弃已凌空跃起，手握一把小匕首，跳出了他们的重围。

齐恒几乎要眉间皱成“川”字，那匕首分明是永哥儿给他削水果的，切瓜他都嫌短。

众人眼见陆雪弃跃出了包围圈孤身站在雪狼王面前，齐恒突然跨步过去，狠狠地一把抓了陆雪弃的胳膊，猛地扯了一下，吼道：“你给我回去！”

他的举动激怒了雪狼王，它龇着牙发出了一声低吼。

齐恒顿时感到了狼王的杀机和怒意，它这个姿势，是进攻前最后的姿势。

陆雪弃扭过头，望着齐恒微微一笑，然后她右手扬起打了个响指，整个人突然扑向了狼王。

齐恒一下子觉得心有些发紧。

狼群突然间退了，静静地观战，只剩前面一狼一人对视相望。

狼王扑跃过来，前爪抵住她的后肩，她一矮身，将狼王前摔出去。狼王反扑，将她按在身下，她立刻屈膝伸脚，将狼王侧踹出去，然后飞快地滚地躲开狼王的利爪，并一手护住自己的脖子。

狼王趁机扑来之际，她反手掐住了狼王的脖子。众人发出一声惊呼，齐恒定睛一看，陆雪弃竟骑在了狼王的背上。

狼王恼怒地回头咬，可她一手掐住狼王的脖子，一手抓住狼王的耳朵，稳稳地骑在了狼王的背上。

一只狼扑过去救护狼王，陆雪弃侧身躲过，右手的匕首瞬间利落地划过狼腹，复有三五只狼齐涌而上，撕向了陆雪弃。

齐恒按剑便欲冲上去，却听得陆雪弃一声清喝：“王爷不可莽撞！”

齐恒只好无奈收手。

陆雪弃一身是血，突然对着蠢蠢欲动的群狼，引颈一声嗥。

齐恒蹙眉，这要不是他亲眼看见是陆雪弃发出来的，他几乎就以为是狼嗥声。只见陆雪弃伏在狼王的背上，淡淡的光照着她的脸，她的衣角猎猎飞扬。

整个狼群瞬间沸腾起来，齐齐对月长嗥，如最神圣庄严膺服虔诚的朝拜，雪狼王忽然放弃了挣扎。

陆雪弃翻身跃下，跳到地上，静静地望着它。

一人一狼对视良久，陆雪弃一声嗥，雪狼王应和一声，转身带着狼群浩浩荡荡地离去。

如同做了一场梦，转眼间只剩下白茫茫一片雪地。

众人瘫在雪地上，却仍然无法相信所经历的竟是真的。

齐恒雀跃地上前，将陆雪弃抱起，然后在她的面颊上印上一个吻："回头我不娶你当侧妃了，爷让你做正妻！"

"谁说我要嫁给你？"陆雪弃却轻轻地推开他，头也不回地去了车厢继续睡觉。

齐恒对着空荡荡的雪地愣怔住，他怒气冲冲地上了车，将睡在角落里的陆雪弃一把拎起来，捏起了她的下巴。

陆雪弃抹着被咬疼的唇，狐疑道："王爷？"

淡淡的月光斜落着，她嘟着嘴，竟是一副睡眼惺忪的懵懂慵懒样。齐恒愣住，这才一眨眼的工夫，敢情她便睡着了。

陆雪弃揉了揉眼睛便又往车厢上靠。齐恒见她又要去睡，把她往怀里一揽，硬声道："不准睡！"

陆雪弃清亮的目光淡淡地看着他："是王爷便可以随便欺负人？"

齐恒偃旗息鼓，觉得仗势欺人胜之不武，陆雪弃见状，又歪在车厢上，在她睡意如潮席卷而来的时候，突听得齐恒"哼"了一声。

齐恒见她不理，索性挑起了她的脸，凑近前道："你是我捡的雪奴儿，我想亲便亲，想什么时候亲便什么时候亲。"

说完，点着她的额头道："你记住了没有，你是我的雪奴儿，爷亲你，是看得起你，是喜欢你，不是欺负你。"

陆雪弃无奈地转过身，把脸埋了起来。

齐恒占了便宜，还趁机训了她几句，正觉得高兴，见她把脸埋起来背对自己，又火了。

他不悦道：“不准睡。”

陆雪弃无力地哀求道：“王爷。”

齐恒气道：“我刚说的话你听到没有？你是爷的人，爷宠你是看得起你。”

陆雪弃“嗯”了一声。

齐恒突然觉得自己就是个傻子，可看到陆雪弃在他怀里睡着，齐恒一时没舍得放下来，借着月光，看着她细腻的眉眼，她饱满的唇如呵之即化的梅瓣。

想起她仗剑杀狼的英姿，齐恒的心一时有一种说不清道不明的触动。

齐恒将她放下，想寻张毯子给她盖，然后一下子觉察到她身上的衣服全湿了，还有大片大片的血渍

齐恒铺上厚厚的褥子，将她抱过去，然后一点点为她解衣裳。外面的一层血衣都湿透了，不能穿了，扔了。

中衣也湿透了，扔了。里衣怎么也湿透了，还透着血迹？

齐恒心里一紧，若外衣上的血是狼血，这里衣上的血怕是她自己的血吧？她与雪狼王那般凶狠搏斗难免受伤，伤口不处理，若是感染了该如何是好？

看来还是需检查一下她的伤，才好处理。

所有的侍从护卫，大眼瞪小眼，怔怔地望着一件衣服从里面扔出来，又一件衣服从里面扔出来。

然后他们听到“啪”的一声响亮的耳光声。

陆雪弃惊醒起来一看，挥了一耳光，问道：“你干什么？”

齐恒被打傻了。

陆雪弃很快看清了他手边的药，明白了他的意图，于是立刻低下头

去，小声道歉。

齐恒见她怯怯的模样，觉得挽回了面子，于是他将眼睛一横，恶声恶气地道："背过身去，给我看看。"

陆雪弃乖乖照做了。齐恒掀了衣服，只见肌肤如雪，那玲珑的曲线突然让他胸口一热，顿时血脉贲张。

他忙别过头去，然后气哼哼地把手里的药摔在车上，咕哝道："没伤！衣服上那么多血哪儿来的？"

陆雪弃披着毯子缩成一团，可怜兮兮地伸了左手去，那左手腕子到手背上，有着很深很深的一道伤口。

齐恒一把抢来看，心疼地消毒上药，用纱布细细裹了，非常熟练。

弄好了伤口，陆雪弃收了胳膊缩在毯子里，齐恒瞪了她一眼，甩了自己的衣服给她："穿上，那血都湿透的衣服如何再穿？还穿着湿衣睡，毯子也不盖，你是不是找死？"

那是他的毯子，她如何盖？

陆雪弃也不说话，只默默接过衣服穿了。齐恒看了眼她那薄薄里衣下隐约可见的胸脯和纤细的腰身，不由得别过脸去。

陆雪弃穿了衣服，照旧缩在毯子里，大概觉得打了人闯祸了，低着头也不敢看他。齐恒瞪她半晌，觉得无趣，没好气道："说话，打人的是你，还摆着一张脸给谁看？"

陆雪弃道："王爷，我困了。"

齐恒气得翻身下了车："那你睡吧！"

外面空气干冷，看着众人畏缩躲闪的姿势和眼神，齐恒一声令下："都给我上马上车，连夜赶路，到了驿馆明儿再好好休息一天。"

众人振作精神，慢腾腾地爬起来牵马，有幸存活的马早被刚才的群狼吓瘫了，牵也牵不起来。齐恒见此，没有办法，下令就地宿营，烧水做饭。

他与护卫们一起烤着火，护卫长见他面色不善，不由得劝道："王爷，陆姑娘性子烈，您多包涵。”

齐恒没说话。一个护卫也劝道：“女孩子都难免有个小脾气，王爷莫和她们一般见识。”

另一个护卫道：“这两番恶斗下来，陆姑娘耗损体力，王爷也不该心急，该多体谅怜惜才是。”

齐恒皱眉，那护卫忙缩了头，道：“王爷息怒，属下误会了。”

齐恒很想踹他一脚，无奈离得比较远，这才作罢了。然后他又很是郁闷，大家竟然指责他不知怜惜，误认为自己要强占她便宜。

有了煮好的菜汤和散着浓香的烤羊肉，齐恒与众人吃着，永哥儿道：“王爷，唤陆姑娘下来吃饭吧？”

齐恒略作一思量，突然有了坏心思。

她刚睡熟不久，若是叫人去送饭，惹了她，她也挥手来这一巴掌，他的嫌疑不就洗了？

于是齐恒对永哥儿道：“你把饭送过去，叫醒让她吃。”

永哥儿乐颠颠应了，齐恒暗笑着，竖着耳朵听车那边的动静。

却见永哥儿叩着车窗小声地唤：“陆姑娘？”

不多时，车窗从里面被人推开了，永哥儿道：“陆姑娘，饭食好了，您趁热吃，填饱肚子，再好好休息。”

陆雪弃如雪莲花般清浅地笑了，她低头道了谢，将饭菜拿了进去。

齐恒远远地望着，不由得心生恼火。

为何她对别人这般好脾性？她对别人面带轻笑，宛如一朵泣露的花儿，仔细回想，她却从未对他笑得如此美丽过。

月西斜，夜已深。边关的雪夜很冷，众人搭了简易的帐篷，点了火烤，还是被冻得瑟瑟发抖，几人挨挤着盖着毯子取暖。

齐恒懒得回车厢，便与诸护卫挤在一起，他是个惯于行军打仗的，不觉得艰辛难耐。

深夜，雪地里分外寂静。在淡淡的月色下，一个看不清模样的人影正悄无声息地慢慢向车厢移动，人影脸上戴着一张狼头面具，竟然是一个御狼天人！

等靠近后，人影摘下了脸上的狼头面具，他如狼一般阴鸷冷酷的眼眸中，此时透着一丝喜悦。

他敛了浓重的戾气，五官清俊。

“你是……月光儿吗？”他轻声低喃，右手却在车窗前停住，似乎在等待车里人的回应。

天地悄寂无声。

御狼天人疑惑地看了看马车的标志，这个标志代表里面的人是大周王爷，可是……不应该啊！

他实在按捺不住内心的煎熬，颤抖着手，轻轻打开了车门。不行，他得看一看这车里的人。

齐恒突然间就醒了，火已经熄灭了，帐子里太暗，看不出现在是何时。

护卫们靠成一团，瑟缩着，有人吧唧嘴，有人说着梦话。

齐恒觉得冷，决定回到他的车厢里去。

他刚出帐篷，外面凛冽的寒风便迎面扑来，进入车厢一看，发现那里竟然有一个御狼天人！

不及细想，他的剑已出鞘。

那人一身灰白披头散发，正跪在陆雪弃的身旁，略倾前身痴痴望着她的睡颜，齐恒的一剑刺来，他迅速反应过来了，立刻躲开。

护卫们听到动静，纷纷起身冲了出来，护卫长大惊失声道：“御狼天人！”

与齐恒搏击的正是那可以驾驭雪狼王的御狼天人，那人见齐恒身后多了帮手，不敢久战，卖了个破绽后，便鬼魅般逃了出去。

刚才发生的事自然也惊醒了陆雪弃，看到齐恒怒气冲冲的模样，她愣了一下，便捧着杯茶递过去：“王爷，喝茶。”

齐恒黑着脸，道：“放一边。”

陆雪弃将茶放在一边，齐恒忍不住气呼呼地问：“他亲你了没有？占你便宜了吗？”

陆雪弃在淡淡的辉光中半垂着头，轻声道：“我不知道。”

也不知是何故，看到她低头认罪的姿态，齐恒到嘴边的训斥突然忘了，他被这丫头困惑住了。

那一瞬间他再笨也能感觉到，她身上所有的，不像是一个江湖卖艺的女子所该有的。

她到底是个什么样的人呢？

齐恒这一愣神，气也不知道都跑哪儿去了，看她柔美温柔的样子，他不由得又生出几分怜惜来。

齐恒心道总不能这么快原谅她，必须得摆摆架子，于是他佯怒道：“就知道跟自己人厉害，他挨近你，都快贴到你鼻子尖了，怎么没见你打他一巴掌？”

齐恒说完自己就后悔了，他没事说这么清楚干吗？反正她不知道，其他人也没看见，他这样一说，不是让外面的人都知道自己的女人差点被那可恶的御狼天人轻薄了吗？

陆雪弃头一低，偷偷笑了。

这回齐恒恼了，一把捏起她的脸，从车窗透过来的光正落在陆雪弃的脸上，她唇边笑意尚未敛去，一双清莹的眼睛如深水荡起万点光，齐恒不由得看痴了，手也松开。

然后齐恒理直气壮地命令道：“给我暖手。”

陆雪弃便温顺地接了他的手，轻轻搓着，齐恒一下子心花怒放起来。

这般想着，齐恒将头窝在她的颈项旁，无赖地道：“把身子也给爷暖和了，这大半夜，爷冻坏了。”

他信誓旦旦道：“雪奴儿别害怕，以后爷不抛开你睡了，爷护着你，看哪个色胆包天的还敢对你垂涎！”

陆雪弃微微躲闪了下，他那一吻只亲到了耳朵根，齐恒认为是女孩子害羞，便自动忽略了。

车厢里空间小，又有暖炉烤着，怀里全是女孩子特有的清香，齐恒便说："天色还早，雪奴儿困，再睡一觉吧。"

"好。"陆雪弃应了，将头往他肩上一靠，便入睡了。

齐恒说完就后悔了，但也只好顺着她的意思，轻轻地躺在她身边，一同入睡，只不过，他还是忍不住将她的人搂进怀里。

齐恒闭上眼，静静地听她的呼吸。

这一觉睡得香甜，一直到大天亮，众人做好了饭，也不敢去叫他们。

扰人清梦，不是添堵找打吗？

于是众人先吃了。

吃完了饭，所有事宜都备好，整装待发，可是他们的王爷还没起。

果然色是刮骨钢刀，酒是穿肠毒药，他们年轻勇猛的王爷，也逃不出温柔乡啊。

众人耐心地等，等到日上三竿，等到不能再等。

大家一致推举永哥儿去叫门，原因是他机灵。

永哥儿蹑手蹑脚地凑到车门处，小心翼翼地敲了敲，试探道："王爷，陆姑娘？"

陆雪弃猛一睁眼，发现自己被一个男人紧紧地搂着，几乎是下意识的动作，她反手将人甩了出去！

齐恒一声闷哼，脑袋重重地撞到了车厢壁上，骇得永哥儿猛地后退了三四步。

陆雪弃发现自己打的是他，也怔住了。

好半天齐恒才缓过劲来，他看着陆雪弃，咬牙切齿地道："陆雪弃！"

陆雪弃可怜兮兮地缩着脖子，齐恒恶狠狠地把车厢的门踹开，跳了下去！

一下去就发现众人都躲着他，藏头缩脑、鬼鬼祟祟的。

敢看爷的笑话？

齐恒立刻没好气地喝骂道：“都给爷滚过来，其他人该干什么就赶紧去干什么，稍后就整装出发。”

车子摇摇晃晃走了半天，日上中天，齐恒气还未消，冷着脸朝外看万年不变的大雪原，不料一个护卫猛地闯了过来。

“王爷，我们又回到了早上出发的地方，鬼挡墙了！”

齐恒呵斥道：“光天化日，哪儿来的鬼挡墙，别胡说八道。”话说着陡然卡住了，因为他看到了他们早上搭灶做饭残留的痕迹！

这一惊非同小可，齐恒忙跳下了车，众人也纷纷围上查看。

他们的护卫，包括齐恒自己，都是常年在外征战的，辨方向寻路途的经验都是极其丰富的，众人都小心翼翼一路留下记号前行。

齐恒不敢疏忽，骑马亲自领路，到了日头西斜的时候，他又觉得不对劲了。

“按路途，我们即便中途有所耽搁，但若没走错，也早该到驿馆了吧？”

护卫长在一旁点头。

齐恒他抬头仰望太阳，望了望四处雪海茫茫一片死寂，不由得惊心地道：“那我们现在是走在哪里？”

众人又拿出地图研究。

他们走的是官道，是最不容易出错的，官道每一百多里设驿馆，周围也有散落的村镇，官道两侧二百里之外才是少有人烟的大雪原，他们不会是离了官道误入大雪原了吧？

纵是入了大雪原，也有回头路可走。可刚刚绕回了早上宿营的地方，是怎么回事？

如今四顾茫茫，是走，还是不走？

齐恒脑子里突然念头一动，喝令道：“掉转马头，沿着我们的记号向回走！”

是的，要是出错，也是昨晚上趁夜赶路出的错，他们宿营的地方，应该是偏离官道最近的地方，现在他们越走越远，返回去是最好的办法。

往回走了大约一个时辰，众人惊讶地发现，他们的记号渐渐消失了。

彼时日光渐淡，大家一下子迷茫而恐惧起来，他们找不到出路，也找不到来时的路了。

一行人被困在这茫茫雪原里，可谓呼天天不应，叫地地不灵。

所剩物资并不多，最多一两日便无以为继。

可若是出不去？

永哥儿年纪小，害怕地哭了。

齐恒安慰了他一句，开始与众护卫商议。

护卫长赵青道："我们是沿着标记往回走的，却没能回到最初的地方，是有人尾随着将我们的标记撤了！"

齐恒冷笑道："也可能是有人改了我们的标记，将我们引向歧途！"

齐恒这一语激起千层浪。

"王爷是说，我们以为沿着我们做的标记回来，其实那标记已不是我们做的？"

"那我们再沿着标记回去试试？"

"对，若是抓到正在更改标记的人，我们也就有救了。"

"可，若那又是伪作的标记误导我们呢？"

"那样我们就坐着等死吗？"

大家齐齐看向齐恒，齐恒没说话，起身策马去查看标记，众人忙跟了去，可是所有的标记，一下子全部不见了。

彼此面面相觑，然后不约而同想起一个人——那个御狼天人。

大家默默看着齐恒，齐恒也没言声，只迈步向车厢走去。

陆雪弃还在睡，齐恒伸手揽她过来，拍着她的脸道："醒来，雪奴儿。"

陆雪弃揉着眼睛，一副睡眠不足的样儿。齐恒没工夫与她斗嘴，开门见山地道："我们迷路了。"

陆雪弃怔住，齐恒和她说了目前的状况。

这次倒像是心有灵犀，陆雪弃道："是不是那个御狼天人？"

齐恒道："我们也怀疑是他，你有什么对付他的办法吗？"

陆雪弃望着齐恒摇了摇头。

齐恒没说话，望着窗外越来越西沉的太阳。

过了半晌，陆雪弃忽然道："那个御狼天人，可能想要的人是我。"

齐恒没理她。

陆雪弃复又道："论耐力，御狼天人可以只凭饮雪，潜伏在大雪原一个月，我们哪一个人也比不过他。"

齐恒还是没说话。

陆雪弃道："怕是我与雪狼王一战，激起了他的求胜之心，有我在，他不能指挥狼群，他想从你们这么多人中抢走我，又不是你们的对手，也许他此番布置陷阱的目的便是想将你们困在雪原，逼你们留下我。"

齐恒看了她一眼，却说道："那又如何？"

陆雪弃欲言又止，忍不住说："王爷，其实那天我并未完全熟睡，他在车厢里……"

齐恒觉得额角血管直跳，冷冷地道："你不必多言，这一切只是你的猜测，大周想杀本王的人确实不在少数，你怎么知道御狼天人的目标一定是你？"

虽是气话，齐恒却只是想堵住陆雪弃的嘴巴，不让她说出让她留在这里，自己一行人方可脱身的话。

一转眼便是夕阳满天，地上的白雪沁着辉光，晚霞便仿佛混淆了天地，人如同置身于失火的牡丹园里。

大家做着饭，水开了，肉香了，齐恒走回去才发现，陆雪弃这次没有睡，而是坐在马车旁的雪地上，看斜阳。

待近前，齐恒看见她在流泪。

他见过她虚弱狼狈的样子，英姿飒爽的样子，甚至是她那气死人不偿命的木讷和倔强，可是，他从未见过她的眼泪。

她在杀了人后还笑，她敢伏在狼背上奔跑……那么，到底什么事情让她潸然落泪？

齐恒踢了一脚身边的雪，扔了条帕子过去：“不是打起来挺厉害的，怎么就这点出息！”

陆雪弃抓了帕子擦了把泪。

齐恒将脸一板，伸手戳了戳她的肩膀：“雪地这么冷你也敢坐？还不快点起来，你快去帮忙弄些吃的，怎么好意思等着别人侍候……”

陆雪弃微微挑动嘴角，被齐恒拉着站了起来，然后她一转身，看见大家关切而友善的脸。

她背对夕阳一笑。

这女人永远对别人笑得那般明艳，齐恒心中不忿，一把将她的手拿过来狠狠地握住。大家本来准备和陆雪弃寒暄搭讪几句，一见自家王爷牵住了陆雪弃的手，顿时很知趣地讪笑着避开各自忙碌去了。

也没什么好忙的，不过是吃饭闲聊。齐恒拉着陆雪弃进了车里，两人用着餐，相对无言。

日落了，升起了淡淡的月光。餐具也被永哥儿收走了，齐恒便坐靠在陆雪弃身旁，望着她的面颊道：“刚才你哭什么？”

陆雪弃抱着膝，整个人缩起来，听到齐恒的问话，语气坦然地答道：“想起些无用的事罢了。”

齐恒状似冷笑，却竖起了耳朵听，天知道他有多在意她无用的前尘往事。

可是陆雪弃闭嘴不再说了，一时间，齐恒的心上不去下不来，憋了半天，终于还是忍不住道：“他是谁？”

这话听起来语焉不详，但指向十分的明确，齐恒的语声听起来非常隐忍，但是潜伏着强烈危险的情绪。

陆雪弃没说话。

齐恒不是个擅长掩饰情绪的人，见她这样子，心里便涌上烦躁："你心里有人，如今想着念着忘不掉他吗？"

陆雪弃却突然道："不是！"

她甚至仍垂着眸，一动不动的姿势，出口的话在幽暗的月色中却有种冰碎玉裂般的决绝："他毁我一生，我只恨不得杀他灭他，永生不再见。"

这话让齐恒心有戚戚，又有些心疼，他很想将陆雪弃搂在怀里，用他高大的身躯包裹住她，只久久地抱着她，将她护在自己的怀中，想给予她齐恒自己也没有意识到的、源于体贴的温暖与温柔。

只是想要说些许安慰她的话，却终究不曾开口。

齐恒安静地陪着陆雪弃坐了半宿。

即将夜半的时候，众人突然被一声极其刺耳的哨响惊醒，齐恒从车上一跃而下，只看见一个四肢着地的人影一闪而逝。

那速度太快了！

众护卫围上齐恒，面面相觑。

这三更半夜的，那御狼天人伴着那尖锐的哨音突然出现，到底意欲何为？

还是护卫长谨慎心细，他查看御狼天人在雪地上的痕迹，突然站定失声唤道："王爷，你看！"

众人纷纷随着齐恒围上去，然后看清了雪地上歪歪扭扭的字迹：女人留下。

众护卫再一次面面相觑，这御狼天人，竟然想要留下陆姑娘？

齐恒站在那里，不知是不是深夜严寒，他的手突然轻轻地，轻轻地开始颤抖。

他们想尽办法辨别方向，又在大雪原里空走了两天，第二天入夜的时候，晚饭只是一人半个冷馒头。

陆雪弃非常安静地慢慢吃了自己的那份，齐恒将自己手里的馒头递给她："给。"

陆雪弃很是诧异地抬眼看着他。

齐恒道："给你就吃，前些天只顾着睡，哪里吃得饱。"

陆雪弃却没有伸手，这时外面有人敲车门，齐恒索性将馒头塞进她手里，自己打开车门跳了下去。

陆雪弃拿着馒头久久地看着齐恒离去的方向，尽管车门已闭，什么也看不到。

而外面，众人围住齐恒，却欲言又止一片沉默。

齐恒心下有些预感，他横了众人一眼："说啊，叫我出来就为了大眼瞪小眼的？"

护卫长赵青讪讪然开了口："王爷，过了今夜，我们就没什么吃的了。"

齐恒默然半晌，冷笑道："然后呢？"

诸护卫突然齐刷刷给齐恒跪下了。

齐恒喝道："你们想干什么？"

赵青沉痛地先给了自己一巴掌，然后低着头道："王爷，属下知道您舍不得陆姑娘，陆姑娘也是我等的救命恩人，若是平日，便是我等死，也绝不敢丢下陆姑娘！可是如今，如今我等必须护卫王爷，必是要王爷平安回京才行的啊！"

齐恒的脸沉下来："你们怎能忘恩负义，想要抛下她？！"

"王爷！"赵青一头叩在地上，流泪悲慨道，"属下不惧死，也不愿意陆姑娘死。可是王爷您不能死！您刚从东夏回来，若死在边境上，牵扯下来，说不定便是两国兵刀相交，又有多少无辜百姓生灵涂炭，属下求王爷成全大义！"

齐恒猛地转身欲走，赵青一把抱住他的腿悲泣道："王爷得脱险境后，属下愿一死偿还陆姑娘！"

齐恒突然闭上了眼，夜色苍凉，如有一盆冰水将他盖顶浇来。

众人皆叩首哀求道："求王爷成全！"

齐恒突然一脚踹翻护卫长，勃然怒道："那你们知不知道，御狼天人索要的是她，想杀的却是我，因为有她在才杀不了我。你们有没有点脑子？"

齐恒回去的时候，陆雪弃睡着了。深夜寒凉，不再有炭取暖，陆雪弃正缩在角落里，连毯子也没有盖。

齐恒轻轻为她盖上毯子，然后借着月光，打量着她静谧的睡颜。

白皙的肤色，眉眼如江南的水墨画般清浅。

他微微笑了，伸手去触摸。

他救了她，可是他们几乎没有好好说过话。她也救过他，可是他也来不及好好报答。

他捡了她，却又要扔了她？

即便她只是一个女人，可他在她的肌肤上留了烙印，却未曾走进她的心底。陆雪弃突然睁开眼，一张清甜可人的脸，眸子比那天边的星还要亮。

"商量得怎么样了？"陆雪弃抬头望着他。

"别和我提那群蠢货，"齐恒扯过毯子披在肩上，"叫我把你献出去，然后让御狼天人叫来一群狼吃了我们？这都出的什么馊主意！"

陆雪弃扬眉而笑，淡淡月光中她的笑颜着实可爱，齐恒忍不住伸手拢住她的脸。

"雪奴儿笑时真好看。"

他忍不住倾身低头，没想到陆雪弃转开了头。

"陆雪弃。"齐恒不高兴。

陆雪弃人却凑了过来，说道："王爷，我们还是再商量一下比较好。"

齐恒倏而嗅到了清淡的气息，心神便有了点莫名的驰荡。陆雪弃躲他，他虽然不高兴，但此时人家笑着凑过来，亲亲热热地说话，也确实不是他发脾气的时候。

于是他不计前嫌地将人揽在怀中，用毯子围住。

“你冷吗？”齐恒在毯子下搓着她冰冷的手，挨蹭着她的脸颊，亲昵地柔声问。

陆雪弃缩了缩，想躲，不想左脸被齐恒吻了一下。

齐恒偷袭得逞，用胳臂将她箍得紧紧的，笑道：“你想躲哪儿去？爷捡了你，便是你主子，你生是我的人，死是我的鬼，爷亲你一下，你躲什么躲？”

齐恒正过她的脸，点了下她的眉心说道：“以后再敢躲，把爷惹恼了，爷便罚你主动过来亲我，我不说停，便不算完。”

陆雪弃眼中藏笑，目光盈盈，反问：“难道王爷捡到什么，便亲什么吗？”

齐恒怒道：“没错，爷便是捡到什么便亲什么，你敢怎样！”

他说完，陆雪弃便笑了，齐恒总觉得那笑很古怪，糟糕，他中计了！这丫头拐着弯骂他。

齐恒呵斥道：“你又故意惹怒我？！”

陆雪弃的神色颇为无辜，齐恒瞪了她一眼。陆雪弃却问他：“王爷不抛下我，是怕御狼天人得了我，唤了狼来咬你吗？”

“爷堂堂男人，会怕几只狼？”齐恒又瞪了她一眼。

陆雪弃却道：“雪狼王被我征服了，有我在，御狼天人再也使唤不动它了，他没那本事。”

齐恒道：“那我怕你唤狼来吃了我！”

陆雪弃顿时笑眼弯弯。

齐恒却皱了皱眉，这女人一晚上和他唠唠叨叨说这些干什么？看她笑得欢，满不在乎，其实是在担心他会丢下她吗？

齐恒这么一醒悟，心顿时软了。她一个女孩子，虽有些功夫，可把她扔在这冰天雪地里，被个御狼天人折辱，怎么能不害怕呢？

这般想着，齐恒唇边却带了笑："你是害怕了吧，怕爷扔了你自己逃命去？"

陆雪弃默然："王爷不会？"

齐恒一板脸道："当然不会，你当爷是什么人？那样还算不算男人？我从东夏回来，那些士族不满我三哥主战，一路上定是想要杀了我，你受我牵累，若是真的被困死，丢下你，我也活不了，若是困不死，也不多你一个累赘！"

陆雪弃侧首斜睨他一眼："你说谁是累赘？"

看她那娇嗔的样子，齐恒的心突然间便酥了，只傻笑了下。

陆雪弃扭过头去，齐恒看着她的后脑勺，忍不住凑上前去抚慰道："雪奴儿别担心，没我的命令，他们还不敢造反。"

陆雪弃轻轻"哼"了一声，然后挣开他，跳到雪地里。齐恒顿时傻眼了，这又怎么了？他又哪里惹恼她了？

却见陆雪弃抬头望了望天色，比对了一下自己在月光中的影子，然后她低着头，很缓慢地一步步在雪地里走。

齐恒顿时明白，她在找路。

陆雪弃站定，复又仰起了头，她的目光渐渐地定在北极星处，然后躺下。

齐恒就奇怪了，辨别方向的法子他也懂得不少，却不知她这是什么来路。

谁知等了半天，陆雪弃也不起来。齐恒就有点心疼了，雪地上那么凉啊，这丫头半天不动是想让雪埋了吗？

正着急的当口，陆雪弃起身了，她走到齐恒身边，目若寒星地对他道："我有办法出去，你信不信我？"

齐恒结舌。

陆雪弃道："你唤大家起来，将马都牵出来，重要的物什全部带在身上。"

她说完便转身走了。齐恒也顾不上计较她发号施令的态度，忙着把人马都聚齐了。

陆雪弃孤身于雪中拜月。

她跪在地上，双手合十于胸前，唇在动，却听不到她任何的声音。

然后她拜倒，行礼的姿势很怪，先双手交合，食指竖起于眉间，后仰于地，素面朝天，然后再前合起身，深深地匍地磕下去，以额触地。

不是三拜，不是九拜，是整整的十八拜。

那姿态很慢，但是极肃穆，虔诚。

最后陆雪弃拿了把小刀子，举手过头，划破中指。

血一下子涌了出来，正好滴落在她白皙的眉间，一滴，两滴，三滴。

那殷红的血珠滴滴重叠，竟凝固不动了，静静如妖艳的花钿停于眉间。

众人一下子都觉得很诡异，屏住了呼吸。

陆雪弃收刀起身，走到马的身边，逐一摸了摸马的头，附在每匹马的耳旁说了说话，又非常温柔地抱了抱每匹马。

一切准备好，陆雪弃翻身上马，对众人道：“你们骑马紧跟着我，不许出岔子，不会骑马的跟人共骑，中间没有休息！”

众人有点犹疑，还有好多东西，都不带了？万一找不到路，这些东西都没了，怎么办？

他们齐齐看向齐恒。陆雪弃也不多言，淡淡瞟了众人一眼，猛地策马冲了出去，没打招呼，也再不回头。

齐恒急了，纵马便追了出去，回头大喊道：“大家快跟上！”

一路人马疾驰而出，没人知道身后的地方，潜伏在雪里的御狼天人眯了眯眼，锋锐的眸子沉了下来。

马如离弦之箭，踏起的雪烟迷眼，迎面的风如刀割。

如此疾驰了一个半时辰，马的速度减缓了下来，众人渐渐睁开眼，却见在浅淡的晨曦下，不远处便是房屋民居低矮的暗影。

他们出来了，他们逃出生天了！

众人齐齐下马，欢呼着，拥抱着，待他们醒悟过来，陆雪弃正在一旁牵着马，侧首望着他们。

一群七尺高的汉子，在护卫长赵青的带领下齐齐跪在陆雪弃的面前，叩首道：“谢陆姑娘的救命之恩！”

“诸位这是……”

赵青道：“是我们之前莽撞无知，竟劝王爷抛下你。”

陆雪弃道：“诸位忠心护主，又有何罪？”

赵青拍着胸脯道：“我等劝王爷丢下姑娘，非我等贪生怕死，而是为了护全王爷！如今逃出生天，我等的命便全部是姑娘的，从此为姑娘赴汤蹈火，在所不辞！”

陆雪弃眯眼笑。

“诸位请起。”她弯腰将赵青扶起来，“我想好好睡三天觉，还烦请各位和王爷说个情，让他换个人使唤。”

众人不由得哄然大笑起来，齐恒也不由得跟着笑。

到了驿馆，大家都一身是汗，几乎累瘫了，人也急需修整，众人用过饭后倒头便睡。

一觉醒来已是黄昏。

齐恒一睁眼，正好看见陆雪弃屈臂窝在一侧的枕头上，目光莹亮地望着他。落日的余晖斜透过来，为她蒙上一层柔光。

陆雪弃平时都是睡不醒的，齐恒抚着她的脸不由得道：“你这懒鬼，怎么今日如此早便醒来了？”

陆雪弃有些困，道：“不知何故，突然睡不着了。”

齐恒便霸道地将她抱在怀里，却陡然想起一件事来：“我看你昨夜早就找好了方向，那后面跪拜的仪式是干什么的？”

陆雪弃默然不语。

齐恒道：“你跟我说实话，你到底是不是东夏人？”

第三章 前路杀机

陆雪弃蜷着身子，轻垂眼睑，坦白道：“我是周人。”

齐恒忍不住伸手捏了捏她的脸，一时又觉得那细腻手感委实太好，俯身便将她压住，困在自己的臂弯里，道：“我看那仪式不是大周的，你是周人？你快给我从实招来，否则爷严刑逼供！”

陆雪弃便顺从地答道：“没错，我是东夏人。”

这下齐恒真不高兴了，眉心微蹙，伸手在她的脸上拧了一把：“到底是哪里人？”

陆雪弃复又改口道：“是周人。”

如此这般不说实话，左右摇摆，齐恒换了方法逼问。

他眉眼温柔，低头在她的脸上吻了吻，不慌不忙地柔声道：“乖雪奴儿，你实话告诉我，真是东夏人我也不怪你。”

陆雪弃道：“是周人。”

“周人？我周人可有这些乱七八糟的邪门歪道？”

陆雪弃张口就来：“我师父教我的，他说处子血辟邪，鬼挡墙时洒处子血可解。”

齐恒便拧了眉：“你师父是哪里人？”

陆雪弃的声音有些小：“他是东夏人，可我父母是周人。”

这事齐恒懒得追究了，睡饱了觉他正头脑清明，当下话语一转：“那你晕倒在周夏边境是怎么回事？”

陆雪弃看了他一眼，转眸黯然：“我想去东夏。”

她的声音轻浅，不知是否是齐恒的错觉，他觉得陆雪弃望他那一眼，意味不明，极为复杂，听了她的回答，齐恒不悦地拧眉。

陆雪弃道：“咱们周人极重门第，又以女子贞静柔弱为美，我身份卑微，偏又生了几分好颜色。妄想嫁个平常人过安稳日子也不可得，惹得地痞权贵垂涎，我会些功夫，让他们吃了苦头，他们便将我和猛兽养在一处，令我搏斗，供客人玩新鲜取乐。更有甚者，趁我表演精疲力竭之时，下了迷药，欲让宾客轮番玩弄……”

陆雪弃敛了话，齐恒却是怒了：“哪来无礼之人敢这般欺负你，你跟爷说，爷带着人去灭了他！”

陆雪弃道：“我逃了出来，但害怕权贵报复，便欲逃往东夏，听说东夏人崇尚勇武，我或许反得人青睐，不会为此受人欺负。”

齐恒便心生怜惜了，望着她的脸，道：“你欲逃往东夏，醒来又被我带回了大周，才那般和我耍横？”

陆雪弃半眯了眼笑了。齐恒见她柔美无邪的小样子委实可爱，忍不住伸手捏了捏她的脸。

“所以你便故意和我犟，后来吃苦头了吧？”

陆雪弃道：“你用冰水泼了我一身，还打量货物般地打量我，我以为又是个好色无耻的权贵，才心生敌意。”

齐恒听着这话很刺耳，但想想这形容和当时的自己也差不多，便也没好意思计较，嘿嘿一笑道：“那你功夫那么好，醒了逃走便是了，怎么就那么听话留下来，还任由自己被李管事使唤？”

陆雪弃道：“我后来知道你是平原王，大周最骁勇善战的小王爷，知晓你定不同于那些荒淫享乐的士族权贵，而且王爷身份高贵，即使不愿意庇护我，只要我在您这里，便不会有人敢擅自欺辱我，我……不想打打杀杀过一辈子，如今我只想依附王爷，不愿去东夏了。”

齐恒一听，顿时生出一种心花怒放的喜悦，却佯装生气道：“既要依附，为何当初不讨好求饶？”

陆雪弃低声道：“王爷那日发怒责罚我，我哪里敢去向你求饶。”

齐恒便笑，敢情是得罪了自己，心中害怕，不敢来讨饶。他转念又觉得不对头了，道：“你既想依附我，可在开始我们被困在雪地里的时候，你明知解决的办法，为何却说没办法？”

陆雪弃抿了抿嘴，小声道：“抱歉，因为我想试探一下王爷你的为人，若你无情冷血……”

齐恒知道陆雪弃要说的不是什么好话，却仍忍不住想知道后面的，问道：“若我无情冷血，那便怎样？”

陆雪弃应声道：“我便会唤野狼来，将你们撕成碎片，尸骨无存。”

话虽冷血，齐恒却觉得陆雪弃说的是真的。

想到此时抱在怀里的女子，差一点就因为自己一念之间做出的决定对他生出杀心，齐恒不由得心中愤然：“你真是心狠狡诈！”

而此时，东夏。乾贞帝一身玄色的衣袍，静立在漫天大雪中，一动不动地望着眼前巍峨的青丘。

青丘，是东夏历代的皇后陵墓之地，那日他的大婚之夜，亦是他丧妻之夕。

素白的雪花掩盖了墓顶黑黑的颜色，也似乎掩去了一切过往，掩去了记忆中的人。相识五年以来，自己都是带着半真半假的柔情与疼惜与她朝夕相对，想必后来她知晓一切后，定是恨他的吧。

如今他的妻已经香消玉殒，葬在这座青丘里，他在她的墓前种满了她喜爱的鲜花，时逢春夏，会香花似海。

青丘的背后是一大片湖，青丘里面都是按她生前居室喜爱的装饰细心布置的，仿佛这里的物件还带有她的温度、她的气息。

无人会知晓，他这样守着她，念着她，爱其生，却欲其死。这个皇后陵，自他认识她开始，便为她准备好了。

明明都按他心中计划顺利进行，可如今出现了一些意外。

犹如此刻，一想起她，乾贞帝心中便会翻涌起一种形同割裂的痛苦。他日日等待着她最后的消息，心中却似乎有着一丝复杂矛盾的期许，期许她也许还活着……

“陛下！”随着一声唤，身后传来贴身侍卫黑鹰越来越近的脚步声。

乾贞帝伟岸的肩背瞬间紧绷，下意识地握紧了拳。看来，他到底还是对黑鹰带来的消息紧张了。

乾贞帝放缓呼吸，松开拳，侧首，不动声色地道：“如何？”

黑鹰迟疑了一下。

乾贞帝拧了眉，不悦地道：“怎么了？”

黑鹰连忙回禀道：“黑甲军追击她到原湖山下，她……最后葬身在一个山洞里。”

乾贞帝脸色煞白，这本就是他预料中的事情，他努力维持着冷静的面部神情，他在乱想什么，这正是他期许的结局，不是吗？

他下意识又看向了青丘。

黑鹰觑见主子脸色，再也不敢误导主子，连忙小声道：“可是后来他们发现那女子并不是乌姜皇后，而是他人易容冒充的。”

乾贞帝蹙眉，莫名窒息，不由得道：“谁？”

“是那个叫阿弃的。”

“阿弃……”乾贞帝默默地念着这个名字，静静地仰起脸，闭上眼。

纷纷白雪落在他的脸上，又倏尔融化了。

黑鹰低着头不敢说话。

良久，乾贞帝收好情绪，低头看向右手拇指上的兽骨扳指，语声清冷：“那她本尊如今去哪里了？你们可有寻到踪迹？”

黑鹰欲言又止。

乾贞帝低声喝道："说！"

"是。"黑鹰立刻抬头说道，"我们一路寻找踪迹，后来听说齐恒在回程途中救下一名陌生女子，那女子武功非常，还帮他杀了谢止胥那边派出的人马，后来又帮他击退了御狼天人。"

乾贞帝骤然将眉一抬："你说什么？"

黑鹰瞬间感受到一种气势汹汹的帝王威压，他的心紧了紧，硬着头皮道："他们说，看那女子的身手，有些像乌姜皇后……"

黑鹰的话音到最后轻微若无，他低头等待着承受来自帝王的雷霆之怒，不料乾贞帝却没有发作，而是侧首望着黑鹰，有些愣怔。

他的心乱了。

她竟然声东击西准备逃往西周？还遇到了齐恒？

不可能，自己将她逼到如此地步，她定对自己恨之入骨，最有可能做的事便是回去寻找她家族的所有残余势力，而她的家族都集中在原湖山一带。

难道她想借助西周那群两脚羊复仇？

但两国矛盾不断，她的父亲大祭司一直忠于东夏，她竟敢抛弃一切，投靠外敌！

乾贞帝一时怒火中烧，道："出动黑水商团给朕查，一经查出，杀无赦！"

黑鹰领命而去。乾贞帝狠狠地踢出一脚雪，他感觉胸口一阵绞痛，痛得他的心滴出血。

齐恒一行人调整休养了几日，慢腾腾上路了。

恶战之后人总是懒洋洋的，齐恒整日歪靠在松软的虎皮褥上，和陆雪弃下棋解闷。

受他三哥临安王的影响，齐恒很喜欢下棋，而陆雪弃根本不会，齐恒从头开始教她。一切听他讲，听他说，受他摆布，做错了他还能呵斥取笑，齐恒感觉非常好。

陆雪弃算是个好学生，领悟力很不错，她和齐恒对弈的时候非常用心，只是走每一步都很慢，似乎想得很长远，落下的子却很一般。

齐恒一贯是大刀阔斧速战速决的打法，和一个喜欢深思熟虑的新手对弈，必然是一件辛苦事，所幸陆雪弃长得赏心悦目，看她的眉，看她的眼，看她挺秀的鼻梁、闭合的唇线，齐恒便很惬意，并不无聊。

陆雪弃却常常蔫蔫的，那一日随着马车晃荡摇动，她正和他下着棋，拈着棋子想啊想，然后就睡着了。

齐恒哭笑不得，只当她学棋的兴致退了，捏了她的鼻子，笑道："好了，别再装了，下错子爷也不罚你了，过来再玩一盘。"

陆雪弃挣开他的手，头越发往软枕里埋，看似非常想睡。齐恒只当她越来越会撒娇，于是以利为诱，说道："你起来，以后每有一子下得好，爷就奖励你，奖什么你自己说，喜欢什么，问爷要什么。"

陆雪弃"嗯"了一声，却困得睁不开眼。齐恒无奈，索性下了车骑马，由着她在车厢里睡。

他们此时已经过了边城，进入城内，便有了几分繁华喧闹的氛围。待到黄昏时分，他们进入一座县城准备住下。

齐恒在外面敲了几下车窗，却没人理。他不由得心下奇怪，打开车门查看，这一看骇了一跳，只见陆雪弃正蜷着身体，疼得冷汗直冒双唇发白。

齐恒忙抱住她道："雪奴儿，怎么了？"

陆雪弃蹙眉捂着小腹道："疼……"

齐恒有些慌："你是不是吃坏肚子了？你吃了什么，我们吃的都是一样的啊。"

他说着，急忙让车夫就近把车赶进了一家客栈，令人去请大夫。大夫来的时候，陆雪弃疼得在床上滚来滚去，齐恒在床前急得正跳脚。

那大夫请了脉，沉吟了半晌没说话。齐恒厉声催促："这到底是怎么回事？她吃什么了疼成这样？”

那大夫忖度着用词，躬身道：“这位夫人身体极是阴寒，又未好好调养，如今要来癸水了，难免发作起来，痛不可当。”

齐恒愣了一下，琢磨了半晌才明白了大夫的话，他看了眼床上咬唇隐忍、冷汗直冒的陆雪弃，出声道：“如何止住疼？”

大夫道：“老夫开几服药，但也只能缓解，救治不了根本。夫人这般体质最见不得寒凉，所有凉性之物都该少食，多饮生姜红糖水，每日用生姜盐水泡脚半个时辰，会有好处。”

那大夫开了药，又絮絮嘱咐了一些，齐恒忧心道：“每次都会疼？”

那大夫愣了一下。

齐恒道：“内子被人害了，还有救治可能吗？”

那大夫叹道：“老夫无力回天，公子还是另请高明吧。”

齐恒有一瞬的失神。那大夫被人引着出去，齐恒回头看床上弓着身痛苦呻吟的陆雪弃，只恨当初自己知道她被灌了虎狼之药，却没好好为她医治。

他当初何必同她斗气，不仅让她那般的身子挨打受寒，挣扎在雪地里，用冰冷刺骨的水洗衣裳。

齐恒觉得胸口有个东西被一刀一刀剜着，他走过去，陆雪弃忍着疼，虚弱地唤道：“王爷……”

她乱着发，一张小脸疼得煞白煞白的，显得眉目越发的乌黑清俊。齐恒想起大夫说用汤婆子暖暖会缓解，当下坐在床边伸手捞过她放在腿上为她揉腹，厉声唤外面的人灌了汤婆子来。

永哥儿很快拿了汤婆子来，不一会儿又端了温热的姜糖水来，后来熬好了药，又喂了碗小米粥。

齐恒守着她。

夜深了，陆雪弃让齐恒休息，齐恒道：“你疼得满床滚，爷怎么睡？难道要丢下你不管，任由你痛死吗？”

陆雪弃无甚力气，低声道：“我没那样痛了，王爷去歇息吧。”

齐恒“哼”了一声，说道：“你还敢逞强，没爷谁会管你！”当下脱了外衣，钻进陆雪弃的被窝，将她汗涔涔温暖的小身子一搂，道，“爷陪着你睡，免得你疼死了也没人知道！”

陆雪弃的疼痛舒缓，她将头往齐恒的胸膛一歪，便意识模糊。

有一个瞬间，她忘了身在何处，只觉得身边这个男人那结实有力的胸怀，带着温暖，有一种她熟悉的令人迷恋的亲近味道。

她不由得往前凑了凑，用额抵住他，如曾经熟稔的那般，与那男人亲密无间地厮磨挨蹭。

然后她突然间醒过来，一切，都不是从前了啊。

齐恒却被她的小动作弄得心里一柔一暖。

她像只柔弱无助的小动物，带着亲近讨好往他怀里凑，蹭蹭挨挨的似亲似娇。

齐恒不由得弯唇笑，如今知道他是她的依靠，知道他对她好了吧。

多好的雪奴儿啊，虽脾气有点犟，可不记仇。当初让她受了那样的寒和欺负，如今疼得半死不活的，对她好一点，便不计前嫌地往他怀里凑呢！

齐恒心一软，搂着她，轻声道：“乖，以后我再不欺负你了。”

陆雪弃没说话，齐恒抚着她的背，也不再说话。

接下来的几日，陆雪弃很嗜睡，醒时也是慵慵懒懒的。齐恒心中痛悔怜惜，也只由着她去。那日休息的时候，齐恒出去溜达，永哥儿捧了包点心来给陆雪弃吃。

那点心是从街市上买回来的，酥松甜软十分精致，陆雪弃很喜欢，喜笑颜开向永哥儿致谢，永哥儿又殷勤地为她捧了茶来。

齐恒从外面溜达一圈回来，看见陆雪弃兴高采烈地与永哥儿又吃又笑，不由得觉得碍眼，他长眉一拧，永哥儿吐了吐舌就一溜烟跑了。

齐恒在一旁坐下，瞟了眼陆雪弃的吃相，淡淡地道：“我短了你吃

喝吗？”

陆雪弃咽下口中点心，用手背拂去嘴角的残渣，没作声。

齐恒皱眉：“你喜欢吃这种点心，为何跟别人讨，不过来找我要？”

陆雪弃小声辩解道：“是永哥儿给我的。”

齐恒听了更怒，语气突然严厉了：“看看你这是什么吃相？”

他们停车歇在官道长亭下，往来有不少客商。几个东夏打扮的人骑着马过来，见陆雪弃被齐恒训斥，齐齐盯着她不断打量。

齐恒顿时察觉有人在觊觎他的雪奴儿，当下望过去，不怒自威地扫了一眼那几个东夏人，颇有“此女有主，闲人莫近”的警告之意。

那几个东夏人叽里呱啦互相交流了一会儿，为首的那个走过来对齐恒行了一礼，用生硬的大周语言道：“公子，这个姑娘是您的奴婢？”

齐恒语气不善：“奴婢如何，不是奴婢又如何？”

昭然若揭的敌意与态度令那东夏人一时语结，他们只好生硬地表明意图：“我们想买，价钱您开。”

齐恒冷笑：“我有说她要卖吗？她头上插着草标了，还是我大声吆喝了？你哪只眼睛看到了，哪只耳朵听到了？”

齐恒毫不客气的态度相当于挑衅，东夏人明显怒了，他的同伴上前安抚住，然后走到齐恒面前打开了一个盒子，皆是光华耀眼的珠宝。

那个东夏人道：“朋友何必恼怒，你们西周地灵人杰，看阁下气度不凡，家中这等美人定是数不胜数，少了一个，何必吝惜？”

齐恒瞟了一眼那盒珠宝，哼了一声道：“我家中珠宝也是数不胜数，你这点东西还看不进眼里。”

说完，齐恒携了陆雪弃上车，唤了随从护卫，浩浩荡荡地扬长而去。

齐恒见陆雪弃的脸有些白，不由得奇怪道：“怎么了，就这么小的胆子，被吓着了？

陆雪弃抱着膝，低着头不言语。

那脸色确实非常苍白。齐恒拧了拧眉：“你坐那么远干吗？过来。”

见陆雪弃没有动，齐恒自己凑过去了，望着她，关心地问道："怎么了？"

陆雪弃道："没什么。"

齐恒端起她的脸，皱眉道："没什么，脸煞白，跟我藏什么心思？"

陆雪弃牵了牵嘴角，笑了笑，垂了眸轻声道："以后王爷骂我，别当着那么多外人的面了。"

她的语气和神色，都极其温柔，齐恒不知为何却总觉得有点奇怪，不由得愣了。

她何曾这般与他说过话，用这么一种温顺而央求的姿势，向他提要求？这是她第一次提要求。话说得明明很直白，偏齐恒觉得很是淡泊委婉。

他当时心便有点软了，是，他当着别人的面训她，让谁都认为她是个卑微的婢女，垂涎她的美色，便可以开口买她。

她从前被欺负怕了，论及买卖难免害怕。一念及此，齐恒便将她的人捞进怀里来，笑道："傻丫头，是怕我当真卖了你吗？你把我当成什么人了？"

陆雪弃没说话，齐恒便逗她："你不是想去东夏吗？今儿要买你的人便是东夏人，正遂了你的意，怎么还吓成这样？"

陆雪弃的脸尚未有血色，听了这话，乌黑的眸子竟有了薄薄的水光，她低下头转过脸，齐恒未留意，只将她的脸又转过来，点着她的眉心道："舍不得爷了？害怕去东夏了？"

齐恒大笑，伸手捏着她的小脸，道："以后我不在人前骂你了，那人后你若挨了罚就得服气，嗯？"

陆雪弃应了，齐恒开心了。

他觉得雪奴儿是依赖他了，真心想要跟着他了。东夏人要买她，把她吓得脸色惨白，对着群狼时她都不曾害怕，但想到自己可能抛弃她，她害怕了。

雪奴儿不堪其辱杀了权贵，吓得欲逃往东夏，如今带着她回来，渐入内地，她会感到害怕也很正常。

齐恒将陆雪弃搂在怀里，承诺道：“你别害怕，有我在，绝不会让人欺负你。”

黄昏他们入城的时候，街边有很多点心小吃，齐恒便想起上午所见，于是问她：“你喜欢吃这里的食物吗？”

陆雪弃点头。

齐恒道：“喜欢吃不早说，我会拘着你不成？”

陆雪弃道：“以前没吃过，不知道。”

齐恒默然，他的雪奴儿什么都没吃过，不懂得好不好吃，自然不会要。

于是，他便令人把所有的点心都买了两块，然后瞅见她的衣饰，手上头上空荡荡什么都没有，便令车夫先去首饰店。

齐恒也是第一次和女孩子去店里买东西，他让店主把最好最贵的拿出来，让陆雪弃挑。

陆雪弃试着拿起一支蝴蝶金钗，店主连忙道：“姑娘好眼力，这金钗富贵精致！”

陆雪弃遂放下，拿起一支莹碧的玉簪子。店主道：“这簪子是最上等的蓝田玉，高贵娴雅。”

陆雪弃看了看齐恒，把簪子又放下，拿起一支点着红玉的金步摇。店主道：“姑娘戴这个，最雍容美艳！”

陆雪弃放下步摇，不再拿别的了。

齐恒道：“喜欢这个？”

陆雪弃摇了摇头。齐恒道：“那你喜欢哪一个？”

陆雪弃咬了咬唇，目光又在那一排首饰上流连。店主见了，忙殷勤地又捧来很多手镯耳环，口吐莲花地推荐。

陆雪弃却是看看这个又看看那个，不出声。

齐恒见她不能取舍的样子，便猜测陆雪弃大概是因为没见过世面，不知道买哪个，当下有点头疼，假如他真的要带陆雪弃回去，那种环境里，他身边的女子该如何穿衣打扮，也是大事了，没想到雪奴儿连这个都不知道。

齐恒虽是常年在军中，可是长于皇宫，美人虽常见，对首饰却不精通，好在成色好坏还能略知一二，于是他拿主意挑选了两样。

出了店门齐恒便郁闷了。

士族贵女，一出生便讲究熟知的东西，举手投足、眼界气质，还真不是一个皮相漂亮的普通女子便能学得来的。如今雪奴儿这副模样，到时他去找三哥求情帮忙，三哥不骂死他才怪。

齐恒心情低落，便没有了带她去买衣服的兴致，齐恒生着自己的闷气，与陆雪弃回了驿馆。

晚上无聊之时，齐恒教陆雪弃读书写字，陆雪弃字写得丑，书又背不过，齐恒发了脾气甩袖出去。

不知不觉出了驿馆进了街市，那正是晚饭过后，街上人来人往也算热闹。齐恒心里不知是焦是郁，信步便进了一家气派的茶楼，要了间雅间，叫了一壶碧螺春。

大周向来繁华富庶，士人崇尚清谈，放诞风流，养生饮食、烹茶煮酒都是分外讲究。

齐恒要了壶碧螺春，点了几份精致糕点，一个瑶琴歌女隔着珠帘而坐，煮茶少女娉娉婷婷地行完礼后跪坐在旁边，配着屋内的琴声乐曲，动作如行云流水地烹煮分茶。

她们容颜美丽，技艺娴熟，穿着打扮都很符合士族权贵的品位，微一接近，便能闻到她们身上若有若无的淡淡香气。

齐恒可能是心中郁躁，看了那些少女半晌，便挥手让她们退了。室内突然静悄悄的，唯有杯中水的热气袅袅娜娜地消散蒸腾。

打开了窗，天气干冷。齐恒捏着杯子，倚着窗看街市上的行人，看对街不远处的一家酒楼，正宾客喧哗灯火辉煌。

他在想陆雪弃。

他一直在想，刚才那些少女服侍的时候，他也在想，为什么因为不是她，他便觉得别人乏善可陈呢？

想起她杀敌时的果敢，御狼时的英武，拜月时的从容，陆雪弃身上有一种别样的美丽。她的人明明不在这里，却依旧在拨弄他的心，撩拨他的情。

齐恒不由得想，即使她不识字又有什么关系？不会读书又怎样？他偏偏喜欢她。

齐恒饮尽杯中茶，出了茶楼。

披着夜风，他大步走进了驿馆，刚走几步，他突然停步。

有杀气！

他激灵一下躲在身旁的树丛里，却见远远的房顶上，三个彪悍高大的身影飞掠而来，看那样子有几分眼熟，似乎是白日里见到的东夏人。

他们难道和雪奴儿有关系？

齐恒的心倏而提了起来。

那三个彪悍背影于房顶上来去如风，几个起落，便消失在夜色里。齐恒几乎以为自己眼花，或许只是夜鸟飞过，只因那些人行动快速，犹如鬼魅。

跟随的护卫此时凑到齐恒身边，轻声道：“王爷？”

齐恒拧眉推测道：“他们应该是之前和我们起过冲突的东夏人，想必是冲雪奴儿来的，他们白天没买走雪奴儿，便想今天晚上劫走。”

话语一出，心中怒火瞬间燃起。

在大周境内，那群东夏人竟敢持刀动枪来抢人，谁给他们这胆子，当真以为他们周人是手无缚鸡之力的待宰牛羊了？

齐恒冷声道：“回去召集咱们的人，让这群吃了豹子胆的东夏鞑子有来无回，统统留在我大周的土地上。”

护卫立刻追去，齐恒则转身回了房。

开了门，陆雪弃正在灯下乖乖地背书，齐恒弯了弯唇，走到她身边，拿了她手里的书，陆雪弃抬头看他。

齐恒道：“可背熟了？”

陆雪弃道：“还没。”

齐恒便弯腰将她横抱在怀里，在床边坐下，故意严肃地问道：“被我骂了，觉得委屈了吗？”

陆雪弃低着头小声道：“是我不好。”

齐恒心中偷笑，现在她竟然知道认错了，语气真诚，毫不作伪。

这时，外面传来护卫发出的哨子声，齐恒神情一凛，立刻抽身站起，当即提剑一跃而上，从屋顶破瓦而出。

月光下，之前潜入的那三个人已被齐恒的人包围，齐恒立刻跃了过去。

齐恒素来骁勇，战场上常常一马当先，冲锋在前。护卫们见自家王爷的踪迹，早已默契配合他行动起来，没有一丝慌乱。

护卫一下子涌了上来，在齐恒未被合围的时候，将那三人冲散开。

那三人身手凌厉，招招有力。齐恒的护卫都是大周中百里挑一的高手，这么多年经过战场的洗礼，无论身手还是谋略都在他人之上。

可惜对方并不是寻常高手，护卫们眼看一时不能得手，一声哨响，齐恒的人突然退开，一排铿亮的箭弩将那三人齐齐围住。

那三人有几分诧异，彼此望了望。

他们身上染血，已然负伤，却极为冷静，鹰隼般的目光带着探试与打量，齐齐盯向齐恒。

“阁下一定要对我们狠下杀手？”为首的人敛了眸子，沉声问。

齐恒冷笑道：“在我大周的地盘上你们敢胡作非为，是你们自己找死。”

那三人彼此交换了个眼神，齐恒却做了一个下斩的手势。那三人大吼一声，挥剑斩箭，其中最为骁勇的男子在其他二人的掩护下，竟冲开层层箭雨，杀出重围。

他拼死向外逃，却不料陡然迎头正对着一把剑，一剑直入眉心。

陆雪弃静静地望着他。

“你……”那人骇然睁大眼，然后一口血冲口流了出来。

陆雪弃拔剑，那人瞬间倒地，头正撞在她的脚边，她立刻后退了一步，似乎怕血溅到自己的身上。

东夏人似乎还有点力气，低语了一句，竭力想向前伸出手去的时候，彻底没了呼吸。

齐恒赶过来，皱着眉道：“他刚才说什么？”

陆雪弃神色平静地收了剑，用一块白绢拂掉剑上的血，冷静地说道：“东夏话，我不知道。”

她垂眸低头，低声道：“王爷……”她微行一礼，便转身进屋去了。

齐恒的心莫名其妙地跳了两下，跟着进了屋，见陆雪弃抱膝坐在床上，长长的头发披散下来，下巴抵着膝盖，垂着头。

他走过去坐在一旁，抚过她长而柔滑的发丝，用食指勾了她的脸过来，柔声道：“雪奴儿。”

伸臂将她拢在怀里，齐恒一下子将陆雪弃按倒了，去解陆雪弃的衣服，陆雪弃捉住他的手。

她静静地望着他。

齐恒整个人突然僵住，他读懂了她目光里的拒绝。

他顿时心凉了火熄了，不是怒，却有点苦，他不甘心，他很受伤，他涩声道：“雪奴儿……”

齐恒心中难受。

他俯身，抚了抚她额上的发，望着她的眼，轻声道：“你厌恶……我吗？”

他颓败地微蹙眉头，语似呢喃。陆雪弃目光静静，言语低微，她说：“他日王爷总要娶妃的。”

齐恒的脸一白，心一痛，突然无言。这一停顿，听到陆雪弃道：“我视王爷为知己，可王爷视我为何物？”

齐恒听出了她的质问，他很想诚实地回答，可他说不出口，因为一出口就会让自己彻底失去她。

他的雪奴儿看似唯唯诺诺，其实内心孤高冷傲。敢杀权贵，逃往东夏，整个大周的女子，谁能有这般果敢？

被权贵选中为奴为婢，尚可拥有一时的富贵，哪个寻常人家的女子敢抗拒权财的诱惑，直言拒绝呢？

况且凭陆雪弃的姿色，做一个侍妾外室足矣，她若愿意，必定早就名花有主，哪里还会被他遇见呢？他怎么就忘了，他们最初的开始，全部是因为她的桀骜与反抗呢？

齐恒不知道自己是怎样离开的，当他意识到的时候，他已经在屋外了。他忍不住回头看陆雪弃一眼，她正抱膝独坐着，长发垂落，看不清表情。

东夏开始飘雪。

黑鹰得到消息匆匆回禀乾贞帝的时候，乾贞帝正披着大氅，倚着栏杆，失神地看着庭院中的梅花。

犹记那时乌姜皇后喜欢梅花，这梅花是陛下在大婚前特意为皇后种下的。此时梅花迎着白雪开得正盛，处处冷香弥漫。

黑鹰在阶前站定，乾贞帝居高凭栏，望着漫天的雪花神色和语气都有一点寥落和散漫：“何事？”

黑鹰道：“陛下，下面的人传消息说，我们派去的黑水商团的人已死在大周了。”

乾贞帝话音一冷：“你说什么？”

“我们派去的都是顶尖高手，本以为志在必得，谁知他们皆被齐恒击杀。”

乾贞帝眯了眯眼。

黑鹰道："陛下，臣下斗胆猜测，若是凭他们三人的身手，纵使被齐恒弓箭围杀，不会一个活口也没有。"

黑鹰的话外之音乾贞帝自然懂，他抬手止住黑鹰的话，吩咐道："传令出去，让大周那边士族布局，我要陆雪弃。"

黑鹰应了一声，转身退下。乾贞帝在身后淡声道："他们大周不是最讲究尊卑的吗？一个婢女的死活，不要弄得天下皆知。"

黑鹰顿住，恭敬应了声"是"。

夜深，起了风，雪越下越大。乾贞帝冷着脸，伸手接住廊下飘落的一片雪花，雪花在他的手掌之中渐渐融化。

他突然用力地、狠狠地握住，他的眼底满是痛苦，仿佛看见了一个女子在春风里跑，甜甜地笑对他笑："东君！东君！"

第四章 怨深孽重

齐恒觉得上次在陆雪弃面前丢了脸，便开始闹别扭，第二日不与陆雪弃同车，与众护卫一起骑马了。

众人看这情形都知道二人是吵架了。只是王爷这次发的脾气还不小，都不理陆姑娘了。

如此三天，两人日渐疏远。

他不免气愤，他在台阶上下不来，她不知道给他个台阶下？

随后这个尴尬的氛围被永哥儿打破了。起因在于那次住店之后，齐恒故意转悠到陆雪弃的房间门口。

没想到看到的是陆雪弃坐在门边，为永哥儿缝着衣服，还哼着歌。

永哥儿在一旁陪坐着，陆雪弃的眼睛弯成了月牙，甜美地笑着，她的歌声柔婉，唱的是民间小调。

“陆雪弃！”齐恒一声断喝，肺几乎要被气炸了，他上前几步，凶狠地把陆雪弃拎进屋，“啪”的一声关上门。

陆雪弃揉着被弄疼的腕子，看着气急败坏的齐恒道：“怎么了？”

齐恒望着斜阳中陆雪弃清亮的眼睛，不由得愣住，她不知道他为什么生气？冲天怒气一下子被噎住。

他乱踱了几步，没好声气道：“你刚干什么呢？”

陆雪弃道："永哥儿的衣服破了，我帮他补一下。"

齐恒觉得这个不能追究，复又恶声道："那你唱的什么？"

陆雪弃道："乡间的采花小调。"

如同鸡对鸭讲，齐恒道："你知不知道我生气了！"

陆雪弃点头。齐恒瞪眼道："那你还敢存心气我？"

映着霞光，陆雪弃笑了，她明眸如水，笑得如花般温婉。齐恒也不知为何，见她这一笑，气便消了。

陆雪弃便捧了杯热茶，很是恭敬地呈上。

见她知道敬茶道歉，齐恒"哼"了一声，在椅子上坐下，接了茶，嘟囔道："谁稀罕喝你的茶。"

说完，他便喝了一口，然后皱紧了眉头："这么苦，这茶你放多久了？"

陆雪弃道："刚刚太烫，一直放着。"

齐恒放下茶，按了按额角，劝慰自己：她不懂品茶，她不是故意的。

可一瞥见她站在自己眼前毫无愧疚的样子，齐恒又有点气，于是道："你去寻人换一壶。"

陆雪弃应是，捧了茶壶出去，不一会儿，换了壶茶回来，倒入茶杯中，氤氲的热气带着茶香溢了出来。

陆雪弃模样有着平日没有的温顺与乖巧，齐恒看着她的样子，呷了口芳香四溢的茶，胸口那点闷堵便也消了。

于是齐恒放了茶，柔声道："过来。"

陆雪弃往前走了几步，被齐恒拉过手扯进怀横抱起来放在腿上。

人一进怀，齐恒顿时嗅到一种很清淡素雅的味道，如盛夏原野深山雨后草木的气息，令人心情舒畅。他不由得在她的耳颈处深嗅了嗅，握住她的手，十指交缠，道："想我了没有？"

齐恒说着，拨过她的脸去，盯着她的眉宇道："看着是个聪明伶俐的，怎么就这么笨，我不来找，便不知道去寻我？"

他说这话的时候，看似斥责，却语气温柔，竟不自觉地带出了几分缱绻。陆雪弃没说话，齐恒却挨近她埋首在她的颈侧，低叹了口气。

手指抚过她的墨发，齐恒贴着她的脸，一口咬住她的耳垂，轻语道："你只知道跟我闹脾气，和我犟，为何不愿先服软？先前那么多护卫盯着，你非得让爷低头去找你，一点不给爷面子，如果我不来，还不知晓你竟然替别人缝衣服、唱歌，哼，这一路上你也没有给我缝过衣服、唱过歌……"

说完，齐恒霸道地道："都怪你撇下爷不理，你若说你错了，我便大人不记小人过原谅你这次。"

陆雪弃在他怀里埋头缩了缩，齐恒一下子便笑了，捞过来将她的小脸用臂弯禁锢住，威胁道："说你错了！"

陆雪弃双眸亮晶晶地望着他："我错了。"

齐恒道："说你很想我！"

陆雪弃却望着他没说话。

齐恒看着她那目光，心便软了，却反倒逼陆雪弃承诺更无礼的要求："既然如此，以后我们若是再吵架，你必须每次都先来向爷认错，不准自己先闹脾气，也不许不理人，更不许故意对爷不好，偷偷跑去对别人好。"

陆雪弃听完"扑哧"一笑。齐恒低头便看见她偷笑的模样，不由得气闷地说道："你敢不同意，还敢笑话爷？！"

在这恶语声中，齐恒低头快速亲吻陆雪弃的唇瓣，一副"你是爷的人"的得意表情。

夜幕降临，屋里透进薄薄的月光。

齐恒抱着陆雪弃，半歪在榻上，他抚着陆雪弃的头发，又叹了口气。光影幽暗，却没有点灯。齐恒道："雪奴儿，你可否告诉我，你心底到底怎么想的？"

声音有一点低哑，却是极为认真地询问对方。

陆雪弃却没说话。齐恒挑起她的脸，笑了一下，柔声道：“先前听你说的话，是不愿我娶他人为妃？”

陆雪弃弯了弯唇。

齐恒望着怀里半绽的笑颜，怜宠地拧了把她的鼻子，说道：“放心，我说不负你，便是不负你，你怕什么？”

陆雪弃道：“我从没说要嫁给王爷。”

齐恒火了：“那你跟了我这些日子算什么？跟我上京来干什么？你心中果然还是有别人。”

陆雪弃闭嘴。齐恒按了按她左肩上烙印的地方，“哼”了一声道：“还有，别忘了你是我捡来的人，你的身上有我的印记，没有我的允许，哪儿也不准去。”

这话说完，齐恒也觉得有点说重了，屋里气氛顿时凝滞。

半晌，齐恒搂了搂陆雪弃，妥协般解释道：“我又何尝想你受委屈，我虽是王爷，却多受掣肘，如今不好与你细说，这些天我左思右想，只有两条路可以选，雪奴儿可愿听一听？”

齐恒拂过她额前的碎发，见她沉默，便当她默许了。

他道：“第一条路，我需要先去找我三哥，让他寻个理由将你变为江东陆家的人，江东陆家的家主陆定然，与我三哥私交甚厚，三哥出面，便没有问题。你虽身手厉害，但孤身一人还是会有诸多危险，陆家便是最好的庇护。你救我一命，三哥他常教导我受人滴水之恩当涌泉相报，即便不喜欢你，想来也会答应我的请求。之后你以陆家之女的身份嫁给我，虽为侧妃，也没人敢轻视欺负你，没人能对你说半个不字，只是雪奴儿你需得扮好身份，通晓一些琴棋书画、煮酒捧茶，日常的穿衣打扮和言语行止都需注意。”

陆雪弃默然不语。

齐恒自顾自地道：“第二条路，是假若三哥不同意我的请求，或是你不愿假扮陆家之女，我便为你置办一处宅子，百亩田地和精锐护卫，你可自由自在。”

陆雪弃淡淡地笑了笑。齐恒看她这表情，心中有些忐忑不安，问道：“雪奴儿你不愿意？”

陆雪弃突然坐起身，叹气道：“王爷痴念了！”

夜色幽浓，陆雪弃那声叹息，虽轻，却一下子叩进了齐恒的心底。

一时之间齐恒猛然意识到了什么，自己为情所惑，竟错看了最为重要的东西。

陆雪弃道：“王爷这一路屡遭凶险，逢凶化吉皆因为我，与其想我与王爷如何自处，不如想想那个幕后的人会不会放过我。如今这一路，幕后之人都不再出手，也许是因为京城才是最好的杀我的地方。”

齐恒也凛然坐了起来，“雪奴儿是说……”

陆雪弃轻声道：“我不会去假扮陆家之女，也不愿做你的外室，王爷可知，你对我的宠爱便是我的祸端。”

齐恒断然道：“不可能！”

两个人对坐着，久久不说话。

最后，齐恒道：“雪奴儿，假如真如你所说的那样，我只好告诉你实情，先前我以为你只是无端被卷入的圈外人，现在看来，你已经踏入他们的局中。如今想杀我的人最有可能的便是士族一派，他们向来主和不主战，不满我三哥临安王对东夏主战不主和，加上我手握大周兵权，与三哥关系甚佳，想必他们是想除掉我，断我三哥一臂。只因我王爷的身份，让他们不能一手遮天，只敢在背后下毒手！”

陆雪弃摇头道：“单凭大周的士族，能出动东夏的御狼天人吗？”

齐恒灵光一闪，突然道：“看来士族或许与东夏人有勾连。”

“所以等我到了京城，想必幕后之人会用杀人不见血的方法来对付我，我身手再好，也奈何不了。”

齐恒忙道：“你别怕，我想办法，我现在就给我三哥写信，派人快马送出去，我们耽搁一段，先别走，等三哥回信了再说！”

“王爷，”陆雪弃道，“现在怕是来不及了，京城里现在该是人人都知道王爷有了一个宠爱非常的侍妾。”

齐恒愣住，一时他有些迷茫。

陆雪弃在幽暗中淡淡笑语：“再说你三哥临安王怎会因为一个无关紧要的女人，与士族鱼死网破？如今在京城里，他人看我定以为我是一个狐惑媚主的侍妾，又或者是王爷你的软肋，时时盯防，我想神不知鬼不觉假扮成陆家之女，想必是难上加难。而你越护着我，越宠着我，便越会激起眼中钉的仇视，临安王到时为平衡皇家与士族的关系，也不会坐视不理，到时候王爷你更护不了我。”

这话如一记重击，击得齐恒撕心裂肺，他哑声道：“那我该怎样？”

“如今要破此局，”陆雪弃顿了一下，轻声道，“不如王爷你认我为妹妹，不做外室，不做侧妃。”

“不行，”齐恒断然拒绝，“我不会答应。”

陆雪弃不再说话。

齐恒猛地下了地，恨恨地往外走，半途停住，回身对陆雪弃道：“你是我的，也许我三哥不会与他们鱼死网破，但我会！谁容不下你，我便与谁鱼死网破。”

齐恒说完便出了门。陆雪弃半垂着眼，静静地坐在淡淡的月光中。

启程后，齐恒突然下令放慢速度，一日才行三十里。

可毕竟离京城已近，再缓也缓不到哪里去。四日后，派去京城的人快马回来，带来了临安王的信。

那天中午他们住进驿馆，齐恒看了信，到黄昏也没从房里出来。

大周的都城云安气候温暖，如今他们离都城还有两百余里，已是绿木青葱，商贾云集。

陆雪弃去寻他的时候，拿了一小枝白梅花，齐恒背对着夕阳靠在椅子上，见了她，也没说话。

“王爷，”陆雪弃走过去在他面前坐下，笑着道，“这驿馆后园有几株梅花开了，很香，你闻闻。”说着，她将手中的白梅递给齐恒。

齐恒微笑着接过，放于鼻端轻嗅了一下：“雪奴儿终于知道来哄我高兴了，过来。”他将陆雪弃抱在怀里，摸了摸她的手指和冰凉的脸颊，责备道，“大冷天，出去赏花也不穿得暖一点，冻得这么凉，当心过几天癸水来了，又疼得你满床打滚，七魂没了六魄。”

见陆雪弃笑了，齐恒道：“你既出去折梅，折这么小一枝能干什么？怎不折多一些，也能插在瓶子里。”

陆雪弃道：“园子有人看管，我是偷偷折了藏在袖子里拿出来的。”

齐恒笑道：“你倒是嘴笨，只要说是本王要的，哪个还敢吝惜几枝梅花？”

陆雪弃望着他嫣然道：“我向来身份低微，这种仗势欺人的事哪能习惯。”

齐恒拧她的鼻子：“看来是我错了，你不是嘴笨，你是说我仗势欺人了？哼，要他枝梅花，是爷看得起他。”

陆雪弃莞尔，斜阳半透过来，她的目光清澈明亮。齐恒突然想起初见时，她的眼神也是如此清澈。

齐恒的手指抚上她的眼角，心中暗叹一声，将她往怀里抱了抱，俯身吻了吻她，贴着她的脸道：“三哥若是不管，我无法护着你的话，雪奴儿怕不怕？”

陆雪弃道：“王爷这般模样，是被临安王爷在信里骂了？”

齐恒老实说道：“嗯，被骂了。三哥回信说，勿耽于女色，速速回京。”

陆雪弃便笑了。

齐恒在她耳垂上咬了一口：“都什么时候了，你还笑！”

陆雪弃歪头躲了一下，问道：“那京城里怎么说？”

一提起这个齐恒就有些恼火：“京城内竟有人散布谣言说，你是我

从东夏带回来的女奴，因会舞刀弄枪，才得我宠爱。”

陆雪弃笑言道：“有明珠在前而拾瓦砾，讥笑你不识风月，品位粗鄙？”

齐恒眼睛一横：“你说谁呢！”

陆雪弃歪着头，笑而不语。齐恒哼了一声，警告道：“你再敢惹我，当心爷立刻享用了你，反正耽于女色的恶名已经背上了，我还没吃着，岂不是冤枉！”说着将她放到地上，起身拉了她道，“走。”

“干什么？”

“看梅花去！”

他们到梅园的时候已经斜阳半落，天气干冷，霞光有些淡，拉得他们的影子长长的。

王爷赏梅，果然没人敢管，只是梅树多半是一些晶莹玉润的花苞，还未开放，齐恒赏了一圈，觉得没趣，便问：“你之前怎么会在此处逛那么久？你看这一园子的梅花皆是花苞，积雪薄薄一层，可以说是无花无雪，这哪里是美景，有何好看？”

当时他们手牵着手，陆雪弃道：“花在含苞时才是风景最好时，若是开了，不久也就谢了，也便会为人所弃了。”

齐恒突然听出了这其中的话外之音，不由得睨着陆雪弃道：“雪奴儿不准我亲近，是怕我负你？”

陆雪弃道：“不怕。”

齐恒挑眉应了一声，陆雪弃道：“未曾付与，怕什么辜负？”

齐恒道：“可笑，雪奴儿你已是我的人了，怎么不曾付与？”

陆雪弃笑道：“那即便是付与了，别人要扔也只会扔，我又怕什么呢？”

齐恒伸手摘下一朵盛开的红梅花，一把将陆雪弃拉进怀里，将花别在她的鬓上，捏捏她的小脸道：“你是我发现的宝藏，爷扔谁，也舍不得扔你。”

陆雪弃道："天下负心的男人，哪个不曾这样说过？"

齐恒道："不准跟爷犟嘴，不惹我生气，你便浑身不舒服是不是？"

霞光隐没，天边升起一轮圆月，散着黄色的柔光。

园子里的梅树下，齐恒坐在长椅上，将陆雪弃拢在怀里，二人相互依偎。明月在侧，枝头的梅花疏影横斜，齐恒暖着陆雪弃的手，两人一言一语。

"冷不冷？我们回屋吧。"

"不要。"

"你受了凉怎么办？"

"当初让我用冷水洗衣裳，跪在雪地里，王爷也没有怕我受凉。"

"你好大的胆子，竟然翻旧账？"

"王爷做的账，便不准人翻？"

"那你在大雪原试探我，想唤狼吃了我，是不是也要翻一翻？"

陆雪弃不以为然，齐恒点着她的眉心道："就你这些事，也只有我宽宏大量肯原谅你，否则，背弃夫君心存二心，看治你什么罪！"

陆雪弃反驳："那我还救了你两次呢！"

齐恒道："救我便有理了？你别忘了，我不先救你，你有救我的机会吗？受人之恩，危难之时，不该涌泉相报？"

见陆雪弃词穷，齐恒便笑了。

他突然觉得与他的雪奴儿斗嘴，看她气闷吃瘪，当真是好玩极了，忍不住便想欺负她。

月渐升空，其色皓白，光华万丈。

齐恒抱着陆雪弃，窃窃私语："雪奴儿，你别打和我撇清关系的主意了。我们千里迢迢一路走来，就算我应你的话，向旁人说你是我的妹妹，旁人也不会相信，如今我们还未进京，三哥便认为我耽于女色，可见京城里谣言更为夸张，如今你不管是我的婢女还是侍妾，你都是被我宠爱了，雪奴儿。"齐恒眼底情色迷离，身下的冲动有些难忍，他紧紧地磨蹭着陆雪弃的脸，隐忍着道，“你便从了我吧，我一定会对你好，护着你，好不好？”

陆雪弃的眼如星空般深邃而亮，她说：“王爷与我打个赌，若是赢了，我便依你。”

齐恒身体一顿：“什么赌？”

陆雪弃道：“我到了京城三个月后若还能活着，便嫁给你，为奴为婢，全不介意。”

齐恒忽而冷静了，心内一凛。

这般赌注，这样决绝，他的雪奴儿是抱着必死的心了？

想来齐恒又心疼，有一股怜悯的情绪充溢他的心底，他一把搂了陆雪弃，按在胸口上说道：“胡说，爷在一天便有你在一天，除非我也死了！”

陆雪弃突然闭了眼，默默流下泪来，只是齐恒并未留意到。

她轻声道：“人皆有不得已，你这样又何必？”

齐恒只使劲地抱着她，断然道：“谁敢杀你，我绝不容许！我虽是王爷，但多半时间是站在战场拼死杀敌，只知男儿要顶天立地，迎难而上。若你甘为奴婢，我却护不住你，那我生在天地间，活在朝堂上，还有什么用？”

齐恒没吃晚饭，后来永哥儿送了夜宵，齐恒吃了几口，就没了胃口。

他躺在床上，心潮渐渐平静，突然升起了一个念头。

雪奴儿如此慧黠聪颖，怎么会不通礼仪和进退？想来都是装傻充愣在骗他。否则以她玲珑剔透的心思，能将他与京城的势力纠纷想得透彻，怎么会在一些奇怪的地方显得蠢笨呢？

那些惹他心动的风采与气度才是陆雪弃真正的一面，那些唯唯诺诺的木讷笨拙，看来皆是她用来掩藏自己的伪装。

一想到此，齐恒不禁气得牙痒，雪奴儿真是狡猾，竟这般骗他戏耍他！他突然脑子又一转，她骗他做什么呢？

做出副笨样子，故意惹他厌弃，是想要逃离他的身边吗？想至此，齐恒再也躺不住，翻身下床，便去寻陆雪弃。

夜已经深了，陆雪弃的屋里熄了灯，齐恒先敲了敲门，问道："雪奴儿，睡了吗？"

没人应。

齐恒再敲："雪奴儿！"

还是没人应。

齐恒威胁道："你快过来开门，否则我踹门了！"

还没声音。

齐恒一怔，用力一推门，门开了。

里面空荡荡的，没有人。

齐恒的心瞬间皱作一团，他一把挑开床幔，在屋里找了一圈，然后快步冲出去大声吼道："来人——"

明月高挂，永哥儿扇着火，在梅园里教陆雪弃煮酒。

火光跃跃跳动，壶里飘散出醇厚的酒香。永哥儿见陆雪弃来向自己学艺非常高兴，谢天谢地，陆姑娘终于知道要讨好王爷了，于是把自己多年服侍齐恒的煮酒技艺倾囊交出，毫无保留。

永哥儿细心讲解，陆雪弃认真地学，此时闻见酒香，不由得探过头去抽动鼻子道："是不是好了？"

说完她伸手去拿壶盖。永哥儿忙阻止道："当心烫！"

还是阻止未及，陆雪弃被烫了一下，缩了手。永哥儿忙紧张道："陆姑娘，你没事吧？"

陆雪弃抚着手道："没事没事，没烫着。"

永哥儿道："我若把你烫着了，回头爷非吃了我不可。"

月色皎洁，陆雪弃嫣然一笑，如一朵绽放的白梅花般洁白无瑕。

永哥儿抓抓头，用布子端下酒来，放在小桌上，借火烤着手道："让酒凉一凉，等所有配料的滋味都慢慢渗进去，融在酒里，才最好喝。”

陆雪弃应了一声，拨了火，道：“永哥儿，咱们王爷为何不喜欢他的婚事？”

永哥儿道：“是那些士族委实太欺负人了，只因王爷在军中长大，一身军中匪气，说话左一个爷，右一个爷，那些士族子便嘲笑王爷谈吐粗鲁，说王爷既然自称爷，还封王干什么？王爷年少气盛，当面便与那人动手，此事被临安王知晓，王爷遭到临安王的训斥，京中权贵更落井下石，皆斥王爷为武夫。”

陆雪弃道：“这与谢家婚事有什么关系？”

永哥儿道：“也是事情赶巧了，那些士族贵女有一次聚会评当世英豪，谢家姑娘谢十六说临安王磊落俊朗，如秋水白石，庭间玉树；说王家季轩公子，风姿皎皎，光华若云间月；说她自家五哥，字字珠玑，风采如浮光掠水，美不胜收；又说陆家叔夜公子，挺拔如凌秋翠竹，骨气高洁。便有人哄笑，说那你的未婚夫婿英姿飒爽的平原王呢？那谢十六叹道，休言那武夫！于是又引起席间大笑。这段话不胫而走，一时大街小巷俱是添油加醋地风传，王爷心高气傲，如何受得了未婚妻这般讥笑？”

陆雪弃笑而不语。永哥儿摸了摸酒，说道：“差不多可以喝了，陆姑娘尝尝。”

一盏淡酒，滚烫，飘着怡心醉人的香。陆雪弃轻抿了一口，惊叹道：“永哥儿好手艺，当真好喝极了。”

永哥儿自得地一笑：“不瞒姑娘说，王爷最爱喝我烫的酒了，姑娘仔细将这手艺学了去，王爷定会更喜欢你。”

陆雪弃喝着酒不答话，永哥儿在一旁道：“依我看，王爷对姑娘当真动了心，姑娘要好好把握机会。那谢家女高贵，将来整个王府后院都会是谢家的天下，到时候她们带来的陪嫁女，连带婆子丫鬟，都是谢家人，定会想法子夺了姑娘你的宠爱，所以你讨好王爷得王爷的欢心最是要紧，千万别再三天两头惹王爷生气才是！”

陆雪弃聆听教诲，不言不语。

永哥儿道：“我说的都是好话，姑娘你别听不进去！想咱们是什么交情，这一路走来，最是熟悉，更别说你还救过我们大家的命，我们这些个弟兄全为姑娘担心着呢！眼看这京城日近，您再与王爷别别扭扭，不讨得他欢喜，到时候岂不要被谢家女欺负死？”

陆雪弃笑言：“永哥儿你多虑了。”

永哥儿道：“这可不是多虑，姑娘你没名分，唯一指望的就是王爷宠爱，王爷又经常在外打仗，到时还不是可怜了你？”

陆雪弃淡淡道：“你们都知道，他又如何不知道，只是区区侍妾，又有什么可惜的。”

永哥儿一怔，却突感一阵悲凉，只安慰道：“陆姑娘别误会，王爷不是那样的人，我从小跟随王爷，最了解王爷，王爷重情义，看着脾气坏，却肯为底下人出头，不准他人欺负。”

陆雪弃却不动声色地岔开话题道：“王爷的生母……”

永哥儿忙“嘘”了一声，左右看了看：“姑娘，这话可不是瞎说的！”

陆雪弃狐疑道：“怎么？”

永哥儿犹豫了一下，道：“王爷的生母身份卑微，因被皇上一夜宠幸有了身孕，却被皇上不喜，王爷自小便混在奴仆中养着。后来王爷的生母病故，王爷年幼却好争勇，被临安王爷看中收留，便养在贵妃娘娘名下。可谁都知道王爷不是贵妃娘娘亲生子，暗地里嘲笑他下贱坯子，凭着勇武封王，不过沐猴而冠。王爷因着三言两语便与士族子出手打架，也实在是被嘲笑得狠了。这话姑娘千万别与王爷提，提一回王爷恼一回，姑娘可是差错不得的！”

陆雪弃道：“如此，多谢永哥儿提点。”

永哥儿摇头道：“提点谈不上，只是京城之中是非多，姑娘孤身一人，再把王爷惹恼了，那可如何是好？”

这时，远远传来一声冷哼：“花前月下，煮酒谈心，你们当真是好大的兴致！”

永哥儿忙爬起来跪下，失色道：“王、王爷！”

齐恒瞥了眼小桌，快步走过去一脚将永哥儿踹翻在地上，喝骂道：“三更半夜，只当我睡熟了，眼瞎了，是吧！”

永哥儿忙哀声申辩道：“王爷息怒，不是那么回事。陆姑娘只是找小的说要为王爷学煮酒，要小的教她！”

陆雪弃起身过去，弯腰将永哥儿扶起来，说道：“你先回去吧，没事了。”

永哥儿自是不敢，期期艾艾地望着齐恒，齐恒道：“还不滚！”永哥儿这才一溜烟跑掉了。

陆雪弃捧着杯酒，迎着月光，笑道：“你这不问青红皂白，又乱发什么脾气？”

齐恒怒犹未消，瞪了她一眼，呵斥道：“你大半夜不睡觉，找人煮什么酒！”

陆雪弃道：“初学手艺总得背着王爷，要不然在王爷面前献丑，定会惹得王爷嘲笑。”

齐恒冷哼一声，走过去大大咧咧往凳子上一坐，一把将壶中酒泼洒在地上，陆雪弃讶然道：“王爷！”

齐恒横了她一眼，用手指敲着桌子，说道：“方才你不是学煮酒吗？这学了一晚上了，爷就验一下你之前是在真学还是在假学，不如你现在就为爷煮壶酒吧。”

因热酒泼洒在地上，空气中都是淡淡的酒香，陆雪弃为难地咬了咬唇，低声道：“王爷，我刚学……”

齐恒见她露出怯意，心里便觉得有几分好笑，再一想她这些时日定是在他面前装傻卖痴，当下冷笑着威胁道：“学了一晚上就够了，还不快些煮来，若是敢故意煮得酸苦难喝来戏弄爷，当心就罚你跪一晚上。”

陆雪弃捧着酒低下头，齐恒丝毫不怜悯：“若煮出了永哥儿的八分水准，爷就饶你，若敢在我面前装傻充笨，那你给爷试试，京城里不是都说我宠你吗，看我不责罚你一次，让他们看看我有多宠你！”

陆雪弃没有说话，低头回到桌旁有条不紊地准备配料、拨火、煮酒，那专注的表情上带着有一种旁若无人的洒脱。

齐恒本是想吓唬吓唬陆雪弃，逼出她真正的一面，却不想把她惹生气了。

之前他见那空荡荡的屋子里没有一个人，以为她走了，天知道他有多害怕和恐惧，闯进梅园的时候见她与永哥儿在煮酒，虽松了口气，却是转忧成怒，那股子邪火便发在了永哥儿身上。可是一听说是为了他才学煮酒的，齐恒便如同被人轻轻挠了一下，气陡然消了，还有点喜滋滋的，只是故意板着脸想借这由头整治整治她，却不想过犹不及，话说得过了，下不来台了。

于是便僵持着，她低头煮酒，他闷声等着。

看她的姿态娴熟，一丝不苟，毫无差错，齐恒不禁有点走神。嗯，他的雪奴儿果真冰雪聪明，一点就透。

酒“嘶嘶”地响了，红彤彤的火光映着陆雪弃的脸，她穿着一件月牙白的锦袍子，越发衬得冰肌玉骨，眉目如画。

陆雪弃端下壶放在桌上凉着，齐恒等了半晌，想和她找句话说。

“多久便能喝了？”

陆雪弃垂眸道：“王爷稍等，夜深风冷，不劳王爷久候。”

齐恒咳了一声，轻声责备道：“知道夜深风冷，怎么想起半夜学煮酒来了？要学也在屋里啊，跑到这大冷天里胡闹！”

陆雪弃低下头，不吭声。

齐恒缓声道：“说你几句还不乐意了，过来。”

陆雪弃却没有过去，而是为齐恒斟了杯酒，双手呈上去。齐恒接了，也不知是为了什么，他便认定陆雪弃煮得应该很可口。

于是他很放心地喝了一大口，然后“噗”的一声吐出来，一股酸涩苦辣如火烧般直冲咽喉，齐恒跳起来叫道：“这是什么味道？”

陆雪弃一下子笑出了声，笑弯了腰。

齐恒怒道：“陆雪弃！”

陆雪弃仰着脸笑道：“来打我啊。”

齐恒道：“你以为我不敢！”说完便冲上去追，陆雪弃躲进梅花里，却很快被齐恒追到抱进怀里。

他们到京城的时候，是腊月二十，年关已至，天空飘起了细细的雪雨，有些阴冷。陆雪弃来了癸水，正是第二天，整个人面色苍白，有气无力。

而他们尚未进城，在离京三十里的地方却都围着人。

齐恒皱了皱眉，这阵势比他们打胜仗回来还要兴师动众。他马上发现不对劲了，原来迎接他们的都是士族，只见他们香车宝马，盛装光鲜，极尽奢靡。

齐恒反感地眯了眯眼睛，一个傅粉簪花的年轻贵族上前笑道：“得知平原王爷得了一名异域美人，我等恭候在此多时，还请王爷牵出美人来，速让我等品鉴品鉴！”

那年轻的贵族正是谢家嫡子谢六郎谢星河。齐恒环顾了一圈，却见韦、颜、杜、高、王、谢家的几个浪荡子都汇聚一堂，听完谢星河的话后，齐恒不由得冷下脸，斜睨谢星河一眼，冷冷地说道：“我的美人，凭什么与你品鉴？”

一旁斜倚在车舆上的庾三郎庾显，刚张了嘴吞下了美貌婢女喂的一粒葡萄，听齐恒这样说，便高声笑道：“平原王何故这般小家子气？难道是你那视为宝贝的婢女生得甚是丑陋，见不得人吗？”

众人前仰后合地大笑起来，又高声议论起来。

“东夏女人彪悍，力大如牛，王爷果然口味独特！”

“你不能这样说，东夏女舞刀弄枪，正与王爷志趣相投，珠联璧合！”

“想不到王爷喜欢身壮力大的婢女，早知道将我家粗使的丫头赠予王爷，王爷何必千里迢迢寻东夏女，反叫人笑话我大周没女人了！”

“王爷何等尊贵，意气风发，万紫千红还不是任其采摘？只是王爷厌恶我周女秀气温柔，不会舞刀弄枪。”

“听说东夏女尚武，你们棋逢对手，王爷还能一展神威吗？”

此语一出，又是一阵前仰后合的哄堂大笑。不但那些士族子笑，连同旁边伺候的男男女女也低头掩嘴而笑。

齐恒握紧了拳，手上青筋暴起，一张俊脸因忍怒而涨得通红。一护卫忙上前对齐恒道：“临安王吩咐不得多事，王爷休与他们纠缠，速进京见过皇上和临安王吧！”

齐恒按捺住火气，咬牙切齿地怒笑道：“诸位让开，小王无暇耽搁，这就进城见过父皇！”

庾显正抱着美人调戏亲嘴，听得齐恒这话，不由得笑道：“我等哪敢耽搁，只是王爷进宫面圣，留下那美人便可，纵是丑陋难言，也让我等开开眼！”

齐恒怒道：“你等欺人太甚！”

众人便笑了，庾显道：“平原王这是舍不得美人了？来啊，领我的人出来吧，给王爷随便挑选，以作交换！”

一声令下后，竟鱼贯而出二三十个结实肥胖的丑陋婢女，那些人行礼见过齐恒，惹得众人发出一阵声可震天的大笑。

齐恒的面目有些狰狞扭曲了，当下杀气外露，喝令道：“来人！有狗挡道，给我冲过去弄走！”

他虽如此喝令，仆从护卫却不敢妄动。他们自是知道，这些人的背后势力都不可小觑。

齐恒却回首怒道：“还不给我动手……你们在怕什么？不去清路，难道要本王让路？哪个再敢拦路，都给我踹一边去！”

他这一番话杀气腾腾，一时众人静了，面面相觑。

齐恒的护卫持刀按剑上前几步，那些婢女吓得忙作鸟兽散，庾显甩了身上的人站起来，冷声道："平原王威风啊！"

齐恒道："哪有你庾三郎威风，天子使臣，王爷车驾，你也敢拦截戏弄！"

庾显冷冷一笑："这就是王爷无知了，我等听闻王爷归来，出京三十里盛情迎接，怎是拦截戏弄呢？"

齐恒道："小王不敢承庾三郎如此盛情，还请让开车舆，让小王过去，别逼小王刀剑相向！"

庾显道："王爷何忍辜负天下名士？区区一婢，也如此吝啬，岂是我大周王爷所为！王爷如此，便不怕陛下和临安王斥责？"

这时，一个清越的声音道："王爷，诸位既要见我，便让他们见一见吧，正好我心有疑惑，还要请教诸位。"

齐恒见车帘微晃，一只纤纤素手便欲挑帘而出，不由得出声喝道："雪奴儿，这里没你的事，不要出来！"

素手定住，缩了回去，车帘复又平静。

整个郊外大路上，众人也瞬间没有了声息。车里那声音清越若天籁，让人心神一凛，想见其风采。

又见一只纤纤素手，色如冰雪，引人心思摇曳，只觉得轿帘之后该是位绝色佳人。那群士族浪荡子突然哑口无声，盯着轿子，眼中皆是惊艳之色。

谢星河忙接口道："不知姑娘有何疑惑？"

陆雪弃道："我听闻大周文采风流，名士放荡不羁而自有风骨，可是当真？"

谢星河道："这个自然！"

陆雪弃复道："我听闻士族公子，明珠玉珰，骨骼清奇，文采斐然，光耀星汉，可是当真？"

谢星河回视他身后的士族之子，没说话。庾显柔声道："听美人此问，是不信我们？明月照积雪，池塘生春草，我士族传唱天下的诗赋数不胜数，美人竟不曾闻识？”

陆雪弃轻声道：“公子所言之事平民百姓都早有耳闻，奴婢只是对今日所见，心生疑惑罢了。”

颜家四郎颜子贤接声道：“美人因何疑惑？”

陆雪弃道：“我为何不曾得见传闻中士族公子的卓然风采，却见诸位如市井无赖，只哗众取宠讥人所爱呢？”

她一声轻叹，竟让众人一时哑口而无言。

庾显半敛了眸子，非常纳闷地看了一眼齐恒，然后面上堆笑地说道：“美人露出一面，岂不谣言自破？”

陆雪弃叹息道：“我家王爷吩咐，我自不敢违拗，公子所言，恕奴婢不能从命。”

庾显的脸色顿时很难看，他应了一声，目光落到齐恒脸上：“王爷想动武开道，就确定一定能赢？”

齐恒道：“为何不能赢？”

说完齐恒的护卫上前一步，众士族子身后也“唰”地闪出数十位锦衣仗剑的家卫，双方一下子剑拔弩张。

这时不远处驰来数骑，为首的男子一袭白袍，他翻身下马，远远地道：“临安王爷久候阿恒不至，令我等来接，不想竟与诸家公子偶遇在此处闲聊。”

齐恒忙上前施礼道：“陆二哥安好！”

陆定然含笑还礼道：“阿恒如今封王了，切莫如此客气，此行不辱使命，一路辛苦了。”

齐恒道：“我三哥旧伤可好了？”

陆定然道：“临安王无恙。”

这时陆家一个小分支的嫡子，硬着头皮上前，向陆定然行礼道：“二哥。”

陆定然淡淡地瞟了他一眼，“子勋也在。”

那陆子勋对陆定然甚是畏惧，应了一声，唯唯诺诺地跟到陆定然的身后去。陆定然笑着环视了下众人，众人纷纷和他打招呼。

陆定然笑语道：“诸家公子玩吧，在下还要回去向临安王复命，不能久陪，失敬了。”说完他翻身上马，回头对齐恒道，“阿恒也先别叙旧了，临安王当真等急了，走吧！”

齐恒忙上马跟了去。陆定然回头静静地盯着挡路的车驾，那些士族公子哥再不敢吭一句，乖乖地让出路来。

两人并肩骑马一路进入京城，齐恒亲自将陆雪弃安顿好，急匆匆换完衣服便去见了安兴帝。

齐恒进了御书房，规规矩矩地给安兴帝叩首行礼，又向下首坐着的临安王齐渊施礼问安。

他一进去，便感觉到气氛有些不对。安兴帝令他起来，却并不赐坐，齐恒只好低头原地站着。

安兴帝道：“依你之见，乾贞帝状态如何？”

齐恒道：“人很悲痛，但不消沉，言谈应对如仪。”

安兴帝点点头道：“大婚之夜遭遇青丘之乱，与乌姜家反目成仇，乌姜皇后又死了，听说两个人原来是很恩爱的，铁血如乾贞帝，也难过情关哪！”

齐恒觉得安兴帝只听见了自己前半句，没听见自己后半句。

乾贞帝风采姿仪，因了丧妻之痛，眉宇间淡淡的哀伤让他的整个人更加沉敛，风采似乎更胜从前。

丧妻之痛是暂时的，更真实的是东夏皇族因这一场青丘之乱，谁也想不到乾贞帝竟然在新婚之夜，对要与之结亲的祭司一族狠下毒手，更一举剿灭了他们全族，摆脱了大祭司对皇权的制衡，从此乾贞帝一人独大。

乾贞帝的野心可见一斑，如此下去，他势必再次领兵西侵大周，完成他一统天下的雄图霸业。

齐恒这边惜字如金，却听得安兴帝突然话音一转："听说你带了个东夏女人回来？"

齐恒有些惊心，连忙躬身道："父皇，雪奴儿是周人。"

安兴帝面色一沉，冷然道："不管周人夏人，你好自为之，不准放肆，玩什么宠婢灭妻！"

"父皇……"齐恒唤了一声，终究没敢顶撞。

安兴帝道："区区一个婢女也能闹得满城风雨，你是要朕亲自赐死吗？"

第五章
风刀霜剑

齐恒吃了一惊，忙道："父皇，雪奴儿救过儿臣两次命，岂能因其出身卑贱，便知恩不报，忘恩负义？"

"哼，"安兴帝面若寒霜，"堂堂大周王爷，有最精良的护卫三十二人，却要等着一个卑贱婢女救两次，你当天下人都是傻子？若真的有人信，又会如何看朕的皇室？"

齐恒看了看在座的临安王，临安王面色无波。齐恒解释道："父皇，儿臣并非妄言，儿臣……"

"啪"的一声，安兴帝重重地在桌上一拍，冷笑道："她既是你的婢女，救你是她的本分，便是她护主死了，又怎么着？是不是还要朕对她感恩戴德，礼让三分？"

这话说得太重，齐恒慌忙跪在地上，叩首道："儿臣不敢！"

"你有什么不敢！"安兴帝喝道，"人还没来，整个京城就都知道你是个痴情种子，把个婢女宠上了天。你明明大婚在即，却弄个狐媚婢女来，是想做给谁看？你让朕的脸往哪儿放，谢家的脸往哪儿放？"

齐恒跪在地上低着头不敢回嘴，安兴帝道："回头把那个婢女处理了，然后你就在府中闭门思过准备大婚，谢家那边由你三哥去斡旋，朕累了，退了吧。"

齐恒没想到一见面父皇就会亲自过问陆雪弃的事情，更没想到会这般残酷，心惊齿冷之余，竟有些怔忡。

而安兴帝见了他那心如死灰失魂落魄的样子，起身怒道："你一脸不服气，是想忤逆朕吗？"

齐恒回过神，这时才觉得自己的心如同被插了一把刀，一股疼缓慢地从心底深处蔓延开来。

他一头重重地磕在地上，声音因为悲怆而有点飘忽，说道："父皇，我不能负了雪奴儿。"

安兴帝勃然大怒，起身扬起手边的茶具朝齐恒砸去，齐恒不敢躲，护住头后硬生生接了，茶壶在他背上弹起，落到地上碎裂开，淡黄的茶水在那片狼藉的碎屑中散开。

安兴帝指着他，怒道："来人，将那个婢女的头给朕取来！"

齐恒骇然，膝行上前扑在安兴帝脚下，惶然道："父皇息怒——"

安兴帝一脚踢翻了齐恒。

临安王起身过去扶住安兴帝，淡笑着道："父皇何必为此动怒，七弟也不过是因为随我在军中，少近女色，情怀初动，难免心生恋慕，如今士族之子弟放浪形骸，惊世骇俗的事比比皆是，七弟不过是宠爱个婢女，当真算不得什么大事。"

安兴帝道："他若是宠爱婢女耽于声色倒也好了，他这不近女色的人，爱慕个婢女，不是明显挑衅谢家吗！"

临安王笑道："谢家两百年风流，什么样的人物不曾出过，襟怀眼界，岂会将一个婢女放在眼里，七弟想借此挑衅置气，只是他胡闹，父皇若是也当一回事，倒显得我们齐家小家子气了。"

安兴帝气便消了，在他看来，他堂堂皇帝，对一个婢女喊打喊杀讨好谢家，也确实不妥，便坐了下来，指着齐恒道："这个逆子！"

临安王回头呵斥齐恒道："还不过来，向父皇认错赔罪。"

齐恒煞白着脸，爬过去重重叩了一个头。安兴帝冷哼一声："回去

别再生事，好好准备大婚！”

齐恒应是，与临安王一同退了出来。当时已是薄暮，天气清寒，有细雪从晦暗的苍穹密密地斜落下来，蒙蒙扑面，让人陡生凌乱幽寂、天地苍茫之感。

临安王望了眼天气，对齐恒道：“七弟先去我那里吧。”

他语气轻缓，却不容商议，齐恒只好应了声是。

雪下得密，地上落了薄薄的一层，临安王府多翠竹，此时在夜色风雪中，翠绿的一排排静立在远处，景色秀美。

临安王姿仪俊挺，衣袂轻垂，走在前面，齐恒亦步亦趋在后面跟着。行至书房外的拐角长廊，临安王望了望外面的雪，对齐恒道：“你跪在这儿反省，什么时候脑子清楚了，再来找我。”

长廊偎竹倚木虽然精美，地上铺的却是一粒粒光滑如玉的鹅卵石，齐恒望着三哥的背影，无奈屈膝跪在地上，任斜飞的雪花落在衣衫上。

书房的灯亮了，临安王读书的身影投在窗子上。齐恒不禁想，他的雪奴儿也在房里等着他回去。

想来便很悲怆，他想起了陆雪弃的赌约，他的雪奴儿大抵早知道了吧。

早知道这一切，却还是跟他回来了。

大半个时辰过去了，雪依旧下个不停，却见一个小厮戴着斗笠急匆匆地赶过来，见了跪在地上的齐恒，猛地止住步。

“王爷！”永哥儿道，“您快回去看看吧，出大事了！”

齐恒惊道：“出什么事了？”

“有一群士族公子闯进府里非要见陆姑娘，护卫们拦不住，还挨了打！陆姑娘那性子，您再不回去，非闹出人命不可！”

齐恒猛地站起来，膝盖的刺痛让他打了一个趔趄，永哥儿慌忙上前去扶，可是脚底下是光滑的鹅卵石，又覆了薄雪，主仆二人竟一起跌在地上。

临安王闻声而出，长身立在书房门口冷眼看着，说道：“你们平原王府的下人，便是这般咋咋呼呼过来挑唆自家的主子？”

永哥儿刚从地上爬起来，听此话忙一头跪下，对临安王惶恐道：“王爷，奴……”

临安王没理他，只对齐恒道：“进来！”

齐恒进了屋，语声悲切地道：“三哥，快让我去救雪奴儿吧！”

临安王坐在椅子上，看了眼齐恒，缓声道：“你便是想慌慌张张出去，和人打架吗？”

齐恒几步抢到他的面前，言语极其哀求忧切：“三哥你不知道，雪奴儿身手极是了得，性子又烈，那群士族子如果闯进去之后对她肆意轻薄，我虽再三嘱咐她不准动武，她恐怕也会被逼得出手伤人。三哥，求求你，雪奴儿如果到时候气急之下杀了士族那边的人，便谁也保不住她了，三哥！”

临安王拿过手边的茶轻饮了一口，对齐恒道：“什么事都像你一样，事出了才着急，便是如今你快马回去，她若杀人也早已经杀了。”

齐恒一愣，听三哥这意思是早已安排好了？

临安王见齐恒眼中瞬息点亮的光彩，不由得浅笑道：“什么事等着你去救，便也什么都晚了。”

齐恒顿时松了口气，拉着临安王的衣摆笑着讨好道：“我便知道三哥最好，不会不管我、”

临安王嘴角的笑意渐渐冷下来：“阿恒跪了大半个时辰，想通了没有？”

齐恒垂下手，低头道：“三哥，我爱慕雪奴儿，求三哥成全！”

临安王将手里的杯子放在桌上，顺手打开一本书，头也不抬地对齐恒道：“出去，继续跪着！”

齐恒迟疑了一下，哀声唤：“三哥！”

临安王没理他。

齐恒不甘心，却也无可奈何，只得一步三回头地往外走，至书房门口，齐恒抱着最后的希望朝临安王望去，临安王正翻了一页书，旁若无人。

齐恒耷拉着脑袋，灰心丧气地跪在永哥儿的旁边，永哥儿凑过身悄声道：“王爷，临安王怎么说？”

齐恒道：“三哥早做好了准备。”

永哥儿应了一声，望了书房一眼，揉着膝盖，将身上的衣服裹了裹，小心地对齐恒道：“临安王说没说王爷您要被罚到什么时候啊？”

齐恒瞟了他一眼：“我怎么知道？”

话刚说完，齐恒猛地想起了什么，一下子起身，跌跌撞撞地闯进书房，大声道：“三哥，我得马上回去，别雪奴儿不知就里，伤了你的人就麻烦了！”

临安王道：“你说什么？”

齐恒道：“雪奴儿不知敌友，你的人出手阻止，定是打不过她的！”

话音刚落，一个黑衣人落在庭中。

齐恒猛地回转身，心突然怦怦直跳，三哥的人来回话，定是雪奴儿有消息了，她闯祸了没有，受伤了没有？

临安王走到庭间，黑衣人向他耳语了几句便行礼告辞了。临安王微蹙着眉，在洋洋洒洒的雪粒里低头沉吟，半晌没说话。

庾显率着众士族子浩浩荡荡长驱直入，王府的护卫们不敢来硬的，只谨慎戒备持剑在后面跟着。

大厅里迎出来的是刘管家，他吩咐人上茶，庾显却淡淡地一挥手：“唤你们王爷新纳的美人出来上茶。”

刘管家躬着身，谦恭地道：“庾三郎君明鉴，陆姑娘一路披星戴月赶路，身体早有不适，如今正在休息，请诸位见谅。”

庾显冷笑一声：“你家王爷便是怎么也不入道，得了美人自己藏起来，忒小家子气！”

刘管家道："陆姑娘随王爷千里跋涉而来，王爷心有怜惜，庾三郎君风流俊赏，不也是出了名的怜香惜玉？"

庾显一笑，旁边的颜子贤道："你家王爷不在，总不能让我等干坐苦等，快叫那美人出来奉茶弹奏，方不失待客之道。"

刘管家道："老奴糊涂，各位郎君稍坐，老奴这就安排人来奉茶。"

谢星河道："旁人倒也罢了，我们谁家府上也不缺那些奉茶伎乐的，今日于郊外惊鸿一瞥，令我等对美人心生仰慕，才想前来一睹芳容。"

刘管家道："王爷严令，老奴不敢不从，今日夜深，王爷未归，诸位郎君若有雅兴，何不择日再来？"

庾显道："你这等人竟敢对我们横加阻拦？"

刘管家躬身一礼："还请诸位郎君体谅。"

谢星河将刘管家往旁边一挥，厉声道："你这老儿休得啰唆，引了美人出来是真，谁与你多费口舌！"

大周名士纵情放诞，曾有两名士族子因服用药物过量猝死在美人身上，反被誉为不羁洒脱。他们只觉得生当尽兴，死当无憾，人生苦短，只争朝夕。当然士族中也不乏有识之士，品性卓然，关心家国天下，对声色犬马之事甚少沾惹，被称为清流。这一派，便是以临安王为首的大周的中流砥柱。

清浊两派，他们原本只是对诸多事情的看法与态度不同，但近几十年来大家渐行渐远，渐渐在朝堂之上为某个观点争辩不断。

这么一群人闯进去，是人都知道会发生什么事。刘管家躬身保持着行礼的姿态，望着那群人蜂拥而入，动也不动，面色无波。

他们闯到梅园寻到陆雪弃的时候，陆雪弃正披着一件雪白的绣花斗篷，对花赏雪。

细雪密密落下，那群士族子闯进来，瞧见陆雪弃的背影却陡然不约而同怔住了。她一头长发，身形颀长，站在密雪中，无端有种翠竹般的挺拔。

众人顿住脚，面面相觑。

为了观美人，士族子令人点起了很亮的灯，所以梅园里极是明亮。

陆雪弃回头，她皮肤白皙无瑕，一双眸子乌黑清亮，目光却如寒泉古井一般，有晃动的光影，却不曾惹起半点的涟漪。

她未曾笑，却并不冷。

她嫩葱般的十指捧着个小手炉，发间只松松插了朵白梅，却让人觉得淡雅从容，她静静地看着面前人。

“王爷和我说，”陆雪弃浅浅一笑，“这园子里的梅花是临安王亲自挑的，品种稀有名贵，各位公子家里的梅园想必不及这里，因此便一同来相约赏梅？”

她这般说着，向前走了几步，一段梅枝牵绊襟袖，陆雪弃随手拈起，放于鼻端轻嗅。

梅香沁人心脾，她轻轻抬首，顾盼左右后，轻声说道：“王爷不在，王府竟无人待客？”

忠心的护卫还是在的，护卫长赵青上前，躬身道：“姑娘有何吩咐。”

今夜齐恒不在，众人闯入，他们跟随进来，便是做好那些人若敢辱人伤人，他们便拔剑上前相护的打算。

陆雪弃道：“雪冷天寒，我为众公子煮壶酒吧，烦劳将军大人为我准备。”

赵青给了手下一个眼神，有人抽身而去。

陆雪弃紧了紧袍子，捧了手炉嫣然一笑，对众人道：“久闻士族公子诗酒风流，奴婢心仪仰慕已久，今逢诸位联袂而来，对雪赏梅，如此盛事，奴婢耳闻得见，实乃幸甚，略呈薄技，心中惶恐，还望诸位莫弃。”

陆雪弃一笑，让庾显看得有点失神，半晌才笑语道：“有劳美人了。”

护卫们抬来了泥炉、木炭、方桌和煮酒的各种用具与材料，陆雪弃也不拘束，只随意往雪地上一坐，放了手炉，点起炭火，燃起了袅袅的青烟。

她在青烟中低头垂眸，皓腕如霜雪，十指纤纤，用银箸将各种材料放入酒中，置于火上，用一把鹅羽小扇轻轻地将炭火烧旺。

如此率性洒脱，竟然还席雪而坐……众士族子见到都不由得又面面相觑，怎么这女人倒真有几分名士风度？

总不能掉了架子，于是庾显和谢星河带头，围桌席雪而坐。

不多时，酒声微响，空气中弥漫着一股清冽而浓醇的酒香，众士族子第三次面面相觑，这煮的是何佳酿，他们醉生梦死，未曾闻过如此醇香。

但又一想，齐恒府上能有何佳酿，酒抬来的时候他们还很熟悉，不过是河西杏花香，如此而已。

这般异香便是配料搭配所致，他们不由得齐齐盯向配料盘，也不过是他们熟悉的几样，没什么新奇之处。

众人心下狐疑，颜子贤忍不住赞叹，询问道：“美人用何技艺，煮酒如此醇香？”

陆雪弃头也没抬，只轻声道：“公子尚未品鉴，不宜早下决断，酒虽香，味未必佳。”她从火上拿下壶，低头斟在杯中，呈于桌上，“请。”

杯中酒热气氤氲，借着灯光可见酒浆碧色如玉。众人微呷了一口，熨烫的液体从喉间滑下，又有丝丝点点的清爽感漫上来，浸泽唇齿，满口余香。

陆雪弃笑道：“如何？”

“好酒！”众人异口同声，一饮而尽，伸杯再要。

陆雪弃垂首斟酒，一杯复一杯，第四杯的时候，有人“咕咚”一声倒下了，旁边人笑道：“孟文兄如此量浅，竟醉了！”那人说话时，舌头已大，吐字不清，说完也伏倒在地。

庾显也觉得脑中一阵眩晕袭来，惊悚道：“你在酒中下了毒！”

陆雪弃奇怪道：“怎么这般量浅，难道说士族都是徒有虚名？”

庾显是最后一个倒下的，只见陆雪弃促狭一笑，笑眼弯如月牙，盈盈闪亮。

有下人进来附耳在临安王旁边说了一句，听完临安王侧首对齐恒道："看来你当真得回去一趟了。"

齐恒的心猛地一提："雪奴儿出事了？"

临安王道："她倒没出事，只是不知道她用了什么法子，只三杯酒便把庾显那干人全部醉倒了。庾显临倒下时喊了声酒中有毒，如今那群人的小厮皆跑回去说自家公子被你那婢女毒倒。这事非同小可，不久便会有地位更高的士族长辈到你府上，弄不好，便是一场轩然大波。"

听到陆雪弃三杯酒就将人放倒，齐恒咧嘴便笑了，对临安王道："三哥放心，雪奴儿不会那般没轻没重真下毒要他们的命。我这便回去，若是被用了迷药，给解药便是。"

临安王道："你在士族长辈面前不可造次，谨防万一，你带上楚先生一起去。"

楚先生单名一个清字，是神医乌延的高徒，擅长解毒。去年临安王被人偷袭，中了毒箭，凶险异常，便是得他救治。

齐恒应了声是，匆匆往外走，地上的永哥儿看着齐恒跑远，可怜兮兮地对临安王道："王爷……"

临安王道："回去吧！"

永哥儿应了一声，磕了个头，爬起来拐着腿往外走。

空庭寂静，密雪飞飘，临安王的贴身侍卫临墨从旁边走出来，躬身唤道："王爷。"

临安王道："你如何看？"

临墨道："陆姑娘所说的雍州陆仲秀，确有其人其事，只是陆家早已凋敝，那个小女孩儿当年被人带走，再无消息，无从查证。"

临安王望着幽篁碧竹所积的落雪，苦笑："或许我们都被骗了。"

齐恒带着楚先生回到王府的时候，前厅里乱作了一团，各士族的人马气势汹汹，刘管家正疲于应付。齐恒未进门，先声夺人："这是怎么着？我不在家，平原王府倒成了让人随意撒野的地儿了？"

厅里顿时一静，齐恒走进去，定睛一看，愣了一愣，马上换上了笑模样，朝众人团团行礼道："是各位世伯啊，小侄刚才放肆，见谅见谅。"说完转头对刘管家呵斥道，"众位世伯大驾光临，不好好招待着，怎么在外还听着乱哄哄的！"

谢星河的父亲谢莘一声冷笑，说道："听闻犬子被你从东夏带来的婢女毒倒，生死未知，王爷既回来了，还望主持个公道！"

"东夏的婢女，谁？"话音一落，齐恒马上了然道，"哦，是说雪奴儿？诸位世伯勿听流言，她是周人，温柔贤淑。"

庾显的族叔庾翊道："王爷还是快操心一下人是生是死吧！"

齐恒马上呵斥刘管家道："人命关天，诸位世伯都带了大夫来，不快引去后面看，怎么还截在前厅里闹！快走，看看去！"

刘管家躬身在前面引路道："王爷，在客房！"

齐恒一边走一边道："诸位世伯想是误会了，雪奴儿一介女子，哪来的毒药？倒是咱们士族的郎君向来放荡不羁，之前泉溪盛宴上不是死了两个？"

此语一出，众人脸上更难看了。齐恒不管不顾，回头对楚清道："楚先生，您也先别去瞧雪奴儿了，还是先去瞧瞧那些世兄去，那些世兄与我有隙，若是跑到我府上装死栽赃，我可是不依！"

谢莘怒道："你这是说我等深夜栽赃寻事？"

齐恒针锋相对："我今日入宫，未曾请人来，世伯难道说是我深夜栽赃寻事？"

谢莘语结，众人也不再争，只快步上前去客房。

酒香熏人，一干士族子正呼呼大睡，谢莘庾翊等人不由得面面相觑。

众大夫齐齐上前为自家公子把脉，楚先生也把过庾显的脉来瞧。见众家的大夫面上皆露尴尬之色，齐恒对楚清道："出了何事？"

楚清道："无碍，醉了而已。"

齐恒一乐，说道："诸位世兄十饮九醉，醉倒也是寻常事，怎么一到我府上就如临大敌，毒啊药啊的上门兴师问罪，趁我不在家，饮我美酒，喝醉了还说是我下毒谋害，诸位世伯，你们这也未免欺人太甚了！"

齐恒到最后语声变冷，咄咄逼人之势已出。庾翊忙堆了笑脸，上前道："王爷误会了，我等并无恶意，听家仆来报说小侄被毒倒，心下担忧才匆匆赶至探望，皆因家仆误传，还望王爷见谅！"

齐恒道："因何别的地方醉了便是醉了，到我这里便是被毒倒，气势汹汹来了？如今一句家仆误传便一笔勾销，诬人不成，便与己无关，这也真太轻易了吧！合着当我齐恒是个软柿子，任人捏扁揉圆，诬陷挑衅也不敢言声的？"

齐恒步步紧逼，气氛一时非常尴尬。

这时颜家六叔颜之濂躬身谢罪道："王爷息怒，我等前来并非问罪，只是听说子侄人事不知，前来看望。"

齐恒冷笑道："诸位郎君闯我后宅，三杯即倒，不是故意的，谁信？诸世伯又齐齐赶来，诬陷我下毒，此中是何居心，不言而喻！"

众人面面相觑，谢莘道："王爷多心了，我等并无此意。"

众人齐齐附和。

齐恒冷哼了一声，杀气半露，森然道："毒害十数位士族子，诸位杀我之心令人生惧啊！今儿个幸好有楚先生跟着来了，要不我有口难辩，便成了那冤死鬼了！"

此语一出，众人再也撑不住，纷纷澄清谢罪。齐恒冷笑一声："诸位各自带了大夫来，验看好了，是醉了是中毒，别回头到了家灌了什么东西再送我这儿来，我可是担不起这个罪！"

那些大夫纷纷禀告是醉酒，那些士族的主子此时不由得有点犹疑，齐恒这儿抹得一干二净，要万一不是醉酒，这拉回家去，怎么办？

齐恒却不等他们商议，道："诸位世伯既是来接各位世兄，如今夜深了，小王也不便久留了，刘管家，送客！”

谢莘忙上前道：“王爷稍候，犬子醉烂如泥，还需要醒酒汤。”

齐恒一怔，看了看楚清，却见楚清唇边浮起一抹笑，神色有点忍俊不禁。

齐恒便奇怪了，这是啥表情啊，里面有啥猫腻不成？当下便令人道：“拿醒酒汤来！”

不久，醒酒汤至，由身边的小厮灌下了，没多时，那些士族子便说起酒话，动手动脚起来。

这一动不要紧，扯了小厮的、按倒大夫的、抱了叔父的、宽衣解带的、亲嘴狂吻的、大呼小叫的……一时乱作一团，滑稽荒唐！

齐恒不由得哈哈大笑起来。

谢莘狼狈之下，大呼道：“快点扯走，丢人现眼！”

齐恒在他们身后道：“今儿当着诸位世伯的面，小王把话放下，我平原王府不欢迎不速之客，谁若再硬闯，休怪我手下人无礼！”

夜已过半，雪初停，平原王府旁的一条侧巷里，临安王的软轿停在那里。

听人回禀了事情的经过，临安王淡笑。他是准备当真验出下了药，齐恒和那些人闹得不可开交时去救场的，谁知竟多虑了。

不多时，齐恒送楚清出来，楚清的软轿便直接拐进了临安王所在的巷子。

临安王对楚清道：“楚先生，三杯而醉，不曾下药，如何做到的？”

楚清道：“只是煮酒时配了一味药，称作酒螟蛉，能令酒醇香，若单饮酒，不至于醉，巧在那些士族子之前服食过助阳散，两相催发，百倍增其酒力，当时便醉了，醒酒汤灌下去，酒螟蛉又去催发助阳散，令士族子狂性大发。”

临安王道：“酒螟蛉这味药，似未曾听闻过。”

楚清道：“酒螟蛉不是现有的药材，而是配出来的，几种材料互相催发，特定条件下才产生的药力。我刚去看了那些配料极寻常，若换作我，一时配不出。”

临安王拧眉道：“先生配不出？”

“依在下所见，陆姑娘精通药理，但来历十分蹊跷。”说完楚清微微一笑，“在下倒很想见她一面，不想平原王爷护得十分紧，实在没有机会。”

临安王忍俊，楚清道：“在下有一由衷之请，陆姑娘若为世人所不容，在下的药王谷愿收留。”

陆雪弃正裹着被子安然熟睡，齐恒脱了外衣便钻进被窝，冰凉着手脚就往陆雪弃身上凑，陆雪弃悚然往后躲，被他一把搂在怀里。

“是爷回来了，躲啥？”

说完，他用凉手冰着她的小脸，笑道：“死丫头用的什么法儿，三杯便将那群人灌醉了，我还以为你下了迷药，正打算来个死不认账反咬一口呢！”

陆雪弃睡眼惺忪，听了他的话便笑了。

齐恒用力搂着他，贴着她的脸，亲她。

陆雪弃道：“王爷回来得这么晚，是被责罚了？”

齐恒苦了脸，弓身揉了揉膝盖，说道：“被三哥罚跪，你揉揉，现在还疼，还有后背，被父皇用茶壶砸了一下，骨头差点都砸断了！”

陆雪弃笑，伸手去揉他的膝盖。齐恒的心一暖，不由得动情，他抱住陆雪弃，贴着她的脸柔声道：“雪奴儿，他们再打再罚，我也绝不负你。”

灯影婆娑，齐恒这轻声软语的一句话，在这静夜里，如一场出自衷肠山盟海誓的呢喃，将陆雪弃内心的伤口轻轻剥裂。

绝不负我？

第二日一早，陆雪弃还在赖床，齐恒刚起来，刘管家进来禀告道：

“王爷，汝阳王来了。”

齐恒一怔，刘管家补充道：“身后跟着一群士族子。”

汝阳王齐煊的生母为崔氏嫡女，而崔氏嫡系训诫子弟甚严，虽是历代从文，却皆温文尔雅，翩翩君子。所以汝阳王亲近士族有得天独厚的条件，亲近清流更有名正言顺的因由，他又生性豪爽，好饮酒，喜欢骑马狩猎，与齐恒也甚有些交情。

齐恒料定他是为了酒而来，当下收拾妥当朝前厅走去，人未进门，先是朗声笑道：“我昨儿个刚刚回来，今儿个正说要去拜访五哥，却不想五哥倒先来了，惭愧惭愧！”

汝阳王齐煊已起身迎了过来，两兄弟一见面，互相一拳捶在肩上，汝阳王笑道：“你这本去东夏恭贺大婚的，结果赶上了皇后丧礼，好不容易回来，五哥能不为你接风洗尘吗？怎么着？去我西郊的庄子，好好为七弟设宴，我那个林子年前放了不少獐子、鹿子，回头与七弟好好狩猎一番！”

齐恒笑道：“五哥美意，只是这刚回来，还没去各个府上请安便去狩猎游玩，怕又是得挨三哥呵斥责罚。”

“什么怕三哥责罚，该是舍不得到手的美人吧！”汝阳王拍着齐恒的肩哈哈大笑，边回头看了眼众士族子，“你看我把人都请了，七弟你不能不给我这面子啊！你若舍不得，带上那美人便是，你知道我就那一个嗜好，听说你家美人煮酒，三杯便倒，我顿时心痒痒的，简直是坐卧不安，天没亮就爬起来，总之这酒不让我喝是不行啊！”

齐恒看了眼众士族子，皆是与汝阳王走得近的，倒没有庾显谢星河那几个人，当下也只是笑，与众人分宾主坐下。

汝阳王四顾，对齐恒道：“唤你那美人出来吧，这里皆是彬彬有礼的君子，绝不会轻薄你那美人一声半句。你也别藏着掖着，唤她出来，咱们去我庄子里，好好喝酒狩猎！你这次回来，又赶上过年，三哥还不让你松快松快玩几天？就说被我劫走了，他要骂找我骂去！”

临安王昨晚上那顿罚，齐恒心里明明白白，无非逼他放手。他明白三哥是为了他好，也是为了雪奴儿好，其中的事情他又何尝不懂，雪奴儿被士族子盯上，刁难轻薄，全部是因为他，而他将来若与士族子起冲突，犯错惹祸，也定是因为雪奴儿。只是，情之一字，岂是说放便能放，雪奴儿是他的，谁也不能抢，他不过就是宠爱一婢女，还能把他怎么着，他就不信这个邪。

可是三哥那里，他还当真有点怕。他从小承临安王训诫，自是知道三哥看着温文尔雅，罚起人来却甚是心狠手黑，他此番不肯就范，三哥定不会轻饶，不若，先去五哥那里躲一躲？

马上过年了，三哥事情一向多，若能躲过年前这几天，三哥就算要处置他也得过了正月十五，这期间若能劝动五哥出面为他讲讲情，三哥有所松动也说不定。想至此，齐恒对刘管家道："去请陆姑娘出来。"说完对汝阳王解释道，"五哥，雪奴儿身体有些不舒服，还请稍候。"

汝阳王于是心知肚明地笑了："定是你不温柔，只顾着自己，不知道怜香惜玉了！"

齐恒道："五哥说笑。"

汝阳王道："话说，你这当真是艳福不浅啊，这京城一夜之间都传遍了，说你那婢女不仅貌若天仙又风雅知趣，是难得一见的可心人，怪不得你视若珍宝金屋藏娇。如今京城的士族子，都心思踊跃，欲一睹芳容呢！"

齐恒有些诧异："五哥所说当真？"

汝阳王道："你让人打听打听，如今大街小巷，哪个不知哪个不晓？平原王从东夏带来的婢女貌美非常，煮酒三杯而倒，听说还有人筹划着办一个赌酒大会呢，务必要将你家婢女压下去！"

齐恒忧心了，如此一来，他的雪奴儿被抛到风口浪尖，大事不妙啊。

汝阳王看着齐恒的脸色，宽慰道："七弟你莫忧心，他们这么折腾，还不是因为你对那美人藏得太深太紧了吗？人还不都是这样，你越是紧张，他们越是起劲折腾，你若是大大方方的，只当她是寻常婢女，该见人时见人，该露面时露面，说句不客气的话，这京城中会煮酒的美人数不胜数，就唯独你家的万众瞩目？他们新鲜劲一过，再拿个婢女出来说事，也好意思吗？”

齐恒的心却一紧，三哥是让他放手，能保雪奴儿安好，五哥却让他不珍爱，随人赏析玩弄。宠一个婢女是不算什么，但宠有个度，如同对个小猫小狗多爱抚几下，多赏几块骨头，若是牵心挂肺，就成了异数。

可他绝不能容忍雪奴儿被人轻薄玩弄，雪奴儿曾因不堪折辱，杀人逃亡，如今跟着他回来，他若护不住，再让她成为男人眼中罕见的玩物，如浮萍般于男人身下辗转，那不若杀了他，只要他一息尚存，便绝不允许！

汝阳王道：“我知道你如今情热，难免舍不得。其实女人见多了也就那么回事，你如今放不下，惹不起便躲得起，去我那庄子里避避风头，反正带着奴婢去我那儿住几天，区区平常事，也没人能说啥！”

话说着，有人禀告陆姑娘来了。陆雪弃穿着一件暗花锦衣，披着齐恒的绛紫斗篷，发未绾，妆未上，捧着个小手炉，神色淡倦慵懒。

众人却都忍不住盯着看，本来这样子出来见客是极无礼的，可正因其随意散漫，反而愈增其风华。这女子容色苍白，眉目虽清透，但唇色浅浅难掩惫态，五官称得上柔美，风神却有股难言的淡漠疏朗。

她轻垂眼眸，俯身行礼，对着一屋子人视若无睹，仿佛眼中只有齐恒。汝阳王笑了一声：“怎么眼里只有自己的主子，把别的主子都晾在一旁？”

齐恒起身忙拉过陆雪弃来，说道：“过来见过汝阳王。”

陆雪弃前来见礼，汝阳王挥挥手道：“不用了，这姑娘还当真与这京师的美人韵味不同。”陆雪弃复又和众位士族子见了礼。

汝阳王盯着她，狐疑道：“便是你煮得一手好酒？”

陆雪弃淡淡地挑唇一笑，一时竟让人有种花破云影动的错感。她轻

声道：“奴婢技艺拙劣，汝阳王见笑了。”

“你不必自谦客气，那庾显乃京城士族子中有名的海量，让他三杯即倒，委实骇人听闻！”汝阳王说着，倾身含笑道，“本王邀请七弟和你去本王府上煮几壶酒，姑娘可允否？”

汝阳王突然对一个婢女这般和蔼可亲，礼贤下士，倒让士族子有些惊奇，见众人脸上疑惑，汝阳王哈哈一笑道：“看人得分得清主次，这姑娘虽是我七弟的婢女，可一看便知我七弟听她的，若是美人推辞，定是成就不了我痛饮美酒的好事。”

众人也随着笑起来。

齐恒拉过陆雪弃的手，凑在她身边低声道：“你愿去吗？若身体不舒服我便先推了。”

汝阳王在一旁回顾士族子笑语道：“看看，果然他不是做主的吧！”

众人又笑。

齐恒与陆雪弃耳语道：“如今京城是非多，五哥的庄子偏，去那里避避也好。”

陆雪弃应了。齐恒道：“到时候雪奴儿还能与我去狩猎骑马。”

这般私语着，惹得众人调侃，事情便也定下了。

临安王府里，临墨正向临安王禀告齐恒的动向。临安王挑了挑眉：“汝阳王邀他去京郊的庄子？”

临墨心下一突：“王爷是说？”

临安王不答反问：“陆雪弃跟着去煮酒？”

临墨老实点了点头。

临安王沉吟半晌，看着自己手腕间淡青的血管，唇边溢出淡淡的笑来。临墨见他不语，试探道：“那属下叫平原王明日来咱们府里？”

临安王挥手止住临墨：“不用，随他去。”

临墨不解：“汝阳王怕是居心叵测。”

临安王道："从我中毒箭后，汝阳王再无异常。他一向好酒，又与阿恒交好，阿恒出使东夏归来，又收了个那么擅煮酒的婢女，兄弟之间接风洗尘开怀畅饮，原本寻常事，我无权阻止。"

"可是，"临墨不放心，"如今这风口浪尖上……"

临安王摇摇头："你只有让他做，才知道他到底想干什么，去京郊庄子这件事无有不可，但看它能惹出什么事端。"

"可是平原王……"

"阿恒懵懂，也该让他吃些教训。"

临墨至此不再说话。临安王道："至于汝阳王，继续让章士雄和元庆暗中留意便可，他真想对我动手，必然仰仗他们俩。"

临墨称是。临安王轻咳了几声，端杯静静地呷了几口茶，对临墨道："明日的事，我们拭目以待。"

第二天太阳刚升起一竿高，汝阳王齐恒一众人等，骑马的骑马，坐轿的坐轿，浩浩荡荡往城外走。行至咸阳街的时候，突然人流中一阵骚乱，一群带着家仆的士族子一拥而上围住骑马的汝阳王和齐恒，你一言我一语高声乱呼。

"平原王！听闻你那东夏婢女极美，胜过王谢贵女！"

"王爷得此美人，岂能独享，让我们见一见！"

"听闻此美人极擅煮酒，能令庾家三郎三杯而倒，可是真的？"

"平原王，我亦有一婢女擅煮酒，却不信有酒能令庾三郎三杯而倒，不若唤出你那婢女来一论高下！"

"我等欲召开赌酒大会，遍请世间酿酒煮酒之高手，平原王你说，若你家婢女输了该如何？"

这群人将齐恒围住，不待他应对，七嘴八舌顾自高声阔论个不休，突然听后面传来了骚动声，有人高声道："不好了！抢人了！"

齐恒侧首望去，却见又一群士族子率众家仆从巷道旁涌出，蜂拥而上，围住了陆雪弃的车子，伴随着呼喊声，众人乱作一团！

齐恒顿时急了，当时勒马欲冲过去，可他身旁尽是士族子围聚着，他也顾及不得，只一马鞭重重地凌空挥下，借士族子骇然躲避之机，纵马冲出了重围。

前方混乱狼藉，却再也不能来冲的，他看见三五个人撕扯了他的雪奴儿，似欲拖抱下车去，当下眼睛也红了，大喝道："谁敢动她，爷杀了谁！"

齐恒这一声吼，如一头红了眼的怒狮，杀机重重，杀气腾腾。那些士族子虽是轻慢放诞，但毕竟宽衣广袖，手无缚鸡之力，平日只声色犬马饮酒服药，高雅一点的不过吟风弄月作些诗词曲赋，哪里真见过红眼搏命血性厮杀？

故而一下子都被齐恒镇住了。他们不是没见过齐恒打架，可是这般咬牙切齿不顾一切的架势，委实骇住他们了。

那些人怔住，齐恒也不客气，上前抓了人，便开始痛殴。

齐恒发了狠，一脚下去，踹翻了人，一拳下去，溅出了血，一挥肘，将人甩飞在地上，然后将那个扯陆雪弃最凶的人撂倒在地上，一下一下狠踢！

不知谁尖声叫道："杀人了！"

众人顿时大乱作鸟兽散，也不知怎么便惊了马，那马载着陆雪弃突然发狂地横冲直撞出去，一时之间尖叫连连，东奔西躲乱作一团，连汝阳王也被闯过来的马车弄得人仰马翻！

齐恒也顾不得其他了，嘶吼道："雪奴儿！"

那马车直奔出了百十丈，才被陆雪弃勒住马首停下来。齐恒疾奔过去，脸都吓白了："雪奴儿，你没事吧？"

陆雪弃没有答话，只伏在马背上，侧首回望过去，那眼神如咬住猎物咽喉饮血不松口的野豹，冷酷而安静。

齐恒打了个激灵，他猛地明白，凭雪奴儿的御马术，这不是马突然受惊，而是她借马杀人。

她身后的街道上，横七竖八的士族子痛苦呻吟，殷红的血在地上漫染开来。

齐恒瞬间冷静了，事到临头，也没什么好怕的了。他胳膊一伸，便将陆雪弃捞在了怀里。

“雪奴儿，雪奴儿！”他佯装厉声地唤了几声，然后也顾不得谁，直将陆雪弃放到马上，翻身上马，向临安王府奔去。

陆雪弃问：“王爷要干什么？”

齐恒道：“我护不住你了，但我三哥能护住。从此后你再也不用面对这些人，不用再杀人，你只当从来没来过京城，从来没遇到过我！”

齐恒这话悲凉慷慨，却只惹得陆雪弃无声地惨然一笑。

临安王是快步迎出来的。齐恒扯着陆雪弃，一头便跪在了临安王面前。

临安王只盯着他，没出声。

齐恒悲声道：“三哥，我闯祸了……所有事我一个人担着，跟谁都没关系！”

说到这儿他突然哽咽了一下，看了陆雪弃一眼：“这便是雪奴儿，权当我最后求三哥一件事，请三哥照顾好她，护她周全，让她去个没人知道的地方，安安静静地生活。她身世孤苦，品性技艺不容于世，又因貌美，无处不被觊觎，天下之大无处安身，万望三哥怜惜，给她一个栖身之地！”

说完齐恒很悲怆地重重叩了三个头，临安王却深深看了陆雪弃一眼。

陆雪弃低头垂眸没有反应，临安王于是示意下人带陆雪弃下去，躬身去扶齐恒。

齐恒不肯起来，只硬声道：“是阿恒不争气，辜负三哥期望，三哥身边皆是天下英杰，没一个武夫阿恒，倒也好。”

临安王道：“阿恒是还记恨我责骂过你的话吗？”

齐恒笑道：“没有，我本来就是武夫，做不到三哥和陆二哥那般宠辱不惊、文采风流。”

临安王复又扶他，齐恒还是执意跪着，临安王不再勉强，说道：“事情我知道了，你不要冲动，只要你真能把陆姑娘放下，不是没有转机。”

“不！”齐恒猛然抢了一声。

临安王闭了嘴，半晌，负手叹气道：“楚先生已经去救被你痛殴的人了，只要把命抢回来，其余的皆因马惊所致，也不至于有什么大不了的罪。你跟我过来，我们这边商议。”

说完，他便朝书房走去，齐恒只有爬起来跟上。

明媚的冬阳落在书桌上，一大丛茂盛的水仙正含苞待放。临安王未坐下，只侧首看着他：“你刚才那番交代，是想让陆姑娘从此找个安静的地方，隐居红尘，无忧度日？”

齐恒有点愕然，应了声是。

临安王道：“我若依了，你从此可以放下？”

齐恒没说话，眼中是一种悲怆的茫然懵懂。

临安王缓声，动情道：“阿恒，我知道你对陆姑娘动了真心，为她生也可以，死也可以，眼里再容不下别的人，心里再装不下别的人，纵使一辈子，也忘不掉她。”

齐恒突然泪湿眼眶。临安王道：“每个人心里都曾有这样一个人，我也有。”

齐恒骇然望着临安王，临安王清俊的脸在日光里淡淡一笑，白皙的指尖从水仙花葱茏的绿叶间滑过，他对上齐恒的眼，柔声道：“你当我便没有年少轻狂过？”

齐恒有些不可思议，骇然退了一步。

临安王道：“将陆姑娘送到一个安静的地方，平平静静过日子，也好。只是你能只把她放在心底，不再见她？让她在你的生命中消失，然后你娶别的女人，成家生子？”

齐恒下意识抗拒，惨然一笑：“没有雪奴儿，活着还有什么意思？”

临安王低头望着案上的水仙，素雅的粉青瓷盘，清浅的水，洁白的根须。他的脸上浮现一抹笑，轻声道：“心灰意冷，生不如死，谁又曾没有过？”

齐恒瞠目结舌。

临安王道：“这次的事，我之所以没用力逼你，也是心内唏嘘。但我知道，我不逼你，有人逼你，今日的事迟早要发生，我插手，也不过就是来得晚一点。你一日不将这段情放下，这一天便一定会来，所以阿恒，三哥现在只问你，在拥有她还是让她活着，两者之间，你选哪个？”

齐恒面如死灰，喃喃道：“雪奴儿是我的人，我可以死，不可以失去她。”

临安王便笑了，斜射的阳光照着他的笑容，清朗得如有松风吹过，他的声音淡而轻，不经意般直入心间。

他说：“将她安置到一个安安静静的地方，你可以为她死，便不能为她活？”

齐恒的脑海中有一线东西闪过，转瞬消失，他不能捕捉。

临安王轻叹息道：“天欲令其亡，必欲令其狂。如今的士族浊派统占朝堂，醉生梦死，只求声色享受，竞相奢靡放诞，我大周，危亡之日不远了。”

他唇一勾，望着齐恒言语哀恳：“阿恒，三哥需要你，大周，也需要你！”

齐恒的鼻子一酸，扭过头去。这时临墨进来禀报：“王爷！士族的人闹上大殿了，皇上震怒，传平原王过去！”

临安王嘱咐齐恒道：“只说士族子寻事，你气不过打斗了起来，若要追究陆姑娘，你别硬争，我有办法混过去，保证她平安无事便是。”

说完，临安王对临墨道：“备马，我与七弟一起去！”

除了崔陆两家，所有的士族大家皆卷入其中，各有死伤，故而一上大殿，黑云压城城欲摧，气氛之压抑令人窒息。

齐恒一进殿，就跪在大殿中间，士族的家长们面露阴鸷，嗤之以鼻。安兴帝大怒，猛地将折子砸下来，大骂道：“你个小畜生，知道你惹了什么祸？”

“儿臣不知。”齐恒的腰背挺得直直的，说出的话硬而响亮，“儿臣与五哥骑马走在路上，突然一群士族子冲出来围住儿臣，然后又一群士族子去抢儿臣的婢妾，儿臣气盛，便发生了争执，谁想到马惊了，诸位世兄不及避闪，惨遭横祸。”

此语一出，如一石激起千层浪，众士族家长的情绪顿时沸腾了！

安兴帝连忙厉声呵斥道：“年轻小子们闹着玩，明明是你为一婢妾与世兄们起冲突，还下重手，把人打伤！”

齐恒用力一叩首：“儿臣知错！”

安兴帝冷笑道：“你如今知错了，当时干什么来着？”

齐恒道：“请父皇责罚！”

谢家的族长谢止胥突然冷笑道：“平原王爷英雄年少，宠幸女人也属常事，只是为一婢女不顾尊卑上下，亲疏远近，竟当街与诸士族子逞狠斗凶，如此作为，而今大婚在即，将我谢家置于何地？”

临安王心内一紧，出了这样的事，诸士族再闹，也不过就是除掉陆雪弃，让阿恒被父皇狠狠责罚一顿而已，可谢止胥突然挑起这个话题，涉及婚事，阿恒怕是沉不住气的。

“世伯。”临安王刚接话，不想听得齐恒惊心动魄地冷笑道：“您谢家高门望族，士族小姐看不上我这一介武夫，小王自是不敢高攀了！”

谢止胥怒道：“你这是用一个下贱坯子来羞辱我谢家！”

那“下贱坯子”四个字，非常恶毒凶狠地刺激了齐恒的神经，齐恒当下怒吼道：“你说谁是下贱坯子？！”

第六章 人心叵测

“平原王爷以为我说谁？”谢止胥与众位士族递了个眼神，声音带上了轻诮的笑意。齐恒捏着拳猛地站起来，杀气腾腾，骇得谢止胥后退了一步。

安兴帝连忙喝道：“孽子，你想干什么？行凶吗？！”

齐恒压制住殴人的冲动，咬牙切齿地冷笑道：“我干什么父皇还不知道？要不是当年你宠幸贱奴，哪里来我这样的下贱坯子！”

安兴帝的脸一时红一时白，颤抖着指着齐恒，一时说不出话来。

临安王暗叹口气，喝令齐恒闭嘴，上前施礼道：“诸位世伯息怒。”

安兴帝怒道：“你要给这畜生讲情？”

临安王道：“阿恒不懂事，只是大殿之上，父皇和世伯们何苦与他做这意气之争？”

谢止胥冷笑道：“那临安王爷有何高见？”

临安王状似不解：“小王也是不解，外面几个小子胡乱争闹，因何让诸位世伯兴师动众、齐聚朝堂？”

庾熹气得上前一步，叫道：“临街斗殴纵马，伤我十余名士族子，在临安王眼里竟只是胡乱争闹的小事？临安王果然视性命为草芥不成？”

临安王不以为意，微微一笑："庾世伯，伤亡虽重，但自有因果，不该全算到阿恒头上吧？"

谢止胥森然道："那以临安王所见，今日之事倒要算到我等头上？"

临安王清俊儒雅地躬身道："自也与诸世伯无关。"

谢止胥哼了一声。临安王道："此事起因有二，一是士族子聚众挑衅在先，二是马惊失控在后。这两件事都由不得阿恒，阿恒之错不过就是不该与人动手互殴，如此而已，诸位世伯以为不是？"

庾熹冷笑道："临安王好生轻描淡写啊！"

临安王反问："那庾世伯以为呢？"

庾熹道："诸位士族子不过是见个从东夏来的婢女，觉得好奇新鲜，年轻人哄笑逗闹也是有的，莫说抢婢女，就是抢新娘的玩笑也开过，平原王却何至于下此重手，我那五侄被重殴吐血奄奄一息，我的十一侄竟被马当街踏死！如此深仇大恨，我庾家是可忍，孰不可忍！"

临安王道："那小王想问庾世伯一件事。"

庾熹道："何事？"

临安王道："我的七弟平原王，平日里与诸世兄相熟否？"

庾熹一愣，没说话。

临安王道："诸世兄平日如何评价我七弟？如何取笑、如何踩踏、如何视为异数排斥于外？"

庾熹道："你这是何意？"

临安王道："我的意思是，诸位世兄从未当阿恒是一路人，他们有什么好吃好玩的，不曾给阿恒，阿恒得一婢女，他们却跑去玩什么美婢同享，公然去抢，这不是寻事挑衅欺辱我阿恒，是什么？"

"你！"庾熹怒斥，"为一奴婢，殴打士族子，倒还是有理了！"

临安王莞尔道："庾世伯，我可是听闻数十名士族子将阿恒团团围住，先动的手，他们寻事不成，败之不武，是阿恒的错？若非阿恒勇武，那现在被抢走婢女打得奄奄一息的，可就是阿恒了。难道庾世伯认为，我家阿恒便卑贱到数十人围他一个，只准他挨打，不准他还手？”

临安王虽不愠不火，但语锋太厉，无人敢接。他轻轻斜睨了一眼众士族，缓声道：“他那婢女于他有恩，他看重是常事，大丈夫受人之恩，理当如此！士族子所眷顾美色而已，而阿恒所眷顾的是恩义，莫说阿恒是个王爷，纵是一个下等贱民，又岂能因别人看中其恩人美色便将恩人拱手让出的？阿恒护着恩人，有错？”

临安王顿了一下，说道：“诸位或许会说，奴护主子，天经地义，那主子护奴，便不该？人家拼死救你，回头脱险了，便把人家交给一群士族子任凭糟蹋，若不这么忘恩负义，便是罪不可恕，诸位欺我阿恒，甚矣！”

临安王最后一句话，虽是质问但语气平缓。他说完用一种近乎谦卑的姿态，含着笑，如一个虚心讨教的晚辈，望着诸士族，欲聆听教诲。

大殿一时死寂。

没人敢跟他驳，敢跟他争辩。临安王从十四岁起，便是所有士族中辩论的翘楚，无人能出其右，言语一向逻辑严密，无懈可击，何况他刚才说的字字诛心。

临安王笑笑，低下头轻声道：“诸位以为阿恒的生母卑贱，我用他不过是寻来一把刀为我卖命，所以即便阿恒被人欺负死了，我也不会为他出头而去得罪整个士族，是吗？”

是吗？这淡淡的一声问，却如同陡然间被人揭破了疮口，惊心动魄，血淋淋的。

临安王望着诸士族，说道：“阿恒从小被我带大，自家兄弟，我可以责骂训斥他，不代表天下人都可以责骂训斥。一介武夫，我说可以，别人说，不行！”

谢止胥突然哼了一声。临安王笑若云开，躬身道：“谢世伯，当年您父亲在世时，谢世伯三十二岁，还被骂竖子无知，确有此事吧？”

谢止胥陡然变色。临安王道：“为人子弟，谁没被骂过，为何独我阿恒被天下人取笑？那群士族子不是不该骂，是我懒得骂，反倒是诸位世伯，任由子弟胡闹，也不思管教？”

庾熹道：“那照临安王这么说，我士族子死伤十数人就这么算了？！”

临安王道：“自不能算了。被阿恒打伤的，我已着人救治，所需花费，我临安王府愿意赔，阿恒冲动行事不知轻重，我也定会好好教训！”

庾熹冷笑道：“那若是有人救治不好呢？”

临安王道：“士族子寻衅聚众打架，阿恒误伤，庾世伯还想要他的命不成？”

庾熹道：“临安王以为是误伤吗？他当着众人喊谁动他婢女一下，他便杀了谁，果然是有临安王撑腰啊！”

临安王笑道：“我也不敢袒护，他确实这般喊过，只是当时场面混乱，不先威吓住如何能行？若阿恒真有杀人之心，他带着剑，还用得着去拳打脚踢？”

颜家的家主颜之卿道：“我数名士族子，惨遭横死，命丧长街，临安王想如何交代！”

“颜世伯，”临安王道，“当日泉溪盛宴亦有两名士族子猝死美人身侧，此等意外被传为美谈，而今他们为了抢夺美人猝死马蹄下，同样是意外，您让我如何交代？”

颜之卿道：“平原王纵马行凶，临安王说得未免太过轻巧！”

临安王便笑了：“颜世伯气糊涂了，当时我七弟正在打架，哪里来的纵马行凶？何况，那惊马冲了出去，将他五哥都弄得人仰马翻摔断了一条胳膊，我七弟那婢女还在车上，也是万分凶险，他怎么可能纵马行凶呢？”

谢止胥突然插嘴道：“说平原王纵马行凶倒也不妥，但说他杀人惊马，却是一点不错。”

庾熹道：“他下重手欲置人于死地，马见鲜血，自然惊了，看起来是意外，其实却是必然，这死伤的十数人，皆是平原王欠下的血债，血债血偿，临安王想为他开脱吗？”

临安王笑着道：“庾世伯若如此说，小王倒要问一句，若路前面卧一猛虎嘴里叼块肉，鲜嫩可口，小儿馋其肉，仗着人多势众便上前抢，反被虎伤，庾世伯看这是意外，还是必然呢？”

庾熹语结。临安王又道：“诸位士族子都不是小孩子，他们自知晓我七弟的脾气，去抢他的婢女，他焉能让？若按庾世伯的话说，这看起来是意外，其实也是必然，庾世伯如何为士族子开脱？”

谢止胥冷笑道：“临安王好口才，只是人命关天，平原王逃不过！”

这时有侍从匆匆忙忙闯进来，战战兢兢回禀道：“陛……陛下，宫门外士族子带了好几千人，抬着死者的尸体，要陛下交出平原王，为死者报仇！”

安兴帝的脸有些白，诸士族面面相顾，脸上呈现出得意的冷笑。

齐恒听了临安王刚才的一番话，眼圈红了，此时听了侍从的回禀，血顿时涌了上来，他向安兴帝叩了个头，切齿道：“事是儿臣惹的，儿臣出去！”

“阿恒！”临安王唤住他，看了安兴帝和众士族一眼，说道，“你当这是两军对阵，可以单枪匹马真刀真枪地冲杀？”

齐恒愣住。临安王道：“你给我在这儿安分待着，我倒要看看谁这么大胆子，一群浪荡子寻衅挑事当街抢人，还敢因为一匹马要杀我大周栋梁的王爷！”

临安王的话掷地有声，他说完向门外走去，身姿英挺，衣带当风。

士族子的声势浩大，拿着灵旗，白压压铺天盖地而来。最前面的是被抬着的五具尸首，紧接着是一排以庾显、谢星河为首的一脸沉痛愤懑的士族子，后面的则是众多家仆，跪地号哭，声可震天。

临安王一出宫门，临墨便近前对他耳语道：“王爷，被平原王打伤的那几个人，没性命之虞了。”

临安王道：“你们好生看顾着，他们若被人除掉，便坏了大事。”

临墨躬身应了声是，便欲退下。临安王复将他唤住，对他耳语了几句。

看到临安王过来，士族子身后的哭声愈加震耳欲聋，临安王在距尸身五十步远的地方停下，淡淡地看了众人一眼。

他脸上的笑，迎着正午的冬阳，如冉冉的春云般缓缓地疏散开，清浅柔和。

他便这样静立人前，没有说话。

恸哭声陡然止住，响起的是谢星河声嘶力竭的大喊声。

“临安王走开，齐恒出来！”

“严惩凶手！还我公道！杀人偿命，血债血还！”

如此振臂一呼，几千人应和，势如千军万马，响彻天地！

临安王负手笑着，全不理会那些骇人的架势，只是踱步到尸体前，略看了一眼，突然回首吩咐道：“传仵作验尸官来！”

他这一声令下，那声可震天的呼喊声突然一静。

传仵作、验尸官？士族子们突然傻眼了，这临安王怎么一点也不按常理出牌？

他们正大眼瞪小眼的时候，临安王已经走开。一个个验尸官鱼贯而来，有条不紊认真严肃地祭拜死者，跨火盆，熏醋，戴手套，一板一眼地验起尸来。

有人讲，有人记录，有人小声地探讨伤情。

临安王已经远远地坐在了一把椅子上。

庾显怒而上前，嘶声道：“诸位世兄是为平原王齐恒纵马所害，还有什么可验的！”

谢星河突然举臂大呼道：“不准亵渎死者！”

临安王一笑，虽然他坐在椅子上比众人还矮了一截，但不知为何就是有了一种居高临下睥睨天下的架势。

他说：“既是闹到这里了，还是验一验比较好。国有国法，家有家规，若是平原王当真杀人害命，本王也不敢偏袒。”这话说着是大义凛然，但士族子一琢磨就不对味。他说的是杀人害命，不是纵马行凶！

“临安王爷何必如此惺惺作态？”庾显大声说完，振臂呼道，“交出齐恒，血债血偿！”

庾显身后应和者声如雷鸣，临安王兀自岿然不动。

谢星河急了，指着仵作道：“不准这等贱民亵渎死者！”说完便带头冲了上去。他旁边的士族子也一哄而上，他们身后的众家仆也如潮水一般涌了过来。

临安王道：“拦住！”

他一声令下，顿时有高大骁勇的侍卫护兵，手持长枪，威风凛凛地从两侧涌出来，结成一排拦在前面。

士族子虽自恃高贵，但毕竟软弱无力，如何闯得过去？庾显急了，当即咬牙道：“我们让开，家丁们，给我闯！”

各个士族有自己的私人护卫，也很勇武且装备精良，他们听见自家主子号令，遂也上前几步。

临安王猛地长身而立，厉声道：“谢星河、庾显！你们既来告御状，却不让验尸，难道是来哗众闹事的吗？”

欲上前的私家护卫顿时停住，众士族子也被震慑住了。

临安王怒道：“来人，去请庾谢等家主出来，看看他们的子侄干的什么好事！”

一时相持，那些验尸官继续冷静详尽地验尸，而各家的家主也迟迟没有出来。临安王侧坐在宽大的椅子上，屈着右腿，靠着椅背，仪态闲散却霸气压人。

很快，验尸官验好了尸。

临安王起身道：“诸位世兄既是来告御状的，如今验尸已毕，便随我进宫吧！”

众士族子又愣住。进了宫，身后没了这些家仆就没有气势，不能以声势夺人、逼人就范了。

临安王笑道："不进去怎么告御状？没了身后那些家仆，诸位世兄不会是连步也不敢迈了吧？"

庾显硬着头皮大声道："事情很清楚，平原王齐恒纵马行凶，害死了这五位士族子，我们要求惩处齐恒！"

似是受到了庾显的提醒，众士族子一下子齐齐喊道："交出齐恒！交出齐恒！"

身后的家仆大声跟着喊，一时之间，又是声可震天。

临安王却笑了笑，负了手，半垂着头，静静地听着。众人喊了半晌，累了停了，临安王笑语道："早就听闻咱们士族子无法无天，说怎么着便怎么着，想怎么着便怎么着，今日一见，果然名不虚传。案情未清，事实未明，就敢哗众怒目逼杀我大周王爷，真不知你们是哪儿来这么大的胆子，以为天下如你自家的后堂，想杀谁就杀谁？"

临安王语声渐冷，寒意逼人："当真是出息了，黄口小儿，带这么几个人就想逼我？我临安王敢对东夏千军万马，岂会惧你们这等乌合之众？！"

庾显一众突然说不出话来。临安王生气，果然凛冽尊贵，令人生惧啊！

临安王睨了他们一眼，缓声道："怎么着？这惊天动地告御状却连大殿也不敢进？来人！"临安王回头道，"请诸位世兄进去！"

顿时有训练有素的军士，两人一组，十分轻易地将人架了起来。

士族子不断挣扎，面色惨白尽是恐慌，只大喊道："放我下来！放我下来！"

临安王挑了挑嘴角，迈步向宫门走去。

诸士族的家主见自己的子侄们一个个被请进殿内，脸色一下子变得很难看。临安王是最后走进来的，他瞟了眼两脚着地惊恐未散的士族子，笑语道："上有君王，下有父叔，诸位世兄还傻站着干什么？"

庾显等人面面相觑，最后不得不跪下行礼，面露沮丧。

安兴帝令众人起身，士族子皆谢了恩，低着头站到了父叔的背后。众士族的家主面色铁青，不言不语，一时气氛沉郁。

大殿中间就齐恒一个人跪着，看起来有点无助单薄。

临安王在众士族的对面站定，对安兴帝行礼道："父皇，诸位世兄抬尸前来为死难者告御状，刚才儿臣令人验尸了，验尸官们在殿外候着，您让七弟先起来，让验尸官进来回禀吧。"

安兴帝依言。

齐恒爬起来，慢腾腾地活动腿脚，在临安王下首站着。

验尸官一个个进来，挨个回禀每个人的死因死状，最后得出结论，马踏车轧，外伤致死。

临安王淡声道："那便烦父皇传令，将肇事的马牵来。"

大殿顿时哗然，连安兴帝也愕然惊道："渊儿……"

谢止胥已经冷声喊了起来："临安王是想用一匹马搪塞我等吗？"

庾熹怒道："这简直欺人太甚！"

"欺人太甚！"

"对，欺人太甚！"

……

面对着众士族义愤填膺的七嘴八舌，临安王缓声笑语道："我不过要传唤几匹马来验看，诸位世伯就觉得欺人太甚了？只有顺着诸位的意，不问青红皂白将我七弟砍了，才不是欺人太甚？"

话到最后，语同质问，寒意隐透。临安王环视全场，说道："既是告状，自然得人证物证验清查明，何时我大周的士族如此蛮横霸道，自己要杀要砍是理所当然，别人稍有异议就是欺人太甚？别忘了你们指证要杀的是我大周的王爷，说杀便杀，你们想杀便杀，是当阿恒是你们手下的贱仆，想打想杀悉听尊便，还不可辩白的？！"

大殿陡然静了下来。

几百年来，士族是那铁打的军营，帝王才是流水的兵。安兴帝当年是靠与士族结拜才坐上皇上宝座的，三十多年前那场宫廷政变，说到根子上，与其说哀帝荒淫无道，不若说哀帝得罪了士族，当时的哀帝羽翼未丰，却想大权独揽，不忿士族的掣肘，而在后宫鞭打凌辱士族出身的后妃。

而今临安王这一番训诫也露出凌驾于士族之上的端倪，这于平日彬彬有礼光风霁月的临安王来说，等同于新镜出匣，龙泉出鞘，瞬时光芒跃动，锋芒毕露了。

变故太过仓促突然，不但士族惊了，安兴帝也惊了，当下煞白了脸，低声喝止："渊儿！"

临安王却敛首一笑，轻声道："阿恒生母虽卑微，可他还有父兄，诸位世伯是不是也当我们是人偶摆设，你们一声令下，就得俯首帖耳乖乖领命，残杀我骨肉兄弟？如今小侄忤逆却不知该当何罪？"

士族们没想到。

他们是绝对没想到。虽然他们觉得临安王文韬武略，手握重兵有点不好控制，但是至少他们认为，临安王也是士族的一分子，虽然他让王家的风头太盛，盖过了庾谢诸家，但总还是可以制衡的。至于清浊之争，古已有之，不算大事，而且大周一向以放诞为美，纵性成风，清流浊派也不是泾渭分明，一棵树上结的两个果，谁不曾狂饮烂醉，温香软玉？

只是这几年，因为边患战事，临安王主战，起用了些寒门勇士，这让士族们觉得他不很受控制，故而他们欲除掉齐恒，便是要警告临安王收敛。

他们认为，除掉齐恒能让临安王足够疼，能够深刻地吸取教训，但又不至于跳脚。不想临安王一翻脸，打他们一个措手不及。

这层纸一撕破，大殿顿时剑拔弩张。

谢止胥冷声道："你们齐家有父兄，我们死伤的士族子便没有父兄了吗？你们齐家的一个婢生子杀不得，我们士族嫡生子便可以任人打杀！”

“对，杀人偿命！王爷犯罪便不能杀，我们士族子便任人杀吗？”

“他一人害五命，伤者十数，如此只因为他是个王爷便不能杀，倒当我等士族好欺负！”

“我王谢庾颜，煌煌数百年，岂能任一小儿欺辱！”

“我等绝不善罢甘休！”

“绝不能咽下这口气！”

……

一时激愤之言充斥大殿，站在一旁的齐恒也面露不安，忍不住看向临安王。

临安王静静地站着。谢止胥突然带头跪在地上，悲声道：“陛下，临安王所言，我等不胜其辱，求陛下做主啊！”

士族家主们见谢止胥跪，也忙跟着跪，士族子见长辈们跪，也随着跪，一时错错落落乱七八糟跪了半边地。

安兴帝有些不安，试图安抚：“各位爱卿这是何苦？快快请起，快请起！”

士族家主们如何肯起，只是叩头。

安兴帝忙斥道：“渊儿，还不快去扶世伯世兄们起来！”

庾熹大声道：“我等求陛下为我死去的士族子报仇做主！”

他这一声呼起，顿时引起众人高声应和。

安兴帝面色发白，一指齐恒，厉声道：“来人，将这逆子先打入大牢！”

临安王突上前一步，高声道：“父皇，案件未审，岂能听一面之词便将七弟治罪？”

众士族齐声顿首道：“求陛下为我死去的士族子报仇做主！”

临安王也一头跪在了地上：“父皇，士族子光天化日抢男霸女，七弟不过与之争执，便被下狱获罪。兔死狐悲，他堂堂王爷尚如此，那让

沙场上拼命流血为国尽忠的将士如何想？！”

安兴帝一时迟疑。

谢止胥切齿道：“临安王只念着那群贱民勇夫，眼里可曾有我士族大家？”

临安王道：“谢世伯此言差矣，谢家子安为我副帅，如今尚驻守边关？”

庾熹道：“岂可因有军功，便可杀人无罪！”

临安王道：“你哪只眼见我七弟杀人？”

颜之卿道：“他殴打士族子，致使马惊，等同其罪！”

临安王道：“他打的是人，不是马，马惊跟他有何关系？”

颜之卿道：“临安王强词夺理！”

临安王起身，说道：“谁在强词夺理，将马牵来一看便知。诸位世伯一听让牵马就百般反对，可是做贼心虚？”

他这一语既出，众士族顿觉中计了。他这是故意出言相激，引发争论，再集中到马为何惊的问题上。

如今将马牵来印证，倒是箭在弦上不得不发的事了。

有宫人牵了马车来。

临安王和诸士族连同安兴帝，都来到了大殿外，站在高高的台阶上。

临安王细细问了当时的情况，得到所有士族子的证实，也得到齐恒的首肯，方令宫人护卫，重现血案发生时的场景。

一护卫扮演齐恒，将人拖下车，在车后斗殴，演士族子的宫人倒地，挤破身上的血囊，护卫继续发狠踢，追了出去。

一人大喊“杀人了”，众宫人惊慌四散，可是人都跑远了，那马晃晃尾巴，打了个喷嚏，很镇定。

众人面面相觑，马没惊，怎么办？

临安王令道：“停！”

他指着当时的情况，说道："诸位都看到了，阿恒追着一士族子打斗，离车尚有一段距离，如何去纵马？如今是这马没有惊，若是惊，谁之故？"

庾熹道："平原王若不打人见血，便不会有人喊杀人！"

临安王道："庾世伯，若这样说，那士族子若不劫路抢人，阿恒还不会打人见血呢。"

颜之卿道："小儿无状，他何至于出此重手，酿下大祸？"

临安王笑道："颜世伯准许自家子弟任性胡闹，便不准阿恒任性使气了？这事情说来死伤严重，其实也不过是年轻小子们胡闹争风，酿出意外所致。阿恒莽撞，自当好好教训，也还请世伯们约束子弟，放浪形骸没错，可也别强人所难。"

这般轻描淡写地带过，各打五十大板，即便齐恒受罚，也是不能要其性命的。一场来势汹汹的预谋，步步紧逼，铸成横祸，本以为胜券在握的事这般惨淡收场，众士族虽不服气，心里怨难平恨难消，却也无话可说。

谢星河悲叹道："可怜我那十一弟，还有那四位世兄，就这样惨死了！"

临安王笑睨着他道："谢世兄觉得，泉溪盛宴上猝死的两位世兄，可怜吗？"

谢星河道："这如何一样！"

临安王道："谢世兄何必拘泥形式，死在美人身上，与死在抢美人的路上，不同况味，却也同等风流。"

士族子面面相顾，谢止胥冷声干笑道："临安王果然好气度！"

"世伯谬赞了。"临安王躬身言笑。

庾显突然一头磕在地上，对安兴帝哀声请求道："陛下，我九弟和其余四位世兄惨死马下，为的不过是平原王的一个婢女，故而请求陛下，将那婢女赐予我等，祭于死难世兄之灵前！"

齐恒顿时失色，大声道："不行！"

临安王看了他一眼，安兴帝也看了他一眼，众士族家主和士族子，也看了他一眼。

然后众士族子齐齐跪地，高呼道："求陛下成全！"

这么大一桩事，众士族好不容易让步罢休了，再为一婢女横生枝节，便实属不该了，何况众人所求，也不算过分。

可这刺痛了齐恒的心尖，要了齐恒的命。他见安兴帝要应承，几乎是踉跄地奔过去，一头磕在地上抓着安兴帝的衣角道："父皇，不要啊，不要！"

安兴帝一向并不疼爱这个儿子，见他如此沉溺女色，不由得大怒，一脚将他踹翻在地，斥道："小畜生，这里是你说话的地方？！"

"父皇！"齐恒哀声复扑过去，又被安兴帝踹翻。

安兴帝厉喝道："来人，把这不孝子拖出去，打四十板子！"

齐恒转身去求临安王，他三两步爬过去，抱着临安王的腿道："三哥，三哥你救救雪奴儿！"

临安王没动。有侍卫过来拉齐恒，齐恒抱着临安王哀求道："三哥！"

临安王目光平静幽深，他看着齐恒，切齿道："你但凡是个男人，就给我起来！"

齐恒只觉得那个瞬间，有一股情绪，如钱塘怒潮般充溢了胸口，他在那个瞬间无比痛恨自己，他痛恨！

他能做的就只是跪在地上哀求，趴在地上等人赦免施舍，他要他的三哥为他争短长争对错，然后还要让他的三哥为他争婢女争女人吗？

侍卫复上前拉齐恒，齐恒猛地挣扎开，一下子凶狠地站起来。

难道他就要让自己的父皇，在众目睽睽之下把他打得鲜血淋漓，然后任凭士族子鄙夷地唾弃，骄傲得意地领走雪奴儿？

那他这一生，即便活下来，也是永远低在尘泥里，永无出头之日。

他是个人。

不是士族白眼中，在三哥羽翼下才得以苟延残喘的下贱坯子。

他可以任凭嘲笑，谁让他生母出身低贱，可是这不表示，他可以任人抢走他的女人！

安兴帝道："你想干什么？"

齐恒一字一句地道："我要娶雪奴儿。"

众人静了下来，一下子被镇住了。

齐恒道："雪奴儿是我妻，不是婢女。"

安兴帝被气得打了个晃，他指着齐恒怒道："还反了你了！"

齐恒却是对安兴帝嚷道："我要娶雪奴儿！"

也不知为何，齐恒突然泪流满脸，他对安兴帝重复了一遍："我要娶雪奴儿！"

他的神色悲哀，目光直勾勾地盯着安兴帝，近乎疯癫地重申："我要娶雪奴儿！"

安兴帝被他目光中深入骨髓的悲哀激得打了个哆嗦，却见齐恒的目光转向士族子，他挺直了背朝士族子一指，半敛了眸子，目光阴冷，语气平静地道："谁敢染指我妻雪奴儿的，死！"

齐恒如伤极痛极的猛虎，带着种噬骨透心的狠，睨向猎物，试图与敌人殊死一搏！

士族子心里不由得打了个战，人被逼急了，说不定便说得出做得到。

一时众士族被齐恒那血腥危险的眼神唬到，无人敢应声。安兴帝被宫人搀扶住，望见儿子那高大傲然的背影，有一瞬恍惚。

那身影如此陌生，从小未曾见过他的娇气，大了未曾在意他的桀骜。一个贱奴生的儿子，他根本就不知道有这个人。

当年临安王带他来见自己，一个高大俊朗的少年郎跟在渊儿身后，他还笑问是谁家儿郎。

而他，就是被这样一个儿子，在所有士族的面前狠狠地忤逆了！

那一阵恍惚之后，安兴帝刹那失落，恼羞成怒。这个儿子竟然明目张胆忤逆他，对他吼，与士族作对，要娶一个卑贱的婢女为妻！

他猛然挣开宫人的搀扶，踉跄着拔了贴身侍卫的佩刀，骂道："你这逆子，朕杀了你！"

临安王失声道："父皇！"一步抢上前去！

安兴帝年轻时虽也领过兵，但是这些年养尊处优，年纪大了，酒色也伤身，力气已虚。虽在震怒之下，但毕竟砍的是自己的儿子，总有点手软，故而一道刀光袭来，齐恒下意识一避，竟避了过去。

安兴帝气道："朕杀了你！"

又一刀刺去，这回齐恒躲也没躲，只伸手一拦，握住了锋刃。

众士族骇得齐齐后退一步，惊恐地看着殷红的血，从雪亮的刀锋处缓缓地流下来。安兴帝也有点眩晕，猛地松了手，刀柄于是在空气中微微地震晃。

齐恒便那样伸手握着，他缓缓地回过头，一手的血，一脸的泪，眼神无比悲哀。

他英俊的脸朝向安兴帝，浓密的剑眉，刀削般完美而硬朗的棱角，在正午的日光直射下，毫无阴霾。

"父皇，"他挑唇笑了一下，开声道，"若没有三哥，您恐怕根本不知道有我这个儿子。"

齐恒说完松了手，刀重重地砸在地上。安兴帝不知道是因为齐恒的这句话，还是因为刀落的声响而震颤。

齐恒自嘲道："我是贱奴的儿子，从小混在奴仆群里，受尽下人的攀高踩低，世态炎凉。我不能见到您，不能去金碧辉煌的宫殿见识各种宴会，一个二等的总管太监也敢对我说'就你这样的贱货，死了也没人追究'，那时候我想，我既是一个地地道道的贱货，自然是我娘也贱，我爹更贱！要不他怎么会喜欢和一个贱女人交媾生子，还乐此不疲呢！"

他这话一出，安兴帝变色，临安王变色。

临安王呵斥道：“阿恒，闭嘴！”

齐恒不以为意，转头用流血的手指着众士族道：“还有你们，口口声声自诩高贵，为什么和一个卑贱的婢女求欢的时候不想想自己的高贵呢？成群结队兴师动众抢一个婢女的时候不想想自己的高贵呢？你们穿上衣服诗酒风流，无上高贵，脱了衣服却禽兽不如，最最下贱。那高贵的可不就是衣服，你们却不过是一堆烂肉而已！”

齐恒这话说得既凶且狠，且他现在杀气腾腾，众士族一时不敢招惹。

他转头又看向安兴帝，用血手抹了一下脸，咧嘴笑道：“这条命是你给的，你是父皇，所以你可以随时拿回去，正如你奸污了一个下贱婢女，然后衣冠楚楚端坐明堂，依然是天下的君王。只是你杀了我没关系，却不要以为可以支配我所有的东西。我从小为了口吃的、为了个玩的就和人打架拼命，我的东西历来不准人抢，即便你是我的父皇，你也只能要了我的命去！我不许的，便谁也休想！”

他说完，弯腰拾起了地上的刀，横过来，用手指揩去上面的血，对着日光，刀锋耀，眼凛冽。

他睨向了众士族家长，眼底血红，狠笑：“父皇既要杀我，我临死总要拉几个垫背的，不弄死几个高贵的杂种玩玩，枉了我这一世下贱！”

他那样子，着实可怕，众士族一时后退，谢止胥惊呼道：“护卫！护卫！”

齐恒道：“护卫顶个屁用，爷要杀谁，千军万马里闯过，几个护卫能拦得了我？”

他说完向前一步，挺刀闯了过去！众士族齐齐后退，失声惊叫，这边厢临安王一声清喝道：“你给我站住！”

齐恒定住，临安王上前给了他一个大耳光。

齐恒被打偏了头，嘶声道：“三哥！”

临安王道：“把刀给我放下！”

齐恒执拗道：“三哥你别管，父皇杀我，我捎带了他们，再引颈就戮好了。”

临安王道：“父皇一时气话，你还当真了，凭你刚才那些话，够你死一万遍了！”

齐恒嚷道：“阿恒万死可以，必杀人而后快！”

临安王狠狠地踹了他一脚，喝道：“你给我跪下！”

齐恒毕竟年轻力壮，临安王这一脚没有踹倒他，只是让他打了个趔趄，他一步站稳，红着眼睛嘶声道：“他们意欲杀我雪奴儿，没有雪奴儿，我活着还有什么意思？”

一语道破苍凉，临安王不忍看他，扭过头去。

齐恒含泪悲声道：“我护不住一个婢女，活着还有什么脸，我还有什么脸活着？”

临安王没说话。

“我在冰天雪地里捡到她，当时也没太当回事，不过看着模样俊俏，想带回来气气谢家女罢了。”齐恒哽咽道，“谁知她两次救我于危难，雪奴儿那般的容颜，那般的身手，只因为生在我大周受尽欺凌！我是大周的王爷，只想给她一方小小的安乐天，遮风避雨，不再颠沛流离，就这样一个微薄的心愿，我绞尽脑汁，拼死拼活却做不到。我这么窝囊的男人，活着还有什么意思？”

齐恒说完，一踉跄，指着士族子对临安王道：“他们看雪奴儿好，便要抢。他们要抢我就得给，不给就惹得天怒人怨，人人逼我，人人骂我，人人说我不该眷恋一个婢女。你们出身高贵，哪里知道我的苦？我就是婢女生的，擦不干，抹不掉！她是个婢女怎么了？她救了我，她对我好，我齐恒十八年来，从未有和她在一起那些时日那般快活。我喜欢她，就要娶她！与其让我舍弃她的性命，去娶一个矫揉造作对我心存鄙夷的贵女，然后恬不知耻低声下气去乞求所谓的荣光，那不若我今日拼得玉石俱焚，鱼死网破，也好向雪奴儿表白心迹，齐恒虽死，亦不负她！”

临安王道：“你糊涂！”

齐恒道："我不糊涂！雪奴儿之强，不用我保护，可我是个男人，我不死，一息尚存，便不用她去舞刀弄枪，挣扎求生。"

临安王叹了口气，忍下了再扇他一巴掌的冲动。

齐恒苦笑道："三哥说的我做不到。我死了，我希望她快乐地活，可我不能容忍，我活着她不在我身边。我不是三哥，没有家国，没有天下，没有士族，没有东夏。我不是你，自我牺牲，苦苦硬撑。"

齐恒一指众士族，提高声音大声道："为了这群不知好歹的畜生殚精竭虑，用你自己的心血，守护他们的江山。我们在边关流的是血，他们玩的是墨，我们拼的是命，他们赌的是酒，我们刀光剑影九死一生，他们声色犬马泉溪盛宴。然后他们高高在上地轻蔑鄙夷地说，咄，一众武夫！他们指着我心爱的女人，颐指气使地说，拿来！不给便来抢，死了人还来抢。我的父皇说是我的错，要打要杀我。三哥，便是这样的士族，便是这样的天下，我们护守它干什么？就让东夏的铁骑长驱直入，破了他们的家，灭了他们的国，就让今日的君王成为阶下囚，就让这些士族成为东夏的贱奴，任人鞭笞践踏！让他们领略下什么叫野蛮武夫，这多好，多痛快！"

临安王斥道："你疯了！"

齐恒嘶叫道："我就是疯了！"

临安王扭头闭上了眼，再回头睁开的时候，他没看齐恒，只是十分冷静而清明地走到安兴帝身前，叩首下去，动情地道："父皇，成全阿恒吧！"

众人一惊。

连齐恒也骇然退了一步。

安兴帝气得哆嗦，指着临安王道："你，你也跟着气朕！那等祸水搅得皇室与士族结怨，一日也不可留，来人啊！马上将那婢女捉了来，祭在死难的士族子灵前！"

第七章
自如梅开

临安王道："父皇！"

安兴帝怒视左右道："还不去，给我捉来杀了！"

齐恒凄然退了一步。

临安王道："父皇！左右不过一个婢女，您这样一刀下去，七弟便毁了啊！"

安兴帝怒道："为个婢女就毁了，这样不成器的东西毁了就毁了。他如此忤逆犯上，目无父君，你以为朕还会留着他？"

临安王道："父皇！"

安兴帝斥道："你别再说了，这就是你教出的好弟弟？朕没他这样的儿子！"

齐恒呆愣愣地看着领命的军士渐行渐远，呆愣愣地看着跪地的临安王为他哀求受训，他有些茫然，不觉痛，只是有点茫然。

想起八岁那年，他与克扣了他用度的宫人打架，他人小体弱，但是凶狠，然后被路过的三哥看到，治了宫人的罪，唤他过去。他永远记得，三哥如风中的修竹般风姿俊朗，清朗含笑，当时暮春的阳光斜落在三哥的身上，有轻柔的柳絮在风里飘。

三哥拍去他身上的土，用手指揩掉他嘴角的血迹，抚着他的头道：

“你叫阿恒？我是你三哥。”

从没有人那么温和那么亲善地对他，三哥认真地查看他的伤，用手指轻按，问他：“疼吗？”

那一刻他很幸福，所以他哭了。他觉得自己有了归属依靠，他觉得有人爱他，关怀他，对他好。

他崇拜他的三哥，诚惶诚恐地崇拜。他小心翼翼但欢欣雀跃地跟着他，一步也不想离开他，他说的每句话他都听，他的每一个吩咐他都很努力地去做，有三哥庇护他，没人敢欺负他，他觉得很骄傲，很神气。

他想起三哥牵着他的手，将他领进书房，教他读书写字。他纵然不喜欢，但是非常卖力地学，就是为了要得到三哥的夸奖，讨三哥的喜欢。

他一直一直很努力，他要让自己变得最强最能干，他要不负三哥的期望，对得起三哥的栽培。

可是如今，他让他的三哥为他费尽心思，跪地求饶。

他的三哥跪在地上，那些士族的目光那么阴险那么得意，他父皇的目光那么冷酷那么无情。齐恒的泪迷了双眼。

他那颗被愤怒和冲动吞没淹埋掉的心，一下子被剥离撕裂开，一种尖锐的痛楚，如当胸的箭穿心而过。

瞬息间他痛不可耐，痛得不能呼吸。

他要被父皇打死，别人倒也没什么，只是三哥眼睁睁看着他被乱杖打死，是会疼的吧？

齐恒如鲠在喉，他想唤，可是唤不出来。

两旁的侍卫走过来，扣住他的双肩。齐恒泪眼婆娑地看见临安王正跪在父皇脚下，如此卑微。

他的三哥何时卑微过？他是整个大周士族年轻一代的领袖，权贵的翘楚。明月皎皎，风神俊朗，真正的人中龙凤，文武风流。而今为了他一条命，狼狈卑微了吗？

“三哥！”

齐恒跪地朝着临安王叩了个头，声音悲怆低哑。他想说别为他求情了，他不争气，不值得。可那声三哥唤出来，齐恒瞬间泪如泉涌，止也止不住。

侍卫架起他的肩臂，拖曳着离开。

齐恒有瞬息眩晕，他挣了一下，没挣开。

他突然有点想笑，有了一个很荒诞很不合时宜的想法，雪奴儿见了他这个样子，会不会笑话他？他在她面前多么蛮横霸道，心存妄念说要保护她。

“父皇！”临安王突然站了起来，回头看了眼拖拽齐恒的侍卫，骇得侍卫一下子停了脚。

临安王的目光滑过士族，面对安兴帝，他的面容虽悲戚，却有一种摄人心魄的镇定，甚至唇边带了丝苍白的微笑。

他对安兴帝说：“今日杀一阿恒容易，只是他日东夏的铁骑长驱直入，马踏河山，鞭挞天下，父皇你无处再觅阿恒。”

他的言语如同说天好蓝风好柔一般淡然随意，却让安兴帝的心突然哆嗦了一下子。

临安王道：“东夏入主，为了一时安稳或可笼络士族，但我皇室，覆巢之下，焉有完卵！”

安兴帝陡然变色。

临安王看向士族，语声清浅地道：“阿恒年少，任性使气，情热难舍，中了你们的计，为诸位所逼杀。诸位不满我对抗东夏，起用寒门将士，遂逼杀阿恒以泄私怨，但阿恒一死，寒门将士之心必尽成冷灰，我连亲弟弟尚不能救，何况他人？这天下谁还敢跟我上战场，谁还敢信我打胜仗？”

淡淡一笑，临安王道：“我自己的名声倒没关系，只是诸位是否想过，两百年前，我大周文明礼仪，繁华鼎盛，而东夏不过是几个荒蛮部族，茹毛饮血。到如今，东夏兵强马壮如狼似虎，我们却被讥为两脚羊，被东夏讥笑软弱怯懦，为什么？”

临安王的眉微微蹙起：“东夏犯我边关，委屈焉能求全？不打回去，只会让他得寸进尺得陇望蜀。只是要打仗，边地苦寒，我士族高贵，可有几人愿意去？几人吃得了苦，受得了罪？我虽惨胜但毕竟赢了，阿恒封王，寒门将士崭露头角，你们便这般反扑，请问东夏狼子野心可否真的容我大周并存？待他日东夏入主中原，坐稳江山，最先要毁灭的是谁？你们不想想东夏现在的君主是谁？”

“东夏乾贞帝。”临安王重重地咬着那后三个字。诸士族突然感觉有点冷，安兴帝的心突然颤了一下。

“雄才大略，他称的是帝，不是王。如今他摧毁大祭司，一统东夏，野心勃勃，觊觎大周，而我们在内讧争斗，逼杀勇将，自断手足！狮虎面前，肥羊顾自戏耍争风，当真可叹可悲！”临安王话音一转，轻声道，“你们不满我，我可以退位让贤，但是阿恒，不能杀！”

“三弟说得对！”

随着这一声喊，却见二皇子余姚王齐钰匆匆赶来，他自幼多病，弱不胜衣，又喜敷粉，故而那一张脸白如雪玉，有些吓人。

他气喘吁吁地跪在地上，对安兴帝道：“父皇，三弟说得对，七弟不能杀！”

汝阳王绑吊着胳膊，跟在他身后，此时也跪在地上，说道：“父皇，饶七弟一命吧！”

余姚王转头看向谢止胥，说道：“舅舅，诸位世伯，七弟虽然有错，可那几位世兄之死，委实不是七弟的错，求舅舅和诸位世伯放过我七弟吧！”

他说完，又对安兴帝道：“父皇，现有证据那惊马是七弟那婢女所做，五弟问了七弟的护卫，皆言那陆姑娘会御马，能和马说话！”

齐恒煞白了脸，骇然大声道：“胡说，这不可能，这是胡说！”

见他如此失态，汝阳王开口道：“七弟，不过一个婢女，这个时候却是不能护了，回头五哥给你再找几个，比她美比她漂亮！”

齐恒道：“不，不是雪奴儿，这跟她没关系，要杀就杀我好了！”

谢止胥冷笑道：“平原王果然是痴情种，如此情深。只是这么耽于女色不可自拔，目无父兄的人，当得起我大周的栋梁基石吗？”

这时，有宫人过来禀告道：“陛下，平原王的婢女陆雪弃被带来了。”

齐恒猛地抬起头。

安兴帝瞪了他一眼，喝道：“带过来！”

陆雪弃穿的还是早上出门时齐恒的那件大氅，身上换了件素花的锦袍，头上别了朵珠花，还是那懒散优雅的样子。

她环视了众人一眼，也不行礼，只是仰头望着齐恒笑了。

她乌黑的眸子蕴了光，一时间亮盈盈的，她歪了歪头，竟有那么点俏皮。

她问：“你是因为我挨打了吗？”

齐恒眼底发热，喃喃道：“雪奴儿……”

陆雪弃扬了扬眉，转头便看向众人道：“陛下，各位王爷，各位家主，各位郎君公子，你们是因为今天早上的事将我捉来处置？”

没人回答她。

但所有的人都目光雪亮，或震惊或贪婪或寻味地望着她。

陆雪弃无视众人的目光，指着诸士族说：“因为他们死了几个人，所以要杀我殉葬吗？只是，”她说完，似乎有点疑惑，“凭什么？”

安兴帝一声冷哼道：“一个婢女，也敢问凭什么？”

“婢女？”陆雪弃一指齐恒道，“说我是他的婢女？”

说完，她向前几步，小手一伸头一昂，对齐恒道：“拿卖身契来！”

彼时的气氛原本沉重紧张，可也不知道为什么，看陆雪弃那样子，齐恒忍不住便咧嘴笑了。

她那小样子，她还从来没在他面前这般娇嗔可爱过，齐恒顿时觉得，心敞亮了，光进来了，和着清风，让他一片轻盈，明亮而甜蜜。

陆雪弃回头对众人道：“你们凭什么说我是他的婢女？他救了我一次，我救了他两次，这样一来二去，有了交情，我便搭他的车来京城。到了京城无依无靠，就先住在他的王府里，请问有什么不对吗？”

没有人说话。

陆雪弃朝安兴帝走了几步，抬着下巴道：“你儿子欠了我一次救命之恩，你们不敢认也就算了，竟还诬我为婢，用一句‘女护主’婢，理所当然地赖掉救命之恩，当真心思龌龊，我救了堂堂的王爷，没人感激，反倒成了别人要打要杀的奴婢？”

陆雪弃说完，斜睨了一眼齐恒，没好气地哼了一声，说道：“阿恒，事到如今，是谁沿途杀你已经清清楚楚，目的达到了，你还装什么装？”

临安王最为机警聪明，当下顺势笑着问道：“哦，怎么回事？”

陆雪弃道：“路上有人勾结东夏，动用三批人马要杀阿恒，我问他是谁干的，他说不知道，我说无妨，要杀你的人恨你，被我坏了事自然也恨我，到了京城谁最想方设法要杀掉咱们两个，谁就是凶手，如今清楚明白了。”陆雪弃朝众士族一指，“就是他们！”

事情的逆转实在出乎意外，一时所有人都惊了，众士族皆陡然变色。

陆雪弃向前跨一步，指着他们慷慨陈词：“就是他们！我当时和阿恒商量，我装作他的奴婢，让他装作宠我的样子，王爷宠奴婢，算不得大事，但是杀他的人势必以此为由头，兴风作浪。果不其然，我们未到京城，就已经满城风雨，一到京城顿时步步杀机。其实所有事情现在都很清楚，就是想杀掉阿恒，杀掉我，所以这次的事，就是他们的第四场追杀，不过是换了地点方式，由直接找人动手，变成了逼迫，还借由陛下这个亲爹的手除掉阿恒！心思当真歹毒至极，令人发指！”

此话既出，齐恒笑了，众士族顿时跪在地上，谢止胥大声道：“陛下，这个贱婢血口喷人！臣等冤枉！”

陆雪弃道：“冤枉？你们谋杀大周第一勇将，你们就是东夏的奸细内应！”

这话一出，更是石破天惊。

不及众士族反口，陆雪弃道：“我和阿恒与你们无仇无恨，你们这般不死不休，既没有私人恩怨，当然为的是东夏。”

谢止胥又惊又怒，指着陆雪弃，面红耳赤地嘶声道：“血口喷人，你血口喷人！”

庾熹道：“笑话，我们是大周的士族，怎会勾结东夏？！”

陆雪弃道：“大周的士族怎不能勾结东夏？眼看东夏强盛，大周文弱，你们为了保住自己的地位，私下和东夏皇帝求和，你们觉得只要保住士族地位，谁做皇帝都无所谓。东夏皇帝自然愿意兵不血刃拿下大周，许了你们很多好处。如今，你们为了荣华富贵，要逼杀平原王，逼退临安王，好将大周江山拱手相让！”

众士族瞠目结舌，冷汗涔涔，安兴帝也不禁有点后怕。临安王虽不动声色，但眼底多了些笑意。

这陆姑娘，有意思。

“陛下，臣等冤枉！”

“冤枉啊，陛下！”

随着众士族一片惊慌的喊冤声，陆雪弃冷哼一声，质问道：“你们冤枉，那这费尽心机斩杀良将，逼退贤王，这亲者痛仇者快的事情，还有别的解释吗？怪只怪你们自己蠢，以为东夏皇帝当真会保住你们的地位，他这些年铲除异己，顺他者昌，逆他者亡，会允许你们这些士族独大，碍手碍脚？他连与他缔结盟约的祭司一家都能斩尽杀绝，你们还当他是什么信义之辈？现在承诺得花团锦簇，等他一统江山，人为刀俎，尔等为鱼肉，怎么收拾你们还不是他说了算？！你们自以为聪明，着实蠢到家了，还以为东夏的皇帝会像当今的陛下一样听你们的？”

说完，她笑吟吟地对安兴帝道：“陛下是否觉得杀了阿恒便能讨好士族，坐稳江山了？你如此泯灭人性，连自己的亲儿子都不爱，那如何爱臣子？也不怪那些士族看不起你，转而去投靠东夏。”

这话一针见血，安兴帝不知是愧是怒，脸顿时涨成了猪肝色，气得直哆嗦，却一句话也说不出来。

“好了，你们这些昏君乱臣的事情我也不管了。”陆雪弃拍拍手，朝着齐恒很是明媚地一笑。

齐恒不由得心热，唤道：“雪奴儿！”

陆雪弃走过去，很是亲昵地拍了一下他的肩膀，说道：“怎么样？护朋友，护恩人，是不是比护着个婢女名声好听，而且来得容易？”

齐恒挨了打却比吃了蜜还甜，他挠着头傻笑，不想陆雪弃道：“此件事了，不枉你我相交一场，我该走了！”

齐恒急了，一把抓住：“你上哪儿去？”

陆雪弃道：“我哪里不能去？否则在你府上，人人皆道我是个下贱婢女。”

齐恒顾不得众目睽睽，一把将陆雪弃扯进怀里，切声道：“不许走，除了我这儿，你哪儿也不能去！”

陆雪弃一笑，明眸皓齿，容光熠熠，她贴近他小声道：“那是谁把我送到临安王府的？”

齐恒见她笑，又听她私语，不由得傻了，也咧嘴笑，胳膊便松开了。

陆雪弃遂推了他一把，扬声道：“我已经帮你捉到了幕后之人，那次救命之恩也不用你报了，你莫留我。我今日得罪了陛下权贵，怕再无我立足之地，你是王爷，当娶谢家女，你我天上地下，此生无缘。”

她头也不回便往外走，齐恒当真急了，大跨步追上，抓住她的胳膊，唤道：“雪奴儿，连你也要抛下我？”

陆雪弃听了这句，不知为何突然沉默，瞬息之间眼底有泪光一闪而过，转而她昂着头，大声道：“你是王爷，有家国责任，儿女私情且莫执着了。”

齐恒切齿道：“我一向有娘无爹，有兄无父，一条贱命任人打杀，算什么王爷？”

齐恒说完，突然扒了外衣，摔了腰牌，大声道：“雪奴儿卑贱，配不上什么狗屁王爷是吧！那我不做这个王爷了，我要退婚，我要娶雪奴儿。”

汝阳王突然对齐恒喝道：“七弟，你疯了！”

“我没疯，”齐恒吼道，“这不是称了他们的心如了他们的意吗？”

一时没人说话。

这时临墨急匆匆从外面赶进来，面色惨然，跪地对临安王道：“王爷，庾家五郎死了！”

庾五郎正是被齐恒痛殴的那个，这事情非同小可，临安王道：“不是没有性命之忧了，守护的人呢？！”

临墨欲禀告，只是众目睽睽之下没法说，只得叩头道：“属下有罪！”

临安王道：“起来说，怎么回事？！”

临墨应了声是，起身看了看众士族，对临安王道：“有人引走了咱们守护的人，回来时庾五郎便气绝了！”

临安王倒吸口气：“楚先生怎么说？”

临墨迟疑了一下，以仅能让临安王听到的声音道：“楚先生说庾五郎被人在旧伤上施以外力，将折断的肋骨刺入心口毙命。”

临安王半晌没说话。

在旧伤上施以外力，没有新的伤口，你说是别人打的，人又没抓到，这实在不具说服力，无法取信于人。

临墨低头道：“属下无能，请王爷责罚。”

临安王没说话，只看了眼停下来的齐恒和陆雪弃，目光落在他们握着的双手上。

众士族面面相觑，虽然是听到庾五郎死了，但临安王的面容虽沉静，却深邃而有厉色，颇为慑人，何况陆雪弃刚刚给他们扣了顶帽子，谁杀齐恒，谁便是东夏奸细内应，故而众士族一时也没有高声大叫吵嚷。

临安王上前一步，跪地对安兴帝道：“父皇，庾家五郎猝死，七弟涉嫌斗殴误杀，儿臣恳请父皇将平原王收入大牢，听候处置。”

安兴帝一时有点愣。

汝阳王不可思议地大声道：“三哥，你要把七弟……”

临安王的语声淡而平静：“马惊不是他的错，但与人斗殴，重伤而死他逃不过。”

侍卫过来抓齐恒，齐恒大声道：“三哥，不会的。我下手虽狠可也有分寸，不至于死人的。”

临安王背对着他，没理会。

齐恒唤：“三哥！”

他已经被侍卫带走了好几步，忍不住回头道：“三哥，你照顾好雪奴儿，三哥！”

齐恒话是对临安王说，看的却是陆雪弃，他渐行渐远，一直拼命地回头看。

是夜，月光淡淡。

临安王是与汝阳王、楚清联袂而来的，他一进门便笑，说道：“听闻姑娘煮得一手好酒，不知今夜小王可有口福，能请得姑娘煮酒？”

汝阳王在他身后挑帘而入，爽朗大声道：“陆姑娘千万拒绝不得，听闻你煮酒三杯而倒，小王着实垂涎仰慕，这回定要喝个痛快！”

楚清跟在最后，很是客气地朝她点头微笑。陆雪弃上前见了礼，说道：“两位王爷吩咐，奴婢岂有不遵之理。”

临安王遂笑道：“七弟特意嘱咐说姑娘畏寒怕冷，却不知姑娘可否方便？”

庭院里修竹几竿梅花绽放，已有仆人架上火，摆好了果品酒具。陆雪弃嫣然笑道：“王爷客气，奴婢无碍。”

汝阳王道：“可别说自己是奴婢了，哪个拿得出你的卖身契啊？”

众人于是笑。这时有婢女捧了件雪白的狐裘过来，奉于陆雪弃。那

件狐裘纯白无瑕，雪白的毛尖闪着润泽的淡光，一看便极是稀有名贵。

陆雪弃神色自若地接过来，浅浅致了声谢，顺手展开便披在肩上。汝阳王瞠目道：“这等狐裘，陆姑娘要穿着它煮酒？”

陆雪弃道：“怎么？”

汝阳王道：“这件狐裘毛色品质，纵有千金也是可遇而不可求，姑娘如此轻率穿上它，煮酒时被火星溅了毁了，岂不可惜！”

陆雪弃笑道：“王爷出身贵胄，却何故如此拘泥，千金裘换尔美酒，可使得？”

汝阳王愣了一愣，陆雪弃将狐裘解开弃之于地，说道：“王爷既爱狐裘，那狐裘归王爷，却不准讨我今夜的酒喝。”

汝阳王尴尬地愣住，转而哈哈大笑起来：“有意思，有气魄！”说完，弯腰捡起狐裘披在陆雪弃身上，笑道，“倒是小王小家子气，美人勿恼。”

陆雪弃笑道：“如此，请。”

梅树下挂了宫灯，众人坐于席上，炭火正旺，陆雪弃垂头含笑，皓腕如冰雪，素手香凝，很是熟稔散漫地配着用料。

楚清不动声色地瞧着。

不多时，有酒香清浅地飘出来，汝阳王嗅了嗅，狐疑道：“未必绝佳。”

陆雪弃道：“尚欠火候。”

过了片刻，陆雪弃打开壶盖，加了两三样配料进去，待酒被煮得轻微小响，有浓郁的香气氤氲出来。

汝阳王贪婪地嗅了嗅，称奇道：“咦，这味道不一样了，你加什么了，怎会突然这般香？”

他说完夺了配料过去查看，一边看一边狐疑道：“虽下料有点晚，可也不过是寻常配材，竟有如此功效。”

陆雪弃将酒端了下来倒入杯中，先敬临安王，汝阳王不等陆雪弃来敬，便拿了酒过去尝。陆雪弃对楚清道：“还请楚先生不吝赐教。”

楚清说声客气，接过酒微微抿了一口，回味了片刻，与临安王面面相觑。

汝阳王已一口干了，大声道：“嗯，温润甜滑，果真好酒！”

说完，他将杯一放，陆雪弃遂又为之添上。汝阳王拿过去又干了，大声道：“清刚柔烈，好酒！”

说完他又将杯蹾在桌上。临安王道：“五弟你慢点喝。”

陆雪弃又欲为他添酒，汝阳王却将杯口用手一盖，说道：“美人，这是第三杯了。”

陆雪弃停住没说话，汝阳王道：“我们打个赌如何？三杯必倒，若你输了，怎样？”

陆雪弃眉目淡淡，说道：“那王爷海量。”

“那若我输了呢？”

“王爷非海量。”

汝阳王大笑起来，说道：“伶牙俐齿的丫头，怪不得七弟喜欢！只是人虽俏皮，这赌却打得无趣！”

陆雪弃道：“那依王爷之见呢？”

汝阳王突然伸手，勾住陆雪弃的下巴，托起她的脸，那张面容冰雪般清。

汝阳王倾身逼视片刻，笑着道：“美人输了，真的与我做婢女如何？”

陆雪弃道：“那王爷输了呢？”

汝阳王愣了愣，笑上眉梢，说道：“你说。”

陆雪弃道：“奴婢对王爷，不敢有任何觊觎。”

汝阳王一愣，松了手，复又大笑，说道：“三哥，这好厉害的丫头，说得我也没法与她赌一赌了。”

陆雪弃只低头斟酒。

汝阳王端了酒一饮而尽，对陆雪弃道：“丫头，知道我为何讨要你？实在是你害我那七弟不浅，有你在，他便毁了，我这个做哥哥的不能

不管！”

陆雪弃不言不语，汝阳王道：“你这酒虽分外甘醇，但也没传说中那么邪乎，三杯必倒，我如今好好的。”

陆雪弃把玩着酒壶，低眉道：“这世界流言蜚语，传说中的事，原本也不该尽信的。”

汝阳王拍拍桌子道：“倒酒倒酒！”

陆雪弃却放下酒壶，低头拨火，只见一个火花爆破开，溅裂在陆雪弃臂旁的狐裘上，汝阳王“咦”一声直坐起，恍然间一阵醉意袭来，他惊眩道：“这……这怎么回事？！”

陆雪弃侧首回眸，汝阳王却打了个晃，扑倒在桌上。

楚清与临安王对视了一眼，齐齐看向陆雪弃。陆雪弃扬眉，笑了笑。

楚清道：“姑娘是如何做到的？”

陆雪弃道：“非我之故，也非酒之故。”

临安王便笑了，浅呷一口酒道：“陆姑娘风雅洒脱。”

陆雪弃道：“非我风雅洒脱，而是我只珍惜属于自己的东西，这件狐裘万分名贵，我也不过借穿一下，委实与我没有半点关系，王爷您尚不吝惜，我又吝惜什么？说起来，王爷才是真正的风雅洒脱。”

临安王伸手拿过酒壶，为陆雪弃斟了杯酒，说道：“我已将那狐裘赠予你，姑娘毁的可是自己的东西。”

陆雪弃端了酒，歪头看了看，自语道：“自己的东西？”说完她仰面一饮而尽，作势伏于桌面道，“呃，我也心疼得醉了。”

临安王突然笑出了声，楚清也摇头莞尔：“陆姑娘真是……”

彼时淡月灯光摇曳，修竹有影斑驳，横梅盛放飘香。陆雪弃从肩臂中探出头，双目莹亮，盯着楚清道：“药王谷楚清，久仰大名。”

楚清道：“那在下与姑娘赌酒，可否能应允？”

陆雪弃直起身道：“不行，与楚先生赌酒，我必然输。”

楚清道：“那么没自信？”

陆雪弃道：“不，是楚先生太自信了，我赌不过，但楚先生有何要求，不妨说。”

楚清道：“把你这煮酒的方子给我。”

陆雪弃扣着杯子想了想，说道：“若我给了您方子，您便再不需要我煮酒了是吗？”

楚清一怔：“什么？”

陆雪弃垂下眼睑，谦卑地道：“弟子身有顽疾，欲求先生救助，如蒙不弃，愿随侍左右，为先生煮酒。”

楚清拧了眉，点着桌子道：“伸脉来我看。”

陆雪弃温顺地将胳膊伸了过去。楚清按到脉，眉拧得更深。

临安王突然觉得气氛有点诡异，他看看陆雪弃，又看了看楚清。良久楚清松了脉，沉吟片刻，低叹道：“在下，治不了。”

陆雪弃仍保持着伸臂低头的姿势，无惊无忧，面色无波。

楚清犹不甘心，复又伸手诊了诊陆雪弃的脉，终是摇头苦笑道：“在下当真讨不到陆姑娘的酒了。”

陆雪弃收了胳膊笑道：“煮酒雕虫小技，先生面前我哪敢保留。”

天寒夜冷，临安王唤人将汝阳王送入客房，楚清也起身告辞了，最后剩临安王和陆雪弃，还有残杯冷酒。

临安王动手将冷掉的酒壶放在炭火上，陆雪弃道：“王爷，如此香气尽失了。”

临安王“哦”了一声，却没有动手拿掉。

陆雪弃道：“煮酒也要观时辰，看火候，一煮再煮，香味尽消，反成苦涩。”

临安王拨了拨火，听着壶中的酒声在静夜里隐隐而动，问道：“姑娘有何顽疾？”

陆雪弃直言不讳：“身似寒冰，不能孕育。”

临安王突然无话。

酒声越来越大，陆雪弃笑言道："王爷，壶中酒已然酸苦如青杏了！"

临安王拿下来，问道："没毒吧。"

陆雪弃说没毒。临安王还当真倒了一杯，待稍凉了，低头品尝。

陆雪弃道："如何？"

临安王答非所问："东夏大祭司乌姜大人的小女儿月光，聪慧美丽，世所少有，今日一见，果然名不虚传。"

陆雪弃望着临安王。

临安王尝着苦酒，淡声笑："小王猜得可对？"

陆雪弃蹙了下眉，奇怪道："乾贞帝召令天下，乌姜月光已然死了，王爷因何便认定我是那个死人？"

临安王道："无他，能有姑娘这般气度风华的，世上也只有乌姜月光。"

陆雪弃抿着嘴便笑了。

临安王望着她的笑颜，说道："单从你的言语陈述来判断，雍州陆雪弃，倒也毫无破绽。我着人细细查访，其人其事，真实无虚，而离家十多年，一个人有所变化也合情合理，想必那真正的陆雪弃，是机缘巧合被你收留了吧？"

陆雪弃点头道："不错，她是我身边的婢女。"

临安王叹道："只可惜了我七弟，爱上这等风华绝代的女人，却只知其然，不知其所以然。"

陆雪弃挑了挑嘴角，未曾言语。

临安王道："你这一路上除了身手不凡，完全是一个没见过世面的小姑娘，装傻充愣，任凭七弟呵斥使唤，所以我一直未曾生疑，以为七弟胡闹，图个新鲜，宠爱个婢女，如此而已。"

陆雪弃道："那王爷是何时生疑的？"

临安王道："从你醉倒庾显他们那次。"

陆雪弃道："一个孤女在外闯荡，有些奇遇学些技艺也是寻常事，王爷是何时便认为我是乌姜月光的？”

临安王道：“今天见你的第一眼。”

陆雪弃怔住，一眼就知道了？

临安王道：“今天上午七弟领你来，虽然只是惊鸿一瞥，但是容颜气质非常人所有，令人怦然心动。勇武，拜月，精通医药，又生就这般冰雪剔透灵慧无染，除了东夏的祭司之女，还会有谁？可毕竟你的死讯天下皆知，我也一时未敢下定论，而你后来的所作所为，却越来越佐证了我的猜想。”

陆雪弃垂下眼睑，临安王盯着她说道：“今日在皇宫，那般气势思维，雄辩之才令人叹服，我大周没一个女人敢这样做。而今夜，你应对自然，滴水不漏，没非凡的眼界气度，也做不到。”

陆雪弃托着腮，不解道：“毁一狐裘而已，有什么好难的？”

“自然难。”临安王说道，“并非小王自夸，这世间女子纵是名门贵女，见了我也鲜有不拘谨的。如你这般……”临安王顿住，望着陆雪弃，笑意直达眼底，“这般随性，把我视作无人，还将我赠予的东西弃如敝屣，不曾有。”

陆雪弃抱着膝，歪着头，笑容如水涟漪动荡般，在脸上淡淡地晕染开来，很是明亮柔暖。她小声道：“王爷真小气！”

临安王笑着扬眉：“你说什么？”

陆雪弃道：“王爷生而尊贵，卓尔不群，自小被人仰慕心仪，如众星捧月，而今被人视若平常，王爷便心生计较，说出来让天下笑！”

临安王笑了，顺手举杯将杯中酒喝了，酸苦难以下喉，又有股极其辛辣的酒气直冲上来，如火如荼，呛得临安王扭头咳嗽。

陆雪弃笑出了声，剥了颗橘子递了过去。

夜已深，月色苍白寥落，树下的灯光也清冷暗淡了许多。

临安王止了咳，空气中尚氤氲着蜜橘清淡的香气。他看了眼陆雪弃，却见她裹了狐裘，正带着几分慵懒坐在火边，望向他的目光如一只无聊而清醒的猫。

一时之间，临安王有种错觉，浩宇苍茫，仿似天地间只有那一炉火，那一个女子。

仿佛昭示着一场浩劫，灭顶之灾血流成河的杀戮，也或许，是一场机缘，毁天灭地，抑或开辟洪荒。

临安王心思百转，陆雪弃沉默无言。

半晌，临安王道："东夏的皇后流落大周的都城云安，此番动静反让你落在我的手中，乾贞帝怕是已经迫不及待要赶过来了。"

"那王爷准备如何处置？"

临安王道："你与阿恒结伴来到都城，便是冲着我，认为我会收留你？"

陆雪弃轻声道："如今这天下可抗衡东夏的，唯王爷一人而已。"

"这不是抗衡东夏的问题，而是乾贞帝索要皇后，大周举国上下，无一人敢不给的问题。"

陆雪弃静声道："所以，我不是乌姜月光，我是雍州陆雪弃。"

临安王无语。

陆雪弃有几分落寞地拨着火，说道："今天这件事，其实有两个目的，一是士族要杀平原王来钳制你，二是借此时机行东夏帝之令，冲着我。"

她顿了一顿，轻叹道："大周内有士族根基腐朽，外有强敌虎视眈眈，说不得还有人私通外敌，如此山雨欲来，大厦将倾，王爷纵殚精竭虑，怕独木难支无力回天吧！又岂是因为我，惹得狼烟四起，东夏发兵的？"

临安王不说话。

陆雪弃一笑："都已经昭告天下死了的人，如何能再活，他纵是真敢大张旗鼓来要，我不承认，也是枉然。"

临安王道："你承认不承认并不重要，重要的是他认。即便他不以皇后之名，而是开口索要一周女，你认为我大周皇室敢不给？莫说是你，便是王谢的嫡女和皇室的公主，乾贞帝哪怕多看了一眼，也会有人乖乖送上去。”

陆雪弃无言。良久，她起身笑道：“祸乱天下，又有何难？我一周女不甘远嫁，行刺东夏皇帝，看会不会引来腥风血雨，战火连天？”

如此赤裸裸的威胁，临安王摇头苦笑。

听得细微的崩裂声，杯子被乾贞帝捏碎，有殷红的血一点点沿着杯壁缓缓地流出来，惹得黑鹰一声惊呼。

乾贞帝却起身扫落了桌上的茶具，怒道：“一群废物！那么多人还奈何不了一个小婢女？这等货色还想着钳制取代临安王，当真痴心妄想！”

黑鹰却骇得低头一句话也不敢说。

乾贞帝高大的身躯半伏在桌子上，明明发着怒，却不知何故面色泛着苍白，他只一转眼，正好瞧见窗外有一只鸟振翼飞过树梢。

一时间他有些愣怔，甚至他有一点时空交错的混乱，他心中那召唤“东君”的声音却忽而消失消散，取而代之的是骤然而至的失落与焦灼。

她被折断羽翼，却依然飞了，飞到遥远的异国，飞到他的宿敌临安王的身旁。

似乎在这一刻，他才第一次清醒地意识到，他当真失去她了。原本他只觉得她像一只野性未泯的大猫，不计死活地挣扎在自己的股掌之间，让他痛，让他爱，让他在猎杀与驯服间追悔摇摆。

他总觉得，他只需要招招手她就会回到自己身边，无论活的还是尸首。

可是他等了一个月，没有找到她的尸首，他又等了一个月，她跑去了大周。

当真是出息了，以为逃到临安王那里就有依仗了？

乾贞帝想笑，却抑制不住自己想动武动粗的欲望，他恨不得一下子就把那女人捉住，关在屋子里狠狠地占有禁锢。

他突然松了手，带血的瓷片“叮”的一声落在地上，他侧首看向黑鹰，脸上是势在必得的严厉与雄霸：“动身，马上去大周！”

那群废物坏事，这次他自己来。

腊月二十八，除夕将至，陆雪弃去狱中看望齐恒。

齐恒见了她很开心，一把抱在怀里。

他抱得紧紧的，搓握着她的手，挨蹭着她的面颊，热切地唤道：“雪奴儿！”

闻着她清新细腻的气息，齐恒恨不得把她揉进身体里，却一连声地问：“那群人没敢再欺负你吧？三哥骂你了没，有责罚你吗？”

陆雪弃摇头。齐恒缠绵亲热了半晌，又转成委屈：“那你怎么这么久也不来看我？三哥也不来看我。”

陆雪弃柔声道：“临安王在找杀了庚五郎的人，何况年底，朝堂上往来应酬，多忙啊！”

齐恒一撇嘴：“和别人往来应酬，把我关在这里便不管了！”

陆雪弃道：“我为你烧了菜，煮了酒，王爷尝尝？”

齐恒一喜：“好！”

陆雪弃打开盒子，一股诱人的香气便迎面扑来。

第一层是荤菜，表皮酥脆金黄的烤鸡，汤水奶白飘着葱花的清蒸鲈鱼；第二层是荤素搭配菜，竹笋烧排骨，红萝炙羊肉；第三层是纯素菜，清炒芦芽尖，素烧野山菇；最下面一层，是一盅清雅飘碧的西湖纯菜羹，和一小壶温烫的酒，连同碗筷米饭。

齐恒先尝了块烤鸡，说了声好吃，便去夹排骨，吃羊肉，然后“嗯”了一声说道：“这果真不是我三哥家厨子做的，当真是你为我做的？”

陆雪弃应着，在一旁为他盛汤倒酒。齐恒凑上前道：“都说你煮酒好喝，我还不曾喝过。”

说完他端过来呷了一口，愣了愣，又喝了一口，叹道：“好酒！”

陆雪弃展颜而笑。齐恒看着，便觉得心里一阵暖，软软的，不由得道："雪奴儿和我一起吃吧！"

言语中颇多乞求期待。陆雪弃应了声好，举箸为他布菜。

齐恒开心极了，虽身在牢狱，但狱卒对他颇为照顾，牢里很亮，也算干净，也很安静。能得心爱的人对坐进餐，为他布菜，软语言笑，齐恒觉得很欢喜满足。

酒足饭饱，齐恒把陆雪弃抱在怀里，亲她，两个人静悄悄地说着话。

"雪奴儿。"

"嗯。"

"我以后再不欺负你了，好不好？"

陆雪弃就在他怀中，齐恒趁机啄了她一口，搂过她霸道地道："那你每日做菜给我吃，也不准再煮酸酸苦苦的酒来戏弄我！"

陆雪弃遂笑，齐恒的目光黯淡下来。

"雪奴儿，三哥有没有说怎么处置我？"

"若找不到真正的凶手，你就只能抵罪了。"

齐恒沉默，贴着陆雪弃的脸，唤道："雪奴儿。"

陆雪弃应了一声，齐恒扣住她的手指，柔声而忐忑地道："我若不是王爷了，你还跟着我吗？"

陆雪弃温柔如水地偎着他，又"嗯"了一声。

那个瞬间，有一种悲凉的欢喜，于齐恒心间酸楚地滑过，他抱紧了陆雪弃，唏嘘地唤道："雪奴儿！"

他埋首在她的颈项间，轻声道："我从此，就只有你了。"

陆雪弃静静地抱住他，没有说话。

齐恒哽咽道："父皇从没要过我，三哥这次，定是也对我失望了。"

陆雪弃轻声道："没关系。"

齐恒道："你会不会也看不起我，觉得我做事冲动，既没出息又没有本事？"

陆雪弃道："哪里会。"

齐恒道："你不懂，那种被自己的父皇漠视抛弃的滋味。我苦苦挣扎，拼命努力想得到他的欢喜认可，十二岁不到，便随三哥去战场历练，拼死拼活好不容易封了王，以为他会对我刮目相看，可他还是为了件小事，轻而易举要把我打杀。"

"我懂。"陆雪弃说。

她的声音格外静而苍冷，齐恒怔住。

陆雪弃抬眸看向他，对他道："就在两个多月前，我大婚的当日，我的兄长弃我而谋反，然后我被自己心爱的夫君，痛下杀招。"

齐恒握着她的手，茫然震惊地望着她。陆雪弃的脸有点苍白，眉目低垂，对齐恒轻声道："如今他正带着人马，以恭贺你和谢家女大婚的名义，日夜兼程赶过来，要带我走。"

第八章 惹君怜惜

齐恒陡然缩了一下，如同被炮烙一般，骇然望着陆雪弃。瞬间有个念头在他脑子里呼之欲出，可他不愿相信，也不敢置信。

牢里一时死一般静。

齐恒见鬼一般，盯着陆雪弃。陆雪弃低眉顺眼，没说话。

“你……”

齐恒张了张嘴，半天才挤出一点声音，那声音却低弱浮离，好像根本不是他自己的，他努力集中精神，努力集中，却又总是在即将聚集马上明晰的瞬间涣散开去。

看见齐恒的神态，陆雪弃的心忽然软了，她很难过，有一点悲伤。他是不计身份，不管阻力威压，热诚炽烈，拼命地来爱她的。

宁可死，也要护她周全。

抛开他一腔热血争战沙场得来的王爷爵位，只为娶一个别人眼中低贱卑微的婢女，对抗士族，顶撞皇权，背弃父兄，不顾声名，要娶她。

可是正因为爱，所以不可原谅。

陆雪弃跪在地上，深深叩首下去，前额着地，语声微颤，她说：“平原王，对不起！东夏乌姜月光，向您请罪。”

齐恒没动，没说话。

陆雪弃抬起头时，眼角有浅浅的泪痕，对齐恒道：“我不是有意欺瞒王爷，只是我从东夏逃出，九死一生，想要活命，也只能隐姓埋名。”

齐恒呆愣着，依旧没有说话。

“我受了伤，又怕有追兵，一个女子孤身要来大周京城太过危险，偶遇王爷，便想以一下人身份与王爷同行。我是真心想当个粗使婢女，一路混在仆从里直到京城的，谁知我体力透支太过，困倦无力，那天犯了错，失手便杀了李管事，后来得以留在王爷身边，”陆雪弃咬了咬唇，轻声道，“王爷喜欢我……”

齐恒听此猛缩了一下，陆雪弃忐忑地看向他，却见他唇边仿似掠过笑影，整个人苍白、呆滞又颓废。

陆雪弃心酸，不敢再说，两个人沉默着。

半晌，陆雪弃复又开口，因为有些话，她不得不说。

她低头道：“我知道王爷恨我欺瞒你，可我既要做一个身份卑微的女子，对王爷的青睐亲近，也不该抗拒，至少要让外人以为我不曾抗拒过。所以任王爷搂了抱了，而我只是装呆充傻，希望惹您厌弃。”

“我知道，”陆雪弃凄然而笑，“我是棵有毒的罂粟，看着新鲜，实则会带来大祸患，碰都不该碰，更不该爱。我出生时，乌云遮蔽黑夜，刹那电闪雷鸣，我爹爹见天象如此凶恶，预感不祥，一算我命格，果然桀骜坎坷，遂为我取名为月光，希望我像碧天明月，静谧祥和。”

陆雪弃静了片刻，轻声道：“我本打算悄无声息地跟着王爷回到京城，寻机见过临安王，再助他对抗东夏，估计是途中我的身手被东夏的人注意，竟招来了黑水商团，那个为首的，认得我。”

齐恒终于有了反应，脸上露出诡异的表情。陆雪弃道：“黑水商团虽明着是经商，却是东夏皇帝的探子和亲信，他半路劫掠不成，自然要在京城借助周人的手除掉我。”

齐恒失声道：“他们想要的是你！”

陆雪弃淡声：“目标是我，也是你。”

两人又忽而沉默。

陆雪弃望着吃剩的菜，已冷的酒，挑唇笑了笑，心里却很想流泪。

这是她第一次为他烧菜煮酒，怕也是最后一次。

他见到她那般欢喜，吃得那般开心，他刚刚搂着她那么亲，那么近，贴心贴肝，然后所有的一切却戛然止住。

心生隙，情成伤，有一条难以逾越的河，他在这头，她在那头。

原本如此，一场并不美好的相遇，一场注定无果的相处。

陆雪弃不说话，默默地收拾，碗碟轻碰，勺子划过，在那空荡荡的牢房里，声音清脆而尖细。

随着陆雪弃的动作，齐恒望着她，她低垂的颈项，半露的腕子，纤白的手指，她整个人那么温婉娴静，带着那么一种小心的恭维。

她将碗碟全部放入食盒，盖上盖儿，跪坐在他面前，轻声道："东夏乾贞帝已动身来恭贺王爷大婚，想来陛下和那些士族也不敢过重地惩罚您，不会削了爵位，也不敢再喊打喊杀，他们还会一个劲儿地求着您，只要您肯和谢家姑娘成婚，怎么着都成。"

她说完自己笑了，可是齐恒没笑，陆雪弃的笑容便僵在了嘴角。

齐恒突然道："他来把你带走干什么？"

陆雪弃闭嘴。

齐恒道："雪奴儿，几乎天下所有的人都知道，东夏乾贞帝最爱他的皇后月光，爱成痴，爱成狂啊！"

陆雪弃白着脸，低下头。

齐恒咧着嘴笑了。

他说："你不知道他为他的皇后修的墓，在那高高的青冈上，种满了花。你没看到他的样子，谈笑如常，可是眉目忧伤，人皆说他是思念他的皇后月光，东夏大祭司的小女儿，葱郁芬芳，美若月光。"

陆雪弃未抬眉梢，淡淡而笑，问道："说完了？"

齐恒愣住。陆雪弃拿过食盒，躬身道："那我告退了。"

她起身走，齐恒喝道："你站住！"

陆雪弃定住。齐恒突然站起来，冷声质问道："这一路上，你先要做我的知己，再要做我的妹妹，最后你说你若三月不死，愿意为奴为婢，也是算计着我扛不住父皇和士族的压力，留不住你，是不是？！"

陆雪弃背对着他，没说话。

齐恒冷笑道："你自始至终，从没对我动过心起过意，都是我一个人一厢情愿，忽喜忽怒，像个跳梁小丑一样发脾气，还不自量力，丧心病狂和父皇吵，和士族对着干，豁了命出去也不曾负过你，我就像个疯子、傻子！任人玩弄还为人拼命的白痴！你满意了，满意了是不是？"

陆雪弃突然回头望向他，目光清莹，微冷。

那一眼，瞬间让齐恒哽住，仿若初初相见，那个女子如一头冷静被拘囚的白狐，乍然抬眸，目光直入心底。

齐恒陡然闭了嘴。她听了半晌，弯唇笑了笑，说道："也好！"

这句话齐恒似懂非懂，陆雪弃已转身出去了。

齐恒踉跄着后退一步，撞在墙上，闭上眼，眼前陡然逼近的，却是乾贞帝眉宇间淡淡忧伤的俊美脸庞。

那是个一见之下，令人不敢逼视，只想去仰其鼻息的男人。

英武伟岸，偏又举止优雅。

他有东夏人之高大，骁勇善战，更有大周之俊秀，谈吐风流，两种截然不同的气质融在他身上，故而文治武功，雄视天下。

抛开国与国的敌对，单说这个男人，齐恒是心仪仰慕的。

他甚至觉得，若是没有三哥，他会去臣服追随乾贞帝，他本是一个天生的王者。而雪奴儿是他的女人。

齐恒与其说是生陆雪弃的气，不如说是他自卑妒忌。

腊月二十九，临安王来到狱中，宣读安兴帝的圣旨。圣旨上说齐恒任性使气，致人死伤，理当严惩，罚俸半年，责二十板子。

齐恒跪在地上，没反应。临安王笑道："怎么，阿恒怕挨打，不敢接旨吗？"

齐恒没头没脑地道："三哥，我应该娶她吗？"

临安王却听懂了，他沉默了半晌，说道："谢姑娘已经备嫁了。"

齐恒没说话。临安王道："父皇要我来，便是怕你使脾气。好了，接了旨，去挨几下打，先出去，过个年再说吧。"

齐恒默然顺从了，只是板子抡到他臀上的时候突然疼痛入骨。有三哥在，没人敢下死手打他，板子又不是第一次挨，可也不知何故，齐恒这次觉得有些无法忍受。

一顶软轿直接将齐恒抬进了临安王府，楚清出来为齐恒把了脉开了药，临安王妃领着两个儿子来看望。

临安王的两个孩子，大的八岁，小的五岁，平日与齐恒甚是亲近，所以口口声声七叔，一左一右，嘘寒问暖，齐恒总算见了个笑模样。

众人都告辞了，临安王对齐恒道："你好好休息，我去书房那边处理些事，有需要了叫人，永哥儿就在外屋候着。"

"三哥，"齐恒迟疑着，忍不住道，"她呢？"他挨了打被人抬回来，所有人都来看他，她不来？

临安王微怔了一下，转瞬明白过来，淡声道："陆姑娘走了。"

齐恒一惊，一下子跳起来，失声道："你说什么？"

齐恒一着地，牵动伤口，顿时疼得龇牙咧嘴冷汗直冒，他一把抓住桌角，倒吸了口气。

"她去了哪里？"齐恒忍着疼，一脸痛色直起了腰，面色煞白。

临安王沉默，齐恒急道："三哥！"

临安王道："阿恒，她不该是你的，你要不起，也给不起。"

"她到底去了哪里？"齐恒不管不顾，只红着眼睛咄咄逼人。

临安王道："我不知道。"

齐恒猛地一把抓住临安王的双臂，用力地摇着，大声质问道："你把她献出去了是不是？你把她给了东夏皇帝是不是？你把她交出去了，你想杀了她！”

齐恒状似疯癫，临安王推开他，厉声道：“你还敢跟我发疯！”

齐恒踉跄着险些摔倒，他站稳了身子，困兽般对临安王道：“她到底去了哪里？”

开始近乎吼，最后转成哀求，歇斯底里，悲怆绝望。

临安王扫了他一眼，冷声道：“你给我冷静冷静！”

齐恒如被当头重击了一般，有一种不可思议的涣散憔悴，他无力地，身子一软瘫倒在地。临安王眼底痛惜，却也只是说：“我唤人侍候你休息。”说完迈步出门。

齐恒低着头，咧嘴笑，却想哭。

他的心如同冰水浸湿的衣裳，在被人用力地绞，绞得毫无空隙，只是一波一波的冲撞上来的抽痛。

齐恒握紧了拳，忍住悲伤。

雪奴儿若是在，他可能会使使性子，看她小心翼翼地示弱讨好。他还会想更多的法子使唤她，让她衣不解带地照顾他，喂他吃饭，给他换衣，煮的茶要好，做的饭要香。他若闷了，她就得陪他说话，哄他开心，还要与他下棋，只准输，不准赢。

可是她不在了，可能死了，可能快死了。

齐恒突然觉得自己痛得抽搐了，或许雪奴儿是害怕了，来找他，跟他说，和他解释，向他认错，希望他给她做主，拿个主意。

可自己光顾着骂她了，光顾着自己的受伤难受。她定会怕的，东夏乾贞帝要杀的人，谁敢不怕。

乾贞帝将她索要去，到了他的手里，会怎么对待她？乾贞帝本来就是要杀她的，如此捉回去，自是好好折磨。

齐恒突然握了拳，咬牙冲了出去。

临安王刚出了门，见他跌跌撞撞冲了出来，忙伸手拦住，喝道：“你干什么？”

齐恒一边推他，一边往外闯，说道：“我要去找她，我有话问她！”

他容色狰狞，临安王拦着他：“你不能去，回去！”

齐恒如何肯依，兄弟俩便推搡撕扯起来，临安王拦不住，喝道：“来人，给我拦住！”

临墨拦在齐恒面前，齐恒道：“你让开！”

临墨道：“王爷，马上过年了，您身上有伤，也不知道陆姑娘去了哪里，天下之大，要到哪里找去？再说陆姑娘身份特殊，您再做纠缠，也是害了她！”

害了她。这三个字让齐恒停顿住。临安王看他半晌，对他道：“你跟我过来！”

两人进了书房，有小厮上了热茶，临安王将人都挥退了，望着齐恒叹了口气，说道：“你还要拗到什么时候？”

齐恒执拗道：“雪奴儿到底在哪儿？”

临安王道：“在一个乾贞帝找不到的地方。”

齐恒的眼睛瞬间亮了，拉着临安王的手热切道：“三哥，你把雪奴儿藏起来了？”

临安王看他一眼，淡声道：“我不会让她被乾贞帝找到，可你也别再存任何心思，便安心大婚，忘了她吧。”

齐恒哽住，一时说不出话。

临安王忽略他哀求渴盼的眼神：“你别再心存妄念，你现在什么都做不了，唯一能做的就是息事宁人，让她好好活着。”

齐恒似乎懂，又似有不甘。

临安王道：“你再怎么执着挣扎，也不过就是把她送给乾贞帝。若她真只是出身卑贱，你在父皇和士族面前还可以放肆，不管不顾地去娶她，若是乾贞帝不打出来恭贺你和谢家女大婚这招，你娶她还有机会，可是事到如今，你无论如何都得放手了。”

齐恒骤然松垮下来，他低下头，从嗓子眼里发出一声苦笑，抓着桌子身形踉跄了一下，临安王忙伸手扶住他。

“我知道，”齐恒吃力地站稳，低声道，“他怎么能允许别人染指他的女人，即便那个女人他不要，也只想杀掉。”

齐恒歪歪扭扭向外走，一边讪笑，一边喃声道：“我知道，知道……”走到门口的时候，他抚住门框，一脚迈出去，突然顿住，回头道，“反正也没有雪奴儿，那我为何还要娶谢家女呢？”

齐恒的目光，带着种无所畏惧的雪亮，他宣称：“爷要退亲悔婚，然后在战场上与他血战到底！他乾贞帝再一手遮天，也管不了我大周的王爷娶不娶妻！总之我得不到，他就更永远得不到！我要让雪奴儿一辈子记着我，念着我，觉得对不起我，一辈子想着牵挂着，忘也忘不掉，然后她总有一天会出来见我！”

原来痴情是这么一种可怕的执念。一场热情烧得令人心死，将人毁灭，如此可怖可畏，可犹自不可理喻地放出光，散着热，璀璨明亮。

委曲求全，换她平安，他已然觉得足够伟大，可方才惊觉，自己也不过就是轻言放手而已。

临安王叹了口气，说道：“既如此，我成全你。”

大年初一，齐恒规规矩矩去宫里请安行礼，不多言语，一切行为端正如仪，回来后平原王府闭门谢客，当然他门可罗雀，也没有客。

然后在正月初八，离大婚尚有十天，乾贞帝已行至中途的时候，齐恒突然退婚，将王爷印挂在庭院的树上，单枪匹马飘然远去。

退婚书言辞极卑微，说自己出身卑贱，一介武夫，配不上谢家名门士族，与其负终生，不如断一时，与其为怨偶，不若成仇雠。

一时轰动天下。

乾贞帝卫扶桑听说齐恒悔婚的事，不由得愣了半天没说话，然后他笑了，负手说道：“他西周总算还有个硬朗的汉子，只是其心可诛。”

他身侧的黑鹰躬身道："陛下，那我们怎么做？"

乾贞帝哼了一声，轻声道："他齐恒敢悔婚拒娶，分明是向月光表白心迹，明目张胆抢朕的女人，当真吃了熊心豹子胆。"

黑鹰不解地望着乾贞帝。乾贞帝淡淡笑语："也好，我还正愁月光不肯出来见我，有齐恒送上门来，正刚好。"

"传我的令，"乾贞帝敛笑道，"命第三铁甲军，全力诛杀齐恒！"

朕要齐恒的命，月光，看会不会逼出你来！

正月十五，月光澄澈。

与城里红火热闹的闹元宵不同的是，齐恒所在的荒野，一片死静寂寥，风扬起了细细的雪烟。

齐恒半眯了眼，抚着马头，静静地望着并排站着的六位铁甲人。

铠甲幽光，森然冷冽，而他们身后，正是城里元宵赏灯燃起的烟花，于高空中绚烂绽放。

齐恒笑了笑。

那个瞬间他很寥落，于积雪皑皑苍茫辽阔的背景下，他显得单薄渺小，但强敌在前，他又很伟岸高大。

松了马缰绳，握紧剑，他往前跨了一步，站定。如孤狼独对强敌，即便身形败落，但凶狠凶悍。

这已是他第三次面对强敌，以一敌六，格杀很惨烈。

有一个瞬间，齐恒认为自己在下一刻就会被撕裂，那些人的刀如冰水扑烈火，四面八方的杀机，散发出一种令人心悸而锋锐的死气。

齐恒一声嘶吼，只觉得处处杀招，他自己也不知道身上多了多少条口子！齐恒并不后悔，他只是不甘心，自己背弃所有离开，然后却要如此轻易地死去。

甚至没能见到雪奴儿。

这时由远而近的马蹄声动地而来，强劲的箭弩带着风呼啸而至。正迎面扑来的一刀，在刀锋接近齐恒头顶的时候停顿住，然后那个东夏铁甲人扑地死去。

齐恒住手，那五人的刀锋分别停在齐恒身体不同的位置上，顿住。融融月色下，陆定然一身铠甲率军纵马而来，踏起了团团雪烟。

“陆二哥！”齐恒喊了一声。

阴森的箭弩顿时将东夏铁甲人团团围住，陆定然勒马停住，他一身戎装，面色肃然语声怒冷，说道：“是何方歹人，敢于我大周杀人？”

铁甲人没有动，只将阴寒雪亮的刀锋架在齐恒的脖子上，与陆定然冷然对峙。

陆定然细看了铁甲人半晌，微微一笑，悠声道：“哦？竟是东夏铁甲军，怪不得如此凶悍骁勇，只是你东夏铁甲军，因何与我大周的王爷过不去？”

没人回答他，东夏铁甲军历来只执行命令。

陆定然道：“我大周的王爷是别人想杀就杀的？你东夏越境杀人，未免欺人太甚目中无人！”

耳边又响起了马蹄声。陆定然侧首去看，却见乾贞帝一马当先绝尘而来，人未到，声先至。

“前方是陆将军吗？朕来大周是客，怎么敢越境杀人目中无人，想是陆将军误会了！”

乾贞帝所率不过十余骑，却给人以千军万马的错觉。

他高大威猛，玉山般巍峨挺坐于马上，目光只淡淡一瞟，所有事态了然于心。他含笑却有一种凌摄于万物之上的气度，如一头雄狮懒散地晒太阳，也依然是雄视天下。

陆定然下马，行了外臣礼，乾贞帝也客气地还礼。

乾贞帝的笑容在脸上春云般晕散开，带着种亲和的柔缓与轻盈，言语中也透出那么点随意和亲近。

“平原王，当日一别，不想今日在此相见。”

齐恒道："夏皇陛下别来无恙。"

乾贞帝抬抬手，令黑甲军撤去，他看了看齐恒，转身与陆定然解释："朕与平原王一见如故，所谈甚欢，虽离别不久，也甚是思念，王爷大婚岂有不恭贺之理？何况朕仰慕大周繁华富庶久矣，也正好借此机会瞻仰天朝风物，秀丽河山，不想中途听闻王爷竟弃置王爵，悔婚不娶了。朕想着王爷一时任性，忤逆父兄，自毁锦绣前程，未免可惜，听闻王爷在此，遂想着劝王爷回去，从此父慈子孝兄友弟恭，岂不是一桩美事，却不想让陆将军误会了。"

陆定然见铁甲军撤了人，遂也挥手令自己的人退到身后，对乾贞帝施礼道："夏皇陛下劝和，何至于刀兵相见，岂不让人误会？"

乾贞帝道："陆将军今夜带兵来，不也是劝平原王爷回去的？我们赶到一起，也算殊途同归。"

陆定然淡淡一笑，对齐恒道："阿恒，你还不过来。"

乾贞帝却望向了齐恒，眉目含笑，微微调侃道："听闻王爷为一婢女冲冠一怒，抛弃王爵悔婚贵女，朕震惊之时倒也奇怪，究竟什么样的绝世美人能令得王爷如此垂青？不如唤出来一见吧？"

齐恒望着他笑了，他的身上正在流血，神色还残存着刚刚厮杀的狰狞，故而这咧嘴一笑，便有点白牙森森。

他的话语也有点阴森，他说："夏皇陛下千里迢迢就为见我这婢女一面吗？"

乾贞帝不以为意，似笑非笑道："朕恭贺大婚，中途生变，赶上王爷这千古风流事，不见一见，岂不遗憾？"

齐恒因失血有点眩晕，他勉力撑住，也没有回嘴。

乾贞帝看了他一眼，说道："王爷莫再任性，虽说周皇陛下生你的气，喊打喊杀的，但王爷低头认个错，也就是了。"

齐恒强打精神，人却是晃了晃。五天遭遇三场大围杀，九死一生，手下尽亡，方才一战虽侥幸得救，却已然力气耗尽。

乾贞帝看了他一眼，微笑道："恰好陆将军来接，王爷便与我们一同回京师去吧，父子兄弟，有所争执在所难免，却哪来的仇怨？王爷有心爱慕美人，又有何难，男人娇妻美妾世所常见，又何苦将事做绝，毁掉婚约放弃王爵？"说完，他回头对陆定然道，"陆将军说呢？"

陆定然道："夏皇陛下美意，可我皇陛下已然革除阿恒皇籍，昭告天下了，此事再无转还，阿恒没有回头路了。"

乾贞帝道："革除皇籍，没有回头路，那陆将军今天晚上来又是何故？"

陆定然道："拜您所赐，在下前来自是为救阿恒性命。"

"哦？"乾贞帝道，"他革除皇籍与你陆家可还有半分关系？与临安王爷可还有半分关系？"

陆定然道："夏皇陛下此言差矣，阿恒即便不再是王爷却依然是临安王爷的兄弟，此中情分，抹杀不掉。倒是夏皇陛下千里迢迢入我大周却不通报，动用私刑，大开杀戮，却是何故？"

乾贞帝不避反笑，用手中马鞭指了指齐恒道："自是为他。"

陆定然道："有何事尽管光明正大地提，何时东夏堂堂皇帝做这种鸡鸣狗盗的事了？"

乾贞帝道："朕来恭贺平原王大婚乃国事，自当仪仗俱全向贵国通报，而今是我卫扶桑找齐恒寻仇为私事，自是动用私人武卫做个了断。"

陆定然昂然道："夏皇陛下如此说，若寻仇不得，死在我大周，也算私事吗？"

乾贞帝一怔，转而笑了。

"朕死在大周？"他唇带讥诮，"那陆将军认为朕会如何死法？"

陆定然大手一挥，身后的将士列阵排开，乌压压的箭弩对准了乾贞帝。

乾贞帝鹰眸一敛："以为这些，便杀得了朕？"

陆定然道："如今夜之事只是私人械斗，那在下斗胆，愿拼作一死取陛下性命！”

乾贞帝冷哼道：“天下想杀朕的，何止你们西周两脚羊！”

他话音未落，陆定然身边已有一死士出手如电，一把将齐恒抢了过去，却不想乾贞帝身边的人也很快，一个纵身飞跃过去按住齐恒！

瞬息之间刀兵相接。

东夏人悍勇，趁着抢齐恒的间隙，便已然冲入陆定然的阵里。陆定然所带的也都是大周百里挑一的悍勇死士，但在乾贞帝和东夏铁甲军面前，仍占不到优势。

乾贞帝一马当先。而乾贞帝之悍勇，天下无双。

一时刀光剑影，风声杀喊声跑马声，杀气戾气血腥气，弥漫天地！

乾贞帝一刀直指陆定然。

一西周的将士纵马搭弓射向乾贞帝，乾贞帝策马挥刀，一侧身，将飞至身前的箭弩徒手抓住！

他行云流水般再砍向陆定然，同时回手将手中箭镞投射向齐恒。

箭所凭的虽是乾贞帝的臂力，但是乾贞帝围场射猎，即便是面对狮虎，他也常常徒手投箭，而不用弓。

齐恒正卖力地与一铁甲人厮杀，感觉到一股力道携风而至，他侧首回身，眼见乾贞帝的箭呼啸而来却不及躲闪！

好似一道旋风突至，齐恒尚不及反应，已被一股很强大的力道拦腰掳走，头下脚上，天旋地转。

几乎呕出来，待他反应过来，人已经随着另一匹马奔跑飞驰过去。

陆雪弃如怒豹一般掳了齐恒冲入敌阵里。她纵马挥刀，如同一把火红的烙铁转瞬间便冲开了一条深长的口子，人皆惊骇躲闪。

乾贞帝突然顿住，望着她。

她的衣襟在兵马中闪动，她的长发，在刀剑里飘荡。

夜风拂面，乾贞帝突然心跳。

陆雪弃闯至乾贞帝身边勒马，她在风里扬着头，眼睛很亮，笑容如

曼陀山纯白的野茶花般秀美清透："东君别来无恙？"

一语既出，如前尘故友久别重逢，她的眉宇无悲戚，眼底没思念，只一身风华更胜往昔，葳蕤如夏木，明媚若秋空。

"月光。"乾贞帝一念出声，只觉得胸口柔软地疼了一下，他的容色平静深邃，道，"别来无恙。"

陆雪弃道："无恙。"

她应得肤浅随意，却很是细心认真地伸手将倒挂在马背上的齐恒正了正，这让乾贞帝忽而心中酸涩和隐怒。

气氛压抑得有些窒息，而远远的夜空上有烟花绽放。

这片旷野刚经过一场金戈铁马的厮杀，兵器冷硬，尸体横斜。风里含着淡淡的腥甜，近乎一种阴湿浓厚的铁锈气。

齐恒有些眩晕，他几乎在一个瞬间已经睡去，却被雪奴儿来了的念头激励着，勉力坚持，怕自己一睡，雪奴儿便会趁机离去。

只是那种倒挂着的姿势着实难受，他只觉得身不由己，意识开始模糊游离。陆雪弃的摆弄令他一醒，他吃力地欲挣扎起来，唤道："雪奴儿……"声音委实无力，但在那静夜中很清晰。

陆雪弃伸臂捞起他，齐恒半死不活地歪在她的臂弯里，睁眼看她，陆雪弃低头对他一笑，那笑容实在太美好。

齐恒倏而清明，只觉得有股轻飘而充盈的幸福将他罩住，心便突然觉得甜蜜。

"雪奴儿，"他的目光痴了，手一下子抓住陆雪弃腰背的衣服，他的声音有些低，陆雪弃附耳过去，听见他说，"不要再离开我！"

陆雪弃微笑。

他们的举动未免太亲密，尤其陆雪弃附耳过去，听齐恒私语，她脸上绽放出的笑容更是温柔甜美。

乾贞帝看着，突然别过脸去，只觉得胸口闷痛。

她何时对齐恒这般好了？她的眼界、心性，岂会把个毛头小子放在眼里。敢爱慕他的月光，那齐恒也配痴心妄想！

他的月光该是如千里冰封，心如死水。她应该冷酷、坚硬、憎恨、怨毒、苍白憔悴，而不是这般温柔委婉，宛若情窦初开。

不过两个多月，她眉间的光彩，眼底的风华更胜从前，宛如六月雨后的曼陀草原芬芳盛大。

乾贞帝疼得几乎要喘不上气来，瞬间仿佛有人将他的心连根拔起，撕心裂肺。他曾以为精灵般聪明剔透的月光永远是他的，即便他杀了她，她也忘不了他。

他于她娇嫩的心间致命一击，凶狠地留下一个丑陋的疤。他曾经以为即便她不死，也再不是从前那个令人怜爱、纯美无瑕的月光了。

他是来虏获她的，他以为曾经的月光早已被他亲手毁了，如今剩下的不过是一个心怀仇恨的敌人。却不想她破茧成蝶，更光华灿烂。更不想短短两个月，爱恨颠倒，生死无常，再见面竟形同陌路。

如此云淡风轻，可以吗？

齐恒终究晕过去了，陆雪弃将齐恒交给了身后的陆定然，与乾贞帝执辔相对。

乾贞帝令手下人退下，陆定然识情知趣，也令人后退。白雪映着月光，乾贞帝下马走来。

陆雪弃踩在地上，脚下的土地冷硬，薄雪没有任何松软的质感。乾贞帝久望着她，一步步靠近前，伸手，托起陆雪弃的脸。

陆雪弃没有反抗，只静静地看着他，她的唇边甚至浮起一丝笑，她轻轻地拿开乾贞帝的手，轻声道：“陛下有何指教？”

多少日夜，带着恶的欲念在内心翻腾辗转，却在看到这女人的一刹那突然明了，其实是自己思念情切。

于是乾贞帝松手莞尔，细看了陆雪弃一眼，即便有所收敛，可他身上极为浓烈的雄性气息还是有些迫人。

他弯唇展笑，似乎唤了一句“月光”，然后下一刻他整个人逼近，

一把扣住陆雪弃的头，将人拢在怀里压制住，一低头，便铺天盖地吻了过去！他霸道不可抗拒，那个吻很热切，充满了侵略的强硬和急狂。

陆雪弃并没有动。

他有力的臂弯箍住她的腰，孔武的身躯压过去，贴住她的脸，撬开她的唇，喘息着，凶狠地占有索取。

然后他自己恼怒地松开，瞪着陆雪弃。

陆雪弃擦擦嘴角，笑如静白的雪莲花，说道："吻完了？"

她毫无反应，乃至毫不在意，即便神色间带着种轻微的抗拒和厌弃，却也如被别人家的小猫小狗弄脏了床般懒得呵斥。

乾贞帝颓败气恨，他粗暴地拉了陆雪弃一把，低喝道："跟我回去！"

陆雪弃道："凭什么？"

乾贞帝望着她的眉宇，盯着她的眼睛。

她回望着他，不说话。

乾贞帝的气势不容察觉地柔了，他扭过脸，负手叹了口气："我杀的是乌姜月光，而你是西周陆雪弃，跟我回去，我依旧娶你为后，宠你爱你一辈子。"

陆雪弃扬了扬眉，似乎觉得好笑。乾贞帝望向她，眸子一敛，似有伤痛，但目光犀利："你竟敢沾惹西周的两脚羊，当真是有出息！"

陆雪弃道："陛下后悔了？想把我捉回去，换个身份、名字继续宠着，不杀我了？"

乾贞帝复又扭过头，半晌不言语。

"月光，我后悔了。"乾贞帝突然转过头，长臂一伸将陆雪弃搂在怀里，伸手抚摸她的头，如是说道。

"我后悔了，"他的脸贴住她的额头，动情地央求道，"我做错了，月光原谅我一次，好不好？"

"我再不欺负你了，"他蹭着她的脸，柔声道，"好好宠爱你一生一世，好不好？"

他说："看你对那个两脚羊好，我妒忌得发狂，你跟我回去，好不好？"

陆雪弃便在他的怀里笑了。

乾贞帝正有些纳闷，却见刀光一闪，那个女人竟在他把她抱在怀里央求她时，陡然对他痛下杀招！

"我会跟你回去？"陆雪弃冷声道，"这世上，再没有乌姜月光！"

"雍州陆雪弃，爱慕的人是平原王齐恒，与你东夏乾贞帝，没有一丝半毫的关系！"

"你纵狠行凶，杀我夫君，便是大周所有的人都是两脚羊，我陆雪弃可不是什么两脚羊！"

"他为我放弃王爵，忤逆父皇，豁出命去！你是哪里来的狂妄之徒，让我跟你回去？"

陆雪弃一句一招，招招凶狠，无情致命。

乾贞帝武功高强，除了因陆雪弃突然发难被划了一刀，其余各招均有来有往。

"月光！"乾贞帝警告道，"你再胡闹当心我饶不了你！"

陆雪弃一刀砍过去，切齿道："卫扶桑！"

她越发凶猛，乾贞帝突然觉得自己有点疲软，动作略迟缓无力，当下心里一惊，这丫头的刀上定是下了毒！

他一把握住陆雪弃持刀的腕子，身形错开，却笑了，说道："月光如此恨我吗？"

乾贞帝的声音极为清朗，语气带着种调笑的悠扬，手下却暗自发力，三两个错身发招，已将陆雪弃手脚钳制住。

他目光冷冽，将陆雪弃双手反剪在身后，沉喝道："再敢胡闹我动手了！"

陆雪弃背对他昂首一笑。

许多年后乾贞帝一直没明白当时是怎么回事，他一直没懂陆雪弃是如何做到的。他的武功于当世几乎已登峰造极，陆雪弃明明是不敌的。

她被制住后，只有求饶的份，他已打算出手废掉她的武功，然后将她带回去关起来，一世幽居，只许见他一人。

他举手刚要出招，可陆雪弃突然用了一个奇怪的招数。他制住她双手，往下紧压，她竟利用他这向下的压力，身体猛地翻腾起来，头朝下，脚凶狠地踢过来！

他躲闪，未松手，清晰地听到陆雪弃的臂骨骨节错位的声音。然后被他钳制住的陆雪弃的手腕处，突然弹出把刀来，乾贞帝陡然松手！

乾贞帝后来追忆，觉得可能是当时自己中毒反应不够快的缘故，总之，让陆雪弃逃了。双方人马一场混战，他自知大祭司秘药奇毒之可怕，不敢恋战，率人马落荒而逃。

齐恒醒来时天已大亮，一动浑身就刀割般疼。

日照窗棂，满屋都是一股奇异优雅的药香。有小童过来照顾，齐恒看小童装束，知道自己是到了楚清的药王谷。

小童很是体恤地道："王爷，您醒了，要喝水吗？"

嗓子如火烧，那温热的清泉水刚好。

齐恒咽下几口水躺在床上，小童继续殷勤体贴地问他饿不饿，要不要用点粥，他只是很紧张地四顾，找陆雪弃的影子。

没有。

齐恒一阵揪心惊恐，问道："雪奴儿呢？"

小童道："陆姑娘在后山泡药泉，再过些时候便该回来了。"

齐恒挣扎着起身，小童骇然道："王爷万万不可，您伤重，高烧刚退，还不能活动！"

齐恒哪里管得，摇晃着站起来，踉跄着出门，问道："后山在哪里？"

药泉在一个安静而湿润的山谷里，那里地势奇特，如此寒冬，一路清溪旁却可见新鲜的草芽野花。

泉眼处有山石嶙峋，花木掩映。齐恒奋力寻找陆雪弃的时候，她正披了中衣坐在泉边石上，低头梳发。

她光洁如玉的大腿裸露着，一双白嫩的玉足半浸在水中不时拍打着水花，撩起清鲜潋滟的玫瑰花。

齐恒只看了一眼，便傻了。

第九章 正当时

陆雪弃转过头看向齐恒。清晨的日光半落在她的脸上，她的一双眸子如水葡萄般透着光，乌黑清亮。

陆雪弃纤白的手指捋着长发，眉目淡然，如一枝芬芳满溢的野蔷薇。

“阿恒！”陆雪弃见到他，撩起衣摆，涉水含笑而来。她的中衣轻薄，勾勒出她玲珑有致的身体，露出娇嫩洁白的脚和小腿。

晨风拂动花木，打在她身上的光斑明亮闪烁，她越过一座距离最大的石桥，跳到齐恒的面前，关切道：“怎么起来了？不是说要休养几天才能起身吗？”

“雪奴儿。”齐恒唤了一声，愣在当地，只觉如梦似幻。

雪奴儿肯与他这般亲昵地说话，她的小脸扬起来，柔美如泣露的花骨朵般，摇曳到人心底里。

山谷幽静，鸟鸣啾啾，齐恒有点不知所措，只看着陆雪弃傻笑。

陆雪弃也笑，坐在石头上伸了腿，一脚踢出去溅起高高的水花，她却犹不尽兴，复又踢水。

打湿了衣袍，溅落在齐恒的脸上，齐恒伸手去抹，陆雪弃弯腰咯咯地笑。

还从未见过这般生动鲜活爱玩爱闹的雪奴儿，齐恒心里爱极，只看着她乐。

陆雪弃却凑到近前，用衣袖擦去他脸上的水，对他道：“你等着！”她转身跃出百十步，于药泉源头的花树上，采下一枝并蒂的红棉花来，伸手递给齐恒，仰头道，“给！”

齐恒接了，却不知道干什么，陆雪弃往他身边一坐，娇嗔地道：“为我插上。”

齐恒这回神志清明了，忙弯腰坐在一侧，双手拢过她墨一般的长发，极其简单地绾了，将花别在她的耳后。

陆雪弃明眸流转，一笑嫣然，扬着头道：“好看吗？”

佳人白衣如雪，乌发如墨，红花如火。

齐恒一把将人抱在怀里，头埋在她的颈项处，磨蹭着，轻轻咬了一口，贴着陆雪弃的耳朵道：“好看，雪奴儿最好看。”

陆雪弃伸手抱住他，仰面望着他，眉目虽清，却有浓而媚人的情意。齐恒捧着她的脸，轻咬住她的唇瓣，唤道：“雪奴儿。”

有风，怀里的陆雪弃颤抖了一下，齐恒这才想起她穿得极为单薄，当下责备道：“什么时节，穿着中衣这么久？当心着凉了，快把外袍穿上。”

陆雪弃却猫一般往他怀里钻，缩成一团，抱着脚丫道：“谁让你冒冒失失闯来，偷看人家洗澡！”

齐恒道：“谁偷看你洗澡了？”

“你！”陆雪弃道，“你来了多久了，分明偷看我穿衣服！”

齐恒美人在抱，便不由得笑了：“我便是偷看了，怎么着？”

他的大手去拢她的脚，摸着一片冰凉，不由得催促道：“快点，过去把衣服穿上。”

陆雪弃笑着慢条斯理地穿衣服，齐恒这才觉得自己全身都叫嚣着痛了起来，陆雪弃回眸瞧见他的狼狈样，笑语道：“谁让你一大早跑上来，你那些伤，怎么也要躺上几天的。”

齐恒忍痛道："我怕你心狠多诈，一转眼又不见人影了。"

得知陆雪弃不再走，齐恒安心养伤，一下子便娇贵起来。穿衣吃饭，读书下棋，都一股脑儿赖在陆雪弃身上。

陆雪弃为他做菜煮茶，绿油油的菜，香喷喷的米，然后闲聊对坐时，一壶清茶，满室茶香。

齐恒和她下棋，半屋日光，岁月静好，无奈他总是输。

齐恒有些懊恼，当下一推，乱了棋，瞪了陆雪弃一眼："你明明棋艺高超，当初却戏耍我，装作初学什么都不会的样子，可是觉得好玩吗？"

陆雪弃但笑不语，起身去净手切橙子，她用刀将橙子的外皮割开，却不露一滴汁水，然后放在点花的细瓷盘里，切成小块，用牙签叉了，喂齐恒吃。

齐恒吃了一口，见陆雪弃那温柔委婉的样子，又觉得她当真贴心可爱极了，嘴上却故意哼了一声，说道："以后不准欺诳爷！"

陆雪弃又喂他，齐恒知道她最爱吃果子，遂说道："你吃。"

陆雪弃于是放到自己嘴里吃了。齐恒看着她笑了："像只贪吃猫！"

那日，山前的梅花落了。

陆雪弃扶着齐恒散步到此，漫天斜阳，落梅如雪。

两人依偎着，肩靠着肩。齐恒道："雪奴儿。"

陆雪弃"嗯"了一声，齐恒道："如此景致，不若我们铺了席子，煮壶酒吧！"

陆雪弃道："好。"

落英缤纷的梅树下，陆雪弃燃火配酒，齐恒侧卧在软席上，托着头出神地看她。

晚霞光亮中，她美丽的侧影，散落的梅花落在她的头上，沾衣而过。

青烟袅袅，酒香淡淡。

齐恒觉得不用饮酒，只这般看着心已醉了。

“阿恒，”陆雪弃将酒拿下，斟在杯盏里，递过去道，“给。”

齐恒坐直身接过来，浅呷了一口，不由得道：“雪奴儿煮酒出神入化，这次为何味道这般清淡？”

陆雪弃道：“阿恒忘了药王谷只产淡酒了？”

齐恒一口喝了半盏，说道：“是楚先生炫耀自家清泉甘洌，酿出的酒分明浓醇，却非要兑一半水，弄得寡淡无味！”

陆雪弃以唇沾杯，浅尝辄止：“哪有在人家家里做客，却趁主人不在，说主人坏话的。”

齐恒却凑过去，说道：“雪奴儿，我们喝交杯吧！”

貌似唐突，只是这些日子两人浓情蜜意，齐恒美人在侧，难免心旌摇荡。陆雪弃也没拒绝，只是笑着举杯与齐恒小臂交缠。

一饮而尽。齐恒不知何故，脸微微红，心偷偷跳了。

陆雪弃打开酒壶，伸手接空中飘落的梅花。齐恒道：“这是何故？”

陆雪弃道：“梅花煮酒别有风味，我煮来与阿恒尝尝。”

齐恒说声“好”，却嫌梅花落得不够盛，走过去用力摇晃梅干，繁花顿时如密雨般纷纷扬扬一股脑儿飘落下来，陆雪弃不由得惊讶地笑了。

她站起身接梅花，玩到兴致处，也顾不得收花，只在花雨中蹁跹飞舞，含着笑，打着旋。

齐恒顿住，看得呆了。他的雪奴儿如一只快乐的小精灵，让他痴，让他醉，他在那瞬息间觉得，天下再没有比自己更幸福的男人了。

花雨消歇，陆雪弃飞旋着撞到齐恒的怀里，齐恒抱住她，两人一个趔趄跌倒在铺满落花的软席上。

美人芳华，温香软玉。

齐恒按住她，拢住她的脸，目光温柔似水，情浓如酒。

“雪奴儿。”齐恒低下头，亲了上去，含住她的唇瓣，进入她的贝齿之间。

花间一壶酒，花上一双人。

他们彼此缱绻缠绵，娇嫩的落花沾在衣发间，清香的气息纠缠在呼吸里，芳鲜甜腻。

粉红的霞光斜落在陆雪弃的脸上，齐恒望着她迷离半合的眼睛，热切诱哄地央劝道："雪奴儿，今夜便给了我吧？"

陆雪弃不置可否，只伸臂环住齐恒的腰。齐恒低头贴着她的面颊，咬着她的耳朵，开始得寸进尺地缠磨："雪奴儿，好不好？"

陆雪弃闭着眼，身下是琐屑凋落的花瓣，身上是心暖情热的男人，她仰头笑出声，对齐恒道："你应了我，我便应了你。"

齐恒道："什么？"

陆雪弃望着他正色道："从此之后你只爱我一人，即便我不能生养，没有子嗣，你也自始至终只爱我一个。"

齐恒愣了一下，随即将她抱得更紧，啄着她的唇道："好。"

陆雪弃道："如违此誓，我便杀了你！"

"你说什么？"乾贞帝高大的身躯瞬时顿住，不可思议地盯着黑鹰。

黑鹰有点畏惧尴尬，不敢再说，只低着头。乾贞帝只觉得胸口一阵绞痛，不由得伸手捂住，对黑鹰道："出去！"

黑鹰有点担心他，却也没再说什么，躬身出去了。

乾贞帝闭上眼，胸口犹自绞痛，他不能忍受他的月光躺在别的男人身下辗转承欢。齐恒那个不知天高地厚的浑小子，竟敢染指拥有他的月光！

本以为她不过是气气他，她恨他，用假意对别人好来气他，月光她看不上齐恒的，她看不上！

要说是临安王还有那么几分可能，可是齐恒怎么可能？

乾贞帝猛地站起来，突然而至的眩晕又让他颓然坐下。他低着头，抚胸喘着气，他不信，可就是真的！

乾贞帝痛苦地闭上眼，脑海中浮现出新婚之夜月光娇羞的模样。

她在他的指尖下痉挛，在他的怀抱里羞怯，在他的身底下，如白莲花般温柔舒展，即将绽放。

若不是乌姜家发起那场该死的青丘之乱，他便要了她，做了真正的夫妻。她本来是他的，一生一世是他的，便是死也是他的！

他为她消瘦憔悴，他为她相思入骨，他也是在一朝失去她后才看清自己的心思。

原来他早就喜欢她了啊！

他下令杀她，开始还不觉得怎样，却在等待结果时像被摘了心一样。

可是，他能怎么做呢？他要聚拢所有反对大祭司的势力，就不可能让大祭司的女儿做皇后。

他也只能成就自己万世不朽的基业，而将自己的情爱埋葬。

他无数次地想，她是躺在泥土里的一具冰冷的尸骸，永远活在他的心里。从此草青，花艳，天高云淡，他会常去看她，陪着她，他抹不去记忆，忘不掉她。

可是她偏偏叫月光，每一个夜里，不管有月无月，思念都让他噬骨锥心，一闭眼她便会直逼到眼前来，唤着他的名字。

他是打算将情爱埋葬一生不复娶的，可她竟仍旧那般美丽，笑得那般甜，仿似他们曾经深刻入骨的相爱相杀，轻得了无痕迹。

本以为他够狠，不想她更狠。她可以这么干净利落地转身，轻松抹去忘掉他，然后万种风情千般美好投入那个齐恒的怀抱。

乾贞帝觉得自己压抑得不能呼吸，无法忍受，他咬牙切齿撑着站起来，拿刀，拿弓箭。

黑鹰在外面听到动静，担忧道：“陛下，您……”

乾贞帝道：“给朕唤上人，朕去灭了他们！”

黑鹰迟疑。乾贞帝回头怒道：“还不去？给朕带上人马，割了他们的首级！”

“陛下，”黑鹰站着不动，“您还有伤，动不得气的！”

乾贞帝一把拄在桌子上，胸口撕裂般剧痛。黑鹰忙上前扶住，劝道：“陛下，就当她死了，现在这个和您没半点关系。”

乾贞帝挣开他，喝道：“自欺欺人！”

黑鹰悚然惊惧，退到一旁低头认罪。乾贞帝切齿道：“把那个男人杀了，把那女人捉回来，看朕怎么处置她！”

黑鹰道：“陛下……”

“还不去！”乾贞帝的眼睛都红了，呵斥道，“乌姜月光死了可以，活着就不行！这世上除了朕，谁都不能沾惹她！还不去，把那个齐恒杀了！”

黑鹰道：“陛下，我们这些人做不到去杀掉齐恒掳来皇后，更何况药王谷的前任谷主神医乌延，在前大祭司束手无策的时候，曾平我东夏瘟疫救我东夏万民于水火，先帝与之缔约，药王谷是我东夏不可以刀兵碰触的禁地啊！”

乾贞帝绝望地闭上眼，复又睁开时，一如既往冷静残酷，静声对黑鹰道：“备笔墨。”

他要修书一封给那边的周王和士族，说陆雪弃神似他已故的皇后。

乾贞帝看着信使恭敬退出的身影，唇边漾起淡淡讥诮的微笑。月光，朕就让你亲眼看看，你嫁的人，你所要依靠效忠的王朝，是怎样昏庸怯弱。他们会怎样将你洗净捆绑，再重新送回到朕的手上。

朕要让你知道，谁才是这天下的主人！

大周的京城云安一接到乾贞帝的信，便掀起了轩然大波。

乾贞帝竟然提到了陆雪弃，表面上说陆雪弃与他已故的皇后神似，但是那些士族没有一个是傻子，稍一琢磨便猜出了陆雪弃的真实身份。

可是那陆雪弃已经与齐恒成亲了。乾贞帝何许人也，焉能容忍被人戴绿帽子，而且被睡的还是自己的皇后？

这对于一个男人来说，是多大的耻辱。

周王更是吓得面色煞白，于是整个大周朝堂，几乎所有人都冒出了这样一个念头——杀了齐恒，归还陆雪弃。

只有临安王将信不以为然地扔在桌子上，扫了一眼惊慌失色的众人说道：“乌姜皇后死于青丘之乱，这是乾贞帝亲口昭告天下的。人有相似，说委身于阿恒的陆雪弃就是乌姜皇后，辱及的可是乾贞帝，诸位这般猜疑，试问人家乾贞帝依是不依？”

一时众人面面相觑，整个大殿里死一般寂静。

临安王看众人神色，重重叹了一口气：“天下本无事，何苦庸人自扰？乾贞帝思念死去的皇后，我们找一些相似的美人送去便罢了。至于进献陆雪弃，陆雪弃非一般女子，强行逼迫，恐生祸事。”

那陆雪弃的性子众人是知道的，委实不好惹。

东夏乾贞帝与皇后失和，本该是东夏的内乱却成了大周的祸事，众人一时都有了神仙打架小鬼遭殃的倒霉感。

是夜，临安王一个人在静夜里独坐，久久没有说一句话。

临墨到底沉不住气：“王爷，乾贞帝如此连脸都不要了，平原王与陆姑娘该怎么做？”

临安王望着夜空，敲了敲手边的扶栏，叹了口气道：“着人通知阿恒，让他们到京城来，正好我要整顿士族，让他们帮帮我，也好将他们结为夫妻的事情坐实了闹大了，就不信他乾贞帝胆敢当着全天下人的面强抢人妻！他若真敢这么做，他首先失去的是他东夏的支持者，他当初为帝位杀妻，如今不敢为一个女人众叛亲离。”

齐恒与陆雪弃在药王谷休养生息，柔情蜜意一个多月，于初春三月，草长莺飞桃花绚烂的时候，携手回到了京城云安。

京城云安的东郊外，有一大片桃花林，那里清溪沙洲，缓坡绿草，是每年上巳节青年男女踏春游玩的好去处。

齐恒和陆雪弃还未进城，便驻马携手来桃花林游赏玩耍。

他们来得早，太阳才刚刚冒头，山野清新，桃花带露而溪水潺潺。

陆雪弃漫步于花间，桃花一丛丛一团团，偶尔横斜一枝，牵衣映面。

齐恒拢着她，柔声道："雪奴儿。"

陆雪弃应了一声，齐恒复又唤，陆雪弃复又应。复又唤，复又应。

齐恒挤挨着她的头笑，陆雪弃道："阿恒唤我做什么？"

"那你应什么？"

"我应你啊。"

齐恒道："我唤你啊。"

陆雪弃转头推了他一把，笑嗔道："傻瓜。"

齐恒将她搂紧，"哼"了一声："唤自己的夫人，是傻瓜吗？"

其实她何曾不知道那其中的情意，把一个人放在眉间心上，即使明明就在自己身边，也看不够。

陆雪弃嫣然一笑，扬手将掌心间一红一白两粒药丸递给齐恒："喏，给你吃吧，傻瓜！"

齐恒伸嘴就接过来吃了，然后才后知后觉地道："你给我吃的是什么啊？"

陆雪弃哼了一声，眼睛却笑成了弯月形，打趣道："如今来到了云安，士族阴险，你这直肠子的傻瓜还是先防着点好，这是我大祭司家独有的解毒丸，平日里它们互相牵制，于身体无大碍，一旦中了毒，只要见酒，就可解百毒！"

齐恒在陆雪弃脸上亲了一口："还是雪奴儿知道心疼我！"

日渐高起，游人渐多，前边空地有三三两两的人在放风筝，两人起身去买了一只硕大的金丝凤凰。

齐恒将风筝放上了天，换陆雪弃送引线。他们的风筝很快飞得最高，也最漂亮，渐渐便有小孩子跟着跑过来，仰着脖子看，拍着手欢呼。

一旁的大人也含笑看着，齐恒大部分时间在军中，陆雪弃之前闭门不出，故而他们的事虽传得满城风雨，可是见过他们真容的百姓并不是很多，所以一时大家在一起玩得很愉快。

不想前面一阵骚动，只见有人跑马大声敲锣叫喊：“今日各家士族的公子小姐要来游春赏花，尔等贱民速速躲避让开！”

众人一时寂静下来，然后窃窃私语着聚在一起，准备往外走。齐恒和陆雪弃相互看了一眼，没动，旁边的小孩子忙拉他们的衣角道：“快点收了风筝吧！”

人多杂乱，撤出去难免缓慢。突然，前面传来一阵仓皇的惊叫声，人流一下子往后退涌开来。

原来士族的车马在平民尚未完全退出之时闯了进来，开路的前锋侍卫，骑着高头骏马威风凛凛，如狼似虎鞭打践踏平民，而士族中有些公子郎君，打开车门，观看无辜者丧命流血哀号恐惧，彼此叫好，大声喝彩。

有了主子们的鼓励，那些侍卫更加卖力屠戮，看来他们下令驱散民众是假，杀人寻欢作乐才是真。

老百姓自是拼命向后逃。很快，那些侍卫便发现挡在众人面前的齐恒和陆雪弃。

齐恒戴着大斗笠，看不清面容，却高俊挺拔，气度不凡；陆雪弃亭亭玉立，衣袂飘飘。所以那些侍卫也不知何故，不敢纵马过去，而是勒马停了下来。

士族们很诧异，怒声道：“怎么回事，还不走？”

待他们看清了面前站立的两个人，有一瞬间的沉默。

庾显最先发声，他先是笑了一声，阴阳怪气地道：“哟，这不是平原王嘛！不是，不是，我错了，如今没有平原王了，却是匹夫齐恒！”

谢星河哈哈大笑道：“怎么着？你还当自己是个王爷啊！你当王爷时就是个不入流的下贱坯子，如今我们要杀你，等于碾死只蚂蚁。”

齐恒抱着胳膊，笑了一声，说道：“真是好大的口气，爷我不做王爷，也不是别人想打便打想杀便杀的！”

庾显面色一凛：“你当真以为我不敢下令冲过去？”

齐恒轻蔑挑衅：“就凭你们？来啊！”

谢星河道：“庾兄怎么就忘了，齐恒一向天不怕地不怕，唯一的软肋就是他身边那个女人。庾兄，看见没，那个美人如此姿色，如果辗转于我们身下卖弄娇吟，该是何等风情啊！”

他说完一阵大笑，庾显也跟着笑，惹得身后的士族也哄堂大笑。齐恒顿时脸色黑了，便欲冲上去，被陆雪弃安抚住。

庾显趁机劝道：“陆姑娘，我大周多的是风流才子，你何必自甘卑贱，屈从于一介武夫呢？”

“一介武夫？”陆雪弃反问，手中一鞭子甩过去，只及马首，却未伤及马分毫，庾显已然惊吓得堕于马下。

陆雪弃哼了一声，扬头道：“我不屈从于一介武夫，难道要屈从你们这群半男不女丧心病狂的废物？”

士族皆变色，众护卫仆从忙冲上去扶起庾显，一旁的谢星河大声呵斥道：“你好大的胆子！你以为你是谁，有什么身份？从前的一个东夏婢女，如今的一个贱民妻，我大周三百年礼仪风流，岂是你能懂的？”

陆雪弃用马鞭一指，一声冷笑：“就凭你们，也配提什么三百年礼仪风流？涂脂抹粉，弱不禁风，文只能吟几句陈词滥调，武只能杀戮百姓无辜，我虚打一鞭也摔下马的两脚羊，对着自己人倒很是如狼似虎！”

谢星河昂然哼了一声，说道：“你放肆，竟然胆敢辱骂我大周的士族！你问问你身边的男人，他有没有这个胆，你就敢大放厥词！”

齐恒下巴一扬，语声阴冷：“你倒是给爷说说，只要爷想，这世上哪个爷不敢骂？大周的士族了不起啊，雪奴儿，你想怎么骂就怎么骂，你骂得不过瘾，咱们过去把这帮荒淫无道纵马杀人取乐的龟孙子全杀了！我看哪个还敢在这儿摆谱摆身份！”

陆雪弃一笑，她歪着头打量着谢星河，说道：“阿恒，杀了他们，岂不脏了我们的手？”

齐恒道：“那雪奴儿说怎么办？”

陆雪弃道：“他们不是喜欢马踏平民，把杀人当儿戏寻欢作乐吗？

咱们就以其人之道还治其人之身，让他们也尝尝被烈马践踏的滋味，好不好？”

齐恒笑道：“好极，我的雪奴儿最是聪明可爱！”

陆雪弃得到夸奖，笑得眼睛弯弯的。

她快行几步翻身上马，纵马在士族车骑前跑了个来回，然后飒爽英姿坐于马上，目光深冷，猛地一吹哨子。

哨声清越激昂，如凤鸣九天，声震于野。然后奇迹出现了，所有士族的马突然引颈扬蹄，不可控制。

哨音陡然低转，复又高昂。

士族所有的马，突然将马背上的人掀翻在地，掉转方向驰骋而去。

士族出游，为壮声势摆排场，前面开路的车骑便有五层。发生如此变故，他们一个个从马背上甩落，被发狂的马践踏乱踩而去，坐在车里没有骑在马上的士族和贵女，也被惊马奔腾的速度撞得七扭八歪，磕得头青脸肿！

齐恒对这突然的变故和奇观，有些惊诧。却见陆雪弃的哨音陡然一声急转，再转，而那些奔马在哨音的指挥下，也陡然转弯，再转弯，整整绕了一圈，将齐恒、陆雪弃和众百姓围在其中！

那个瞬间场面有些悲壮，所有打开窗子看热闹的贵族尽数从车窗门里甩出，所有人都傻了。

陆雪弃的哨音陡然平直，马奔到原处，便又一个掉头，朝着原路驰骋出去。

陆雪弃看着一地惨烈的死伤，迎着光，昂着头，挑唇的动作冷冽讥诮，她哼了一声，说道：“士族无道，早该收拾！今日我大开杀戒，要让这城郊十里，士族们横尸遍地，血若桃花！”

齐恒忽而不能呼吸，心跳加剧。虽然他们同床共枕厮磨恩爱，可陆雪弃美艳与霸道的姿态，还是让齐恒情不自禁地怦然心动。

陆雪弃回头对齐恒道：“阿恒，我们骑马进城吧。”

齐恒应了，与陆雪弃并肩骑马，越踏过横七竖八的死尸绝尘而去。

他们直接去了齐恒在永享东街的小院，齐恒虽被削了爵位，王府被封，别院也被封，但是那轻飘飘的一张封条如何挡得住他们，两人直接踹了门住进去，院子的主人便算是回来了。

那个小院子极其清幽，房子只有两进，最可取的是后院种满了玫瑰花，陆雪弃很喜欢。

久无人居，积满灰尘。陆雪弃挽了袖子打了水，简单收拾了一下房间，齐恒则遵照陆雪弃的嘱咐，剪了满满一篮子玫瑰花，放在清水里洗净。这活虽轻省，可一来不是玫瑰花盛开的季节，二来玫瑰多刺而茂密，齐恒穿梭来去，手上脸上便被划了浅浅的几道。

陆雪弃收拾好屋子出来时，齐恒正在洗花，见了她，便拉过来，从袖子里拿出一朵半放的深紫玫瑰，替陆雪弃插在鬓角的发上。

正午的阳光浮着水，格外明媚清亮。陆雪弃的笑容清甜，齐恒心下爱慕，当即搂过来轻轻地吻。

两人甜蜜片刻，齐恒便被陆雪弃打发劈柴去了，而她则弯腰淘米洗菜。

那天中午陆雪弃做了简单的素炒青菜，两个人就着桌子在屋外便吃了。远远的花园小径里，树木繁盛露出秋千的一角，齐恒看见了，牵着陆雪弃的手道："雪奴儿累了吧，休息一下去。"

两人去了秋千架，齐恒坐在上面，抱着陆雪弃悠悠地荡着。

彼时阳光温暖，清风和煦，青翠之中玫瑰点点而发，空气中是淡淡腥甜的草木香。

午后慵懒，陆雪弃柔若无骨，如一只晒太阳的猫，在齐恒怀里昏昏欲睡。可能是身在故土，可能是这些跌宕的经历，也可能是多年记恨积怨一朝疏泄，齐恒很是兴奋。

他抚着陆雪弃柔长的发丝，忍不住说话："雪奴儿。"

"嗯？"

“你那是御马术吗？”

“嗯。”

“只在那些马前面跑一圈，马便全听你的，这未免太匪夷所思了。”

“嗯，所以他在灭了我乌姜全族之后，想要杀了我。”

齐恒沉默，顿了一下：“是因为你的御马术？”

陆雪弃笑道：“是因为大祭司的女儿太强了。他认为我必不为他所用，所以与其得不到，不如除掉。”

齐恒抚着她的额角柔声道：“雪奴儿委屈了。”

陆雪弃道：“谈何委屈？皇权与祭司神权本就只能存其一，谁都想主宰对方。我爹活着的时候懂得制衡，运筹帷幄，倒也一直相安无事，还将我许配给他。可我爹死了，长兄接任，他背弃了爹爹的遗言，竟在我的新婚之夜起事，想趁他新婚杀个措手不及，却不想……”陆雪弃顿住，没有说话。

齐恒抱紧她，贴了贴她的脸。

陆雪弃道：“他与我正洞房花烛，外面刀兵四起，他义无反顾地披衣出去，我在洞房里等着他，等到声息渐消，我的家亡了。可我已经嫁了，十二岁我们许下婚约，他长我六岁，一直耐心等我长大，对我极其温柔宠溺。当时父亲已死，我与长兄一向貌合神离，出了这种事，我以为他纵是忌讳我的家族，也会怜惜我，不想我等到的却是他的杀招。他自始至终没再来见我，我被他派来的高手团团围杀，才发觉原来是我自己痴心妄想了，或许他自始至终，不曾对我真心怜爱。”

齐恒蹭着她的脸，柔声道：“雪奴儿别伤心，他不真心怜爱你，我真心怜爱。我一辈子只爱雪奴儿一个，用力爱，狠狠爱，纵是死了也爱。”

陆雪弃搂着他的腰便笑了：“听着倒不像是爱，好像是我跟你有仇。”

齐恒也笑，不再言语。陆雪弃放松肢体，不久呼吸均匀，似乎睡去。

齐恒低柔唤了两声，没有应，他垂头看了看她静美的睡颜，手指在她唇边脸颊上刮了刮，莞尔。

世事沧桑，瞬息万变。

他曾经以为他会是一个功勋赫赫天下仰望的王爷，可惜他不是。他曾经以为他的雪奴儿高不可攀，或许与他无缘，可是她嫁给了他。

事情如此轻易，这边失去，那边得到。用一个劳什子的王爷之名换取美人倾心，佳人在怀，他没有被抽空的痛，他只有满满的幸福。

一觉醒来，日已半斜，白色的阳光斜照进屋里，有种岁月静好的沉静与安详。

齐恒没在屋里，隔着窗，陆雪弃瞟见他正在举斧子劈柴。他为她插在发上的玫瑰摆在桌上，色泽犹润，甜美的芳香隐约可闻。

不久黄昏，必须得起了。陆雪弃披衣拢了拢头发，复插上那朵玫瑰花，起身出屋准备晚饭。

熬一锅粥，再做一笼玫瑰点心。

她正在往面粉里捣玫瑰汁的时候，外面强悍整齐的脚步声震撼着地面，不久平静下来，院墙四周却架上了阴森黑亮的箭弩，密密麻麻闪着冷硬的寒光。

天色昏黄，斜阳幽艳。

门外是一个高亢激昂的声音："逆贼齐恒、陆雪弃，目无尊卑，马踏士族，流血十里，死伤三百余人，如此大罪，还不出来受死！"

齐恒和陆雪弃停下手里的活，面面相觑。

那一瞬间有点静。

刀兵肃杀，飞鸟也绝了声迹，唯有满庭玫瑰浴着夕阳，青碧含苞。

陆雪弃一点点撣掉手中的面粉，在一旁的清水里洗了洗手。齐恒放下斧子进了屋，出来时除了腰间佩剑，还有一副弓箭。

陆雪弃环视四周，对着霞光站定，她对齐恒道："阿恒，如今敌人围攻我们，硬闯迎战，我们怕是寡不敌众，肉身挡不过弓箭。"

齐恒道："擒贼先擒王，我闯出去掳了那个带头的！"

陆雪弃问："来者何人？"

“听声音倒像是负责京城护卫治安的中郎将曹峰，京城唯一还算勇猛善战的武将。”

陆雪弃一笑：“大周勇猛善战的武将很难得，还是别伤了他，给临安王爷留着用吧！”

齐恒道：“怕是曹峰不肯罢休。”

他话音一落，果然曹峰高亢的声音复又传来：“齐恒、陆雪弃听着，你们现在已被包围，上天无路，下地无门，我数到十，若不出来束手就擒，我便放箭了！”

陆雪弃扬声道：“少说废话，便放箭来！”

曹峰突然一阵沉默。

陆雪弃小声对齐恒道：“他和你还有几分交情吗？瞧着他是有点犹疑，不忍亲手置你于死地。”

齐恒道：“没和他打过几次交道，我在边地，他在京师，只听三哥称赞过此人品行端正。曹氏世代出武将，从未如王、谢那般独领风骚，估计我被士族嘲弄打压，让他有兔死狐悲之感。”

陆雪弃道：“阿恒，那些士族如今恨不得将我们喝血吃肉，待会儿他们必然要射火箭，你便在院子里和曹峰说话，拖住他，我趁机潜出去制住他！”

齐恒与她交换了个眼神，很快说道：“曹将军，你我无冤无仇，何苦赶尽杀绝？”

曹峰沉默片刻说道：“王爷，今日您与陆姑娘大开杀戒，死伤众多士族，也并非无辜！”

齐恒冷笑道：“那群畜生游个春，竟将人聚集，然后纵马践踏，行凶杀人寻欢作乐，这等荒淫，视人命如草芥，不杀了还等什么？”

曹峰道：“他们的错是他们的，你的错是你的！”

齐恒道：“任其杀戮无辜，恶行滔天，才是我的错。”

曹峰沉默。齐恒道：“外敌强兵压境，那帮畜生还在以风流放诞高门贵族标榜，行肮脏龌龊惨无人道之事！难道我就该冷眼旁观，让无辜民众被马蹄践踏血肉模糊供他们一时取乐吗？草民怎么了？草民不是人吗？草民便可以随意打杀践踏吗？爷就不信这个邪！那群士族在东夏人面前怯懦如绵羊，在自己的人面前却如狼似虎，爷看不惯，便得管一管，以其人之道还治其人之身，马踏他们他们就受不了，草民同样血肉之躯，他们是怎么看着哈哈大笑的！”

曹峰静默半晌，说道：“属下奉命行事，还请王爷体谅。王爷有什么苦衷，自有地方说，临安王也不会不顾念手足之情。”

齐恒苦笑，所出言语却激昂铿锵：“我齐恒一人做事一人当，不用我三哥出面顶着！爷我如今回来了，看不顺眼的人，看不顺眼的事，爷就要路见不平拔刀相助，我看那群士族能怎么着！反正整个士族不整肃，我大周也必然要亡了，与其亡于东夏铁蹄，何不亡于我齐恒之手？”

曹峰喟然道：“王爷未免偏激了，我大周锦绣江山，岂能轻易落入敌手？”

齐恒道：“东夏彪悍，曹将军不曾见识，那我大周之腐败，曹将军还不曾见识吗？”

曹峰无语良久，说道：“王爷三思，还是出来认罪吧！”

外面突然一阵骚乱。

曹峰放目过去，只见万丈艳色斜阳里，一女子衣发飘飘骑马悍勇而来，所到之处皆所向披靡。

他策马迎了上去，还未正式交战，手中的长剑刚刺出去便觉得虎口一麻，剑飞脱而去，一道马鞭缠住了他的腕子，曹峰只觉得身体一歪，一倾，竟整个人被陆雪弃拽飞过去！

曹峰尚来不及惊呼出声，人已坐回马背上，只觉得颈部如被蟒蛇缠绕一般，勒得他几乎断了呼吸。

陆雪弃以马鞭缠住他的脖子，她整个人站在马背上，迎着风，披着光，清越的声音破冰般传出去。

“敢毁坏我家一草一木，我用尔等主将的头颅祭拜洒扫！”她的气势称得上是飒爽英姿，众兵士看痴了，内心是难以言传的惊艳与震撼。

陆雪弃松了松马鞭，清喝道：“还不下令让你的兵士退去！主将不敌，生死由我，你还想放箭射杀谁？！”

曹峰没说话，手下皆看向他。他的面容很平静，仰天闭目道：“姑娘随打随杀，曹某不才，死可以，不敢违背皇令！”

他身边的兵士呼道：“将军！”

曹峰睁开眼，目露坚毅，大义凛然地冷声道：“诸位将士听令，朝我射，务必歼灭齐恒！”

他话虽如此说，手下兵士如何能做，皆犹疑地望着他。曹峰见无人听令，怒喝道：“还等什么？军令如山，朝我射箭！”

陆雪弃勒紧他，使他的头高高仰起，他双手本能地抓住马鞭，欲图呼吸新鲜空气。

陆雪弃低头对他一笑道：“曹将军想死何难，你求你手下将士，倒不如求我。我再微微用把力，你就没了气，何必要万箭穿心？难道曹将军这般人物，也是执着名声，求一个感天动地轰轰烈烈？”

她纵声对兵士道：“尔等主将求死，不是我要杀他，我这是成全他！”

语毕，她刚做出勒鞭的动作，曹峰手下兵士齐声惊呼，有的欲抢上来，有的直接跪在地上。

“陆姑娘，不要啊！”

“将军，不要啊！”

“不要！”

陆雪弃冷声对曹峰道：“你宁死不肯违抗皇令，不为我所迫，倒是成全了你的气节！只是却想不到因为你自己蠢而无用，才让自己的将士向敌人下跪哀求！”

曹峰目眦欲裂，却被勒得说不出话来。陆雪弃淡淡一笑，她的发丝拂过她的嘴角，在夕阳里飘。

曹峰有些眩晕，陆雪弃嘲弄道："想呵斥他们都起来？曹将军当真愚痴，殊不知没有强悍的力量便没有高贵的尊严，你舍身忘我成就你个人的高贵，却让一众手下低头受辱。曹将军身为大丈夫，只知富贵不能淫，生死不能移，却不知真正的男人不是要成全自己，而是要成全大众的追随，为了大众，他自己可以低至尘埃里。所以你追随者的尊严，才是你真正的尊严，否则手下被杀戮，被荼毒，被烧杀劫掠，被刺配为奴，你死得再高贵壮烈，有用吗？皆因你无能！你无用！你便是要毁掉苍生，来成全你自己吗？"

陆雪弃的话冷酷犀利，她说道："你要死，所以你属下跪求你，跪求我不要杀你。你真想死，咬个舌头撞个墙，谁稀罕拦着你。让你的兵士朝你射箭，真是出身士族德高望重啊，连死都这么沽名钓誉！"

陆雪弃说完，鞭子一松，曹峰跌下去摔在地上。

陆雪弃矮下身坐在马上，扬眉道："我偏不杀你，我倒要看看你受我活命之恩，还有什么脸下令万弩齐发，将我踏为齑粉。"

众兵士忙扶起曹峰，曹峰犹在震惊中，抚着脖子，望着陆雪弃发愣。

一腔忠直热血被陆雪弃一顿冷嘲热讽，只虚伪得可笑。可是曹峰那个瞬间不是羞愤，而是震惊。

他所有的激昂冲动和刚烈，也禁不住这看似强词夺理实则振聋发聩的拷问。

一个真正的男人不是要成全自己，而是要成全大众的追随，为了大众，他自己可以低至尘埃里。

陆雪弃对他道："你便回去向皇帝和士族复命，说那些文不能成，武不能就，轻薄放荡为非作歹的士族，从此我们见一个杀一个，见两个杀一双。那些士族族长再放任挑唆子弟，他自己不辞去族长之位，我便割了他首级挂在城墙上！我陆雪弃一言既出，他们若不信，便来试！"

瞬息之间，曹峰觉得马背上的陆雪弃不是在说话，而是在指点江山！

第十章 语笑嫣然

曹峰的兵将退去，那夜的京城沉寂如死，噤若寒蝉。

次日一早太阳未出，陆雪弃便煎好了野菜馅的水煎包，那野菜是他们一大早在花园里挖的，她切馅，他和面，他烧火，她包好包子放油煎，两人这般辛苦做出来，齐恒吃得特别带劲，大声说香。

然后在居民们都已起身开始劳作的时候，陆雪弃煮好了酒，经她精心的调配，整条巷子都弥漫了淡淡的酒香。

夫妻二人相偕出门，齐恒戴着斗笠，挑着酒担子；陆雪弃挎了篮子，装了玫瑰饼。夫妻两人晃晃悠悠穿梭过好几条人迹鼎盛的街巷，陆雪弃清脆悠扬的声音在街巷里飘："卖酒啦，温润浓醇，清香醉人，十文一盏喽！"

他们二人的身份已然露底，一夜之间，京城罕有人不知道他们的，而今他们大大方方上街售酒，男人英挺，女人俊美，大家少不得不买酒，先好奇地探看。

陆雪弃煮酒三杯必倒已然成名，总有胆大的人想尝试尝试，有了带头的，便有跟风的。卖出第一盏之后，那满满一大坛酒很快被疯抢，连同玫瑰饼也跟着售罄。

卖完了酒，齐恒和陆雪弃两个人去了间小饭店，各自吃了豌豆羹，

然后悠悠然钻进一个小茶馆，要了壶茶，不紧不慢地喝。

下午日落时分，一个卖花的孩子闯到茶馆里来，对着陆雪弃和齐恒道："快！快回去，很多兵围了你们的家，点火要烧呢！"

齐恒和陆雪弃面面相觑。

那个孩子曾与他们在河边放过风筝，算是旧识，此时急匆匆催促道："快点，你们快回去吧，晚了就来不及了！"

陆雪弃摸了摸那个孩子的头，说道："没事，我们有的是地方住。"

那孩子目露茫然，陆雪弃将一大串钱塞在孩子手里，柔声道："你乖，姐姐知道了，继续卖花去吧。"

孩子忧虑地看了他们一眼，转身跑开了。不多时，外面果然一阵哗然喧嚣，齐恒与陆雪弃站在街头，静静地望着远处的火光与浓烟。

对他们，人人观望退避，偌大的长街渐渐只剩下他们两个人，悄寂空旷。

直到黄昏半退，夜幕将至，陆雪弃的声音浅淡慵懒，问道："阿恒，咱们去哪儿？"

齐恒道："你说。"

陆雪弃道："他们烧了咱们的房子，咱们便去占了他们的家吧？"

"好。"齐恒牵了她的手，转而迟疑，"那先去哪一家呢？"

陆雪弃道："去谢家。我们去品美食，住华屋，胆敢不从，我们也一把火烧了他们家！"

夜色微薄，谢府里华灯初照。

谢止胥正在宴饮。在士族的生活里，秉烛夜游歌舞饮酒本也是最寻常的一部分。

那是极其豪华明亮的大厅，一众士族分开坐着，正观赏歌舞，身侧各有四五名美姬服侍着，或喂食，或送酒，不时温柔调笑着。

数个士族用手打着拍子，正饶有趣味地观赏品鉴，突然听得衣帛撕裂的声音，一个肥头大耳的士族子搂了一个女子狂啃，然后抱起来去了屏风后，顿时传来婉转妖媚的娇吟声。众人有的含笑睇了一眼，有的根本无动于衷，这种事习以为常，讲究的是我行我素。

听着屏风后那销魂放荡的呻吟，齐恒和陆雪弃新婚燕尔，不免有点脸红耳热。齐恒挨紧了陆雪弃，凑在她耳边道："真是要命，这群士族这般日日寻欢，难怪身子都掏空了，不是早痿，便是猝死。"

陆雪弃哼了一声，说道："待会儿闯进去时，你要把眼睛闭上，不许看那些衣不蔽体的女人！"

齐恒遂笑，越发将她箍得紧了，说道："那你也要闭上眼，不许看那些偷欢的男人。"

陆雪弃斜睨了齐恒一眼："那些男人又矮又胖，一身赘肉，想让我看我都不看。"

齐恒却忍不住贫嘴道："那些女人该是风情妖娆。"

陆雪弃用胳膊肘拐了他一下，说道："行动。"

他们是直接闯进去的，踹开门，冲进去，吓得舞女们惊声尖叫。

谢止胥还没反应过来，齐恒的长剑已横在了他的脖子上。刀锋冷硬，齐恒又是一副地狱修罗般的表情，谢止胥一时便蒙了。

谢府的护卫一向严谨厉害，他们是怎么无声无息、凶神恶煞地闯进殿来的？

齐恒给陆雪弃使了个眼色，陆雪弃便如猫一般纵出去，很是利落地闪到屏风后，很快一个雪白肥胖的男人被踹了出来，杀猪一般乱叫。

齐恒忍不住笑了一声，一脚踏上桌几，居高临下地望着谢止胥道："谢世伯别来无恙，小侄如今无处安身，早听闻谢世伯这里华屋美宅，冒昧打扰，谢世伯不会忍心让小侄露宿街头吧！"

谢止胥哪里能应得，只战战兢兢欲往后躲。大厅里一片混乱尖叫，谢府侍卫将大厅团团围住。

陆雪弃从屏风后出来，一脚将一张桌子踢到墙上去，桌子碎裂开，发出一声巨大的响声。

陆雪弃清斥道："想要活命的话，都给我住嘴！"

她这一声令下，顿时鸦雀无声。

陆雪弃站在流光溢彩的华堂上，微微仰首环视众人，看得出她对这等气派奢华早已习以为常，乃至她眉梢眼底举手投足，对这烈焰烹油的极致富贵也只是视若无睹。

她在那摇曳的柔光里绽颜一笑，说道："今日我等不速之客，不请自来，打扰各位宴饮清欢，实在对不住。刀剑无眼，我们夫妻二人只有事找谢族长，诸位不必惊乱，退下吧。"

满堂宾客歌伎闻听此言，争先恐后退了下去。

谢止胥此时冷静下来，哼了一声说道："你们倒真是穷途末路，敢到我这里来撒野。不看看这是什么地方，外面全是我谢府最精锐的护卫，料你们插翅也难逃！"

众人已退下，陆雪弃懒洋洋地歪在软榻上，舒服地眯了眯眼，说道："我们没想着逃，我们是想拉上你一起死的！"

语气过分轻飘，偏就是这很轻飘的一句话，让谢止胥满身大汗。

他们想拉上人一起死！他们固然逃不了，可是他们也绝对可以杀了他。

谢止胥一时语结。

陆雪弃随手剥了个橘子来吃，待汁水咽下喉，她拍拍手站起来："云安的蜜橘果然不错，不知谢世伯想怎么收拾我们啊？"

谢止胥道："你们到底想怎样？"

陆雪弃从腰间拿了一小粒药丸，掐住谢止胥的脸就给他顺了下去，然后对齐恒道："阿恒，不用拿剑比画了，现在放了他也不怕。"

谢止胥重获自由，骇然硬呕欲吐，却吐不出来。

陆雪弃笑道："吃下肚的东西能这么轻易吐出来？谢世伯别白费气力了，喂给你的药源于东夏大祭司，别说你大周无人可解，便是在东夏，也没有几个人有这本事。谢世伯，我自作主张多有得罪了，还请世伯恕发冲冠，让外面的侍卫将我二人射成肉酱吧！”

谢止胥的脸一阵红一阵白，一时走也不是，留也不是。

陆雪弃扬眉一笑，盈盈然对谢止胥道：“我和阿恒又渴又饿，还请谢世伯备下酒宴，为我们洗尘。”

她这样肆无忌惮地歪在宽大的软榻上发号施令，如同谢止胥是自己的管家。谢止胥虽怒，却也没办法，只得吩咐外面的人送酒菜上来。

不多时，极其丰盛的饭蔬水果端了过来，放在陆雪弃面前。陆雪弃瞟了一眼，指着谢止胥道：“你先吃。”

谢止胥陡然变色，那个刚送来饭菜转身走出几步远的仆人猛然止步，面色惨白骇然地看着陆雪弃。

“有毒？”陆雪弃挑了挑眉，站起身，端详着精美的饮食，对谢止胥道，“那就请谢世伯试试毒吧！”

谢止胥只觉得毛骨悚然，不由得身子一软，后退几步跌在地上唤道：“平原王！”

他竟想去求齐恒，这个自己原来恨不得一脚踩踏打杀的死对头，此刻竟成了他的救命稻草。

齐恒倒也配合，走过去拢着陆雪弃的肩讲情道：“雪奴儿何必和他们一般见识，真杀了他反倒麻烦，何不留着，他是谢家的家主，留着自有用处！”

陆雪弃从善如流，笑道：“好，听阿恒的。那先留着他为我们试菜，如果那些个黑心肝的家伙想毒死我们，就先毒死他。”

齐恒道：“妙极。”

于是仆人复又上了精美的饮食蔬果，这回谢家族长尝菜，没人敢动手脚了，陆雪弃和齐恒吃了个痛快。

高贵的士族被如此挑衅挟持，整个士族哗然变色，却万马齐喑，一片死寂。

他们敢怒不敢言。

能把那两个人怎么办？牺牲了谢止胥，集大周精锐的兵力将他们剿杀？能不能杀死先不说，真杀了陆雪弃，如何向乾贞帝交代？

最后所有的士族还是想到了临安王，安兴帝甚至亲自出马去了临安王府。

临安王刚刚吃了药，由临墨搀扶着出来见礼。安兴帝连忙上前一步扶起临安王，关切道："渊儿可好些了？这些日子又劳神伤身了。"

临安王低头轻咳，谦恭温顺地说没事。父子二人相偕进了书房，临安王亲自捧茶，给安兴帝呈上。

安兴帝要临安王坐下，临安王便在下首坐了，父子二人一时相对沉默。

安兴帝叹了口气："我知道有些事你也是怨父皇的！只是如今乱世，士族独大，皇权孱弱，你最是清楚，父皇有时候也是没有办法。"

临安王笑语："父皇言重了。父皇对儿子爱护疼惜，儿子感激还来不及，又岂能生怨。"

安兴帝摇头，仰面闭上眼，片刻，似乎鼓足了勇气，复又睁开，对临安王道："渊儿，父皇知道你从箭伤之后，身体一直不好，去年余毒发作，一直病着，可是你七弟的事，如今也只有你才能回转了。"

临安王垂着眼睑，没有应答，那种姿态虽谦卑，实则抗拒。

安兴帝道："你一向疼你七弟，父皇如今想着，让他重娶贵女，再返朝堂，做你的左膀右臂，不更好吗？"

临安王过了半晌才缓缓地出声道："父皇觉得七弟尚能回心转意？"

安兴帝道："怎么不能？！"

临安王道："阿恒出身皇室，以勇武称王，可又有谁真正看重过他？我们大周士族对他讥讽嘲笑喊打喊杀，我们身为父兄，或落井下石或爱莫能助，而雪奴儿数次救他于危难，与他结发于卑微。谁亲谁疏，孰轻孰重，父皇还要问吗？"

安兴帝面色青白，颓然道："可……可如今那陆雪弃……"

“父皇，”临安王打断安兴帝道，“大周是我皇室与士族的大周，已不是阿恒的大周，当时阿恒抛弃王爵拒娶贵女，如今大周还能开出什么条件让阿恒回心转意？”

安兴帝一时语结。临安王咳嗽了几声，淡淡地道：“父皇难道想让我以养育提携之恩，让他放弃娇妻舍掉心爱来听凭指使？”

事实上安兴帝当真是这么想的，可是现在这话又说不出口。

临安王道：“父皇，当初阿恒被陷害打杀，我费尽唇舌却不能周全，如今阿恒新婚燕尔自在逍遥，我有什么脸要他呼之即来？

安兴帝涨红了脸，一时又羞又怒，口不择言道：“可是那陆雪弃乃乌姜皇后，不是他应该碰的！”

临安王反问道：“谁说雪奴儿是乌姜皇后？纵便是，只要她愿意嫁，我大周的王爷便不能娶？”

这一句话让安兴帝惊吓非常，他一下子站起身，不可思议地看着临安王。临安王道：“何况她已经嫁给阿恒，木已成舟，父皇现在将人巴巴地送过去，乾贞帝会买账？”

安兴帝张口结舌说不出话来。

临安王起身携了安兴帝的手让他坐下，说道：“陆姑娘若是好惹，乾贞帝岂会求而不得？我大周若真的硬拆散她和阿恒，只怕偷鸡不成蚀把米，得不到任何好处。”

安兴帝惊得瞠目结舌：“她要怎样？”

临安王道：“当初我刚刚识破她的身份，问她，她说祸乱天下又有何难？她乃周女，如若因不甘远嫁行刺东夏皇帝，看会不会引来腥风血雨战火连天！”

这话让安兴帝有些惊魂不定：“她怎会如此？！”

临安王便笑了：“她怎不会如此？她连乾贞帝都敢忤逆，又怎会听从父皇您的摆布？父皇，乾贞帝本就为敌手，惹了也就惹了，横竖他都要灭我大周，可是陆姑娘不同，若把她惹了，只会让我大周雪上加霜，却让东夏如虎添翼。”

“可是，”安兴帝面现惶恐，语结道，“可若是不依，东夏兴兵，我大周孱弱，不敌东夏啊。”

临安王道：“您便是依了他献上陆姑娘，乾贞帝依然会兴兵，饮马江南一统天下。”

安兴帝久久没有说话。

他想说乾贞帝得了陆雪弃便会与大周议和，但是他对临安王说不出口，在这个儿子面前，他自己也觉得那样的话当真是自欺欺人。

父子俩陷入一片沉默，最后还是临安王叹了口气，说道：“父皇总是不能面对我大周与东夏终有一战这个事实，总寄希望于乾贞帝善心大发与大周修好言和。父皇，这无异于与虎谋皮，是根本不可能的事。”

这个争议已是老生常谈了，安兴帝不想再争辩，只是道：“那，眼下乾贞帝索要陆雪弃，我们该如何应对？”

临安王道：“召回阿恒重新封为平原王，承认陆姑娘为平原王妃，如此名正言顺，他乾贞帝岂敢强夺人妻冒天下之大不韪？”

安兴帝一听，嘴角抽搐，整个人吓得差点跳起来。

临安王看他如此模样，起身安抚道：“父皇，乾贞帝昭告天下乌姜皇后已死，乌姜皇后便不可能死而复生，我大周皇室不可以因为长得相似，就献上儿媳谄媚求和啊！”

安兴帝欲驳无言，因为临安王说得确实在理。他怔怔地望了临安王半晌，最后长叹一口气。这一声叹息，虽无奈，却也是默认了。

两人便又喝了道茶，看着临安王病容苍白，安兴帝想到多年来大周内忧外患、大厦将倾，全赖这个儿子呕心沥血支撑，不由得有些心疼感慨，遂倾过身低声道：“这身子又这般反反复复的，楚先生到底怎么说？”

临安王垂下眼眸，轻声道：“父皇，儿臣余毒已入肺腑。”

安兴帝端杯的手忽而颤抖，失声道：“不是说没有大碍吗？”

临安王不露悲喜，静静地谈论自己的生死：“当时一箭差点射入心脏，幸亏楚先生妙手，保住一命苟延残喘尚且难得，其余又哪敢奢求。”

安兴帝最初的反应是讶异茫然，其次才是悲恸悲哀，他的嘴唇哆嗦着：“为……为何不与朕说？”

临安王撩袍便在安兴帝面前跪下了：“儿臣不孝，可当日儿臣中箭时，外有东夏枕戈待旦对峙沙场，内有士族各怀鬼胎众说纷纭，儿臣若倒下，临阵换帅乃兵家大忌，故而儿臣的伤情，楚先生不敢走漏任何风声。”

安兴帝恍然，是啊，当时东夏首次犯边，后来渊儿带伤主持边关战事惨胜而归，从此东夏与大周两相对峙。

渊儿的威望也前所未有地高，阿恒也是在那次征战中脱颖而出得封平原王。

一晃两年了，安兴帝突然觉得自己像是做了一场梦一般。

自从渊儿理政，他便做了十多年的逍遥皇帝，不过在朝堂纷争时才出面与浊派士族和和稀泥，在边关有战事时他在一旁担担心着着急，在他心目中，自己这儿子如此能干，他是可以心安理得地放手，将来传位给渊儿的。

可是渊儿余毒已入肺腑，难道这两年，渊儿都在熬命硬撑？

那将来他的帝位怎么办？大周怎么办？

安兴帝一时心中大恸，颤颤巍巍地起身拉住临安王的手悲声道：“渊儿啊！”

老父亲这样，其中的痛惜是做不得伪的，临安王也只觉心窝一热，他抓着安兴帝的手，突然将头一扭，一阵急咳。

书房里并没有旁人服侍，安兴帝忙端了水给临安王：“渊儿快起来，坐下喝口水。”

临安王剧咳过后，并没有起身，他病弱苍白，但目光沉毅，依然是清俊从容的上好姿仪。此时他抬头仰望着安兴帝，既有臣子的尊重又有为人子的孺慕，说出的话，更是推心置腹的热诚。

“父皇，东夏平定祭司之乱，羽翼已丰，而我大周士族醉生梦死，

沉疴难返，儿臣这些年压制浊派士族励精图治，奈何天不假年，儿臣来日无多……”

“不！”安兴帝那一瞬间悲伤而苍老，嘶声打断。

临安王便也不再说，话锋一转：“我大周如此，若没有真正雄才大略的人出现，再忍辱负重，也不过苟延残喘三五十年。何况乾贞帝野心勃勃，不会给大周偏安一隅的时机，我大周实则危在旦夕。那父皇可考虑过，我大周皇室何去何从？究竟该怎么做？”

安兴帝一时之间非常茫然。

临安王道：“儿臣有一人选。”

安兴帝忙打起精神，应了一声。

“平原王妃陆雪弃，她的智谋武功，将来可以位居中宫，贵为皇后，安定天下。”

安兴帝那个时候顾不得悲伤，顾不得茫然，他当真一下子跳了起来，不可置信地指着临安王道：“你……你说什么？！”

临安王不敢再下猛药，只得缓声道：“即便是其他兄弟继位，我大周与东夏，便是不战，也要有一战的实力和人选。父皇若献出雪奴儿，届时没有儿臣制衡，阿恒势必与大周结仇，我大周再无勇将。请父皇三思。”

安兴帝听此，颓然坐在了椅子上。临安王跪在地上，垂眸，语声清浅坚定：“势必一战，不如趁儿臣在世，我大周尚未无药可救，早做了断，为我大周赢得十年二十年励精图治的时间。”

“好。”安兴帝愣怔半晌，看着一向雄才大略淡定果敢的儿子，鬼使神差地应了一句。

但安兴帝是魂不守舍地回到宫里的，他的思绪忽上忽下忽左忽右。渊儿自然是帝位的最佳人选，可是渊儿若真的天不假年，齐恒？

安兴帝慌忙将这个念头赶出去。

他的第二子齐钰自幼病弱，势必被他舅家谢氏一族架空，他的第五子齐煊，为人平庸不善文辞，不能让士族臣服。他的皇孙？渊儿最大的孩子才八岁，不能当大任。

安兴帝内心一时空空荡荡，无着落。

渊儿天不假年，可渊儿也说了，若东夏乾贞帝不逼迫，大周能苟延残喘三五十年。三五十年是多漫长的时间，这期间谁知道会不会有雄才大略的人出现？渊儿的世子再有十年，就能独当一面了吧？

满足了乾贞帝的胃口，也能为大周赢得时间，可而今那个陆雪弃，恰好给了乾贞帝开战的好借口！

天不假年，安兴帝想起这四个字内心不由得隐痛，可也正是因为天不假年，渊儿才急于一战，妄图给大周一个太平天下。可是没有必胜的把握，贸然动兵，很可能也会让大周一夕倾灭！

而且，天下刀兵也躲不去一个理字，大周扣留霸占人家东夏皇后，即便兴兵，大周也是不义之战啊！当时惊闻渊儿天不假年，一时惊慌，他这些都不及细想。

这时有内侍通禀，祠部太常、颜家家主颜之卿求见。

安兴帝内心一振，连忙宣见。

颜之卿见礼，安兴帝赐座。有内侍上茶，颜之卿觑着安兴帝脸色，关切地道："陛下此行，临安王爷意下如何？"

安兴帝听此，黯然叹了口气。

颜之卿察言观色，小心翼翼道："依陛下心意？"

安兴帝道："朕自然希望打发了那红颜祸水，大周免于刀兵水火。"

颜之卿欲言又止环顾左右，安兴帝知他有话要说，打发人下去。颜之卿上前几步，与安兴帝秘密道："我大周在东夏的使臣着祀部转交乾贞帝密信，乾贞帝言明索要陆雪弃，从此与大周建立互市，友好共存。"

颜之卿说着递上信。

安兴帝将信将疑地打开信，一边看一边道："这是真的假的？"

颜之卿道："东夏虎狼之心，花言巧语不可信。"

安兴帝深以为然，不料颜之卿道："但是空口无凭，立字为据。陛下有此密信便形同握有东夏把柄，真的进献陆雪弃之后，在陛下有生之年，乾贞帝都不好食言，失信天下。"

这倒也是。

可安兴帝心存疑虑："可听说那陆雪弃桀骜不驯，真给了乾贞帝会不会坏事？"

颜之卿一脸不以为然："陛下切莫听临安王危言耸听。那陆雪弃再桀骜不驯，也不过就是个女人，真到了乾贞帝手里，衣服一脱，要打要宠，"颜之卿说完诡秘地冲安兴帝眨了眨眼睛，"说不定乾贞帝就好这一口，喜欢驯服性烈的女人。"

安兴帝意会神知。

他自有揣测，凭陆雪弃这个失贞的女人，乾贞帝索要定不是真心怜宠，而是出于男性自尊。真得到手，免不得要酷刑加身，狠狠惩治玩弄，陆雪弃纵然再厉害，也不过人为刀俎我为鱼肉而已。

颜之卿见安兴帝神色松动，当即痛心地道："再说，就算要战，我大周也不能在名义上落入强占人妻的下风啊？难道让我大周为一个来历不明的女人连年战火、破家亡国？我等百年之后有何面目去见祖宗啊！"

这话说到了安兴帝的心坎上，他不由得迟疑道："可那陆雪弃手段了得，我们也不好俘获啊。"

纵然再无外人，颜之卿还是谨慎地四下看看，凑在安兴帝耳边道："我们不如这样，欲擒故纵，请临安王出面召回平原王，册封她为平原王妃……"

那日下了蒙蒙细雨，又正是桃花凋落的季节，一片片的花瓣被雨水打湿，越发妖红艳丽，远远望去如同红霞流泻于地。

陆雪弃还是第一次品这江南的烟雨。

他们居处的风景清幽雅致。翠竹回廊，小桥流水，绿荫处桃花闲散纷飞，转角处茶花容光如雪。

园子里极静，连人声笑语也无。他们这对不速之客太过特殊，既不敢招惹，又不敢怠慢，故而整个谢府鸦雀无声，再无热闹喧哗。

陆雪弃打着把伞，与齐恒牵手散步在园子里。不远处有几丛芭蕉半展，已初具了婆娑挺拔的姿态，碧玉般的新叶着了雨，雨珠于叶面上辗转，渐聚渐重，扑簌簌地沿着脉络流转下来。

陆雪弃对齐恒道："我观这芭蕉甚美。"

齐恒听她说，遂接口道："雪奴儿若喜欢，等将来我们在自己的院子里，也种上些许芭蕉。"

陆雪弃应了一声，指着白茶花道："这花清雅可爱，我也喜欢。"

齐恒道："那我们也种。"

陆雪弃侧头看他，目光明亮，眼睛笑得弯弯的，笑语道："傻瓜。"

齐恒却爱极了她的模样，与她十指交缠的手突然用力，见她吃痛，遂弯唇笑道："还敢说阿恒傻？"

陆雪弃欲甩了他的手，没有得逞，轻哼了一声："人家说什么你便种什么，还不傻！"

齐恒道："这是我疼你，傻瓜。"

说完，两个人不由得笑了起来。

陆雪弃素手轻抚身侧一未展芭蕉的叶尖，对齐恒道："我昔日读诗，有一首咏未展芭蕉，最是喜欢，从此便对芭蕉心有情结，甚是喜爱。"

齐恒道："哪首诗这么厉害？"

陆雪弃轻吟道："冷烛无烟绿蜡干，芳心犹卷怯春寒。一缄书札藏何事，会被东风暗拆看。"

齐恒皱眉道："钱公的诗写得很好吗？我看也一般般。"

陆雪弃仰眸望着碧色烟雨，笑着道："比喻虽无奇，但少女心事跃然笔下，当时我读到此句曾怦然心动，能将诗写得如此细腻贴切，让我一度疑惑你们大周的温润男子，都是了然少女心怀的妖怪，而不由得心

向往之。”

齐恒笑睨了她一眼：“心向往之？”

陆雪弃点头。齐恒道：“那现在吃到嘴了，可还满意？”

陆雪弃断然道：“不满意。”

齐恒也不废话，手下狠狠收力，痛得陆雪弃“呀”一声低叫。齐恒道：“这回满意了吗？”

陆雪弃抽不出手，嘟着嘴道：“你欺负人！”

她那娇嗔委屈吃痛的小模样成功取悦了齐恒，齐恒咧嘴一笑教导道：“在我面前要说我的好话，赞美我，可知道？”

陆雪弃不服气地哼了一声，没说话。齐恒拉着她向前走，陆雪弃便在地上的圆石子上踢了一脚泄恨。

齐恒“嗯”了一声，质问道：“怎么，不服气？”

陆雪弃和他大眼瞪小眼，理直气壮地应了一声。齐恒谆谆教导：“以前也就罢了，现在嫁了我，怎能还因为一首诗对别的男人心向往之呢！还大周温润男子，你现在眼底心上不能有别人，只能有我，知道吗？”

陆雪弃嘟着嘴辩解道：“我说的是以前。”

齐恒道：“你当我不知道我不是温润男子啊，你敢嫌弃吗？”

这句问话有点危险，陆雪弃“扑哧”一声笑了，偎在他臂弯嗔道：“你怎么不是温润男子？就是！”

齐恒改牵手为搂腰，笑语道：“这才乖，昧着良心说好听话，这才是为妻之道。”

陆雪弃遂在雨声中银铃一般笑了起来。

前面不远处是座小亭子，陆雪弃走进去歪在长椅上，看外面细细密密的雨打落桃花。齐恒靠在一旁，手指绕着陆雪弃的长发，对她道：“不行，咱们回屋吧？也没什么好看的，天气湿冷，别一不留神着了春寒，到时候你痛得满床打滚，哪里还有人前说一不二的厉害模样？”

桃花疏疏落落纷纷扬扬，零落一地胭脂色，陆雪弃有些贪看。她慵懒地窝在齐恒怀里，也未反驳，也没听从，只多了几分柔若无骨的黏腻撒娇。齐恒遂依她，说道："那雪奴儿煮壶淡酒，喝着暖身，我们再摆一盘棋，一边看风景一边慢慢下，有大半天的时间让你消磨。"

"下棋不好，"陆雪弃指着落花丛里的秋千架，"我要荡秋千。"

齐恒道："下着雨呢，荡什么秋千。"

陆雪弃扬着头道："我偏要。"说完她便欲起身奔去。

齐恒猛地一下把她扯回来，圈在怀里呵斥道："荡什么秋千，又不听话了。"

陆雪弃遂笑："我要荡秋千。"

齐恒装作恶狠狠道："我看你讨打。"

陆雪弃拗不过他，哼了一声扭过头去。

齐恒缓声道："你看谁不是天气明媚清和的时候荡秋千，谁下着雨去，上面都淋湿了，坐上去多凉啊！"

陆雪弃推了他一把，笑嗔道："谁像你这般傻，秋千非得坐着荡？你松开，我为你荡来。"

齐恒听她此言，放开禁锢她的手，陆雪弃雏燕般飞奔出去，于栏杆上稍稍一点足，跃上了秋千架。

她站在秋千上，握着绳子，然后悠悠然荡起来。

她春衫飞扬，墨发飘洒，于落英浓荫之上，倩影恍如仙境中人。齐恒歪在长椅上看着，宠溺地笑了。

"雪奴儿与人对敌总是战无不胜，却不想也是这般贪玩。"

随着临安王这一声笑语，碧竹转角处施施然打伞走来一行人，衣衫楚楚，皆是明珠玉珰，风姿绰约。

齐恒一见，不自觉便站了起来。

临安王走在前头，与他并肩的是王家嫡子王珺，后面跟着的是陆定然和谢家的嫡子谢筱挥。这四人皆是大周士族最顶尖的青年才俊，此时一起出现，只夺得天地间所有花红柳绿的颜色，皆浮如雨烟般淡

成了背景。

齐恒起身见礼，谢筱挥主动行礼唤了王爷，齐恒说不敢，唤了声谢五郎。

临安王笑了笑："阿恒别来无恙？"

齐恒的眼圈便突然有点发热，却也只是垂下头，说道："三哥别来无恙。"

临安王脸上笑愈深浓，目光便看向了陆雪弃。陆雪弃已停下秋千，于细雨中回头望，眸如墨玉，目光清澈明亮。

临安王道："都与阿恒成了亲，还不快来见过三哥吗？"

陆雪弃却将头一扬："我家阿恒被逐出皇室，从此天大地大，他都只是游荡的孤魂野鬼一个，哪来的三哥？"

临安王失笑："这丫头还是个不肯饶人的硬脾气！"

陆雪弃大步走了过去，临走却狠狠踹了秋千一脚，那秋千于是空荡荡地直冲向高空，复又虚飘飘地荡了回来。

她走进凉亭，拿眼瞧了王珺一眼，说道："王家嫡子，季轩公子王珺？"

王珺称是。陆雪弃转头对谢筱挥道："你便是谢家五郎，字字珠玑，风采如浮光掠水，美不胜收？"

谢筱挥一礼道："姑娘谬赞！"

陆雪弃环视一笑，歪着头道："这谢十六姑娘盛赞过的四个男人一起出来，怎么？又要来嘲笑我家阿恒一介武夫？"

这话说到最后，陆雪弃的言语颇有点不善，四人面面相觑，临安王苦笑道："雪奴儿这是哪里话。"

陆雪弃嫣然，扬眉道："那定是受谢家五郎之邀来游园的，是否需要我们规避？"

临安王出声道："阴雨春寒，陆姑娘煮酒独步天下，不知可否赐饮一杯？"

陆雪弃挑挑眉梢："王爷出得起价吗？"

临安王看了看天色烟雨，笑语道："那得先尝尝酒，才好论价。"

桃花在静静地凋落，碧竹芭蕉，煮酒的青烟升起晕染开，在淡淡的雨雾中消散，唯有酒香渐渐弥漫。

陆雪弃自然知道，她面前的都是大周最难得一见风流倜傥的人物，只是她也无须拘谨，煮酒配料的动作，竟还有那么一点慵懒散漫。

待酒香漫透，她端酒下来，不小心烫了一下，忙缩了手在嘴里含着，然后她发现，那四个如明月白石风姿绰约的人物，皆用一种深幽而了然的意味，看着她笑。

陆雪弃边斟酒边道："有何好笑？"

她只斟了两杯便停住，将一杯递与齐恒，一杯自己举起道："阿恒，请。"

那四人不由得面面相觑，竟不给他们喝？

齐恒看了那些空杯，一时无措。

陆雪弃吹了吹自己的手指头道："阿恒，我刚才煮酒差点烫了手，如今这酒我不想卖了。"

临安王却自己拿过壶斟了酒，然后递给王珺，说道："不想卖就不卖，天下可有这般做生意的？"

王珺也自己斟了酒，给了陆定然，陆定然斟了酒，给了谢筱挥。

陆雪弃也没阻止，只斜睨笑道："只怕你们醉翁之意不在酒，在我的解药吧！"

齐恒已拿了她的指头放在手里揉，陆雪弃望着他们淡淡地道："他们不敢来要，便打发你们来。只是你们来又怎样，这谢府里风景甚好，听说其他士族的府上风景犹有胜之，我正意犹未尽，打算一一品鉴！"

临安王突然笑骂道："果真是乐不思蜀的小没良心！"

这句话委实亲昵，陆雪弃顿时嘟了嘟嘴，于是众人都笑了，端起酒浅呷慢饮，细细品鉴。

王珺品酒入喉，应了一声，说道：“入口香醇，回味绵长不绝，陆姑娘煮酒果然名不虚传。”

陆定然饮了一口，没说话，复又饮，还是没说话。王珺笑看他一眼，问道：“陆兄品之，与你家上百年的窖藏如何？”

陆定然唏嘘：“有过之无不及！”

王珺大笑：“若早知陆姑娘有如此手艺，又是如此妙绝佳人，怕是陆兄你不用别人提，也会上赶着去给人家当兄长吧？”

陆定然看向陆雪弃，笑语道：“雪奴儿原本我陆家嫡女，正经堂妹，不过是因为十三叔子嗣多病早夭，自幼寄养在道观，是吧？”

陆雪弃和齐恒交换了个眼色，一时没有言语。王珺形容和煦，笑意柔浅清和，说道：“倒是在下没有嫡妹，今日一见陆姑娘，甚是心仪喜爱，愿认作义妹，却不知道陆姑娘是否嫌弃愚兄？”

这般兴师动众地笼络，让人瞠目结舌。

想来王家何等门第，王珺又是士族中最举足轻重鹤立鸡群的人物，身为嫡子，以他之盛名才略，自是未来的国之栋梁，王家的家主族长。

陆雪弃便笑了，对着齐恒轻行一礼道：“看来朝堂是要起用王爷，这才夫贵妻荣给我这个平原王妃重塑金身，如此妾身多谢了。”

众人见她如此知情解意洒脱俏皮，不由得哈哈大笑起来。

第十一章 两面三刀

大周平原王齐恒偕妻陆雪弃重回大周王室，陆雪弃是江左陆家嫡女，琅琊王氏义妹，身份尊贵，朝廷即将举行盛大的册封礼。

那夜临安王来找齐恒和陆雪弃，语轻笑浅："父皇想见见你们。"

安兴帝畏士族和东夏如虎，对亲子齐恒曾冷血绝情，此时招揽示好自是别有一番用意，事先笼络缓和一下感情，也是人之常情。

临安王不忘嘱托："父皇此番决心实属不易，阿恒和雪奴儿切莫再忤逆父皇。"

这是怕他们还念旧恶对安兴帝不能释怀呢，陆雪弃与齐恒十指相握相视而笑，陆雪弃道："三哥说哪里话，承蒙父皇不弃，我们唯有感激。"

临安王笑睨了陆雪弃一眼："雪奴儿不要牙尖嘴利就好。"

安兴帝在毓秀宫接见他们。毓秀宫是先帝自尽的地方，早已荒废空置许多年。

临安王在前面，齐恒和陆雪弃并肩跟在后面，他们一进去，便有人在外面合上了门。

毓秀宫很大，此时花木扶疏，灯火明亮，安兴帝一个人正在喝酒。

临安王带他们行了礼，安兴帝神色淡淡，也不看人，只道："坐吧。"

他说完豪饮了一大杯酒，光照明亮，可以清晰地看出他浮肿的眼袋和委顿消沉、放纵而无度的神态。

安兴帝看着三人笑了一下，指着刚刚打扫，却还是荒芜空旷的毓秀宫，说道："知道朕为何邀你们在此相见？"

临安王道："父皇，怎么喝这么多酒？"

安兴帝复又仰面灌了一杯，嗤笑道："今朝有酒今朝醉，知道为什么在这里吗？这是先帝驾崩的地方，据说他当时疯癫了，光着脚高声唱，露未晞！露未晞！"

苦笑了一声，安兴帝对临安王道："你知道吗？朕来这里，是知道朕早晚也是和先帝一样的结局，露未晞，露未晞啊！"

临安王劝解道："成败未可知，怎的父皇就如此颓废了？"

安兴帝只是喝酒，笑语道："还有什么成败，朕已然败！如今士族四分五裂，东夏即将大军压境，渊儿，不死何为，不死何为！"

临安王和齐恒相互看了看，察觉这话锋不对。

安兴帝突然抬起一双醉眼，眼底却是凛冽的残酷和清明，他打量着陆雪弃，陆雪弃一身织锦深衣，静静地与他对望着。

她不言不语，若深渊，若静水。

这身气派明明是一国之皇后，自己怎么就瞎了眼，以为她真是个乡野村姑？

安兴帝遂笑，叹道："乾贞皇后，乌姜月光，果然好姿仪好气度，也是好手段！怪不得让雄才大略的卫扶桑日思夜想念念不忘，让我的恒儿生死相许不离不弃，招惹了不该招惹的人，这辈子当真是阿恒的劫数，在劫难逃啊！"

陆雪弃一笑："多谢父皇夸赞！"

安兴帝一下子被噎住，像是被谁狠狠地打了一耳光，噎得他直想吐血。

一时偌大的宫殿空空荡荡，悄寂无声。

临安王正欲出言解围，安兴帝却突然自顾笑了起来："哈哈，果然好口才！一句话足见惊采绝艳，冰雪聪明啊。只可惜这么冰雪聪明的人，却偏偏不是我大周之福，而是我大周之祸！”

临安王无奈地劝道：“父皇，也未必不是大周之福。”

安兴帝却冷笑，猛地站起来，指着陆雪弃道：“这世间男人最不能忍受的便是杀父之仇夺妻之恨，有她在一日，我大周便无一日之安。”他敛了眸子对陆雪弃道，“可你与乾贞帝的夫妻恩怨，又关我大周什么事？他负你，你负他，生相缠缚，死不终了，这都是你们之间的事，是你东夏皇权与大祭司之间的事！你又何苦藏身大周，惑朕恒儿，挑得我江山不宁，大厦将倾？！”

陆雪弃没有说话。

安兴帝道：“我大周和你无冤无仇，阿恒对你有情，渊儿对你有义。我大周人民孱弱，士族腐朽，东夏虎视眈眈，你当朕便不懂得，我大周与东夏势必一战吗？天下大势兴亡定数，原本我应该认命，可偏偏就有一个你成了其中肯綮，可以挑起战火，也可保大周平安。”

齐恒那一瞬间福至心灵，一下子知道了安兴帝意欲何为，不可置信地抬头喊道：“父皇！”

安兴帝抬手阻止齐恒，继续道：“西施若解倾吴国，越国亡时又是谁，男人若不误国，女色如何祸国？假如大周兴盛，而东夏孱弱，陆姑娘你辗转流离，莫说是我大周王爷妻，便是姬妾，说一句不许也轻而易举，又有谁敢来觊觎？只是如今是敌强我弱，乾贞帝的皇后，谁敢要，谁敢收留？”

陆雪弃轻声道：“所以父皇此次要我们来不是准备册立我为平原王妃，而是想把我进献给乾贞帝，是吧？”

安兴帝仰天自嘲一笑：“东夏乾贞帝想要的女人，谁人敢拒？你刚随着阿恒叫了我一声父皇，所以而今父皇求你，陆姑娘，请你委曲求全，保住我们的江山吧！”

陆雪弃吐字允道：“好！”

一语令满室皆惊。

陆雪弃静立于烛光中："我可以委曲求全，但并不能保住你们的江山。"

安兴帝道："大周可以亡于战火，不可亡于女子。"

陆雪弃一笑："我懂了。"

齐恒和临安王却被这变故弄傻了眼。

齐恒冲过去一把抓住陆雪弃的双肩，嘶声道："雪奴儿你疯了，你已经跟了我，他会杀了你的！"

陆雪弃看着紧张的齐恒，鼻子一酸，眼眶红了。

在很久很久以前，在她逃出诛杀，尚没有遇到齐恒时，她便知道，只要她一息尚存，那个人便不会放过她。

她只能死于他手，生是他的人，死是他的鬼，他便是如此强横霸道，他也可以如此强横霸道。

可是后来她遇到了诚挚热烈的齐恒，笑得很明媚，爱得很傻，却让她有了一生都幸福骄傲的资本，嫁作阿恒妇，从此生是阿恒的人，死是阿恒的鬼，纵不能长相厮守，可能得人如此珍爱，此生也已然足够。

临安王上前几步："父皇，您这话何意？难道是欺骗儿臣要册封雪奴儿为平原王妃，却其实还做着与东夏求和的美梦？"

安兴帝面上讪讪："渊儿说哪里话，朕自然要册封平原王妃。"

齐恒僵了僵，望向临安王。

就在齐恒愣怔的时刻，骤然听得几道风声，他骇然发现几道暗器的寒光正射向对面临安王的后背！

当下也不及多想，齐恒下意识地扑过去将临安王压倒在自己的身下。

有几枚细细的针状物射入齐恒的右肩，麻麻痒痒的，齐恒的右胳臂一下子便抬不起来。

身后依旧是暗器机关的乱响。

齐恒吃力地试着要活动双手，却听得临安王一声不似人声的痛呼：

“雪奴儿！”

齐恒悚然回头，却看见陆雪弃被三个黑衣人逼入东南的角落，一张大网从天而落，陆雪弃拔下头上的金钗弹跃起挥向身前的大网，网却缠得更紧。

她身后的石门洞开，大网飞快地滑了进去，只见她掰断金钗将里面掉出来的东西吞服，然后那沉重的石门板“轰”的一声合上，满室只剩下“嗡嗡”的回音。

齐恒有些蒙了。

一瞬间他觉得自己是在做梦，雪奴儿如此强，一张破网怎么可能就将她制住呢？

是了，他们进宫没有携带武器，她唯一能当作武器的只有她的金钗。

齐恒顿时绝望，而那种被欺骗被玩弄的屈辱感又让他窒息，让他一时之间如同烧红了伸进冰水中的烙铁，被刺激得“滋滋”作响只想杀人。

从肩臂到整个右半边身子都动弹不了，他却不知是哪里来的一股子力量，蹬着地便将自己身体撞向了安兴帝，然后将安兴帝禁锢在他自己和墙壁之间的夹缝里，用左手掐住了安兴帝的脖子。

他死死地掐住安兴帝，红着眼睛切齿道：“老匹夫，你看我今天不杀了你！”

齐恒几乎丧心病狂，手下越重，安兴帝一时窒息，憋得满脸通红发紫，手脚无力地挣扎着，如一条滑稽的大虫子。

临安王被这变故摔倒在地上，见此情况，不由得仰天闭了眼，也不知是内心失望，还是绝望。而那逼退陆雪弃的三个黑衣人，则面无表情地上前将齐恒拉扯开摔在地上。

齐恒发出困兽般的嘶吼声。

安兴帝重获自由，一边大口地喘着气，一边靠着墙指着齐恒迫不及待地厉声道：“将这目无君父的乱臣贼子给朕杀无赦！”

临安王大声道：“我看谁敢！”

他的声音平静，却杀气森森。安兴帝面色一怔，嗫嚅道："渊儿……"

临安王眸色冰冷，他将一只乌黑的哨子放在嘴边用力一吹，尖厉的哨音顿时刺破宫墙直入云霄。

转瞬之间，临墨已仗剑挡在临安王身前，外面应和的哨音正此起彼伏响成一片。

安兴帝四顾慌张，他目光躲闪却强自支撑地看向临安王："渊儿，你……你这是何意？"

临安王一身肃杀应道："儿臣以兵相谏，请父皇交出雪奴儿！"

迅速有侍卫高手聚集到毓秀宫，临安王将那三个听命安兴帝的黑衣人拿下，逼视安兴帝道："请父皇打开机关，放出雪奴儿！"

安兴帝面白如纸，只不可置信地道："不……不行……"

临安王懒得废话，直接命令临墨道："想办法把机关打开！"

临墨听令上前。安兴帝见壁上机关被发现，一下子崩溃得跳起来喊道："左右不过就是个女人罢了！他要就给他，你们一个个的为什么全部要逼朕？！"

没人理会他，只有墙上被打开的机关暗道，黑乎乎的，阴森森悄寂无声。

齐恒踉跄着奔过去便大声唤："雪奴儿！"

只有回声没人应。

陆雪弃只觉得脚下一轻，整个人跌了下去，黑暗中肌肤似乎有针刺感，很快就一片意识模糊。

待她醒过来，发现自己躺在光影幽暗的床上，而一个高大的身影，负手，正对着她。

陆雪弃的脸瞬间煞白，望着那背影整个身体骇然缩了一下！

乾贞帝却没有转身，而是在幽暗中轻轻笑了："怎么，月光怕了？"

陆雪弃整个背贴在床板上，然后她陡然沉静了，没有说话。

乾贞帝回头看她，然后一步一步走过来，似笑非笑。

他在陆雪弃的身边停住脚，伸出手指，轻薄而用力地捏住她的下巴，挑正她的脸，声音柔而愉悦。

他说："看着我。"

陆雪弃转了转头，被他粗暴地转过来固定住。陆雪弃便在他掌间笑了笑："陛下万安。"

"万安。"乾贞帝也笑，他看了眼陆雪弃脸上犹存的残妆，语带轻嘲玩味，说道，"千辛万苦逃了去，嫁给只两脚羊，不计前嫌认贼作父做着平原王妃的美梦，却被你懦弱的夫家卖了绑了用这种方式送到我的手上，月光作何感想，嗯？"

陆雪弃面对着他，明亮的眼睛中带着笑，对他说："夫家懦弱，献我求和，却总有夫君为我痛，为我痴，这总比所嫁之人雄视天下，却把我生生赐死无情打杀来得强吧！"

乾贞帝一声冷笑，抬手给了陆雪弃一个大耳光，看着她被打得偏了脸，怒道："在我的手里，你还敢说他好！"

陆雪弃却倔强地转过头，扬着声笑道："那陛下觉得和陛下的手段相比，西周那点伎俩，不够柔软温和吗？"

乾贞帝一愣，转而淡淡地笑了。

"月光，你可以恨我，哪怕设计投敌，想杀我毁我都没关系，可你不该投入别的男人怀抱，与他做夫妻，你们两个都得死！"

陆雪弃嗤笑："既然你我之间，我想杀你毁你都已经没有关系，你又何必在意我与谁做夫妻呢？"

乾贞帝道："我便是不允。"

陆雪弃道："你亲手埋葬了我，你自己哀悼我，可那也只是你自己的事，对于我来说，已经死了，躺在青丘高贵的皇后墓里，被一个亲手毁灭我的男人追慕哀思。前生今世，世事轮回，我如今做一个叫陆雪弃的平民女，只图今生，前尘往事已一笔勾销。"

乾贞帝挑了挑嘴角，手指轻轻地抚在她肿起的面颊上，目光有几分宠溺，带着笑。他说：“可你毕竟没死，前生今世，还没轮回呢，这辈子恩怨未了，纵是下辈子，你也休想一笔勾销。”

陆雪弃仰头望着他，一如当年初见他的少女，十二岁，凝露沁香的花骨朵般的年纪，目光清亮，而眼神柔和。

乾贞帝一时恍然，便是如斯青葱貌美的模样，让他一见惊艳，呵护了许多年。然后在他一朝痛下杀手之后，眉间心上，念念不忘。

彼时曾经美好的一切，转瞬成伤。

在他们成亲的当天，她温柔顺从，柔情蜜意，他不动声色怜惜宠爱地用自己的唇渡她喝下兑了寒毒的交杯酒，然后负她，然后杀她。

她当年的反抗何其惨烈。他直接下令杀她，不是不想见她，而是不敢，他怕他一见，便会舍不得。

只是她经历了那般折磨，九死一生，换了一颗心，竟未换容颜。

乾贞帝突然内心酸楚，他将陆雪弃搂在怀里，轻轻贴着她的脸柔声唤道：“月光。”

他贴近陆雪弃的额头，苦笑了下，问道：“真的那么恨我吗？你宁死不回头，定要嫁给别人来气我？”

陆雪弃垂眸道：“陛下觉得，乌姜月光死后有知，看陛下在她坟前徘徊思念，痴心一片，她觉得可笑还是感动？”

乾贞帝怔住，接着勃然大怒。陆雪弃却粲然一笑。

“她不会笑，也不会感动。”陆雪弃的声音突然有了一种苍老感，她浅然道，“因为我无数次去体会重复过，心口很空，感觉又极淡，人死了，再看尘缘事便也无关乎自己，只当是别人。”

“月光！”乾贞帝忽而悲怆。

陆雪弃道：“我宠辱不惊，生杀皆可视若虚无，是因为我懂得，所以能看得破。君王怀，美人冢，你不是不爱我，而是必须要杀我。为你的江山权位，你势必杀戮，你必须要赢，因为输便要灰飞烟灭。我懂你，所以也不怪你，也不再争当时要争的那口气，劫数而已，是我们今生缘浅，如若不然，你便不会为帝王，我也不会为祭司女。”

乾贞帝搂着陆雪弃，柔声道：“月光，我以后会好好对你，如若你留在我身边，我们便能和从前一样，去曼陀草原纵马，看茶花，在落日湖里洗你的长头发。月光，我从此只宠你，只要你一个，既往不咎，只要你也肯原谅我。”

陆雪弃温婉地笑了：“陛下忘了，那寒毒是你亲口喂我吃下，我们新婚大喜的交杯酒是让我灭绝子嗣的毒药，你说从此只宠我一个，那陛下苦心经营征战沙场得来的万里江山，他日无须由你的血脉继承吗？”

乾贞帝顿时变色，身体僵住。

陆雪弃道：“我也试想过，如若我真的死了，躺在青丘墓里，仿佛一缕幽魂，倒是心无挂碍，任凭你再悲恸思念，日后也还是会有新的女人，成为你的皇后，为你诞下子嗣。这样想来好像我也没有什么好悲伤与不快的，因为这是必然会发生的事情。你不敢要我的人，不敢看我的尸身，只守着一座空坟祭奠悲悼。你坐拥天下，指点江山，明明美女如云，儿女成群，又何必计较我如今嫁给谁呢？”

乾贞帝的肩背一颤，怒斥道：“你给我闭嘴！”

陆雪弃却笑，眼底蕴满了坚毅的光华，说道：“一件事既做了，就要想到自己能不能放得下去。无毒不丈夫，量小非君子，陛下既做了，又何必纠缠？！我们之间已是万劫不复，想来你对我还心存计较，是因为得不到，我对你心如冷灰，是因为已失去。”

乾贞帝有些烦躁，厉声道：“齐恒哪里好？你还吃了秤砣铁了心了！”

陆雪弃将头一扭，只说道：“你不懂。”

乾贞帝便气笑了。

他说道：“是，我不懂，我也无须懂。我做事一向只问结果，不看手段，你心是谁的不要紧，人是我的就成。”他说着钳了陆雪弃的下巴，狠狠地将她箍在自己怀里，用食指轻轻刮了刮陆雪弃的下唇，探身在她耳边小声道，“得了人，便有了心，我可有的是手段，不怕你不向我示弱求饶。”

他说完这话，英俊的脸上掠过一丝笑容，既温和又邪恶。

他搂着陆雪弃的腰，抚着陆雪弃及臀的长发，低柔笑语道：“我为月光造了座小楼，外面种了梧桐树，还有凤凰花。月光便在里面乖乖待着，不准下来，不然我会罚，当然乖乖的我想罚也可以罚，至于怎么罚，自然是随我高兴，也要看你的表现。月光，我会娶皇后，宠幸美人，生儿育女，不过你放心，我定然最宠爱你，好好疼你，除了我，谁也不准欺负你。嗯？”

陆雪弃不惧反笑：“陛下这是打算金屋藏娇吗？”

乾贞帝的手指卷住长发，然后松开，伸手捏了捏陆雪弃的小脸：“月光回去试试便好了，什么叫生不如死。”

陆雪弃微笑：“还在大周的境内，陛下说这些，还是太早了。”

乾贞帝目光阴鸷：“你以为还有谁会来救你？”

“献我求和是安兴帝的手段，却一定不会是临安王的主意，大周士族清浊两派，谁胜谁负尚未可知。”

乾贞帝唇边冷然：“谁胜谁负尚未可知，那朕就去推波助澜，决一胜负好了！”他这话说完，将陆雪弃一禁锢，俯身恶狠狠地吻了下去。

派人下去寻那暗道直通宫外，察看后回报说陆雪弃果真已不见了。临安王神色冷肃坚毅地吩咐临墨道：“通知你陆二哥和中郎将曹峰，让他们火速调兵围住京城。一只蚂蚁一只鸟，也不准离开。”

临墨听令而去，临安王命人全部撤去，宫室里只剩下他和安兴帝两人。

他侧身回眸，静静地看向安兴帝，嘴角一笑苍凉。

“父皇原来……都是骗我的。”他的语声很低，却有着说不出的伤痛和失望。

安兴帝像被炮烙一般瘫坐在椅子上，张口道："渊儿，朕，朕……"

"别人不知道，我却看得清清楚楚。父皇你以我为饵，让阿恒救我，然后围攻雪奴儿将她逼入网中。"临安王低头看着自己张开的右手，他的指尖干净，苍白瘦削，却似乎沾着血般令他不敢碰触，"是我主张对抗东夏，册封平原王妃，他们是因为信任我，才随我入宫见您，若因为我，让我大周尊严尽失、脸面全无，还同时折损两员勇将，他日我大周在东夏铁蹄下国破家亡，我今夜便有滔天罪孽不可赦。"

安兴帝的面颊抖了抖，张了张嘴没说出话，两行老泪怆然流了下来。

临安王却摇头苦笑："献媳杀子求和，父皇这也算是绝情到底了啊！"

安兴帝突然感觉无地自容。

临安王垂手肃立，在烛光的暗影中他一脸苍白，却如松竹翠柏般挺拔。他对安兴帝道："儿臣于国事的策略想法一直与父皇有所出入，但这许多年，父皇把军政大权尽数交给儿臣，儿臣所差的，不过区区一个皇位名分。儿臣年轻气盛，于士族多有得罪，这许多年所能仰仗的，也不过是父皇的信赖包容罢了！没有父皇，焉有儿臣？便是今夜父皇要治儿臣罪，乃至要杀了儿臣，君父名分，儿臣本毫无怨言……"

"渊儿！"安兴帝面露悲恸，"父皇不是……"

临安王跪下，垂眸，声音变得艰涩悲沉："父皇，儿臣这身体，即便我大周外无强敌，江山永固，儿臣也未必能承欢膝下，颐养父皇天年。儿臣虽有父皇器重，但天不假寿，无力无缘承继大统，撑着如今这残破身躯，也唯愿做父皇手中利剑，拼却儿臣心血心力，换我大周一个太平江山而已。"

安兴帝大恸，上前几步一把扶住临安王，唏嘘悲声道："渊儿啊！"

临安王闭了下眼，复睁开时，目光清明坚毅，他仰头，握住安兴帝的手道："父皇。凭乾贞帝对雪奴儿的执念，索要人之后，他必定在附

近接应。今夜之事您便是治我的罪，说我忤逆谋反，将我贬为庶人，幽禁牢狱，儿臣今日也定要出手追回雪奴儿阻击乾贞帝，为我大周树一点骨气，赢一个喘息的机会！”

临安王说完重重地叩了三个头，然后起身，在安兴帝的呼唤中腰背笔直地走出殿外，不曾回头！

“王爷。”临墨在外面躬身行礼。临安王负手于暗夜中，目光深邃地望向黑远的夜空，轻声道：“都准备好了吗？”

临墨道：“陆二哥和曹将军已经出动兵马将京城团团围住，所有关口重兵把守，插翅难飞。”

临安王唇边现出一抹笑：“传令下去，无论如何，不问手段，不计任何代价，不准乾贞帝离开京城！”

远方有铁骑声，近前一看，是谢止胥庾熹颜之卿等一干士族族长，连带一干朝中重臣，气势汹汹而来。

火光照得暗夜亮如白昼，临安王彬彬有礼上前道：“见过众位世伯，却不知众位世伯深夜来临，所为何事？”

谢止胥冷笑道：“我等倒想问问，临安王深夜调兵，搅得京城喧嚣不宁，所为何事？”

临安王一笑：“父皇刚召小侄入宫，言明今夜不久有贵客将至，令小侄做好护卫迎接，事发仓促，小侄连夜布置不想惊扰各位世伯，万望恕罪。”

谢止胥怔了一下，与众人交换了个眼神，阴笑道：“是何贵客，敢劳烦临安王兴师动众刀光剑影？临安王爷说奉陛下之令，那圣旨可在？如此阵势，不知道的还以为是王爷逼宫呢！”

夜风卷着衣襟微动，临安王的面容在火光里很是温和，他也不争辩，只是浅笑道：“诸位世伯不信小侄，何不与小侄去见过父皇？”

谢止胥看了看左右的庾熹和颜之卿，突然纵声笑了：“好，那我们这就去见过陛下。”

这时远远地传来一声朗笑，却见乾贞帝高大英武的身姿在夜色中疾驰而来，高声道：“临安王如此兴师动众迎接远客，朕焉敢不来聆听指教？”

临安王的右眼突然跳了跳，乾贞帝此时出现，如此飒爽愉悦的风姿，雪奴儿定是已落入他手里了。

安静密闭的内室里熏着淡淡的龙涎香，有雪白的狐皮床褥，蚕丝被，碧纱幔。

陆雪弃被软布捆缚着，安静地昏睡，一头黑如墨染的长发披散在枕席上。有婢女打来温水，用毛巾为陆雪弃净手脸，看见她脸上明显红肿的掴痕，细细地为她涂上消炎去肿的药。

一切照顾妥帖，闲来无事，两个婢女忍不住悄声聊天。

“周女果然俊俏，你看她的皮肤，线条轮廓，当真是漂亮啊！”

“听说她长得和已故的乌姜皇后形容相似。”

“陛下对她甚是用心，看样子是要得宠了。”

“哼，不过一个替身，陛下心仪思念的是乌姜皇后，区区一个周女，陛下索要来不过是玩玩罢了！”

“嘘，休得胡言！陛下吩咐了，不能疏忽，不准怠慢，陛下看来是当真上了心的。”

“陛下上心，不过是念着乌姜皇后，再宠爱，陛下也要立我大夏的贵女为皇后，她算什么？而且我听说，她是西周平原王的妻子，并不甘心嫁给陛下，这样心怀二意的，陛下过了新鲜劲儿，她还有什么好下场？”

“嘘！小声！”

“怕什么？她睡着了！”

两个婢女嘀嘀咕咕，不时朝陆雪弃张望，一边继续咬着耳朵，说起了大夏各家的贵女，哪个能入陛下的青眼，蒙宠受封。

陆雪弃的睫毛颤了颤，眸子在眼皮下一点点缓慢地转动。她的身体虽然看不出来动静，压在身下的手，却在一点点地动作。

猛地，她剧烈地呕吐喘息起来，两婢女扑上去，只见她面色苍白，牙关紧咬，双唇青紫、冷汗淋漓，不由得大骇。慌乱中一婢对另一婢道："你看着她，我去唤人。"

其实任何一间外室都有人把守，那婢女冲出去，只是禀告给外室候着的人知道，从床边到奔出门外的距离，不过十步远。可就在这十步远的工夫，陆雪弃已经一个翻身鱼跃而起，出手制住身边婢女，然后用比那奔出的婢女更快的速度，直接冲出去制住了外室的人。

所以那婢女真正冲到外室的时候，正好撞上陆雪弃点中她哑穴的手指。一时室内极其悄寂，陆雪弃已然利落地换上了婢女的衣服，然后打开门往外冲着跑道："不好了！快来人，陆姑娘出事了！"

她口中是非常纯正的东夏话，忙乱中无人看出端倪，众人只慌乱地往里冲欲一看究竟。毕竟陆雪弃现在是非常重要的人物，上头交代得紧，一点也疏忽不得。

大周皇宫里一片安静，行走在开满鲜花的宫路上，甚至能闻到空气中淡淡植物的清香。宫人的行走有条不紊，见了这一行人，皆恭敬地在一边施礼。谢止胥不由得冷笑道："外面金戈铁马，宫内如此不动声色，临安王果然好手段！"

临安王道："承蒙谢世伯抬爱夸赞。"

这是赤裸裸接受了，谢止胥反倒一时说不出话来。

安兴帝安歇的乾清宫外，被全副武装的兵士团团围住，临安王若无其事地带头往里走，谢止胥却停下脚道："临安王，这不对劲吧？"

临安王回首，燃烧的火把映着他的脸："有何不妥？"

谢止胥看了看左右，皆是仗剑执戟的兵士，不由得沉下脸道："陛下寝宫，如此杀气腾腾，临安王到底如何居心！"

临安王淡淡地反问他："谢世伯以为我有何居心？"

谢止胥一时语迟，下意识看了一眼身旁的乾贞帝。

乾贞帝暗骂一声蠢货，没有理会谢止胥，只是迎上临安王的目光，临安王对他做了一个"请"的姿势，道："夏皇陛下请。"

"临安王请。"

两人几乎并肩进了乾清宫，剩下以谢止胥为首的士族面面相觑，只能无奈跟上。

安兴帝正在大殿的龙椅上闭目养神。

偌大的宫殿只有潘公公一个人守着，到处空荡荡的，龙椅上的安兴帝如一个破败的人偶般委顿地歪在椅背上，烛影深深，映衬着他的脸色呈现出一种幽暗的灰白，那种苍老的、颓败到无可救药的灰白。

见他们进来，潘公公连忙叫醒了安兴帝，事实上安兴帝也根本没有睡着，他惶然睁开了眼，一看见乾贞帝，激灵一下坐直了身子！

由委顿到振作，仅仅那一刹那，可是彰显出来的不是帝王的威严，而是如同犯错被长辈当场抓到一般的惊慌战栗。父皇毕竟已经当了三十多年的皇帝，竟如此惧怕乾贞帝，临安王看在眼里，内心百感交集。

安兴帝惶然站了起来。

这就是月光所嫁之人的父亲，他的月光就是向这样一个人俯首称臣，就是被这样的一个人设计陷害。乾贞帝藏住眼底的厌恶鄙夷，唇边的冷笑瞬间绽放开，成了如沐春风的亲切寒暄。

"朕远道而来深夜打扰，万望周皇陛下恕罪。"

"哪里那里。"安兴帝迎了上去，几乎是下意识地，言语行止便有那么一点无可忽视的畏惧讨好。

两人分宾主坐好，其余众人施礼参见周皇陛下。

安兴帝故作诧异不解："众位爱卿深夜至此，不知何故？"

谢止胥道："启禀陛下，实在是临安王深夜调兵扰得人心惶惶，我等担忧陛下，这才冒死进宫看望。"

临安王便笑了。

他的姿仪本就极为美好，此时这般一笑，便恍若云破月明一般，让整个大殿都瞬间清朗。

“深宫之中唯我父子二人，诸位世伯求见父皇，何来冒死之说？”

谢止胥冷笑道：“父子又如何？深夜之中宫门紧锁、调兵遣将，谁知道是不是临安王爷狼子野心，逼宫夺位！”

临安王笑意越深，语声清浅：“早十年前父皇便将国事政事交付本王，本王要发号施令，还需要逼宫夺位吗？”

谢止胥斥道：“可真是大言不惭，如今陛下健在，说出这等狂妄之言，你这是目无君父！”

临安王一笑：“有父皇在，我目中有没有君父，不是你说了算的！”说完他一撩外袍，轻轻地跪在地上，叩头下去，“是非曲直，渊儿听凭父皇处置。”

谢止胥等人，目光热切地看向安兴帝。

事情已经非常清楚，安兴帝实施了他们商量好的俘获陆雪弃的计策，临安王不允许，在情急之下动用了手中权力挟持幽禁了安兴帝。在谢止胥等人眼里，没有任何一个皇帝会甘心被儿子这样对待，只要安兴帝斥责一声，就是他们千载难逢的契机，他们就有充足的理由和手段，让临安王身败名裂，永世不能再染指朝政。

安兴帝内心却掀起了惊涛骇浪。

他最受不住的，是临安王，这个自己最宠爱的儿子，那么俯首一跪。

他的渊儿，为了他这个父皇，为了这个国家，夙兴夜寐、殚精竭虑，最终被暗算中了毒箭，甚至寿命有损无法继承大统。

而他如今所做的一切，不过是要给这个曾经锦绣江山的大周赢得一点尊严骨气，赢得一个喘息的机会，那些人却说他的渊儿狼子野心逼宫夺位。

他的渊儿何曾觊觎这个帝位啊！

不知腐鼠成滋味，猜意鹓雏竟未休，那些人真把他人中龙凤的渊儿当成一只小猫了！

而他在战场上运筹于帷幄之中决胜于千里之外的渊儿，与乾贞帝分庭抗礼兵戈相见不曾输过，此时乾贞帝高高在上冷眼旁观，他的渊儿却跪地请罪遭受质疑。

这是在大周，他毕竟还是大周的皇帝。他只是不想夺人妻子，让女色误国挑起战争，不是想要废了渊儿。

安兴帝抑住心酸，看了谢止胥等人一眼，淡淡地道："诸位爱卿杞人忧天了，朕与临安王，何分彼此！"

一句话，让临安王与谢止胥等人都诧然地抬头望着他，连乾贞帝也不动声色地打量了安兴帝一眼。

这人如此昏庸怯懦，他还一直纳闷，为何临安王却能为了这个风雨飘摇、积重难返的朝廷鞠躬尽瘁，死而后已。

现在看来还是有原因的。这个安兴帝至少对临安王，还是维护宠信的。也正因此，才让他与浊派士族有了结盟的机会吧！

安兴帝上前扶起临安王，临安王起身对乾贞帝温文有礼道："夏皇陛下远道而来，不想目睹一场闹剧，实在惭愧。"

乾贞帝也笑，淡声道："无碍。"

临安王回头对谢止胥等人道："父皇也说是诸位世伯杞人忧天了，那诸位世伯带来的精锐私兵对峙京城，是否也应该散了？"

散了？谢止胥内心冷笑，既浩浩荡荡来了，又岂能无功而返？那个安兴帝就是个左右摇摆的软蛋，自古胜者为王败者寇，到时候他想说临安王是狼子野心他就是狼子野心！

于是谢止胥的嘴角漾起阴险残酷的微笑："我等进宫多时陛下生死未卜，外面的将士怕是已冒险来营救了！"

乾贞帝的嘴角微弯，右手手指轻轻地叩了两下椅子扶手。有他东夏的高手辅助，谢止胥的人马应该十有九胜。

第十二章 覆水难收

齐恒一睁眼醒来，楚清正在一侧为他针灸，他瞬息间有些茫然：“我这是在哪儿？”

入眼的摆设渐渐清晰，意识到是在临安王府自己的房间里，齐恒猛地记起之前发生的事：“我三哥呢？”

“在宫里。”楚清担忧地看了一眼外面黑沉的夜色。

耳边隐隐有刀兵相交的声息，齐恒竖着耳朵倾听片刻，抬眼对楚清道：“外面怎么回事？”

“陆将军与士族私兵正在交火。”

楚清简简单单的一句话，让齐恒瞬息明了，人一下子跳起来：“那群王八蛋，他们掳走了雪奴儿，还想把三哥一窝端！不行，我得看看去！”

说着人就要往外走，被楚清一把拉住，楚清道：“阿恒稍候，先解了毒再说！”

陆定然正守着城门，待齐恒解了毒赶过去的时候，正赶上有亲卫向陆定然回报：“陆将军，南城门出现兵马，与曹将军对峙，交上手了！”

齐恒一怔，对陆定然道：“南城门？”

陆定然蹙眉：“他们意在逼宫，增兵城南，不对劲！”

回禀的亲卫气喘吁吁："曹将军说，他们的前锋异常骁勇，看身形长相是东夏人！"

东夏人！

这三个字走火入魔般倏然闯进了齐恒的心，令他的心突然一热，东夏人，如此硬闯城门，是不是用逼宫混淆视听，实际上是要趁机把雪奴儿运出去？

这般想着，齐恒已然翻身上马，拿了弓箭纵马在前，对陆定然高声道："陆二哥，那群狗崽子欺负我大周没人了，你看爷不把他们全灭了，活宰了他们！"

"阿恒！"陆定然一声高喝，齐恒却早飞奔了出去。

齐恒一马当先冲到南城门的时候，曹峰正拼命地掉转方向狂退，生生与齐恒撞了个对头。

齐恒勒住马道："曹将军，怎么了？"

曹峰喘着粗气既气且怒："探子来报，打我的这股子力量是想调虎离山，他们真正的兵力正在攻打皇宫！"

齐恒顿时觉得一瓢冷水直泼下来，竟中了他们声东击西的奸计。

他们原来是要攻打皇宫！

皇宫虽有临墨布置的精锐高手，可陆二哥、曹峰皆镇守城门，皇宫那里人手并不多。若是他们攻陷皇宫，废了三哥，那么三哥所有的努力都前功尽弃了，他和陆二哥也定然身败名裂一败涂地！

一时间齐恒想通了所有的关节，心中一凛，神色狰狞地掉转马头回救皇宫。

那场争战极其惨烈。

士族的私兵虽勇，却也不是精锐官兵的对手，可是那些冲锋在前的先锋，身手分明不是寻常人。

那些人极其高大、骁勇，虽然暗夜火光闪烁，那些人的战盔铠甲也可以隐藏些面容，但仍依稀可见东夏人的深目高鼻。

大周的军队与东夏硬碰硬，总是讨不到多少便宜的。

齐恒来的时候，大周的勇士死了一地，临墨已然杀红了眼，他被数人围攻，正躲闪不及被一柄钢刀砍中了左肩。

齐恒的眼圈一下子就红了，气势凶猛，如同换了一个人。

他拼了命，发了狠，风驰电掣冲过去的那一刹那，有着火的灼热，箭的锋锐，光在眼前闪耀着，身前溅出的血开出猩红的花。

那瞬间很安静，转瞬间又很嘈杂。

齐恒什么都没想，近乎灵魂出窍般陡然轻盈，有种无所畏惧血债血偿般悲壮肆意的情绪。

他咬牙切齿，瞬间又斩杀了敌将的一个首级。

大周军突然愕然。这般速度与强悍的力量，他们从未目睹过平原王齐恒如此悍勇、所向无敌。

平原王齐恒奋不顾身地冲杀过去，如浴血修罗，让敌人通通坠入地狱。

一个，再一个……仇雠的首级接连掉落，齐恒那手起刀落斩杀敌人的模样，有着骇人的气势。

将士怔住了，临墨反应过来，挥剑大喝一声道："全部给我冲，跟上平原王！"

一时大周军势如潮水般将来势汹涌的仇敌瞬间淹没。

一鼓作气，再而衰，三而竭。

大周军的兵士突然如见了血咬断猎物的豺狼，士气陡然间冲天膨胀起来。

结束的时候晨曦已至，齐恒巍峨如山一般横刀立马，于阵前，望着缓缓打开的宫门。

"平原王！平原王！"一瞬间，大周军的欢呼声震天地，齐恒却直挺挺地从马上跌了下来！

陆雪弃很顺利地闯到了最外间，然后冲入中堂，冲到院子里，直到里面的人发觉中计，发出了围截的信号。

东夏卫护的反应是十分敏捷的，信号一起，立马有八九位骁勇高大的侍卫拦在了陆雪弃的面前。

灯光半亮，月光有点暗。陆雪弃背着灯光，一张脸在墨发暗影的掩映下越发苍白秀美。

她迎着人，便笑了，说道："就凭你们，拦得住我？"

如此纯粹流利的东夏话，乃至于她扬眉一笑间的风仪，如此炫目而熟悉。

她的目光在面前人的脸上轻轻扫过，后面的护卫气喘吁吁地追来，她只侧首斜了一眼，微微一笑："你们知道我是谁？"

她轻轻地吐字，眉宇神色间圣洁而冷艳，她的长发在夜风中轻扬，她昂头迎着风笑。

"你们不认得我，也该认得我的招数，就凭你们，能拦得住，杀得了我？"她话语既出，招数已现，如雷电，如惊风，如猎豹。

一时间陆雪弃占据上风。

她的招数过于强悍霸道，几乎带着一种同归于尽、玉石俱焚般的决绝，无所顾忌，无所畏惧。

可是那些护卫也是顶尖的高手，他们一时退避，并不意味着输。他们在观察，然后越观察越惊心。

一口纯正的东夏话，如此美的姿仪。她的身份已经不言而喻，众人骤然明白，她为何如此重要，如此不好对付。

与让她逃走相比，打伤她虽是下下策，但也毕竟不是不可交代。所以一时间众人围着她，乃至陆雪弃强冲出重围，复又被围攻住。

她在身陷罗网难以逃脱之际，服了藏在金钗里的药，故而后来乾贞帝的迎梦散虽发挥了作用，却很快被解开，她等待的就是乾贞帝离开的时机。

机不可失，时不再来，她与这些护卫一拼，求的是快、狠、准，而不是纠缠。她没有那么多的时间和体力去缠斗消耗，故而陆雪弃见侍卫们想用拖延战术，当下下了杀手。

杀招一出，人人惊悚自卫，自是想快些制住她，只要不死，擒住了也总是交代。

于是战况突然惨烈起来。

陆雪弃以一种玉石俱焚的态势挑开豁口，冲了出去！围攻的人一声惊呼，如影随形地追上去。

哨子声和脚步声纷纷响起，整个院子竟布下了天罗地网，处处都是机关。

陆雪弃又一次被围在中间。她的衣乱了，发散了，姿态倔强，但是败象已露。领头的人说道："陆姑娘，陛下严令，您玉体珍重，还是勿做抗争了！"

陆雪弃歪头看了看，却笑了。她笑的那样子颇有几分女孩子带着纳闷的纯真，配着她俊颜素衣，倒有种灵透的清丽柔美。

她狐疑道："逃不出去？难道是害怕我逃，早就布了机关？"

为首的道："陆姑娘，陛下为了您费尽心机，这个院子远没有看上去那么简单，机关重重，别说是您，便是陛下自己凭勇力硬闯也是闯不过的。"

陆雪弃道："凭勇力不行，难道要凭智谋心计？"

论学识术数，无人能敌大祭司。为首的突然一凛，行礼道："陆姑娘请别再为难属下，不然，属下得罪了！"

树影轻摇，将晃动斑驳的光影打落在陆雪弃的头顶上，陆雪弃突然仰起头叹道："不劳诸位得罪，我闯不出去，也怪不得谁，不能生，但宁愿死！"

她竟要自寻短见，众人大骇，齐齐欲出手阻止，却猛地听到一声高亢激烈而又悲凉空旷的狼嗥。

随着这一声狼嗥，竟有一片如潮如海、卷天漫地、浩荡不绝的应和，一时间奔跑声，嘶鸣声，直惊天动地风云变色而来。

众人大骇。

传来的声音竟让人有一种天塌地陷、日月无光的窒息。那整齐的、暴烈的、凶戾的声响，直有种金戈铁马、杀气腾腾的感觉。

这声势动作，于这并不算太偏僻的京城一隅，实有惊世骇俗、天崩地裂的震撼。于深夜中汹涌而来所向披靡，这般的规格级别，不是雪狼王那般简单，该是那视之为神，几百年不得一见的火狼王！

谁敢动用火狼王？哪里的御狼天人有这等本事？

一时间陆雪弃也被震住了，在那几乎被煮沸的天地间，人突然显得如此渺小。

狼群来了，嗥叫着，奔跑着，陆雪弃听得懂它们的语言。

她突然热泪横流。

一人惊慌地道："不好了，狼群冲过来了！"

每个人的脸上都露出了惊骇，顿时乱道："怎么办？怎么办？！"

可是狼群奔跑的速度是极为可怕的，一时间越墙而至，撕咬，冲撞，闯入重围。

护卫彻底乱了，拔出武器疯狂对抗。

陆雪弃站在最中心，一时茫然地看着人狼激战。

然后一道人形的影子闪电般倏然而至，一把抓了陆雪弃，又倏而远去，天地间顿时响起一声清越的嗥叫。

转眼之间，无一狼恋战，几乎是刹那间，群狼掉转方向骤然撤退，在大家措手不及的愣怔中逃离而去。

转瞬间如做了一场梦，月光，灯光，残损的院落，狼藉的机关，或狼或人的尸体，空荡荡的院子，却没了陆雪弃的行迹。

护卫一时反应不过来。

这是怎么了？眼前的一幕幕明明如此荒诞，却又惊魂夺魄，好像那炙热凶残的气息犹在耳边，好像那狼牙茹血的触感犹在手底，好像那地动山摇的袭击尚未远去。

一切这么快，这么突然，神秘人掳走陆雪弃，撤得干净，撤得利落，撤得令人不可思议。

好半天才有人道："愣着什么？快去禀告陛下！"

天地渐渐青白，殿里的灯已残落。

乾清宫里可以依稀听到外面的厮杀声，将士们的欢呼声响起的时候，众人坐在椅子上神色各异。

安兴帝一脸煞白，他惊恐，懊悔。

众士族更是心神不安，他们自然懂，这孤注一掷的赌注若是失败，意味着什么。

真正镇定自若的，倒只有临安王和乾贞帝。两个人浅笑着，彼此喝起了茶，还悄悄地说起了话。

临安王笑语道："陛下好心计，好手段。"

乾贞帝同样笑："王爷好机变，好胆识。"

临安王道："若是陛下失手当如何？"

乾贞帝道："你们大周内乱，关朕何事？"

临安王一笑。

乾贞帝道："若是王爷输了，怕是不大好办。"

临安王道："性命声名而已，又有何难。"

两个人相视一笑。

他们二人坐得近，彼此端着茶，说这话时皆凑过去，窃窃私语般，乍一看还以为是亲密无间的知己，交头接耳，谈笑品茗。

他们的表情与姿态无疑令那些坐立不安、焦灼难耐的士族汗颜不已。

安兴帝却陡然失神，看着自己的儿子与乾贞帝举重若轻、言笑晏晏的样子，心里不由得升起一种说不清道不明的感触。

或许，这才叫真正的对手，而自己不过是跳梁小丑。

一道清越苍凉的狼嗥声骤然打破宁静，随后那整齐划一的奔跑声似乎惊天动地，让殿上的人皆面面相觑，不知所措。

这，发生什么事了？

临安王和乾贞帝都从对方的眼神中看到了诧异，随后两人心有灵犀地想到了一点，御狼天人，陆雪弃。

乾贞帝的眼神一凛，临安王的内心一喜。

只是下一眼，彼此又都是不动声色。此时他们身居大殿，外面的是非成败，只有坐等，无法掌控。

很快有整齐沉重的脚步声传来，陆定然一身戎装进殿，身上带着淡淡的晨曦和浓重的血腥气。

他环顾大殿中人，在安兴帝面前跪下，言语铿锵有力道："启禀陛下，昨夜逆贼作乱，臣与曹将军率诸将士浴血奋战，已将动乱平息。"

安兴帝突然迟疑地看了看临安王，而一众士族则惨然失色，一时眩晕的眩晕，瘫倒的瘫倒。

临安王一笑，躬身对乾贞帝道："家事未清，还请夏皇陛下随内侍先回凤仪宫歇息。"

凤仪宫，有凤来仪，历来是大周招待贵客使节的居所。乾贞帝道："好！"说着起身示意身后护卫一眼，带人离开。

乾贞帝这一离开，那些勉强自持未曾昏厥的士族，也无力地瘫坐在椅子上。临安王对陆定然道："叔夜，诸位世伯涉嫌谋逆，先将他们带下去吧。"

陆定然了然。在被押解下去的时候，谢止胥突然嘶声道："天下谁为主，是我大家士族！士族才是这天下真正的命脉，你敢杀了我等，不怕天下分崩离析吗？"

临安王只淡声道："带下去。"

很快大殿里空荡荡的，只剩下安兴帝和临安王父子两个。安兴帝张了张嘴，嗫嚅着，却没有发出声响。

一时他很不安，很尴尬，乃至很无措羞惭。

临安王走过去，扶住安兴帝的肩柔声道：“父皇，您没事吧？”

安兴帝突然老泪横流，不能自已。临安王便在他脚边跪下，请罪道：“承蒙父皇庇佑，儿臣不孝，令父皇倍受惊恐！”

安兴帝弯腰一把抱住儿子，流涕道：“渊儿，父皇真的只是不愿因女人引起战乱，不是有意骗你……”

临安王只道：“父皇一夜未眠，先去好好休息。”

前朝的事很快处理完了，临安王将参与叛乱的士族族长下了大狱，临时任命了各士族嫡系的清流子弟做了族长，然后热切地对陆定然道：“刚才的狼嗥怎么回事？可是雪奴儿……”

看着陆定然的脸色，临安王陡然住声。陆定然艰涩地道：“东夏的御狼天人，率群狼冲破北城门，带走了陆姑娘！”

临安王的心陡然一沉：“雪奴儿不是会御狼吗？”

陆定然道：“当时的狼群如千军万马自由来去，众将士都看得清清楚楚，一个身材魁梧的兽皮男子横抱着一个女子疾驰而去。”

临安王默然。

陆定然垂下头，语含愧疚：“因将士多有伤亡，那狼群的速度远胜战马，属下，没有追。”

临安王半晌无语，陆定然更加不安：“属下，这就去……”

他刚一转身，临安王伸手阻止住：“算了。”

“王爷。”陆定然担忧地看向他。临安王白着脸，声音平静，暗含忧恐：“阿恒呢？”

陆定然有些犹豫。

临安王道：“怎么了？”

陆定然道：“阿恒骁勇，连斩了敌军七员大将，如今因累脱了力，昏过去了。”

临安王复又默然。

陆定然补充道："楚先生看过了，阿恒现在在王爷您府上休息。"

乾贞帝闭着眼靠在椅子上，身边人皆屏声静气，战战兢兢。

谁都知道，乾贞帝在生气，还气得不轻。

他布下了天罗地网，明明应该万无一失，可月光竟让一个御狼天人夺了去。他派出了十多位高手，与大周京城那点儿军队短兵相接，竟没占到便宜，还伤亡惨重。

乾贞帝一声冷笑，喝问道："他齐恒什么时候这么厉害了？一人杀了我七员大将，你们都干什么吃的！"

一人畏怯地争辩道："那齐恒拼命……"

"他拼命，你们不会拼命？！"

乾贞帝这一声喝，那人顿时闭嘴，低头认罪。乾贞帝回头怒视了众人一眼，挥手道："都给朕退下去！"

众人称了声"是"，忙不迭往外走，却又被乾贞帝叫住，吩咐道："去给朕查，那群狼到底去哪里了。便是躲到了天边石头缝里，也去把人给朕找回来！"

众人领命，关门出去。乾贞帝颓然将头往后一仰，长叹了口气。

西周的士族果然是无用的两脚羊，一群废物，那么多家联合，为数甚众的精锐私兵，那边调虎离山，这边竟连个皇宫也不能轻松拿下！让齐恒过来扑了个正着，当真是烂泥扶不上墙！

这边厢黑鹰送走了众人，为乾贞帝换上热茶，躬身低语道："陛下，临安王在国内声望很高，那些士族的私兵说去剿临安王之乱，但他们都是周人，未必尽全力。我大夏人混在其中，势单力孤，战败也难免。"

乾贞帝唇边冷笑，话语森然："战败难免？朕又没让他们把大周军打光杀尽，朕要的不过是措手不及拿下宫门。抛开那群没用的两脚羊，我们这么多人就没能靠近宫门的边儿？"

“护卫宫门的也都是高手，也实在是后来……”黑鹰欲言又止，停下声息。

乾贞帝冷笑道：“实在是后来齐恒太威武，冲上去便一连斩杀三人，大周士气高涨，人又多，我们就只有招架之功，没有还手之力了？！”

黑鹰低下头。乾贞帝压了压自己的火气，半晌，对黑鹰道：“齐恒原来可没有这样的身手，应该是跟月光耳濡目染，长进了。”

黑鹰没敢接话，移话题道：“陛下，那御狼天人……”

乾贞帝心里猛地一提：“怎么了？”

黑鹰道：“能驾驭火狼王的御狼天人，自是天分极高，我们派出好几位顶尖的高手，尚没有寻到踪迹。”

“继续找！”乾贞帝沉着声，狠狠地握紧了拳。

临安王回府便去了齐恒的房里，然后挥退了下人。

那是个再晴朗宁静不过的上午，明晃晃的阳光斜照在床上，窗外修竹在日光里婆娑摇曳。临安王掩不住疲惫，半倚在床头的椅子上，静静地看着自己年轻英武的弟弟。

那浓而硬朗的眉峰，那起伏英挺的唇线。齐恒此时在昏睡中，一切平静如寻常。

临安王骤然想起他们兄弟的初见，当时那个瘦小的孩子，极其凶悍地用头将内侍顶了个跟头，扑上去抢回自己的东西。

到了自己身边后，对自己很是敬畏，又甚是依恋。然后真的熟了亲了，又本性毕现，个性率直，锋芒毕露，不喜读书。

犹想起好几次狠罚他，他低着头愤愤然又不敢不服从的别扭样子。阿恒从来不算是一个乖顺讨巧的孩子。

小小的孩子跟着自己上了战场，阿恒不耐烦做个跟班的文书，自己便把他直接打发给了陆定然，然后陆定然让属下把他发配下去做小兵。

他混在新兵里，也是年纪最小的一个。没人知道他的身份，他是不断打架打出头的。有一次听说他被欺负狠了，唤他来见了一面，也没问他什么，只和他吃了顿饭，却清晰地记得他见了自己又激动热切，又畏缩狼狈的小样子。

可阿恒像是憋足了劲发狠长的野草，很快就崭露头角，十六岁时，校武场上便赢了第一。

大周士族重文采，重风度长相，轻鄙武夫。

大周民间其实也一样，长相秀美的孩子被挑选，用来巴结奉承谋求富贵，长相粗鄙的，只能做贱役。

可军中是个尚武的地方，如阿恒这般雄姿英发、嗜武如命的人本就少见，他在军中声名远播，可他没做好接受贵族轻鄙嘲笑的准备，不知道生母卑贱，只能凭勇武封王，并不算是光彩荣耀事。

想到这里，临安王的心，忽而便有点酸涩涩的，说不上是疼惜还是亏欠，还是内心难以言传的悲悯。

阿恒定了亲，可阿恒遇到了他的雪奴儿，爱上她，便不惜对抗士族，顶撞父皇，弃王爷的封爵如敝履，成为别人口中不忠不孝、背叛家国的逆子。

这般的义无反顾淋漓痛快，一夕抱得美人归，纵天下轻鄙唾骂，人人侧目嘲笑，可他这个做哥哥的知道，他的阿恒，是欢喜快活的。

如今雪奴儿被东夏掳走生死未卜，纵阿恒再长再久地昏睡，可也终要醒来，得知真相，他会撕心裂肺、生不如死。

至此，临安王又觉得胸口窒息般闷痛起来，他勉力伏在床头，低头喘歇了好半天，才渐渐地平缓痛楚，放松下来。

发作越来越频繁了，痛得也越来越重，越来越汹涌。

自己，怕真的命不久矣了。

并非舍不下。不问世事，游山玩水、怡情养性，他也不是做不到。

白云苍狗，命途无常，所谓锦绣江山君王帝位，于他，又算什么？

可他有责任。

身为皇子，出身士族，天下将倾国难当头之际，他一个人逃出去？他当仁不让，虽千万人吾往矣。举世皆怕，他却无所畏惧。

陆雪弃醒来的时候，亮晃晃的晨光刺得人的眼睛生疼，四周浓荫青翠，鸟语花香。

这是哪里？

陆雪弃吃力地转头，却陡然感受到了一道极其强烈的目光，似人，似兽。

一个穿着诡异的人，抱膝坐在一棵老树下，看向她的眼神极其专注，痴痴的，安静而悲怆。

骤然与这样的目光相遇，陆雪弃也是一惊。

那人似乎也想不到陆雪弃突然醒来，视线陡然转走。

山野中伴着鸟语，不远处有一朵黄绒绒的山花正在开放。

那个人的身形极其高大强壮，头发蓬乱，半裹着一张带毛的兽皮，露出大半个上身，裸着腿。即便此时十分冷静安宁，但那股强悍的凶狠戾气无法掩饰。

陆雪弃很快意识到这是那位把自己救出来的御狼天人，昨晚驾驭火狼王、技艺登峰造极的御狼天人！

她的喉内极其干渴剧痛，她的唇动了动，想出声询问却发现自己发不出声音。那个御狼天人此时也不再逃避陆雪弃的目光，缓缓地转过了头。

那人的脸似乎有些黑，有些脏。样貌却是剑眉星目，阔唇挺鼻，面部是瘦削而冷硬的线条，有种难以言传的野性清俊。

他开口艰涩地唤："月光儿……"

他发出声音的样子虽吃力生疏，却十分清晰，而且唤出口的竟是陆雪弃久违的小名，显得无比亲昵。

陆雪弃的心陡然被揪住，提起，她带着震惊的迷惑与骇然，盯向面前的人，细细打量！

那人冷硬的眉目流露出一丝柔和，眼中是强自镇定的平静与难耐的期许，他的面容仿若熟悉，声音全然陌生。

在刹那之间，陆雪弃所有的记忆皆潮涌而来，她惊骇地缩了一下肩，试探道：“苍嵘……哥哥？”

对面人的目光瞬间暖了起来，嘴角扬起一笑，伸手轻轻地抚上陆雪弃的额角，低哑而轻柔地唤道：“月光儿……”

陆雪弃的眼泪顿时落了下来，她一把抱住苍嵘的胳臂，哽咽道：“你真的是……苍嵘哥哥……”

说着，她的眼泪横流，失声道：“乌兰嬷嬷她……在不久前的青丘之乱中，被乱刀砍死了……”

语未尽，情郁于中，陆雪弃一时不能自控，扑在苍嵘的怀里，环住他，哭得泣不成声。

他不仅一身脏污，还带着厚重的野狼气味。

陆雪弃这一扑过来，苍嵘陡然间战栗无措，几乎是抗拒地往后躲闪了一下，但最终没躲开，被陆雪弃抱住。

他避无可避，伸手欲抚陆雪弃的背，却迟疑着不肯落下来。

陆雪弃似无察觉，只是不管不顾地哭，像一个受了委屈见到亲人的孩子。最终苍嵘的手落在了陆雪弃的肩背上，他轻轻地安抚，两个人才算真正碰触贴近。

哭了好半晌，陆雪弃方抬起头。

她抽泣着，红着眼睛，望着苍嵘道：“想不到苍嵘哥哥还活着，十岁那年便没了你的音信，我以为……”

苍嵘的眼底也是浓重的悲哀，他抚着陆雪弃的头，只有苦笑。

陆雪弃望着他的脸，又一阵鼻子发酸，哽咽道：“你做了御狼天人，为何我和乌兰嬷嬷都不知道……”

苍嵘不说话，或者说，和狼群在一起太久了，他不习惯说话，甚至忍不住想低嗥一声，才觉得自在自然些。

他伸手轻轻抹去陆雪弃的眼泪，然后揉了揉她的头，便微微笑了。

苍嵘将陆雪弃小小的缩成一团的身子收纳在怀里，陆雪弃还记得他，一点也不惧他厌弃他，相反在他怀里还亲热依恋信任依赖他。

苍嵘的心顿时被填得十分满，充满了喜悦的感动与怜惜。他又去拿了备好的清水和食物过来。

御狼天人的很多生活习性已然狼化，他们的呼吸绵长，可以在雪地里潜伏三日三夜不眠不食，只饮很少的水就能保持悍勇强盛的体力。他们和狼一样纵越飞扑，狼一般的冷酷、引颈长嗥，他们虽没有锋利的犬牙，但是随时随地带着的锋刃，令他们可以和狼一般撕咬，乃至并不生火，茹毛饮血。

而他准备的却是烧得很精致的糕饼，糯软香甜，一如他面对的还是儿时的那个小女孩儿，爱食甜食，垂涎娘亲做的点心。

陆雪弃瞧着那糕饼，泪眼婆娑，大概因为旧时的记忆太过温暖和遥远，她竟有一种恍若前尘的错位和恍惚，不忍碰触，亦不堪回顾。

她五岁便死了娘。娘是父亲的继室，只生她一个，她虽然从小甚得父亲的娇宠怜爱，可多年来一直贴身照顾嘘寒问暖的，是她的奶娘乌兰嬷嬷。

乌兰嬷嬷是母亲的心腹，待她亲如慈母，而苍嵘是乌兰嬷嬷的儿子，年长她四岁。他陪伴她长大，带着她玩。

他是一个清俊英朗的少年，天赋异禀，父亲是东夏著名的御马师，苍嵘从小便与动物们相处得很好，懂得交流。陆雪弃与他一起长大，便也学了很多招数套路，他们在一起养马，养狗，养了小鸡小鸭，那是曾经天真无邪无忧无虑、笑语欢声的童年岁月。

后来他们胆子渐渐大了，开始养狼，养狐狸，甚至狮虎野豹的幼崽也抱过来养。不料就在她十岁那年，他们闯祸了。他们养动物围栏的门被闯开，野兽出笼肆意伤人，父亲震怒，将苍嵘打了一顿，赶了出去。

陆雪弃也被罚，关在房里两个月不准出去。待重获自由，她询问苍嵘的下落，人皆说他已经死了。

本来挨了打，就受了重伤，又被赶出去，没有了大祭司府的庇护，当日被野兽所伤的东夏贵族，就将苍嵘缚住双手，纵马拖死了。

那夜有大雷雨，她执意跪在苍嵘的墓前不肯离开，谁劝也不肯离开，最后她的父亲大祭司，打着伞来了。

彼时风雨交加，闪电划破夜空，照得天地一片雪亮。惊雷劈空而至，大祭司那日穿着身黑色的半旧长袍，低垂眼睑，目光慈悲。

只是那种姿态和眼神，看着的是自己的女儿，却仿似俯瞰着芸芸众生，又仿佛如对虚空。单薄的伞让他的半身湿淋淋的，他走近自己的女儿，没有伸手拭去她脸上的雨水。

他的面色极其平静，也没有过多的言语，只是轻声道：“他将会永远守候着你。”

陆雪弃愕然不解，她对自己的父亲是怨恨的，因为在她看来，即便苍嵘哥哥有错，已经挨了打受了罚，为什么还要将他赶出去，让他被人杀死。

她怨恨，父亲也没有解释，甚至没有伸手扶她，也没有再出言劝她，而只是静静地打伞陪着她。

后来她晕过去，然后高烧不退，大病了一场。

然后她得知真相，是自己异母的哥哥赶走了苍嵘，只为了一个可笑至极的理由，有贵族在背后嘲笑大祭司家高贵的女儿，喜欢侍弄动物这样下贱的活计。

她的课业与礼仪一直受的是贵族教育，只不过幼时闲暇，混在苍嵘哥哥身边又温馨融洽，大人也未干涉。

不想酿此大祸，陆雪弃和哥哥起了争执，从此兄妹离心，貌合神离。

只是，苍嵘哥哥如何活下来？如何成了御狼天人呢？

陆雪弃有些眩晕，干涩肿痛的喉咙让唾液的吞咽都很困难，她只

喝了口清水，泉水清凉滑过喉咙，刹那舒服，落入腹中却激得她打了个冷战。

苍嵘见陆雪弃不舒服，生硬而小心地用手背试了试她额头的温度。陆雪弃缩着身子仰着头，对他道："苍嵘哥哥，我没事。"

苍嵘知道，作为大祭司最宠爱的女儿，陆雪弃自幼遍览药典，自然什么奇异灵药都见过。只是这外力重创是极其明显的，纵有灵药也难恢复，她说没事不过是安慰人罢了。

陆雪弃有了苍嵘的倚仗，没多久便又昏沉沉睡去。苍嵘将她放在地上的兽皮上，又盖上一张兽皮，便寻思着，去为陆雪弃采些药来。

他做御狼天人这么久，对疾病危险有种出自本能的警觉，于是先在陆雪弃的身侧撒上药粉，防止蛇虫偷袭，复又唤来两只白了头的老狼护卫，才进入深山的更深处采药。

陆雪弃只觉得一股温热的，腥臭难闻的液体滑下了自己的喉咙，本来烧得迷迷糊糊的她一下子忍不住干呕起来。

头却被仰着定住，一个温柔的声音道："月光儿，忍忍。"

这下陆雪弃彻底醒了，她睁眼看见苍嵘忧切的目光，一时鼻子发酸了。

已是深夜，山间有淡雾，参差的树影遮住天，夏虫在聒噪地鸣叫。

陆雪弃慢半拍才闻到了苍嵘身上极重极浓的气味，是那种极富血腥与攻击的野兽的气息。野兽与野兽之间，往往对方一点点的敌视都能细致入微地发现并警觉起来。

苍嵘已褪去了人的伪善，只有着野兽的直觉，偏偏陆雪弃，他们从小相伴，也有这种直觉，所以陆雪弃很放松地偎在苍嵘的臂弯里，安全信赖的模样如同一个等待照顾的幼崽。

苍嵘任由她偎着，递过水囊，陆雪弃让清水冲淡了喉间难以忍受的腥苦。虽然头有些昏沉，但趁着意识清明，忍不住便问苍嵘后来的事。

苍嵘吐字有些生硬，又多断续，想必是不经常与人交流的缘故。他说：“没死。醒来，一头老狼，在头上，伸着舌头，喘着气。”

他们当时正在照顾一头狼崽，难道是苍嵘哥哥身上有狼的气息，那头老狼心怀狐疑是自己的孩子，才没有吃他？

苍嵘说完便没话了，想来他大概从此就与狼为伍，做了御狼天人吧？

陆雪弃抓着他身上的兽皮，说出的话软软的，像是嘟囔，可是她在为她的父亲和兄长道歉，她说的是：“对不起。”

苍嵘听了她软软的语声，面部线条柔和下来，漾起了浅浅的笑意。

他伸手抚了抚陆雪弃的头，动作轻柔，没有言语。

东南有夜鸟离枝而过，苍嵘陡然惊觉，将陆雪弃小猫一样一手操起来，轻声道：“有人。”

苍嵘豹子一般迅捷无声地几个起落，便挟着陆雪弃躲在山壁一块大石的阴影里。他将陆雪弃搂在胸前，下巴搁在陆雪弃的脑袋上。

他们所在的地势比较高，视野也相对开阔。

山林除了夏虫的鸣唱，寂静如常。两人就这样挤挨着躲了一会儿，陆雪弃抬头看向苍嵘，目露疑惑。

怀里的女孩子目光如水，安静而清澈。苍嵘低头看她一眼，将手指放在唇上，示意她噤声。

从陆雪弃的那个角度，正看见一丛树梢的枝丫在他们头顶横斜摇曳，然后一条黝黑的蛇从石头缝隙间悠闲蜿蜒地路过。

苍嵘将陆雪弃的脑袋按在自己的肩上，陆雪弃正好看见那蛇爬到岩石的凸棱处，陡然仰起头，竖起了长长的身子，陆雪弃激灵了一下，在苍嵘的怀里一抖。

苍嵘斜了一眼头上，抚了抚陆雪弃的头以示安慰。

陆雪弃不敢看了，乖乖地窝在苍嵘的怀里平视前方。果然，不多时，有两个黑影于林木间疾驰而来，山间本有风，他们以脚点树梢，树梢在风里摇曳，弄出的动静微乎其微，几乎可以忽视。

这人如此内力，当是顶尖高手。

那两人相互交换了个手势，停了下来。这里已是深山最深处，杳无人迹，更没有群狼经过的痕迹。

一人道："奇怪，他们只能在这深林中，因何便寻不到踪迹？"

另一人道："茫茫山林，御狼天人又长于隐忍躲藏，我们这般找，大海捞针一般。"

那人摇了摇头："不会，御狼天人我们或可寻访不到，但是乌姜皇后重伤在身，她无法藏。"

"哼，"另一人嗤笑道，"我们在山林找，说不定她正藏身闹市呢。如今我们在周人的地盘上，能一家家搜不成吗？"

那人叹气道："乌姜皇后藏于闹市倒也好些，无甚问题，可御狼天人只能归于山林，不能容身闹市的！"

另一人没答话，只看了看夜色，说道："徒劳而返，你说怎么办？"

那人苦笑："陛下最近喜怒无常，不好通融，与其回去复命，不如再去那边找找！"

那两人这般商量着，便一前一后向东北方向掠去，瞬间没了踪影。过了很久，见那两个人没有去而复返，苍嵘才挟着陆雪弃跳下山壁，寻了个背风的角落，铺了兽皮在地上。

将陆雪弃放下，抚了抚她的头柔声道："别怕。"

陆雪弃仰头对他笑，笑容如树隙的月光般洁白清透，那样子既依赖又乖巧。

服了那腥臭难咽的液体后，陆雪弃渐渐觉得头痛昏沉的症状消退了，心口似乎有股轻暖之气氤氲舒缓开，很是熨帖，不再尖疼钝痛。

苍嵘给她拿过水囊，又捧了上午给她的糕饼。陆雪弃昏睡许久，早就饿了，此时伤痛减轻，欣然拿了糕饼便吃。

香甜糯软，陆雪弃一边喝水顺下糕饼，一边赞道："好吃。"

嘴里东西没咽下去，声音有那么点含混。可她贪吃而不减优雅的样子无疑取悦了苍嵘，苍嵘看着她便笑了。

他的线条硬朗，目光深邃，可是一笑之下全是纵容和宠溺。

陆雪弃吞了两块点心，顿了一下，拈了一块递过去，苍嵘没有接。陆雪弃笑着，整个人凑过去，将点心放在苍嵘的嘴边，央劝道：“苍嵘哥哥吃一口。”

女孩子细细的亲昵的气息，似乎裹着花蜜淡远的原野的清香。苍嵘愣怔着，轻轻张了嘴，一时间，一种极为怪异的熟悉和极其强悍的陌生将他整个人俘虏打中，原来用人的饮食，是这样的质感，这样的滋味。

所以他一时惶恐，非常无措，只小小的一口，竟被呛着。

陆雪弃忙喂水给他，为他抚背。

静夜里苍嵘响亮的咳嗽声是非常突兀而惊悚的，苍嵘咳了一半，突然意识到这个问题。

他陡然止住了，整个人保持着一个不变的姿势，竖起耳朵，屏气细听。

陆雪弃也反应过来，她的手还在苍嵘的背上，心却漏跳了半拍。

半晌，山林依旧，毫无动静。陆雪弃微微松了口气，迟疑道：“苍嵘哥哥！”

她话音刚落，苍嵘猛地将她一揽，猱身而起，白猿般如风似电地穿行于山林中，陆雪弃听到远远的长啸声：“这边有人，追过去！”

临安王府。

书房开着窗，但没有一丝风。

临安王半歪在椅子上，临墨对他回禀道：“王爷，陛下身边的宫女太监，除了潘公公，全部换了。”

临安王道：“潘公公随侍父皇三十年了，总得有个用惯的指使。”

临墨有点迟疑，临安王看他一眼，两个人似乎心照不宣，谁都没说话。半晌，最终还是临安王开口了：“形同软禁，父皇如何反应？”

临墨道：“陛下愣了一下，没说话，只是大半天不饮不食，枯坐着失神，谁上前劝解询问都不理。”

临安王默然。

临墨道："陛下若是不甘心，于朝堂上突然震怒，要发作王爷怎么办？"

"发作我？"临安王淡淡笑，上挑的尾音有几分悠扬，仿似非常放松而愉快，然后接着说道，"那便发作我吧！"

他说完仰面看着屋顶雕花的栋梁，轻叹道："谁都会伤心的，即便我是他的儿子，得他护佑宠爱。"

临墨低头称是。

临安王看向他："我在前面冲锋陷阵，总不能再这样腹背受敌。那些浊派士族也就算了，一向贼心不死，就差我一棍子打下去，可他是皇帝，他若朝三暮四，墙头草一般，还让我怎么做？"

临墨垂手站着听，临安王道："刚刚答应我，要册封平原王妃昭告天下，实则是以我为饵诱了阿恒和雪奴儿进宫，意图杀子献媳向乾贞帝求和，荒唐昏聩简直令人发指，堪称古往今来的笑话！"

临墨在一旁劝解道："王爷保重身体，切莫再动气。"

临安王苦笑："说来也可笑，我们竟真的被骗了。这等事定不是父皇一个人的主意，是我们皇宫内院的眼线不够多啊！从我掌控宫廷护卫开始，他身边的人我从未干涉，更没动过，甚至没有刻意安插，我觉得他是我的父皇，是我最后的仰仗，他把那么多都给了我，我怎么能再伤了父子之情？可他竟这般瞒我，关键是这般糊涂！"

临墨劝慰道："陛下对王爷没有坏心恶意，他只是懦弱畏战，这次是被人利用，也不承想事情会这样，王爷就不要再伤心生气了。"

临安王沉默半晌，吐气轻叹道："养他终老吧，大周折腾不起，我也折腾不起了，再来这么一次，我怕也无力应对。"

这时有小厮敲门来送夜宵，临墨躬身接过来为临安王呈上，临安王没吃几口，又有小厮过来禀告道："王爷，平原王醒来了，正唤吃的！"

临安王一喜，当下也坐不住，起身道："这便过去，先与了他吃吧。"

临墨接过夜宵，又伸手扶住临安王的胳膊，两人一路往齐恒的房间走去，不想与一个惊慌失措的小厮撞上，那小厮上气不接下气地道："王……王爷！平原王要走，小的拦都拦不住！"

临安王只觉得眼皮直跳，言语也高了起来："什么走了？上哪儿了？！"

小厮指着马厩的方向道："王爷他牵着马要往外走，小的留不住！"

临安王对临墨道："你去把他拦回来，快去！"

临墨应了声是，转眼离开。

"阿恒！"临安王赶到，将正在与临墨争执的齐恒喝住，"你干什么去？！"

齐恒僵硬着，背对着他一动不动，临安王快步走过去，从他手里夺下马缰缓声道："阿恒！"

齐恒缓缓地转过脸，月光下，他的目光平静，却不知从哪里透出了一股子凶狠与冷酷，他望着临安王，目光中带着难以言喻的抗拒与疏离。

齐恒从临安王手里拿回马缰，言语淡淡，却不容商量。他说："要么废了他，你做皇帝，要么我们兄弟到此为止，我从此与他，势不两立！"

临安王道："雪奴儿被御狼天人掳走藏身深山，乾贞帝正在发疯地找，你现在却只想和父皇置气？"

齐恒几乎跳起来，对临安王道："雪奴儿不在他手上？她正藏身深山密林？"

临安王道："雪奴儿被御狼天人掳走有目共睹，目前乾贞帝也在找，此事千真万确。"

齐恒压不住惊喜便欲往外走，临安王道："站住，要找雪奴儿我们从长计议安排。我已着手布置安排，你万不可莽撞！"

苍嵘三两个跳跃窜入密林之中，快若白猿，将刚才的地点已远远地抛开。

那两个人随即而至，望着地上遗落下来的兽皮，互相看了看，拿了起来。

一人道："他们果然在这里。"

另一人道："我们怎么办？继续追踪，还是报告陛下？"

一人望着深邃黝黑的密林山石："我们两个人未必找得到，火速回去报告陛下，令更多的高手一起找，才是正路。"

两人很快达成了共识，互相交换了眼色，纵身消失在夜色里。

过了很久，四处静悄悄的，潜伏在附近的二人面面相觑，又开始嘀咕。

"不对啊，正常来说，他们一定会回来看一看。"

"嗯，可是他们没来。"

"乌姜皇后是个极罕见的女人，她谙熟这其中的套路算计，定然不会中计，自己送上门来。"

"嗯，我们回去报告陛下吧。"

乾贞帝拧了眉，眼底却暗露惊喜："找到了？就在那一带？"

"是，陛下。我们拾到了他们遗落的兽皮，御狼天人速度太快，没来得及追踪到。"

乾贞帝唇边带上一抹浅笑："带上黑甲军，悄悄进深山密林去找。御狼天人可以屏气呼吸躲避搜索，她身上伤重做不到，都给朕警醒着点，留神吞吐呼吸。"

"是！"

乾贞帝仿似想起来了什么："御狼天人可以杀了，她，先给我留活口。"

来人领命，退下。乾贞帝把玩着手里的杯子，唤道："黑鹰。"

黑鹰进来，行礼。

乾贞帝道："你亲自去布下阵，将我们的痕迹抹掉，把临安王他们的视线引开，务必保证朕行动的隐秘！"

黑鹰领命而下。

乾贞帝猛地将手中的杯子捏紧，心内暗暗道：月光，这次你逃不出去的。

苍嵘和陆雪弃藏身于一块山石下面，那夜下起了雨。

他将唯一的一块兽皮给陆雪弃裹着，可夏天风雨电闪雷鸣，不多时便打湿了陆雪弃的衣服，苍嵘二话不说，将陆雪弃揽在怀里，用自己的肩背为她遮住风雨。

陆雪弃下意识抗拒，被苍嵘按住，一根手指堵住了她的唇，示意她噤声。

陆雪弃眼眶不由得红了。苍嵘一笑，俯头在她耳边柔声道："月光儿别难过，我没事。"

他是御狼天人，可不是铁人。大自然的风吹雨淋，寒冰酷雪，纵是野生的动物也寻求规避，而不是硬挨硬受。

看见陆雪弃难过地低着头，苍嵘捏捏她的小脸，轻轻浅笑。

这些日子越来越辛苦，乾贞帝的人逼得太紧了，他们可躲避的地方越来越少，地势也越来越凶险崎岖。

虽苍嵘还是为她采草药，取蛇胆，可她的伤势也不是一时半会儿便能恢复愈合的。加之日夜奔波避祸，风餐露宿，苍嵘不敢点火烤肉，只能给陆雪弃野果和植物根茎充饥，陆雪弃着实病了。

苍嵘的肩怀虽暖，但是暴雨夜寒，陆雪弃烧得有点抖，有一个瞬间她觉得身心轻飘似乎要睡过去，又似乎要昏厥。

一场风雨过去，乌云散去，天上竟有一轮很大很圆的月亮。月光下可见山岩的草尖滴着雨水，整个山林秀美静谧。

陆雪弃痴望着，低语呢喃，轻唤道："苍嵘哥哥。"

苍嵘被雨淋得很狼狈，他没说话，只抚了抚她的脸。

月光下他的眼睛深邃而温柔。陆雪弃脸色苍白地唤了他一声，轻声道："我们得想个法子，这样下去不出三日，便会被他们围截发现，山林就这么大，不是茫茫雪原。”

苍嵘低头没说话。陆雪弃沉声道：“我得和他赌上一把。”

苍嵘惊道：“赌？”

陆雪弃闭了闭眼，苦笑道：“是，和他赌。赌赢了，我逃出生天，赌输了，自随他处置。”

苍嵘一时连声音也颤抖了：“可是如……如何赌？”

陆雪弃道：“能逼他放手的，除非他的生，我的死。”

“不！”苍嵘失声道，“月光儿不会有事的！”

陆雪弃静声道：“可眼下的形势，苍嵘哥哥不是不清楚。”

苍嵘这回没有说话，事实上在他喊出那句“月光儿不会有事”时，他就很茫然，因为他心里知道自己不是乾贞帝的对手，他，最终护不住月光儿。

陆雪弃握住他的手，柔声安抚道：“苍嵘哥哥，我大祭司一族曾以巫医掌控皇权，手中不传的秘药总有二三。眼前的局势，与其被他们围追堵截逼入死角，不如主动出击或许赢得一线生机。苍嵘哥哥，你听我说，你先去准备好乌衣蛇、赤练蛇、百花蛇、断肠草和曼陀罗，等他出现后，我会主动见他，然后借机假死……”

假死！

苍嵘听此，一张脸顿时煞白。陆雪弃见他如此模样，不由得住声，轻声道：“苍嵘哥哥？”

“月光儿，”苍嵘的声音干涩，“他……他不会饶过你的。”

苍嵘语焉不详，但是陆雪弃懂他的意思。苍嵘哥哥是告诉他，即便假死在他的面前，乾贞帝也不会就此放过，生是他的人，死，也得是他的鬼。

“所以，才说赌。苍嵘哥哥你想，在大周的地盘上，他如此行动，临安王不可能不知，定会针对此布下杀局。我假死在他面前之时，定是他四面楚歌之时，他若舍我，我会落入周人之手，他若不舍，也便是我的命，任由他了。”

陆雪弃最后的话暗含苍凉，苍嵘的内心却惊涛骇浪。月光儿她以死相赌，赌的是大周和乾贞帝，无关他什么事。

可是如今他该如何处理？先前他离开雪原步入山林，不顾禁令驱动狼群，月光儿假死回归，他要何去何从？

可这话他说不出口，问不出来。

陆雪弃却替他说了，她环抱住苍嵘，埋首在他的胸口，劝解道：“苍嵘哥哥，他们要找的是我，我一现身，就会牵动他们所有人的视线，你只需蛰伏不出，待双方混战，他们自顾不暇，你就有机会逃脱。”

苍嵘猛然抱紧她，失声道：“不，我不会……”

陆雪弃道：“我知你不会舍我逃命，可我假死冒险，总好过我们俩都死路一条。何况我已嫁给齐恒，他待我热诚，不曾负我，我也万不会背弃他。此番虽然凶险，可我断定乾贞帝在他生死间定会舍掉我，周夏之争已久，只要大周不倒，你我终究会有再见之时。”

苍嵘其余的话都没有听，他只听见“他待我热诚，不曾负我，我也万不会背弃他”。月光儿终不肯背弃那个齐恒，即便她先前是被那个齐恒的爹亲手送入乾贞帝的虎口。

自己终究是护不住她的，纵他不怕身死，可是她心心念念的，还是要回到齐恒身边去。

苍嵘心思百转，沉默不语。

有夜风袭人，苍嵘觉得冷，他下意识轻抚陆雪弃的脸，触手的滚烫让他怔了一下，月光儿竟烧成这样了！

陆雪弃一场昏睡醒来，已是第二日中午，醒来头脑昏沉，发现已经移动了地点。苍嵘弄了些草药汁，应该是加了蛇胆，一股浓郁的血腥味直冲鼻子喉咙。

陆雪弃屏息一口气灌下去，苍嵘递上了清水，同时递上的，还有陆雪弃要他准备的东西。

陆雪弃一怔，诧然望着他。

苍嵘黯然一笑：“月光儿聪慧，定的计可行。我十年才能号令一次火狼王，真被他们在这里围击，没有狼群助阵，我们俩都得死。”

陆雪弃的眼眶一下子湿了。

苍嵘劝慰：“我不参与混战，自能寻机脱身回到雪原，月光儿不用惦念。此番月光儿也一定要赢，回到齐恒身边，我唯有祝你与他白头偕老，举案齐眉。”

陆雪弃扑在他的怀里，泪水泉涌而下。

包围圈越来越小，据传报陆雪弃与御狼天人已插翅难逃。

乾贞帝握着茶杯，看着茶叶的嫩尖在沸水中浮沉舒展，轻声细语地命令道：“着令咱们的人，行动！”

东夏人一动，临安王就接到了多处信息。说东夏散出去的人手从东北山林大量撤离，涌向了西南和西北，使馆中也有传报说乾贞帝乔装，穿着夜行衣带着十数人疾驰奔向西南山林。

临安王端着茶，听着密报久久没下决定。

齐恒在一侧心急如焚：“三哥，定是他们的人马在西南山林发现了雪奴儿的踪迹。我这便带人围追过去！”

临安王蹙了蹙眉，摇头道：“不对！”

齐恒和陆定然面面相觑。

临安王道：“如果你是乾贞帝，一旦发现雪奴儿踪迹，你会大张旗鼓将咱们的人引过去吗？”

陆定然道：“王爷是说，他故布疑云，其实陆姑娘还在东北面？”

临安王沉吟道：“也不对。”

陆定然和齐恒再次面面相觑，也不对？

临安王突然道：“乾贞帝一定还在使馆里！咱们的人说他乔装，既是乔装，外形难免有所遮掩偏差……”

临安王转头，目光深沉地看向齐恒：“如果你是乾贞帝，你会不会藏头露尾去见雪奴儿？”

齐恒内心一震。

陆定然道：“再说乾贞帝何等人物，藏头露尾出行，如此露怯，反倒古怪。”

临安王已然下决断：“着人装扮成阿恒的样子，跟着我，亲自往西南和西北边去追。使馆那边的人手不能撤，再密切监视着，一有异动，”临安王顿了顿，看向陆定然和齐恒，“你们两个，阿恒率三百人为前锋，叔夜带兵，在后面布防接应。”

使馆里乾贞帝接到线报，说临安王和齐恒带兵追向了西南和西北，他微微冷笑，对黑鹰道：“果然关心则乱！”

说完他换上一身玄色长袍，亲自带着十多亲卫、五十轻骑，趁着月色秘密出了使馆步向东北山林。

陆定然自然接到消息，当即和齐恒分开行动。

渐入山林，乾贞帝有些迫不及待的紧张。

他当真想看看那个女人，在恨他入骨偏又走投无路之时，会怎样面对他。

那夜天空是一种深灰浅蓝的颜色，月光和着夜雾，如宣纸淡墨般晕染开来。

陆雪弃坐在厚厚的落叶之上，背靠石块，手拿柳笛，仰头看着从参天乔木枝叶间漏下来的月光，静静地等。

今夜她将无处可逃，只有方圆五里可以栖身。

她是乾贞帝的猎物，偏偏这个猎物三番五次出乎意料地逃脱，越发激起了他征服猎捕的欲望，如此时机，他定然会亲自来捉。

很快她听到了如同虎狼一般缓步夜行的脚步声。

陆雪弃清清静静地，垂眸吹响柳笛。

第十三章 野狼踪迹

乾贞帝听到笛声，陡然停步内心一动。

这次会面他想了很多场景，有殊死一搏的惨烈，有不共戴天的仇恨，可他偏偏想不到，会是悠扬柳笛的清静温和。

月光儿吹奏的是，他们第一次见面时的曲子。

是月光儿最爱的曲子，抑或是，他卫扶桑最爱的曲子。

在这荒山野林，静静的夜里，他们之间隔着重重叠叠数不清的恩怨，而她，竟平平静静地吹奏当年的这首曲子。

乾贞帝一时情怀转动，无数往事一齐涌到眼前。

彼时青葱明丽的女孩子，是自己的未婚妻，她正逢情窦初开的年纪，曾带着纯真甜美的笑容，宛若撒欢小鹿一般奔跑过来扑在自己的怀里。

“东君哥哥！”

那是女孩子娇美清透欢呼雀跃的声音。她当真爱慕他，所以新婚夜不设防任自己将交杯酒换成了绝嗣药。

乾贞帝突然仰面闭上了眼。

一曲终了，静静的山林里余音袅袅。

乾贞帝迈步走了过去，他看见了陆雪弃。她坐在一棵古柏树下，散着发，光着脚，脸色苍白如雪。

一束月光从古柏枝叶的缝隙间斜射下来，正好从她的右眼角划过鼻梁，从她的左唇边掠过，淡淡地洒在她又脏又破的衣襟上。

即便如此，她静坐的姿仪依然清濯美好。

陆雪弃抬眸看向乾贞帝，在目光交会的时候，她还微微一浅笑。

“你来了。”

她的声音很轻，是那种随意而亲切的浅淡。

乾贞帝脚下的落叶发出轻微的细响，他每跨过一步，离那个人越近一点，他的神思就越恍惚。

他其实见不得，她这般无害温柔的样子。

山林静谧，淡淡的月光混合林间的薄雾，让这一场相遇宛若幻境。

他在她的面前站定，应道：“来了。”

面前的女子，端坐，仰着头望着他。她的目光清澈，在月光的拂照下那一截白皙优雅的颈项，如脆弱无瑕的白玉一般，仿若他轻轻一用力，就会弄断她的脖子。

乾贞帝的手也真的抚住了她的脖子。

陆雪弃没有躲闪退避，也没有恐惧颤抖，只是轻轻地闭上了眼睛。

温顺得甚至没有悲伤乞怜。

乾贞帝预设了很多她的桀骜不驯拼死抵抗，可是这般手到擒来坐以待毙，反而让他一时有些无措。

或许他不愿意承认，此情此景，一曲恩爱情浓时的子夜歌，一个闭目就死的动作就让他心生怜惜。

还有一种月光儿知错后，任凭他惩罚处置，似乎只要他愿意，他们依然可以破镜重圆和好如初的错觉。

就是这种内心的怜惜和错觉，让他的情怀一时柔软。他的手指在陆雪弃的脖子上犹疑，渐渐地滑到她的下颌，捏住了她的下巴，乾贞帝细细地望着陆雪弃的脸，命令道：“看着我。”

陆雪弃很听话，一双明眸似乎清可见底。

乾贞帝盯着她的眸子，柔声道："月光认输了？"

陆雪弃道："你我过招，我何时赢过。"

其实也不是没赢过的。她每次都赢得既险且狠，伤得他锥心刺骨体无完肤。

尤其她嫁给了齐恒那只两脚羊，还死不悔改痴心以对。

乾贞帝咧嘴便笑了，唇齿间便仿佛都是将她拆分入腹的血腥气。他突然狂热地抱紧她，粗暴地吻上了陆雪弃的唇，撬开牙齿咬住了陆雪弃的舌头。

陆雪弃于那一瞬间，杀机暴起！

陆雪弃的手、足、腿和腰肢，就八爪鱼般一下子死死缠裹住他，令人窒息的相拥形同禁锢，让乾贞帝猛然意识到她的意图，一下子变了脸色。

这女人要和自己同归于尽！

可乾贞帝也毕竟是一时豪杰，文治武功东夏第一，他一察觉到危险，便顺势用自己的手、足、腿和臂反钳住陆雪弃，然后压下去狠狠地将陆雪弃砸在地上。

他们彼此环抱着，乾贞帝像山一般压过来，还用一种刁钻的角度封闭了陆雪弃的鼻息。他用鼻梁堵住陆雪弃的鼻孔，在陆雪弃欲张嘴呼吸的时候他的舌头长驱直入，继续占有纠缠。

陛下与乌姜皇后突然抵死缠绵，这荒郊野林的，埋伏在侧的东夏护卫高手突然都脸上发热转移了视线。

无法再呼吸，陆雪弃渐渐瘫软，拼着力气抖开了缠在手腕上的蛇。

乾贞帝已很明显地感觉到抱紧自己脖子的手无力地滑落下来。可就在下一刻，有股蠕动的冰凉缠住自己的颈项，继而是尖细的刺痛让肌肤一阵酥麻。

乾贞帝心下惊恐，当下一把将颈上的蛇抓下甩了出去。

而陆雪弃恢复呼吸的第一件事，就是屈膝顶向乾贞帝的命根子，然后伸手直击他的丹田之下。

那是所有习武之人最为要命的命门弱点。

乾贞帝做出的应激反应是极其迅速而果敢的，他侧身避开，右膝狠狠跪住陆雪弃的胸口，然后伸手握住陆雪弃打过来的胳膊，在陆雪弃曲起的膝盖尚未近身的时候，已经将陆雪弃凶狠地推了出去。

陆雪弃在半空中喷出一口血，然后身体以一种落败垂死的姿态，破布娃娃一般跌落在地上。

乾贞帝有些愣怔。

他出手自然很重，但是真的不想把陆雪弃打死。

在他已出了手，将人甩出去的时候他才陡然想起，这女人在别院出逃的时候受了重伤，再也经不起他那一膝盖。

他是想废了她的，可是这狠狠的一击，真的要了她的命！

她是一种昂首向天的姿态砸在地上的，落地时脑袋“咚”的一声磕断地下的枯枝，枯枝细微的碎裂，仿似灵魂破灭的声息。

乃至于迎着午夜的风，乾贞帝甚至看到陆雪弃在喷出一大口鲜血时竟笑了一笑，彼时细碎的月光落在她的脸上，映照她清朗的眉目，和染血的嘴角。

树影支离，她粲然绝美的面庞令人心悸。

乾贞帝突然闭了眼，只感觉胸口的剧痛如破堤的钱塘江，转瞬间吞吐天地。

她真的死了……被自己亲手打死了！

曾经她的不死，成为自己的一场噩梦，可如今他才觉得，这一刻，才真正是，漫长的、窒息的、他一生一世难以摆脱的噩梦！

负一个人，杀一条命，于他来说真的不算什么。可为什么那个人是她，就让他生出爱别离怨憎求而不得的种种苦楚呢？

众苦皆关情，他早就对她有了爱，动了情吧？只不过他习惯了为权位不择手段，不屑去承认，不肯去面对罢了。

众护卫高手也被这突然的变故骇住了，他们呆呆地看向乾贞帝。

乾贞帝无法掩饰的悲怆，昭示了他心神已乱。

黑鹰上前道："陛下，您没事吧！"

酥麻感正从后颈沿着脊柱向下缓缓蔓延，乾贞帝却似毫无察觉，只呆呆地看着陆雪弃，没有动，没有说话。

黑鹰觉得不对劲了，语气更加急切惶恐："陛下，您怎么样？"

此时外围响起了一声尖厉的哨子声，有护卫跑过来回禀，语声惊诧："陛下，齐恒带人打过来了！"

乾贞帝毫无反应，黑鹰忍不住上前抓住乾贞帝的手臂，唤道："陛下？"

乾贞帝惊醒，瞳孔里有了光，他看了看地上的陆雪弃，又看了看四周，问道："怎么了？"

护卫快速而大声地将事情又说了一遍。

齐恒？乾贞帝皱了皱眉，压着内心升起的毁天灭地的恨意，迈开大步向陆雪弃走了两步，然后顿住。

他的上半身变得有些冰凉麻木不听使唤了。

众人也发现了异样，齐齐关切地上前唤陛下，乾贞帝没有理会众人，继续迈步来到陆雪弃的身边，蹲身探了探陆雪弃的呼吸，然后吃力地将她的上半身揽在怀里，抚着她的嘴角，贴了贴她的脸。

她似乎断了呼吸，肌肤冰冷任凭摆布。

乾贞帝动了动嘴角，内心里说，月光儿等着，朕定将那齐恒碎尸万段！

可在黑鹰眼里，如此十万火急的时候，陛下却还儿女情长，当下急得欲提醒，却见乾贞帝已放下了陆雪弃，起身道："齐恒带了多少人？"

黑鹰忙道："足有三百人！"

乾贞帝的唇边是残酷狠厉的冷笑："有勇无谋的匹夫，临安王也敢放他来。传令下去，撕开道口子放他进来，朕要在这里要他的命！"

护卫领命而去，黑鹰却不放心乾贞帝的伤势，询问道：“陛下，您没事吧？”

乾贞帝扫了一眼身侧的陆雪弃，说道：“她恨朕至极，要和那个西周的两脚羊生同衾死同穴，今日朕便成全她，让他们死在一起。”

黑鹰道：“陛下您的伤……”

乾贞帝横了他一眼，斥责道：“没有朕，你们还杀不了个齐恒？！”

黑鹰忙低头不敢吭气。

齐恒带人于夜色中快速前行，陡然间停住脚步，警惕四顾。

身边的护卫长道：“王爷，怎么了？”

齐恒看着晃动的树梢：“刚才刮的是什么风？”

护卫长一时没反应过来：“呃，属下，没注意……”

四周的树梢确实在往不同方向轻微地摇动，齐恒突然疾声道：“小心，有埋伏！”

众人立即以齐恒为中心围成了里外三圈，背靠同伴刀剑向外。山林中传来乾贞帝的轻笑声：“平原王反应很快，可惜晚了。”

黑衣的东夏高手鬼魅般从林中现身逼近。

齐恒切齿道：“乾贞帝，我和你拼了！”

乾贞帝静静地踱了出来，他负着手，却并不看齐恒，而是侧首看向林间，命令道：“杀！”

他一个“杀”字轻轻出口，天地间顿时刀光剑影一片混战。齐恒直直地向乾贞帝冲了过去，中途被黑鹰拦截，两人缠斗在一起。

乾贞帝冷冷看了一眼。

双方争斗惨烈，一时胶着。乾贞帝的亲卫战斗力固然强悍，但齐恒带来的人也是大周精锐，生死关头自是神勇，此时以多战少又士气激昂。

黑鹰与齐恒鏖战了一炷香的时辰，似乎力气不支，卖了个破绽，一闪身跃进了一侧的灌木丛。

齐恒追过去，陡然发现刚刚在一侧观战的乾贞帝不见了。

事实上乾贞帝只是云淡风轻不动声色地露了个脸，黑鹰缠住了齐恒，他则在夜色中由八位亲卫护送，快速离开山林。

他现在正用内力对抗着蛇毒，勉强能让自己行走自如，是不能出手杀敌的。而身在周地，被报告已经和临安王赶去西南西北的齐恒突然出现，他自然知道自己没能迷惑对方，反而中了临安王的计。

他必须打起十万分的小心应付后招。眼前最好的办法就是先拖住齐恒，继而让齐恒发现陆雪弃的尸身，乱了心神而无暇他顾，从而为自己的脱身赢得机会。

黑鹰闪身进了灌木丛，追过去的齐恒发现了躺在不远处的陆雪弃。

一时间他顾不上正在交手的黑鹰，顾不上逃跑了的乾贞帝，乃至顾不上生死，只大喊了一声“雪奴儿”，便直直扑了过去！

他跌跌撞撞地，跪在地上便把陆雪弃半抱在怀里。

他抱得那么仓皇，那么热切，那么悲怆，他嘶哑地喊了声“雪奴儿”，自己也没意识到泪已流了满脸。

齐恒贴住她的脸，不在乎怀里的人呼吸断绝、面颊冰冷。

齐恒的护卫长赵青见找到陆雪弃，马上发送了准备好的信号给陆定然。眼见五彩的烟花呼啸着如一条愤怒的长蛇仰头钻入了高空，黑鹰也马上吹哨招呼东夏的护卫齐聚撤退。

齐恒自诩为情圣，那就让他好好为这场生离死别撕心裂肺痛不欲生一场吧！他们这些人还要追过去好好护卫他们英明神武的皇帝！

苍嵘闭气于山岩夜树之下，望着升腾至半空的烟花，眼前闪过齐恒抱着陆雪弃状似疯癫的情景。

他的唇边漾起丝淡笑，眼底却闪出了一点泪花。

月光儿成功了！

而他存在这世上最大的意义，就是曾犯了禁拼了生死救下她，让她多一次机会，在这举步维艰的人世可以顺自己的心遂自己的意。

他苍然一笑，仰天长啸，整个人影却是在长啸声中鬼魅般闪动不见了。

他从来处来，就回到来处去。

只有三声狼嗥回荡山林，那是一场只有他自己才能懂的告别。

狼嗥声让赵青众人悚然而惊，齐恒却置若罔闻。

“雪奴儿！”齐恒只顾唤着，磨蹭着陆雪弃的脸，横流的热泪带着炽热的温度，沿着陆雪弃的脖子滑落，没入衣里。

“雪奴儿醒醒！”齐恒摇晃着，悲声道，“你看着我，雪奴儿你醒来，看看我！”

众人远远地围着，听着齐恒悲恸的声音皆面面相觑。赵青迟疑着上前，看见陆雪弃面无人色，在齐恒的怀抱中犹如破布娃娃般，任凭齐恒的涕泪流到锁骨而毫无知觉。

莫非，陆姑娘已经被乾贞帝弄死了吗？

齐恒已俯下身，吻住了陆雪弃的唇。他拼命地吮吸，拼命地纠缠，妄图唤醒陆雪弃的知觉，得到她的回应。

众人看齐恒举止失常接近疯癫，齐齐看向赵青，一兵士不安地道：“头儿，陆姑娘她……”

赵青狠狠地瞪了那兵士一眼，吓得那兵士忙把没出口的话吞了回去。

陆姑娘凶多吉少，只要不是傻子都能看得出来！可是王爷在那儿悲痛欲绝，他们这一群人还能怎么办！

于是一个个静声屏气，任明月在天，山林寂静，只有齐恒一迭声的呼唤声。

“雪奴儿！雪奴儿！”

他一遍遍地叫着，他不相信他的雪奴儿不能言语，没有动作，他不相信他的雪奴儿已然魂归天外，从此与他天人永隔！

他一遍遍蹭着她的脸，吻着她的唇，他一遍遍地在她的耳侧，在她的颈项，埋首在她的心窝，哭着，唤她。

然后他突然雷击般石化，转而全身颤抖，他好像听到雪奴儿的心脏，微微地跳动了一下。

乾贞帝听到狼嗥声也一阵心惊，虽知道驱动火狼王之后御狼天人再驱狼的可能性微乎其微，可这时候万一真的闯出一群狼，还当真是难以对付的。

可只听得狼嗥声愈悲切，越来越远，最后消失消散。乾贞帝突然内心悲怆，御狼天人这是独为月光儿哀悼吗？

看四周没有狼群出没，而乾贞帝停步失神，一旁的亲卫提醒道："陛下！"

乾贞帝惊醒，继续撤离山林，然而在即将撤出山林的时候遭遇了陆定然。看架势，陆定然是早早布置好等在那里的。

乾贞帝微微苦笑，他就知道，临安王不可能只派齐恒那一介武夫前来，齐恒大不了就是一个先锋，先来他这里探路摸底的。

而且临安王也知道，只要涉及月光，齐恒一定不会是自己的对手。

乾贞帝站定，他身边的护卫即刻将他围护在中心。

陆定然带着人准备充分，等得也很久了，他见到乾贞帝被围护起来，当即也没有多话，直接一挥手，顿时剑拔弩张，四周树丛中的埋伏者亮出了箭弩。

乾贞帝望着黑黝黝的阴森箭尖，却笑了。他指着陆定然，意态潇洒，不可一世："弓围箭指，陆将军便当真敢射？"

陆定然道："为何不敢？"

"陆将军是聪明人，朕此番来，前些日子做足了规矩礼仪，若朕客死大周，两国战火一开，怕是永无宁日。"

陆定然便也笑了："如夏皇陛下这般英明神武，可谓百年不遇。真杀了你，你一无子嗣，二无成年的兄弟，东夏势必群龙无首陷入内战纷争无暇西顾，实乃我大周之福，求之不得！"

乾贞帝的神色僵了僵，陆定然已然下令射箭。

箭弩如雨纷纷而至，东夏众护卫高手将乾贞帝护在中心，以刀剑格挡拦截。

乾贞帝的眼睛都红了，这样下去他身边的护卫抵挡不了多久，此时只有擒贼先擒王挟持住陆定然，才有最好的出路。生死关头也顾忌不了蛇毒，当下强自运功，一声暴喝，乾贞帝整个人从护围中心如鹰一般横空跃起，朝陆定然扑了过去。

陆定然微微一冷笑，身边的护卫们潮水般冲过去抵挡乾贞帝。

远远的夜空中有烟花绽放。

陆定然仰面，看见乾贞帝腾跃而起的英姿被远处烟花镶了层亮边，像极了高高在上杀气腾腾的神祇。

陆定然握起的手微微地松了，看来那边的阿恒已经找到陆姑娘了！不管是生是死，找到人了。但愿他们来得足够及时，陆姑娘尚没被乾贞帝伤害。

乾贞帝在夜空中见到那耀眼的烟花，内心油然一阵悲凉。

这应该是齐恒那武夫发现月光了……无论如何，这次终于是他亲手结束了她的性命，彻底抹去了她的存在，更用她的死赢取了自己和属下脱身的机会。

齐恒见到月光的尸身，定然心神俱散无心恋战，黑鹰应该很快就能赶过来支援。只是，自己如此冷静的算计，比起齐恒那个只会沉浸于哀恸的武夫，是不是就只显得薄情呢？

齐恒那武夫有大把的时间可以无所顾忌地哀痛，他却时时刻刻于生死之间不得喘息，连表达哀痛的时机都没有。

乾贞帝一时悲中从来，出手犹如雷霆之势，不可阻挡。

那些保护着陆定然的人固然也是高手，可是对敌东夏军与对敌乾贞帝，到底是差距颇大。

何况如今面前的还是强忍悲痛的乾贞帝，他挥剑如疾风，一心只想着速战速决。

乾贞帝一剑砍掉一西周士兵的脑袋，一回手抓起一西周士兵挡住了凌空而至的利箭。

激战正酣，黑鹰领着人已到了交战最外围，他一抬手令身后的亲卫齐齐止步，然后他很快分辨出弓箭声。

当下黑鹰的心一沉，目光一狠，切齿道：“周人在围杀陛下，我们先潜过去端掉他们的弓弩手！”

一众东夏亲卫如鬼魅般散开，潜入夜色中。疲于应付东夏诸护卫，随着西周弓弩手的落于树下而暂时松了口气。

所有的东夏护卫集聚一起冲上去营救他们的陛下。所有大周的兵士也冲上去，誓死杀敌保卫陆将军。

如今除了陆定然和黑鹰，所有人短兵相接战成一团！

是的，黑鹰。

激战之中谁也不曾留意，乾贞帝的贴身护卫心腹干将黑鹰没有加入战局，交锋一起他就趁乱快速向外奔越。

他要去调京城中所有留守的黑甲军来救皇帝，将深山野林的私密行动陈列于光天化日之下，看谁还敢明目张胆诛杀来大周缔结和约的东夏皇帝。

两国相争不斩来使，何况是乾贞帝是带着光明正大的理由而来，哪怕只是个虚假的借口。

黑鹰心急如焚，他的轻功原本上乘，故而拼命疾驰之下，他赶赴京城的时间也不过是短短两盏茶的工夫。

他也并没有进城，而是在远远的城郊释放了东夏示警求救的信号。

骁勇的黑甲军早已严阵以待，一见夜空中的信号便纵马齐发，城门处的大周士兵拦截，一黑甲军士亮出使节腰牌，杀气腾腾盛气凌人：“我大夏皇帝城外遇险，若有意外，你负得起责任吗？”

守门士兵哪里见过这阵势，一时蒙了。黑甲军已毫不客气地出动，在守城兵士的愣怔中闯了过去。

守城的兵士半惊半呆，老半天才反应过来，纷纷跑着去报信。

黑甲军金戈铁马，如狼似虎浩浩荡荡奔赴郊野山林，于月色下荡起滚滚的尘烟。

黑鹰赶回来得正是时候。

乾贞帝蛇毒蔓延，应付接连不断的攻击早已难以支撑。他的护卫高手勉力从外围冲进来把他护在中间，已然只剩五六人，其惨烈艰难不言而喻。

陆定然一见黑鹰这架势，故作吃惊道："黑鹰大人如何到了？"

黑鹰看了一眼战局，冷笑道："自然是为救我陛下而来！"

陆定然却不喝令住手，而是装糊涂道："我等在此追杀御狼天人，何来夏皇陛下？"

黑鹰阴森森道："陆将军如此，就别怪我黑甲军不客气了！"

陆定然此刻才猛地喝令众人住手，定睛打量完那边衣发皆损的乾贞帝，他一头磕在地上请罪。

乾贞帝看他那诚惶诚恐的样子，想着刚刚你死我活的围杀即刻转变成了外交礼仪，当下气得笑了。

他仰面哈哈大笑，看来临安王有陆定然这样的人，才是既能玩得锋芒毕露又能做得滴水不漏的对手！

笑未敛，一口血漾了出来，他的身子一摇晃，被身边人扶住。

乾贞帝却笑意未止，只仰天叹息道："痛快！棋逢对手，能遇临安王和陆将军这样的敌手，当真痛快！"

他一声感叹，动作神情却颇有些惺惺相惜的意思，即便他现下一副狼狈不堪的模样，早已败态毕露，但看上去仍有一番王者气度。

这份王者霸气，即便是陆定然也不得不佩服。能与乾贞帝卫扶桑作为对手过招，这场男人间的争霸，他赢得起，也输得起。

乾贞帝被黑甲军重重叠叠卫护着，却在城郊遇上了疾驰而来的临安王。虽是夏夜，临安王仍披着一件披风，脸有些白，见了乾贞帝，他急着上前，一脸忧切。

“听手下将士禀报，说夏皇陛下遇险，当真急得小王六神无主，陛下可安然无恙吗？”

周人这套当真厉害，内地里刀光剑影，大面上总把外交礼仪做足。乾贞帝文治武功，自不肯在礼仪面前输了风度，他虽重伤，却也撑着，只微微一笑道：“蒙王爷庇护，不过小伤，深夜惊扰王爷，甚感歉疚。”

临安王道：“夏皇陛下当真折煞小王了。陛下何等尊贵，哪怕毫发小伤，也是我周地的失职，小王当真惶恐至极。”

陆定然便过来请罪：“王爷，是属下未辩敌友，去山林剿杀御狼天人，不想冲撞了夏皇陛下大驾。”

“陆将军，不知者不罪，”乾贞帝笑语，说完看向临安王道，“朕的手下对王爷兵士多有冲撞，还望王爷雅量。”

双方客气着，彼此道歉请罪，突听得远远有马蹄声传来，却是齐恒一骑领先抱着陆雪弃绝尘而来，路过的时候甚至没有下马，眼看他又要旁若无人绝尘而去，临安王忍不住唤道：“阿恒——”

齐恒已纵马离去，只听得他远远的声音道：“我去找楚先生！”

看他这匆忙仓促的样子，听着他心急如焚的声音，找楚先生，乾贞帝不由得眼皮一跳。

找楚先生？楚清医术虽高，可是没有起死回生之术，此时的齐恒不应该是悲痛欲绝吗？他急着去找楚先生干什么？

难道，那女人没有死？

他虽然试了她的脉搏和呼吸，可是，她大祭司家颇多奇药，有什么暂闭呼吸之术也说不定，那女人又一向是谋定后动，绝不是上门送死的性子。

想至此乾贞帝心如刀割，突然痛得连呼吸也不能，他千里迢迢用尽心机诡计而来，绝对不是为了成全她假死，再亲手将她送给齐恒。

她曾经就死在自己的面前，无比温顺地任自己将她抱在怀里，如若自己不弃，她的归属就永远只能是自己！

就如原本最初的时候，她爱他，依恋他，又嫁给他。

乾贞帝闭上眼，面色如雪般苍白，即便他强行克制，仍然可见他紧握的双拳在微微地颤抖。

临安王也无暇再顾其他，看阿恒这架势，雪奴儿似乎身负重伤，凶多吉少。

十天。

十五天。

临安王府，楚清全力为她医治，陆雪弃却一直昏迷不醒。

那边乾贞帝回到使馆也未曾消沉耽搁，派人与大周商谈和约，条件是大周每年给东夏四百万两白银，三十万匹绢丝，两百万石稻谷，十五万石茶叶的岁币。

有些士族表示同意，但临安王不同意。这相当于一半国库的收入，这般的给法，令东夏如虎添翼，大周形同称臣，永无翻身兴旺发达之日。

大周内部争论不休，局面便这般僵持着。

而那夜正是七月十五，中元节。因野狼之祸刚刚过去不久，云安城不复往昔的繁华，但家家户户总要祭祀祖先，吃扁食放河灯，故而那夜依旧街市热闹。

使馆的庭院中有棵百年桂树，乾贞帝穿一身半旧的玄色袍子，孤坐于桂树下，阶前的月色空明如水，桂树枝叶娑娑的倒影宛若水草般斑驳可爱。

他靠在椅背上，垂眸静默若有所思。

这时黑鹰上前道：“陛下，人来了。”

乾贞帝有点懒于应答，良久才淡淡应了一声，黑鹰忙匆忙退下。

不多久，乔装客商的汝阳王出现在庭院中，他远远地看见乾贞帝高大英武的背影，正低着头轻声咳嗽。

“见过夏皇陛下。”

乾贞帝止了咳，也未起身，只侧首静静地看了过来。

汝阳王却心惊，他顿时感到了一种威压。

应该说这男人呈现在他面前的是非常家常近乎病弱的仪态，赏月风雅事，他偏赏出种孤独寥落来，偏偏那种孤独寥落不是无害的，而是类似于猛虎雄狮舔着伤口的黯然自失，那种黯然他自己可以有，可若是谁敢挑衅冒犯，那就会死无葬身之地。

汝阳王觉得在乾贞帝面前，他才懂什么叫举手投足，哪怕无声无息只在淡淡眼神中流露出的帝王威仪。

这种威仪令人自卑敬畏。于是不知不觉中，汝阳王的姿态就更加恭敬了。

乾贞帝确实并不在意这些，他只看了一眼，便又转过目光，只淡声吩咐道："给汝阳王看座。"

黑鹰给汝阳王搬来座位，可是乾贞帝背对着他，令汝阳王坐立不安。

乾贞帝目前的状态，不是很像谈事情的状态。可是如此郑重唤他来，却一定是有大事吩咐。

还好乾贞帝主动开口了，他的语声颇有一种心灰意懒的萧索淡漠，但说的也确实是件大事。

"朕与王爷这么多年，算是珠联璧合，王爷于这大周朝堂上一向都藏得甚好。"

汝阳王目光闪动。他一共只做了两件事，以毒箭射杀临安王，协助士族逼迫齐恒索要陆雪弃，但貌似哪一件都没有成功。

汝阳王道："小王有负夏皇陛下厚望。"

背对着他的乾贞帝抬首望月，似乎笑了一下，语声中带了些许笑意和温度："王爷不着痕迹又滴水不漏，在当时情境下已做得最好，又何必自谦，妄自菲薄。"

汝阳王颇有些羞赧地低下头："小王惭愧。"

乾贞帝便对着月亮叹了口气。

他这声叹息让汝阳王不禁把心提了起来，汝阳王自是知道这位帝王因何烦恼，可是那陆雪弃，临安王重兵把守，他确实不能再动她分毫。

汝阳王在内心不由得腹诽，乾贞帝啊，你自己都搞不定的女人，千万不要再寄希望我能帮忙！

不料乾贞帝却道："如今此时，应该是你起兵上位的最好时机。"

汝阳王一听，心不由得怦怦跳了起来。

乾贞帝道："原来临安王独掌大权，威信之高，你自不能比。可如今，有浊派士族的逼宫在前，又有朕于御狼天人之事的失手在后，内忧外患皆除，应该是临安王觉得最放松最安全的时候。原来临安王主战，他一直在清派士族中一呼百应，是因为朕一向以精兵强将意欲夺取大周。而今朕有意和谈，临安王若还是一意主战，那些清派士族的纷争愈演愈烈，而今支持他的人不过半数而已。关键是听说齐恒还在日夜守着陆雪弃，京城守卫的章士雄和元庆实则是你的人，陆定然和曹峰他们在负责京城外围，临安王身边不过他的日常亲卫，若朕派高手协助，王爷你兵谏临安王休兵罢战，顷刻之间，整个大周尽在王爷手中矣！"

汝阳王看起来不动声色，却整个身体都绷了起来，双手在身侧狠狠地握拳。

他确实等这一天很久了。

乾贞帝依旧没有回头，皎洁的月光照着他伟岸坚实的肩背，只听他轻叹道："反正临安王爷箭毒未清，也确实需要休息了。"

汝阳王的心几乎要跳出来了。

"不过，"乾贞帝缓缓地道，"朕助你夺取大周帝位，王爷也该投桃报李，将那齐恒给朕送过来。"

汝阳王有些愣怔，齐恒？他难道不是想要陆雪弃吗？

乾贞帝回眸看向他，语带玩味："王爷兵谏夺位，留着齐恒，他会放过你？"

汝阳王略一沉吟，冷声道："好！"

那夜，齐恒于云安郊外的河边，放河灯祈福。

水波晃动，一叶纸舟载着明亮的烛光顺流而去，齐恒默默注视着，内心虔诚祈祷，愿他的雪奴儿康健无事早日醒来。

彼时人迹已寥落，却突听得身后急切的呼唤声：“七弟，七弟！”

齐恒回头，见是汝阳王匆匆而来，不由得起身道：“五哥？”

汝阳王一把扳住齐恒的肩，兴奋地道：“七弟，快走！”

齐恒被他带着走了几步，狐疑道：“五哥，怎么了？”

汝阳王道：“雪奴儿醒了，你快回去！”

齐恒一时欢天喜地，两人快步走了几步，齐恒突觉得后颈冰凉，闷痛。他心下一惊，浓眉一拧看向汝阳王：“五哥你……”

汝阳王突然嗤笑了一下：“夏皇陛下赏赐的软骨散，七弟好好品味！”

“你个败类！”齐恒怒目冲上来，一把掐住了汝阳王的脖子。汝阳王骑马射箭在士族皇子里虽不弱，可他哪里比得上齐恒，故而虽有防备，还是被齐恒掐了个正着，一下子喘不上气来。

齐恒有点头晕，手上却更用了力，切齿狠声道：“解药拿出来，快！”

汝阳王翻着白眼，吃力地道：“在……在我的衣服里面。”

齐恒动手翻，汝阳王一时缓过气，用臂肘撞向齐恒的小腹，齐恒到底武功比汝阳王高出很多，下意识一闪，便避了过去。

汝阳王早有所准备，立刻拔出了剑。齐恒见了后，嘶声道：“你堂堂大周皇子，竟甘心做东夏走狗！”

汝阳王冷笑：“不过彼此利用罢了，谈何东夏走狗？只要父皇给我一个机会，我一样能管治出一个锦绣大周！”

“就凭你？”齐恒恨不得吃了他。

“就凭我！”汝阳王冷声道，“人皆以为老三国之栋梁，可这些年在他临安王的手里头，大周乱成了什么样子？如今全国家都要和，唯他要战！他就是吝惜给东夏的那么点儿粮食白银？怕是就为了沽名钓誉谋求天下。齐恒，从今夜你的靠山就没了，临安王，再不会是主掌大周天下的临安王了！”

齐恒一惊，看向皇宫的方向：“你们要……”

“不错！今夜我要发动的就是一场宫廷政变，他能软禁父皇，别人便不能软禁他吗？这天下，不是只有他一个人说话的份儿了！”

齐恒惊怒非常，拔腿便欲往皇宫飞奔，汝阳王纵身便缠住了他，一剑刺了过来。

两人近身缠斗，齐恒却觉得身后渐渐沉重如背泰山，有股如冰凉一般又似刀锋般锐利的剧痛沿着脊梁直牵扯延伸到脑门处，一时眼前一黑，竟忽然倒在地上。

他手里的剑掉落在地，“叮”的一声响。汝阳王一下子跳起来，抢过剑，仗剑而立，踢了地上的齐恒一脚：“哼！要不是乾贞帝说你还有用，今夜就是你的死期！”

临安王说是受命理政，实际已是大周的决策者，此时他坐在椅子上揉了揉眉心，实在有些累了。

是战是和？如何和？

争论这些天，氛围激烈得已是剑拔弩张，大家却谁也不能说服对方而下个决断。

决断早就在他心中，只是论战的过程是必须的，论战的激烈程度也是无疑的。

而此时他疲惫的状态，令所有的人都看出他的隐忍，当然大家也都累了，故而一时大殿上鸦雀无声。

临安王抚着额道：“不争了？那先都喝点茶吧。”

鱼贯的侍女端着香茶点心进来。大家争论的时候难免激动地站起来，此时都坐下，准备喝茶。

陡然从外面传来一道尖锐呼啸的声音，众人不由得面面相觑，陆定然心里咯噔一声，快步出了大殿。

夜空中犹残留着绚烂的烟花痕迹，陆定然对着值守的兵士道：“怎么回事？！”

兵士不知道，只是茫然地摇头。

陆定然皱起了眉，转身进了大殿对临安王道：“王爷，我得看看去。”

他说完就往外走，临安王道：“今夜外面谁值守？”

陆定然道：“章士雄。”

临安王看向曹峰：“曹将军麾下谁当值？”

曹峰皱了眉：“元庆。”

临安王沉默了半晌，手指轻轻地敲在案上。

陆定然保持着要往外走的姿势，等着临安王发话。临安王却苦笑一声：“怕是来不及了。”

他话音刚落，慌慌张张的兵士便闯了进来：“王爷，不好了！有大队的人马向皇宫涌来，气势汹汹！”

众人皆大惊。

曹峰闯上前道：“谁带的兵？！”

曹峰本来长相凶恶，此时更是骇人，吓得禀报的士兵结舌道：“看……看不清楚。”

临安王摇头一笑，看了众人一眼，轻声吐字道：“打开宫门，放他们进来。”

这一句更是石破天惊，一时唤“王爷”的惊呼声不断，连陆定然也觉奇怪，说道：“王爷，那些人看上去可是来者不善，你怎能如此轻率！”

临安王笑语：“元庆和章士雄当值，那便不是外人，迎汝阳王进来吧！”

汝阳王？！

众人一时惊得说不出话来，临安王往椅子上一靠，闭上眼拄着头揉着眉心。

乾贞帝于桂树下，望着夜空作为信号的烟花笑了笑。黑鹰为他披了件衣服，说道："陛下，夜深了。"

乾贞帝道："这么个蠢货，还想取代临安王。"

黑鹰却不知如何接话。

乾贞帝说完了，转头对黑鹰道："你说说这临安王，他大周只我们轻轻一吓，老皇帝就乖乖就范，毁了他临安王的棋，父子反目；如今我们再轻轻一引诱挑动，汝阳王就迫不及待断他的路，手足相残。你说这内外交困，除了陆定然，一个个都是成事不足败事有余的，他临安王再文治武功，又能怎么样？"

黑鹰垂手道："是，大周积重难返，临安王可惜了，若在陛下麾下……"

"在朕麾下？"乾贞帝笑了一下，"正因为大周有临安王，才有朕的一统天下！"

黑鹰没敢搭言，这时外面传来禀报的声音："陛下，大周汝阳王送来的人到了。"

"齐……恒……"乾贞帝一字一顿说出这两个字，突然仰天笑着快步向外走，"快走，回东夏！"

汝阳王看着洞开的宫门，一瞬间有些愕然。

竟然毫无抵抗，等着他长驱直入？他的好三哥，难道要给他上演空城计？

一旁守卫的将士还规规矩矩地向他行礼："见过王爷，请。"

汝阳王在马上没有动。他心里清楚，他身后除了兵士，便是士族浊派的残留，以及这些士族带来的私人护卫和私奴佃农，看似浩浩荡荡，实则是一群乌合之众。

宫里可是临安王的天下，真的进去了，临安王会不会来一招关门打狗？

他这刹那的迟疑很快消逝了。他身后有东夏高手藏在兵士里，临安王只要一露面，就必死无疑。

不入虎穴，焉得虎子。入宫，看似冒险，倒是唯一快准狠的法子。临安王死了，齐恒完蛋了，整个大周就只能是自己的。

汝阳王挥鞭下令，入宫。

待长长的队伍尽数入内，宫门便迟缓而沉重地闭合上，那沉闷的声音让汝阳王不知为何，心惊颤了一下。

事情好像不太对劲！

一路横行无阻，待汝阳王行至大殿门口，突然觉得恐惧。目标只有一步，可就是这一步，却如临深渊般沉重。

而他的面前殿门大开，临安王负手带着众人走了出来，他含着笑，看着面前的兵马火光，眉目淡淡，气定神闲。

“五弟这兴师动众的，所为何事？”

汝阳王那一瞬竟说不出话。

临安王笑语道：“五弟一向爱狩猎，今夜气势汹汹，以宫廷为猎场，是要猎取谁？父皇，还是为兄？”

汝阳王只觉得血冲上了头顶，开弓没有回头箭，他已经带兵入宫，他身后的城门已关闭，他和三哥已经刀兵相向，他，退无可退了。

汝阳王笑了，骑在马上昂首而笑。

“三哥为国事辛苦奔忙，我这个做兄弟的，也想为三哥解忧！”

汝阳王的声音依旧是那般爽朗粗犷，临安王遂也笑了：“如此甚好，五弟有何高见？”

汝阳王道：“三哥以为，我大周与东夏交战，胜算几何？”

临安王道：“敌强我弱。”

“远离战乱，可是上和君心，下顺民意？”

“不错。”

“那东夏休战，我大周以财帛求和，因何不可？”

临安王微微一笑，吐口的话几近石破天惊，他说：“无不可。”

汝阳王陡然愣住，一时目瞪口呆说不出话来。这……三哥同意求和，他还有什么兵谏的理由？

临安王笑吟吟地望着他：“五弟可还有话？”

汝阳王道：“人道三哥决意打仗，阿煊内心忧切，遂前来劝谏！”

临安王笑得十分清朗：“五弟一片苦心，只是这般阵势实在乱了规矩，五弟可知错吗？”

汝阳王听他这温和语气，陡然心存侥幸，问他是否知错，难道三哥不计较他带兵夜闯？

当下汝阳王道：“阿煊错了。”

临安王踱步看了面前的兵马一眼，说道：“刚才五弟问我，东夏休战，我大周以财帛求和，有何不可，我说无不可。”说到此，却陡然话锋一转，“可我势必要战，为什么？只因他要的太多，他这不是谈和，是逼战！”

临安王目光缓缓从人前滑过，语带锋芒：“四百万两白银，三十万匹绢丝，两百万石稻谷，十五万石茶叶，诸位想过没有，我大周除了这些，还剩下什么？”

临安王也不待人回答，自顾道：“诸位可能说我大周富庶，这些东西也难不住，压不垮，大不了百姓苦一点，士族简朴一点，赢得时日发愤图强，上贡求和，不过一时之辱。那诸位又有没有想过，这些东西，相当于丰年国库的一半收入，可是前年江浙大水，山东山西蝗灾大旱，国库一年总共还不到四百万两白银，百姓还流离失所忍饥挨饿盼着朝廷放粮救灾，我们又拿什么去给东夏？！”

临安王回视身后辩论诸人：“这几日争论，诸位自然也提出了很多办法，说穿了不过是百姓平民出不起，士族出得起。士族肯出，天下兴，士族悭吝，天下亡，可是怎么就没人说，东夏漫天要价，我们也能就地还钱？”

临安王话语一出，众人面面相觑。

临安王于是道：“诸位不是不想，是不敢吧？东夏大军压境在那儿逼着，开的条件十分强硬，我们一群一群的人在那儿想着的是迎和的办法，没一个敢去抗一抗，去问一问他能不能少点？”

一时之间，只听到火把燃烧的声音，但人群死寂。良久，一士族道：“王爷，我等并不是未尝想过，而是东夏虎狼之心，绝不会让的！”

“是啊，东夏不会让的！”

这人的话顿时引起共鸣，大家一致窃窃私语纷纷附和。

临安王侧首看了几眼汝阳王，言归正传：“东夏不会让，为什么？！”

众人一时怔住，临安王道：“知道这是东夏让人引火自焚的毒计吗？看似有一线的平安转机，可是诸位想想，我们若应了，士族先出了这笔钱，然后呢，是不是在丰年的时候横征暴敛逼迫平民？平民丰年饥馑，灾年寒苦，永无宁日，不揭竿而起吗？士族今年补漏，来年还缺，怨气冲天，不穷则思变吗？我们纳贡以供东夏，无异于割肉喂狼，身愈瘦弱，而狼愈强壮，不出十几年，大周自取灭亡！”

汝阳王冷笑道：“三哥危言耸听了吧？”

临安王道：“前年山东山西大旱，民不聊生，便有李敢揭竿而起，被谢家中远将军血腥镇压，据说堆尸成山血流百里，所涉妇孺斩尽杀绝一个不留。我大周士族，对我大周百姓，酷矣！百姓遭灾我们无钱救济，竟然要给东夏这么一大笔钱，难道我大周的皇室，就是肯拿民脂民膏去供奉仇敌，而无粮饷去救济百姓的皇室？我大周的士族，就是献财米以谄媚东夏，持刀剑以诛杀流民的士族？请问，灭我者唯有东夏吗？自古朝代更迭，不是民变吗？”

临安王一语出，众人惊心。

“那，依王爷的意思？”

临安王的话语十分果敢冷定：“有那个钱粮，不如施恩于民，我大周齐心，以对东夏！”

临安王的话掷地有声，却没人敢应。

临安王便似笑非笑地道：“诸位是给东夏舍得，给我大周子民，便舍不得？”

这话万不敢接，一士族迟疑道：“可是，敌强我弱，万一……”

临安王浓眉一拧，瞬息间他英俊的面容有几分锋锐：“东夏为狼，民心如虎。杀虎以喂狼，舍本而求末！若我大周万众一心，同仇敌忾，虎啸山谷，饿狼退避，东夏有何惧？”

那一瞬间，临安王的话烧沸了众人胸中的血。

汝阳王突然惶恐。

临安王笑睨着他：“五弟还不下马吗？”

汝阳王想让自己表情更冷硬果敢一点，偏偏硬着硬着，便心虚了。他硬着头皮高声道：“三哥你一意孤行，执意挑起战火，置万民于水火，置国家于危难，阿煊唯有拼死兵谏，还望三哥收回成命！”

临安王便慨然笑了，反问道：“兵谏吗？”

汝阳王有点愣怔，临安王道：“你用谁的兵，谏谁的位？”

汝阳王瞬间石化，惨无人色。他左右看了看章士雄和元庆，两个人一动不动，汝阳王慌张地看向临安王。

临安王道：“请汝阳王爷下马！”

章士雄和元庆齐声应了，大步走向汝阳王。汝阳王慌张地勒紧马，拔剑道：“我看谁敢动！”

临安王道：“拿下！”

眼看一场刀光剑影，汝阳王要做困兽之斗，混在兵士里的东夏高手陡然腾跃起，出手齐齐攻向临安王。

他们这次用的是暗器，淬了剧毒的暗器！

暗器纷飞，临墨已然护在临安王的身前，大周宫廷的暗卫高手齐冲上去与东夏杀手纠缠。

东夏人也是孤注一掷，临安王近在眼前，他们绝不可失去这千载难逢的好机会。打着汝阳王的旗，这机会只有一次。

东夏杀手之悍勇，大周抵御之惨烈，令那些很少见生死厮杀的士族骇然后退面无人色，而临安王，与临墨背靠背站在战围中间，神色冷峻淡然。

汝阳王在马上紧紧勒着缰绳，身体突然有些发抖。

他不知道自己是恐惧还是兴奋，他全部的希望其实就在这里，只要东夏人得手，临安王一死，其余人他有何惧？

战围外的汝阳王在紧张，可战围之中面临生死的临安王，却连眉头都没动一下。

看着临安王那冷静淡然，不计生死的好气度，汝阳王原来觉得那都是高高在上的三哥标榜自己的装模作样，而今他才相信，这种风度气韵是真的有。

他虽不善文辞，但也会读兵书，他身体力行纵马山林逐鹿杀狼。

他一度认为自己的三哥不如自己，因为临安王虽带兵，却没有真的冲过锋，打过仗。

运筹帷幄与纸上谈兵，其实他也能做得与三哥看起来差不多，毕竟仗都是别人打的。可是看着生死之间临危不惧的三哥，汝阳王发觉自己可能真的错了。

临安王的护卫团团抵抗，东夏刺客的暗器用尽，他们发出一声暴喝，不计代价地冲向临安王。

他们这是要把自身作暗器，垂死一搏！

一东夏刺客在同伴的配合下冲破大周护卫的重围接近了临安王，临墨将临安王护在身后迎了上去，两人对招，东夏刺客突然一声狠笑，将袖子里的药粉洒了出去。

“王爷小心！”临墨顾不上阻挡刺客，而是纵身将临安王扑倒，一时只见他们主仆二人淹没在淡淡的烟雾中。

那东夏刺客欲上前进招，后面的大周暗卫一剑刺入他的后心。

与大周护卫交战的东夏人见状，齐齐扬出了毒粉，大周卫护不退反进，只是拼死与东夏人搏杀。

东夏人被杀光，一众大周护卫也因吸入毒粉倒在了地上。

陆定然正掩住口鼻指挥众士族退散，见东夏人死绝，临墨和临安王却一动不动，不由得嘶声道："王爷！"

楚清却嗅着空气中的气味，摇了摇头道："东夏当真下了血本，这么贵重的东西，也当石灰粉来扬着使！"

陆定然催促道："你快看看王爷！"

楚清道："看什么看？你先生我解毒拿手，防毒更拿手！"说完看也不看临安王一眼，只躬身去看望诸大周护卫，临墨见状连忙挟了临安王避出毒气范围。

汝阳王看着临安王被带远了，再看看四散避毒的兵士和士族，他当即觉得是个千载难逢逃走的好机会，当下掉转马头，狠踢了马肚子一脚，大喝一声"驾"，便欲直冲出去！

却不想自己带来的人马委实有点多，他这般横冲出去，马越不过人墙，虽大家惊叫规避，但是汝阳王很快被摔了下来。

有兵士上前将他擒下。

第十四章 我自无悔

这边楚清为护卫们看了脉开了药，回到临安王那里，当时正有内侍端来热水为临安王洗脸，有宫女送上热茶。

楚清为临安王号脉，陆定然看着临安王脸色不好，非常担心："东夏到底用了什么毒，王爷当真没事吗？"

楚清道："就算再毒，那么点时间，有临墨为他掩住口鼻，他一共才吸了多少？这点儿毒雾最多十天半个月也就清除了，难办的不是这点儿毒，而是王爷的这副身子啊！"

"这副身子成如今模样，还全仗五弟的功劳，"临安王笑着，看向陆定然，"他在哪里，我想见见他。"

陆定然道："他本来成事不足，王爷您还是先歇着吧！"

临安王摇头："今日事今日毕，唤他进来吧！"

汝阳王被绑着送进来的时候，一众人等皆退出去了，偌大的宫殿里只剩兄弟两个。

临安王在光影里淡淡地垂着眼睑，汝阳王垂丧着头也不开声。

"五弟，"临安王向汝阳王踱了几步，站定，说道，"可有什么要说的？"

汝阳王猛地抬起头望着临安王，临安王与之对视，目如清水，澄净而寒凉。

“为什么？你何时知道的？！”

临安王便笑了，他的手捂住胸口，目光却是飘远了，轻叹道：“何时知道？自然是挨了五弟那一毒箭之后。”

汝阳王如遭雷击，顿时面白如纸，转成青灰。

临安王看他一眼，轻声道：“当时那一支毒箭，五弟当真以为，神不知鬼不觉，一句东夏恶贼人心叵测，便能遮掩过去吗？”

汝阳王已骇得惊坐在地上，他直愣愣地，见鬼一样看着临安王。

临安王道：“彼时与东夏交战在即，谢止胥那些人也的确是想牵制削弱我，属意的皇位继承人是二哥，如此重重疑云，似乎都是谢止胥他们勾结了东夏要取我的命，可是我知道，不是。”

临安王低低吐出“不是”两个字，目光就直直地盯住了汝阳王：“五弟以为掩饰得很好是吗？那我告诉你，你什么地方出了纰漏，你看到我受伤就一下子冲上来，看似关切地大声叫，用力地摇晃我……那时候我就知晓了。”

汝阳王的瞳孔陡然变大，然后猛地一缩，整个人向后躲了几分。

临安王盯着他，冷声道：“中了箭的人，因那箭上有毒，常人断不会轻易触碰，更不用说那般剧烈摇晃中毒之人。你我都是宫中长大，我不信你不懂，我当时还未到要送命的程度，你却那样声嘶力竭地抓着我晃，连侍卫去拉你也拉不开。”

临安王负手走开，回过头对汝阳王浅笑：“你和我，向来算是亲厚，和阿恒也比较谈得来。若说莽撞无知，莫过于阿恒，可当时阿恒只是愣怔在侧束手无策，五弟你的反应，是事先预知的表演，不是骤然遇见的失措。”

汝阳王血红着眼睛：“就凭这个举动，你便定了我的罪？”

临安王道：“哪会，我不过是分外留意你，仔细查了查。五弟的心思隐藏得深，每件事都是老谋深算，做起来浑然看似不经意，至于章士雄和元庆，他们原本是我派过去接近你的。”

汝阳王困兽般愤然道：“你早疑我算计我，却掩饰得这么好，当真伪善！”

临安王反问：“五弟不也是一样吗？早就谋算着杀我，也是一直隐藏得这么好。”

汝阳王一愣，转而哈哈大笑起来。

临安王不动声色地望着他，汝阳王大声笑道：“你心里有数，防我疑我，甚至派人在我身边卧底提防，可是没对齐恒那个傻小子说吧？！”

临安王拧紧了眉：“那又怎样？”

汝阳王突然放声大笑，那笑声极其解恨而痛快：“你果然没对他说！你怕他藏不住事，露了马脚？哈哈哈，你也有自作聪明的时候，你也有搬起石头砸自己脚的时候！哈哈哈！”

临安王怒，切齿道：“你把阿恒怎样了？！”

汝阳王大笑：“呵，齐恒那傻小子，已经被我毒倒送给乾贞帝了。你没有了他，谁还做你的刀，谁还为你不要命地冲锋陷阵，为你打江山平天下！你没有了他，如何平民心对东夏！他是傻，不堪重用，喜怒形于色，可是你没有他，你还有什么呢？！”

临安王却陡然静了下来，他静静地盯着汝阳王，眸光深邃，深不见底。汝阳王嚣张地狂笑着，被他盯着盯着，却无端地心虚起来。

临安王的话语阴冷：“我未曾告诉阿恒，是因为我觉得你虽心术不正，但也是我齐家骨血，也有可能继承大宝，阿恒有勇无谋，为刀也罢，做剑也好，与你不生嫌隙，也算是你一个助力。”

汝阳王陡然惊骇，不可置信地瞪着临安王。

临安王压了压自己的胸口，苦笑道：“你知不知道，你那一箭差点伤到我的心脏，又兼剧毒，我对外声称痊愈，实则已是苟延残喘，不久于世了？”

汝阳王的脸色登时垮了下来，人瞬间疲软。

临安王道：“兄弟相争，不择手段，我可以不计较。我何曾就没想过大周的江山帝位，如今在世的成年皇子，二哥病弱，七弟少胸壑，我的儿子、其他的弟弟都太小，轮到最后，人选还有谁？”

临安王看向他的目光雪亮，锐利如刀，汝阳王却如筛糠般颤抖起来。

临安王哼笑了一声：“你要扳倒我，取代我，不算什么不可饶恕的大罪，我监视提防着，却没打算灭掉你。兄弟阋于墙，外御其侮，你真有本事盖过我，我愿赌服输，把帝位给你，可你内害手足，外通东夏，只此一桩，我饶不了你！”

“三哥，”汝阳王突然流泪道，“阿煊知道错了……”

临安王没说话，不为所动。

汝阳王伏地，哀求道：“三哥饶我这回吧！”

临安王的目光望向殿外，有些虚远，他开声道：“五弟一向沉得住气，藏得深，知道今夜因何鬼迷心窍，干下蠢事？”

汝阳王诧异地看向临安王。

临安王道：“因为贪欲。五弟你贪念已起，因为等得太久了，被人一挑唆诱惑，便觉得机不可失，利令智昏便带兵逼宫！难道你现在还没醒悟，那乾贞帝根本不是真的帮你，而是他一石三鸟的毒计！他让你逼宫，算计阿恒，毒倒我，你以为事成你就能夺得天下，其实不过就是个众叛亲离的结局，如此一来将我大周成年皇子几乎一网打尽，大周的江山，他不战而取唾手可得！”

“不！”汝阳王跌坐在地上喃喃自语，“不是这样的，不是……”

临安王悲哀地看着他：“你这等昏聩，还妄想坐拥大周的江山！”

这是临安王那夜对汝阳王说的最后一句话，他根本没有回避，亲眼看着汝阳王被灌入鸩毒而死。

临安王打开门走出大殿，他的脸有些青白阴沉，但是目光冷峻，杀气正盛。

“调兵！京城所有大周军，给我围住东夏使馆，限令他一个时辰内交出我大周平原王，否则我大周率先宣战，杀了他东夏皇帝祭旗！”

谁知兵围东夏使馆，使馆里的乾贞帝却已经人去楼空。

“走了？”临安王道。

“是，两个时辰前，应该是一得到平原王就走的，连包袱都没有收拾，只留下三两个手下拿着使节撑场面。”临墨回报。

临安王听了便闭上了眼，大半天没有开口，他苍白的脸色着实令人担心。临墨忍不住安慰道：“陆二哥带人快马去追了，您看着面色不好，回房休息一下去吧。”

临安王靠在椅背上，眼也未睁道：“追不上了。”

临墨道：“乾贞帝有伤，还带着平原王，应该走不快……”

临安王摇头：“乾贞帝的马非同一般，如此轻装，两个时辰应该已经跑出了三四百里，咱们的人肯定追不上。”

临墨终不再说话，临安王抚额揉了揉眉心，心内暗叹。

抢走齐恒，这招太狠太致命了。

这时楚清敲门进来，把了把临安王的脉，看了他一旁被喝光的药碗，低声道：“这次你虽然吸入的毒很少，可你的身子必须得静养时日，不宜再操劳。”

“养也养不好了，”临安王道，“雪奴儿怎么样？”

楚清轻轻赞叹：“东夏大祭司一族的手段怪不得让乾贞帝如此忌惮，雪奴儿这一招假死，穷尽我一世所学，也不能让她从中醒来。”

临安王叹气：“不知道这丫头要昏睡到什么时候。”

楚清道：“据我的观察，应该快了。”

看临安王眼底闪出的光亮，楚清非常实在地给他泼了一瓢冷水：“她之前伤重，假死药又霸道，怕是她一醒来，将会武功尽失。”

临安王眼底的光亮瞬息消退，默然。

楚清便问到齐恒：“阿恒那边怎么样？有消息了吗？”

临安王几乎是绝望地闭了闭眼，低头揉了揉眉心，然后伸手为自己倒了杯浓茶，说道："在等叔夜那边的消息。"

茶却被楚清拦住："你该休息，却用浓茶提神，况且才喝了药，喝药能饮茶吗？"

临安王看了楚清一眼，自知理亏，言语里便有了些示弱的央求："楚先生……"

楚清不为所动，直接吩咐小童撤了茶，换上水。临安王苦笑："戒了酒，连茶也忌，你还让我有啥活头？"

楚清睨着他："怎么？没什么活头，王爷就自己作死吗？"

临安王不说话，小童换了水上来，楚清为他倒了一杯，临安王没再抱怨地接了。

楚清也陪着喝水，呷了一口，入口清浅甘洌，说道："真水无香，王爷嗜茶，也未免落入俗套，执着色相。"

临安王虚心领教："是，先生有理。"

楚清便不再说话，他是个明白人，听了齐恒的事，再看临安王适才的表现，便知道齐恒此次被追回的可能极小。

一日之后，在众人的翘首企盼中，陆定然回来了。

他一身风尘，满脸疲惫，坐下连喝了几杯水，才颓然叹了口气，说出的话颇有不甘："就像突然凭空消失了，他们先走了两个时辰，我们快马追了一天一夜，竟是连踪迹也无？"

临安王和临墨互相看了一眼。

陆定然复又喝了一杯水，重重地将杯子放在桌子上，语声愤然："要知道他们一行总有十多个人，乾贞帝有伤，还绑着一个大活人，怎么会不露踪迹？！"

临墨突然道："他们来的时候人更多，进了城，行了事，也是神不知鬼不觉的，纵是有大周的人刻意掩盖，你们不觉得蹊跷吗？"

陆定然愣住："你是说，他们根本就没走，还在城中。"

临安王缓声插进去，否认道："不会，他们走了。"

陆定然道：“说不定他们在城中有秘密的据点，有暗道什么的，调虎离山引开我们的视线，再偷偷出城，也是有可能的。”

临安王极其肯定：“不会。”

陆定然几乎有点急：“为什么？”

临安王道：“因为他算得出我找不到阿恒，就会马上开战！”

陆定然几乎失声，半晌才抑制住惊呼，劝谏道：“可是王爷，现在不是开战的最好时机，况且一开战……”

陆定然吞了后半句话，不由得愕然，惊怔。后半句话其实很简单，也很残酷，大周宣战，东夏定会杀齐恒祭旗，开战，意味着不管齐恒生死了。

故而那个瞬间，楚清和陆定然齐齐变色，望着临安王。陆定然咽了咽唾沫，对临安王道：“王爷，阿恒在他手里……”

临安王道：“他手里有阿恒，我们手里有雪奴儿。”

陆定然和临墨面面相觑。

临墨忍不住道：“可是他已然不管陆姑娘的死活了！”

临安王摇了摇头，缓声道：“我赌他在没得到雪奴儿之前，不会对阿恒动杀手。而我大周正商议和谈，他却掳走我大周平原王，大周刀兵索要，再合理不过，唯有此时才是开战的最好时机。”

陆定然愣住。

临安王已长身站起，那一瞬间，他深眸半敛唇边冷笑，以一种雄视天下的英雄气吐字宣称：“传令天下！他东夏诳我和谈，掳我平原王，欺人太甚，我大周三军将士誓雪耻辱，讨还公道！”

星光月夜，快马已疾行了三日三夜，越过了大周东北腹地，离周夏的边境，不过三百里了。

再无追兵，况且这样日夜奔波，也着实累人，乾贞帝有伤在身，的确需要休息，是以那夜他们停下来，露宿在野外。

接近边地的时候，气候已是寒凉，初秋的深夜也有了股瘆人的冷。

齐恒被从马上扔下来，摔在冷硬的地上，疼得缩起身子。他被掳了以后，全身的衣物被清除更换，藏身的药和兵器被没收销毁，武功虽没有被废，但每天不知道被灌了什么药，只全身软绵绵的，手无缚鸡之力。

乾贞帝在帐篷里本来睡熟了，却不知何故突然醒了。醒了再也无法入睡，心绪寥寥，他也未惊动别人，而是出了帐篷，看见被扔在帐篷不远处的齐恒。

身边护卫的人欲上前，乾贞帝挥了挥手，示意人退下。

乾贞帝纡尊降贵地弯下腰，伸出手指捏住了齐恒的下巴，居高临下地望着他。

齐恒睁眼不驯地回望，还笑了一声。

乾贞帝也笑了笑，便松了手。许是深夜寂寂，他抵不住心底深处的失落空虚，乾贞帝突然想和这个男人聊聊天。

他便在齐恒的对面席地坐了下来。

“你说，月光醒了会不会来？”

齐恒懒得理他，从鼻子里哼了一声，没吱声。

乾贞帝瞟了齐恒一眼，目光里便有一丝轻慢不解，笑道：“就你这个样子，朕便想不通，月光看上你什么？”

这轻缓的语调无疑是挑衅，齐恒冷笑道：“雪奴儿看上我什么，你管不着！”

乾贞帝倒也不生气，继续语调悠扬：“要说月光，是普天下少见聪慧大气的女人，她看人的眼光向来挑剔得紧，武得定国，文要安邦，莫说你这么一点不值一提的勇武，便是你三哥临安王，她也未必看在眼里。”

齐恒狠狠瞪了他一眼，哼了一声。

乾贞帝道：“你可知道朕为何没废了你吗？”

齐恒一怔。

乾贞帝道：“纵然你配不上月光，可也算是大周难得的将领，纵然你现在一介白衣，也曾是大周名副其实的王爷，纵然……”乾贞帝语声一滞，开口道，“你一无是处，却真真正正得到了她，”乾贞帝陡然觉得自己的胸口一阵疼，他一声苦笑，说道，“朕不会折辱你，也不想你死得太难看。”

齐恒却是一时说不出话来。

两个男人相对沉默着，齐恒自己也不得不承认，从一个男人的角度来看，乾贞帝是强大的，无论是才是貌，是武功还是心计，自己都远远不如他。

“你想用我诱雪奴儿出来，还是逼我三哥答应你的条件？”

乾贞帝没说话。

齐恒道：“我三哥和我五哥，哪个输了？”

乾贞帝微微笑道：“这事情毫无悬念，自然是汝阳王输。”

齐恒便舒了口气，也不再说话，仰面看天空。

那夜有点冷，衣衫单薄的齐恒有些瑟缩。

乾贞帝便问了一句：“冷吗？”

齐恒很老实：“有点。”

乾贞帝问完，并没有唤人来给齐恒添件衣服，两个人兀自沉默着，乾贞帝也没有要走的意思。

齐恒捉摸不透他的心思，纳闷地道：“你这一国之君，自诩天上有地上无，是唯一能配得上雪奴儿的人，被我陆二哥打得半死不活，将我掳了来，就是没事在这儿陪着我挨冻，跟我大眼瞪小眼？”

他这话正说着，黑鹰过来为乾贞帝加了一件披风，劝道：“陛下，夜深了，回帐里休息吧。”

乾贞帝却挥手令黑鹰退下了。齐恒盯着他肩上那件披风，气恨得牙痒痒，与他又陷入了沉默。

乾贞帝用略带薄茧的手指慢条斯理地系着带子，唇边漾出了笑：“我似乎了解，月光为何看上你了。”

赤子之心，不要心机，对她好便是死心塌地对她好。

乾贞帝明白了这点，却心如刀绞，起了身顾自向帐子里走，再也不看齐恒半眼。

临安王发檄文痛陈东夏阴谋罪孽——他们谈和是假，敛财掳人，亡我大周是真。大周焉能削损自身之骨肉，增益狼虎之羽翼，唯愿挥师共进以御外辱，唯愿君民齐心以享天下。

王谢颜陆等士族，皆派人在民间宣传说乾贞帝重伤之下强弩之末，难敌大周正义之师，若罢战拖延，才是真正养虎为患。

让国人觉得有安全感的，还是“临安王”这三个字，这三个字所代表的声名，是忠义诚信，是一诺千金，他虽只惨胜，但是从未败过。

大周举国上下信赖他，他进，相勉励；他退，相追随。故而一时之间同仇敌忾，大周陈兵严阵以待。

而临安王也在万众瞩目中和陆定然整装远赴边疆，将国家大事交给以王珺为首的众士族清流打理。

他们日行两百里，杀气日重。

边地夜寒。

在趋近边关之时，临安王下令放慢了速度。

一旦刀兵相见，东夏掌握着一个大周王爷，还是勇将，必然会推出来作为挟持。这件事不用人说，临安王明白，所有人也都懂。

故而临安王这一减速，便意义深重。

明日两军对阵之时，可是平原王惨死，兄弟诀别之时。

这等恨，这般痛，摧人心肝断人肠，所有大周的将士能够感同身受。

宛若猛兽进攻前先退半步，翻涌于心中浓得令人窒息的恨意，平原王一遇不测，便是喷薄而出毁天灭地的怒火、腥风血雨你死我活的复仇。

帐里生着火，乾贞帝靠在木几前，在灯下看书。齐恒被护卫拎进去扔在地上，乾贞帝放下书看了他一眼，浅声道："你三哥要到了。"

帐里骤然的温暖反倒让齐恒打了个寒战，他也没说话，只哼了一声。

乾贞帝也不恼，这时有侍从端了酒肉上来。乾贞帝用刀割了肉，小口吃着，喝着酒。

齐恒很是饥饿，闻到酒肉的香气，肚子"咕噜"叫了一声，乾贞帝听到，便笑了。

"平原王也到用餐的时间了，和朕一起吃点？"

东夏人骁勇彪悍，崇尚强者，欺压弱者。齐恒如今是一个敌国被掳的王爷，自然得不到善待，只是乾贞帝说得客气，言语里未曾有丝毫怜悯，齐恒也是个不拘小节的，当下笑道："如此，先谢过夏皇陛下了。"

乾贞帝便将自己盘里的酒肉分了一半给齐恒，齐恒几乎是先抢着喝了酒，然后才狼吞虎咽吃起肉来。

乾贞帝用帕子擦着手，看着但笑不语。

有侍从端上茶给乾贞帝漱口，乾贞帝用毕，示意侍从给齐恒也送一份，却不想齐恒将茶一口喝光了，完了意犹未尽地道："还有没？请夏皇陛下再赐口水。"

乾贞帝道："那些恶奴不但克扣你的伙食，连水也不给？"

齐恒哈哈一笑："水是水，茶是茶，岂可同日而语？"

乾贞帝不再说话，挥挥手令众人退下。

齐恒眉梢眼角带着笑，看着乾贞帝道："陛下可是等不及，要杀我了？"

乾贞帝看他一脸欢悦，奇怪道："王爷怎么突然变聪明了？"

齐恒道："我就算再傻，也知道你心里打什么主意！"

"哦？"乾贞帝反问，"朕打的什么主意？"

齐恒冷笑道："杀我祭旗，灭我大周，活捉雪奴儿的主意！"

"朕唯一之心愿，是灭了大周雄视天下，至于你和她，"乾贞帝斜睨齐恒，笑了笑，"算什么东西？"

齐恒被他噎了一下，愣住。

乾贞帝道："图天下者，焉能儿女情长。朕捉你，只因你是大周王爷，第一勇将，朕要她，只因为她智勇双全成你大周助力。至于其他，捉了她以报她叛朕之仇，杀了你以解你横刀夺爱之恨，这都不过是顺带为之罢了。"

齐恒道："你少冠冕堂皇！"

乾贞帝唇边嘲弄地笑："燕雀安知鸿鹄之志，你等凡夫，自然不懂帝王情怀。她当日遇见追随于你，不过是为了去接近临安王与朕报仇，女人的心爱过一次便死了，还当真以为她爱的是你，与你两情相悦？"

齐恒道："你胡说！"

乾贞帝走到齐恒身边，轻笑着俯下身，逼视齐恒道："朕胡说？上位者原本如此，你只当朕对月光狠吗？如今你誓死效忠的三哥，不顾你的死活带来了千军万马，便要靠你的死来激发大周死战的勇气，你那好三哥便不狠吗？"

"呸！"齐恒一口吐在乾贞帝脸上，大骂道，"你焉能与我三哥相比！"

乾贞帝一脚将齐恒踹了出去，他轻轻地擦净脸，静声道："给朕看好了，明日阵前，杀他祭旗！"

绿树掩映的药王谷，花满枝丫。

陆雪弃在一个日光清亮的上午醒来，楚清当时正抱她出来晒太阳，所以一睁眼便见绿树红花，一只小鹿在草地上悠游行走。

她有瞬间茫然，不知自己身在何处。

莫非苍嵘哥哥将自己带回山里了？

转而下一刻，她看到了长身玉立微微含笑的楚清。

是在药王谷啊，陆雪弃微微舒了口气。

"你可算醒来了，知道自己睡了多少天吗？"楚清出于医者的本能，习惯性地抓过陆雪弃的腕子把了把脉。

脉象还很虚弱。

陆雪弃四顾望了望，既然自己那夜回到了大周临安王这边，没道理不见阿恒啊？

楚清见她的动作，如何不知道她的心思？只是，她尚如此虚弱，齐恒的踪迹又如何告诉她呢？

陆雪弃终于忍不住打听："怎不见阿恒？"

怎不见阿恒！她是如此笃定的！她有这个自信，自己生死不知躺在这儿，齐恒一定会心急如焚不离不弃守着她！甚至在她心里，这种抱出来晒太阳，喂药翻身洗澡这一系列照顾人的活儿，应该都是自己的夫君齐恒干的。

陆雪弃当真是有些疑惑的，但她是何等样人，不见齐恒，也等不来楚清的回答，她很快就意识到出了事，沉声道："阿恒怎么了？"

楚清见瞒不住，就把陆雪弃假死后的事情都直说了。

陆雪弃听到齐恒被汝阳王送到了乾贞帝手里，身体陡然绷紧，不可抑制地抖了抖，然后张嘴咬住了自己的下唇。

因为虚弱，她的唇色原本就很浅淡，此时被狠狠地咬着，便泛出一阵青白。楚清捏住她的下巴迫使陆雪弃松了唇，那青白发紫的嘴唇瞬息间便凝出了一粒暗红的血珠。

陆雪弃闭上了眼，轻颤的睫毛依然昭示着她内心的惊骇动荡。

楚清道："雪奴儿切莫担忧，如今两军对峙，尚未开战，他应该不会把阿恒怎么样。"

陆雪弃放在身侧的双手紧紧握拳，复又慢慢地松开，她蹙了蹙眉，缓缓地睁开眼睛。

"他是不会放过阿恒，也不会放过我的。当然，他更不可能放过大周。"陆雪弃看向楚清，目光一扫虚弱，变得清澄笃定，"没有什么能满足他的胃口，压制他的野心，只有迎头痛击打过去，让他伤，让他疼，让他不死也得夹着尾巴求活……三哥这一招，做得好！”

她语气凶狠，像是一头伤痛交加绝地求生的狼：“给我准备药材，我要配制破茧成蝶，他敢杀我阿恒，我便拼死去杀了他！”

破茧成蝶……

楚清的心颤了颤，那是东夏大祭司的不传秘药，可以让人迅速恢复元气乃至成倍增长，但是代价也是残酷的，折损寿命不说，其间的痛苦也是常人难以忍受的，一个不小心，还有可能前功尽弃生生痛死。

故而楚清的声音有些颤抖惊惧：“破茧成蝶，你，当真？”

“当真。”

那夜弦月如弓，药王谷金风细细，分外静谧。

庭院里的桂树开花了，空气中是淡淡的清甜。

陆雪弃穿着一件白色的薄丝长袍，散着发，光着脚，她轻轻地垂眸，看着楚清将琥珀色黏稠的液体倒在桌上的白玉碗里。

满室寂静，只有风从敞开的窗子里轻轻摇曳着桂树婆娑的树影。

“我不能保证万无一失，”楚清的声音很轻，“你现在后悔还来得及。”

陆雪弃笑了笑，伸手端过玉碗抬眸对楚清道：“楚先生说哪里话。”

那一瞬间楚清还只觉得她目光盈盈笑容甜美，陆雪弃已经将碗中的药喝得一干二净。

“楚先生一代国手，有您护持尚不能万无一失，那便是时也命也，我自然也毫无怨尤。”

她的动作声音非常安闲冷静，仿佛要面对的不是生死难关万分凶险。

楚清微微苦笑，陡然间他反倒非常紧张。破茧成蝶啊，那鬼东西他只有耳闻，从来没有见过啊，何况陆雪弃这身体只用药将养了几日，不曾复原的啊！

可是已别无选择了，楚清若无其事地拿出铁链：“陆姑娘躺下。”

陆雪弃很温顺地躺在床上任其缚绑，楚清很仔细地控制绑缚的力度和间隙。刚刚绑好，陆雪弃猛地一蹙眉，忍不住蜷起身，冷汗涔涔而下。

楚清去一旁用热水烫过帕子，拧干，放在嘴里让陆雪弃咬住。

陆雪弃痛得小脸煞白，默默隐忍着，终于还是忍无可忍。她力道骇人地抓着床边的铁链，手背上更是青筋暴起。

楚清却顾不上计较她的疼痛，他全神贯注关注着陆雪弃疼痛的经脉走向。

破茧成蝶，是一个用药强行修复五脏六腑七经八脉的过程。强行修复，就有蛰伏，有潜藏，有横冲直撞，有出其不意。而他这一代国手要做的，就是竭尽自己所学，预先判断，动用所有的手段去堵截疏泄，引导药力朝着正确的方向行走。

而药力扩散是不按牌理出牌的，稍稍判断失误，就是失之毫厘差之千里，陆雪弃这一条命，就算完了。

药力只引发疼痛，没有声音告诉他要到哪里去，而疼痛又充满了混乱的错觉，人一疼起来，往往这里也痛那里也痛，根本不知道到底哪里在痛！

幸好楚清医术精湛，对人体很了解，对陆雪弃的身体状况也很了解。他神色冷静地拈起银针，下手又稳又准又狠。

陡然间他觉得哪里不对啊，楚清怔了怔神，才发觉是太安静了，原来陆雪弃已然疼昏了过去。

楚清大骇，急忙展开急救，陆雪弃晕过去，连哪里疼都不能知晓，那就纯粹等着死吧！

好在陆雪弃很快清醒了过来。

楚清当机立断给她服用了致幻的药。

陆雪弃生性刚强，面对剧痛拼命隐忍，身体就会自动调节令其昏迷。可是人昏迷了，药力还在冲撞，一个不察就可能前功尽弃，所以还是消解那丫头的倔强，将痛感宣泄发作出来，好过身体昏厥止痛。

陆雪弃先是叫痛，很快就骂起胡话来：“安兴帝你个老匹夫！”

楚清下针的手不由得抖了抖，这人真是与常人不同，都痛得不知死活的时候，骂人还能这么一针见血。

造成今日结局，可不是糊涂懦弱的安兴帝吗？可惜很快陆雪弃的骂变成了东夏话。

楚清再也听不清，忙凝神看她，再不敢有半点分神。

破茧成蝶是极其凶险的，因为它快刀斩乱麻横冲直撞的粗暴修复，固然可能补足元气脱胎换骨，但是痛到极致，身体会阻止，精神会崩溃，若在痛极之时一念放弃，便是气绝身死的结局。

要么灰飞烟灭，要么涅槃重生，但破茧成蝶的那层茧不是所有人都能挣破的。

有楚清的帮忙看护，固然是陆雪弃好运气，可是这种事不唯靠运气，还是要靠本人的心志。

陆雪弃年幼丧母，虽得父亲宠爱，却是夹在东夏皇权与祭祀神权中的牺牲品，一朝为家族所弃，为挚爱所欺，孤身一人绝境冲杀，叫天天不应，喊地地不灵。遇到齐恒后，也是数不清的暗算追杀，士族的围追堵截，东夏的穷追不舍，安兴帝的阴谋算计，乾贞帝的血腥报复，人生种种，细思极恐，死，未必不是一种解脱。

突然听到陆雪弃唤道："阿恒！"

楚清一顿，那声音如此热切，令楚清不知何故眼眶一热。

"等着我……阿恒！"

楚清一针刺入陆雪弃的丹田，这一针已下，宛若落子无悔。陆雪弃是生是死，在此一举。

果然楚清那一针下去，陆雪弃再无声息。

室内死一般的寂静。

楚清那一刹那毫无知觉，他的耳边只萦绕着陆雪弃那一声充满热忱的呼唤："等着我……阿恒！"

齐恒，在未见陆雪弃之前，你不能死。陆雪弃，在见不到齐恒之后，她不能活。

“等着我，让我们生死在一起。”

瞬息间，楚清读懂了那句话所有的意义。

两军对垒，齐恒被人五花大绑着带到东夏阵前，临安王的心猛地一疼，陡然悬起。

乾贞帝冷酷地看向临安王道：“你大周的第一勇将已落在我手，试问你大周的两脚羊，还有什么本事对抗我东夏的虎狼之师？”

乾贞帝的质问，没有人回答。那一刻临安王只望着齐恒，所有大周的将士，也都望着齐恒。

齐恒望向临安王，望向军容整肃的大周军阵，那日是晌晴的天，边野的风吹得大周的军旗猎猎飞扬。

阳光刺眼，他微微眯了眼，眼底有温热涌动。

这便是金戈铁马的战场，有他所熟悉的生死搏杀，但如若战死沙场，马革裹尸，好男儿自当如是。

他突然仰天大笑了起来。

那笑声于杀气漫天的阵前如此突兀，却又如此合时宜，仿佛他原本就该这样顶天立地，畅快大笑。

齐恒在笑声中大呼道：“三哥，我纵是大周的废弃王爷，又岂能任人鱼肉刀割？不如你叫人射我一箭，我死于自己人之手，心甘情愿！”

临安王的眼睛骤然红了，嘶声道：“阿恒！”

齐恒道：“大丈夫当马革裹尸横行沙场，是阿恒无用沦为人质。既为人质，焉能为敌军祭旗乱我军心，还求三哥一箭偿我心愿！”

临安王道：“未至绝境，你焉能求死！”

他一语刚落，却听“嗖”的一声，一箭破弦横空呼啸而去。紧接着一道人影出现，那人白袍长发，率着十余骑快若闪电，纵马横冲了去。

乾贞帝一眯眼：“找死！”

说着，他一令已出，身后的军阵倏忽变动，有十数骑勇士旋风般冲上前去。

众人的注意力，都在这一来一挡的箭上。

不想齐恒突然将身子往后一挺，后面持刀的兵士下意识勒紧自己的臂弯去用刀挟持齐恒，齐恒缩了下身子，将肩臂的绳子蹭在刀刃上。

绳子断掉，齐恒往后一压，伸手便夺了行刑兵士的刀，一闪身，竟直直冲到了乾贞帝的背后，将刀了横在乾贞帝的脖子上。

事发太突然了！

说起来只是电光石火的一瞬，毫无征兆，众人的眼睛都在突然交锋的弓箭上，那个行刑的兵士没意识到发生了什么事，望着自己空荡荡的手直发愣。

冷硬的刀锋压着皮陷进肉里，乾贞帝从来没有想过，真的会有人把刀剑横到自己的脖子上。

“下令退兵！”齐恒的声音竟也狮虎般威严冰冷。

乾贞帝的近侍，在齐恒闪过来的瞬间也齐齐拔剑，一把把剑抵住齐恒的后心，或架在齐恒的脖子上。

齐恒的左右身后都是剑，他却昂然用刀在乾贞帝的脖子上又压了压，狠声道：“你以为爷怕死吗？爷一个大周废弃的王爷，要了你这东夏皇帝的狗命，死也值了！”

乾贞帝没动，没说话。齐恒在他耳边冷笑道：“你心心念念的锦绣江山，一统天下，却连毛还没沾着就死在这儿，你对这江山天下，还爱是不爱？”

乾贞帝哼笑了一声。凭着他的武功，便是刀剑加身也不会受制于人，可是如今他有伤在身，尚无十足把握，他不敢轻举妄动，只说道：“平原王当真以为拿着一把刀，便能挟持朕？”

齐恒道：“不能挟持，总能同归于尽！”

乾贞帝便笑了，说道：“你被灌了化骨散，全身绵软无力，横在朕脖子上一把刀，便能与朕同归于尽了？”

齐恒道："那还真要感谢夏皇陛下昨夜赐酒了！雪奴儿有两粒解毒丸，服了没什么事，可是一沾了酒便可解百毒，爷在回云安时雪奴儿就给我用了，防的就是万一着了别人的道。如今你倒试试，瞧瞧爷是有力气还是没力气！"

齐恒说完，孔武的手狠狠地抓住乾贞帝的左肩，右手的刀更是用力地压住乾贞帝的脖子，逼得乾贞帝只得仰起头来。

乾贞帝苦笑："算你狠！"

他们这三言两语的空当，前方交锋的东夏骑兵已发生了骚乱。却见大周的那个白衣将领，身形娇小一马当先，引弓搭箭箭无虚发。

呼啸的风响，带来的是极为凶狠的力道，竟然能将其一箭贯穿咽喉。

如此骇人的精准，令东夏骑兵倒吸口冷气，心存退缩。定睛一看，那身着白袍驰骋战场快若电光的人影，长发飘飘竟是个女人！

骇然之下惊呼四起。陆雪弃已然纵马冲了过去，剑挑马首，硬生生将东夏的骑兵豁开了一道口子。

跟随她而来的大周骑兵，与东夏骑兵顿时混战在一起，远距离的骑射，转瞬间成了贴身的肉搏。

陆雪弃犹如化身成了一把锋利的剑！

她手持玄铁重剑，奋不顾身左冲右突，她马蹄所到之处，所向披靡，剑刃所过之处，腥风血雨。

她蘸血的白袍扬起，宛若炼狱修罗；她凌厉的长发在飘，如嗜血的妖异。

东夏的骑兵瞬间瓦解，鼠窜后退，混乱中数不清的人在惊呼大喊："乌姜月光！乌姜月光！"

乾贞帝陡然半眯了眼。齐恒的手一颤，喃声道："雪奴儿……"

乾贞帝却一笑，冷声道："弓箭手准备，前方不管是谁，杀无赦！"

齐恒将刀猛地割向乾贞帝的脖子，嘶声道："你敢！"

刀下见血，殷红的颜色轻缓地渗了出来，乾贞帝的护卫齐声惊道：

“陛下！”

乾贞帝若无其事，只轻声道：“你看朕敢不敢？”

他此话一出，一手捏住刀尖，一肘击向身后。齐恒下意识错身躲，却觉得手上一震，刀脱落，眼前一暗，乾贞帝已然跃起闪身，刀尖回指，点上了齐恒的脖子。

齐恒身后是东夏护卫的剑，身前是乾贞帝的刀。这个逆转也着实突然，齐恒一时愣着，不知道乾贞帝是如何做到的。

乾贞帝这反手一招看似简单，实则凶险，稍有不慎便是自己刎颈横尸的结果，他伸手抚了抚脖子，看似在擦掉血，实则强制压住了嗓间喷涌而上的腥甜。

差之毫厘，失之千里，其间分寸，唯他自知。只是强行调用内力，委实最怕的就是齐恒反扑，他这一招使出已是勉强，若是齐恒机灵，在他夺刀时挺身与他缠斗，他还当真后力不继。

所幸齐恒一时愣怔，乾贞帝也顾不上后怕，盯着他冷冷地道：“你的雪奴儿来了又如何，你有命见吗？”

齐恒纵身扑向他，乾贞帝将刀一撤喝令手下：“杀了！”

刀剑加身，齐恒胡乱挣扎，在人影交错的空隙中，奋力朝陆雪弃的方向张望。烟尘阻隔，剑影刀光，他至死，也想见到陆雪弃一眼。

利刃划破肌肤，齐恒扑倒，隔着远远的人群嘶声道：“雪奴儿！”

那一声唤隔着厮杀的人马，落在陆雪弃的耳朵里声息微弱，可是陆雪弃却听到了，也听出了那生离死别撕心裂肺的悲怆。

她还未见到他，他怎么就能死?

陆雪弃一咬牙，纵马，搭弓，射箭。她的马如怒涛一般疾驰，她的弓如满月，霹雳弦惊。

齐恒一下子觉得杀机骤减，正要杀他的东夏护卫反倒在他的身旁，他甚至看到东夏护卫被射中咽喉处，箭弩颤抖着犹发出嗡嗡的蜂鸣。

是雪奴儿啊！

齐恒陡然振作，撑起身体大声道："雪奴儿！"

一抬眼正好看见陆雪弃跃马长身搭弓射箭的英姿，她的衣袂招展，长发飞扬。

"雪奴儿——"齐恒顾不得身上的伤，仗剑冲过去，其余的东夏护卫也从震惊中惊醒，追向齐恒。

那呼啸的箭弩，带着无坚不摧的力道从齐恒的耳根擦过，向着齐恒的颈旁横斜，倏然从他衣襟旁穿破而过。

齐恒有瞬间愣怔，他不敢动。

齐恒静静地看着与他缠斗在一起的护卫中箭死去，甚至有一个人的头栽倒在他的脚上。

他自己纵然毫发无虞，却心惊肉跳。

这一幕让乾贞帝也倒吸了口冷气。

这乌姜月光竟然如此骁勇，这箭术的精准与力道，莫说大周，便是东夏也无人匹敌。

他错过了什么？

他知道她武功高，可没人说过她善射。他眼里心上的那个丫头，煮一手好酒，烧一手好菜，读书弹琴，爱游水纵马，爱扬眉巧笑，爱摆弄医药，即便发嗔卖娇，也很少她那不可小觑的英武。

那个女子明明看似水一般的人，有着花一般的貌，更藏着冰雪般的心思。他们东夏人无论贵贱皆会骑射，可是她这般精湛可怕的箭术……怎会一直没被自己发现知晓呢？

乾贞帝那一瞬间几乎有些发狂，却骤然冷了下来，他当下大喝道："还不放箭！"

东夏骑兵正与大周贴身作战，远距离的骑射能将所有人射成肉泥。

乾贞帝这一声令下，箭弩对准就欲万箭齐发。齐恒当时便红了眼，大喝一声纵身扑了过去，冲向了乾贞帝。

乾贞帝旁边有近侍护卫，黑鹰身为近侍总管，是近卫里武功第一的高手，此时他们严防死守护在乾贞帝旁边，若真应战的话，齐恒根本不会是他们的对手。

可是也不知道是怎么回事，他们这次竟然没有拦住。

齐恒也不知道自己是怎么做到的，他当时只是不要命地冲了过去，他心无旁骛只想扑住乾贞帝！

乃至于他根本没有琢磨招式，他只想着扑过去制住乾贞帝，否则万箭齐发，他的雪奴儿就没命了！

他也确实做到了，他扑过去的时候甚至连剑也忘了拿，只是瞬息之间，快若鬼魅。

他徒手扣住了乾贞帝的脖子，用右臂，狠狠地勒住，然后惊天动地地嘶吼道："我看谁敢？！"

果然没人敢。

齐恒勇气犹壮，那一瞬间他如饿虎扑羊，力拔山兮气盖世，狰狞着狠声道："你若敢伤雪奴儿分毫，我就让你殉葬！"

那个瞬间，他话里的真实性没人敢怀疑，因为他几乎就要活吃了乾贞帝。

交战停息。

两边的人渐至向各自阵营退去，白晃晃的日光穿透了沙场风烟，陆雪弃在马上静静望着面前的局势。

齐恒挟持着乾贞帝，黑鹰及众人，用剑对准了齐恒。

一鼓作气，再而衰，三而竭。齐恒在陆雪弃危急时所爆发的速度和武力终是难以为继，此时见陆雪弃平安无事，他开始觉得自己手脚发软，体力不支。

他色厉内荏地强撑着，别人不知道，他自己却知道，现在有个什么风吹草动，他根本避不过去。

只是刚刚的事态太过吓人，一时也没人敢去捋他虎须。

乾贞帝眯了眯眼，望着战马上的陆雪弃。

她的白衣染血，长发轻垂，整个人的线条几乎是柔软的，仿佛刚刚杀人不眨眼的征伐是一场幻觉，从来便没有那个举箭纵马，神挡杀神佛挡杀佛的阿修罗。

乾贞帝闭上眼睛。齐恒的钳制有点阻碍他的呼吸，可他的胸口突然不可抑制地闷痛起来。

最后还是他先开的口，他的声音有点沙哑，但仍带着雄浑的质感：“月光，你这是何苦？你该留在药王谷。”

陆雪弃没有回答他。

他微微一笑，又问：“为了他的大周，你要灭你故国的人，月光你是心甘情愿的吗？”

陆雪弃却扬着脸一笑：“如今大家谁是大周的人，谁为故国的人，又有何重要？我现在已是陆雪弃，既然我孤身漂泊，那么我心中便只有家，没有国！”

“月光！”乾贞帝道，“你纵然恨我，可你生在东夏，长在东夏，你可以毁了我，可是你不能忘了大祭司！”

陆雪弃道：“那是你们男人的事，我没有帝位江山，只为的儿女情长。我今日在你阵前，没有披挂，所以我不是为大周征伐敌手，我是向你索要我的人！”

“你救得出去吗？”

陆雪弃断然道：“不能同生，便同死！”

乾贞帝斥道：“你要逆天？！”

陆雪弃昂然道：“谁是谁的天？便是逆了，又会怎么样？我不怕被你鞭为烂泥，踏为齑粉，也不怕被烧成灰！”

“月光，”乾贞帝痛呼道，“雄图霸业，美人芳华，你到底要我怎么做？！”

陆雪弃扬眉道：“你的雄图霸业不过流血厮杀，你的美人芳华不过一场笑话，我管你怎么做？”

乾贞帝道：“为了一个齐恒，你帮定了两脚羊？”

陆雪弃反问：“出嫁从夫，谁让你不是他！”

乾贞帝闭嘴。

齐恒将乾贞帝勒紧在胸前，对陆雪弃大声道：“雪奴儿，他自诩的雄图霸业，与我这有勇无谋的武夫，比之如何？”

陆雪弃仰头对他笑道：“夫君，他再雄图霸业，于我不过是一个负心的男人罢了，如何能跟你比？”

齐恒咧嘴笑了，竟高兴得有点手足无措。

乾贞帝突然阴冷地道：“凭他一个齐恒，强弩之末，还真以为能制得住朕？既然月光自赴死地，休怪朕无情了！”

他说完动用内力，而在他动用内力的一刹那，齐恒动了，黑鹰动了，陆雪弃也动了。

那个时刻虽然短暂，可每个人都尽了全力！

乾贞帝从齐恒的手中挣脱，将他远远地震飞出去。黑鹰和众护卫兵分三路，一路护在乾贞帝身侧，一路杀向齐恒，一路拦住陆雪弃。

齐恒在被震飞的过程，咬着牙只抓了乾贞帝的一缕头发。陆雪弃如怒豹子般冲杀过去，剑挑护卫，纵身去接飞出去的齐恒。

黑鹰扶着乾贞帝，趁着陆雪弃接齐恒的瞬间向后阵里退，而陆雪弃伸臂将齐恒搂在怀中，便毫不喘息地挺身朝乾贞帝追了过去！

临安王如何给乾贞帝逃脱的时机，果断下令进攻，大周军潮水般纵马冲杀过去，东夏军见此，也怒潮般涌上。

一时乱成一团，乾贞帝、齐恒、陆雪弃全部身陷其中。骑兵弓箭一时都不得施展，只剩下贴身肉搏，浴血奋战。

陆雪弃冲了过去，黑鹰朝身后嘶声道：“快保护陛下！”

层层叠叠的人海瞬间将陆雪弃阻隔，齐恒嘶叫一声，挥剑并肩而上。

陆雪弃对身后大周军道：“保护王爷！”

乾贞帝定定地看着。漫天血，漫天杀意，漫天死亡。

那个女人，一身的白衣浸染鲜血，如他们大婚那夜盛大的婚袍，红得刺目。

她扬起的发，刀锋般利，她出手的招数，诡谲嗜血。

一个女人，如芳菲三月，柔情得让人沉溺，又太过于不拖泥带水，决绝得令人发指。

“陛下——小心！”

黑鹰嘶吼着，甩开一个周兵，而陆雪弃已抓住乾贞帝的胸衣，扑了过去。

乾贞帝只觉得扑面的气息如此亲近熟悉，仿若多年前，那个青葱明媚的春季，伊人明眸皓齿地跑过来，欢笑着扑入胸怀。

黑鹰一手捉住了陆雪弃后背的衣服，陆雪弃仰身，翻纵，一脚向黑鹰踢去。

乾贞帝只觉得襟怀未满，伊人却倏而离去，一个东夏护卫将他往身侧一扯，挡在他面前。

她的发丝就在眼前过，乃至她的唇齿，触手可及。

数人残酷地对她进行围杀。乾贞帝闭上眼，他的月光，虽早已不在，他最终却永远地失去了她。

这一仗，一直打到斜阳满天。

边地的河山广袤荒凉，越发显得夕阳肆无忌惮，烧得天空如火如荼。

齐恒半死不活，一鸣金收兵便倒在了陆雪弃的怀里，陆雪弃被他撞得踉跄一步，跌坐在地上。

“夫君！”她抱紧了他。齐恒也紧紧箍住她贴上她的脸，热声道：“雪奴儿！”

那一刹那，漫天的腥风血雨残酷生死都似乎变淡远去，而他们，正相拥在一起。

秋波湖水，阳光跳跃着，在粼粼的水纹间洒下闪烁的细金。齐恒和陆雪弃横一叶小舟，停在湖心垂钓。

齐恒的内心恰似秋阳般明媚。

即便目前的季节是“蒹葭苍苍，白露为霜”的景致，他心中却是“桃之夭夭，灼灼其华。之子于归，宜其室家”的欢喜。

身边的人，是他历经生死、失而复得的人啊！

这般想着，他整个人又向前凑了凑，去握陆雪弃的手，陆雪弃却嫌弃地拍开了他的手道：“别惊了我的鱼！”

齐恒索性扶起陆雪弃倚靠在船头的身子，将她揽在自己怀里，笑眯眯地凑在陆雪弃的耳边轻声道：“雪奴儿钓鱼，愿者上钩，不在乎什么惊不惊的！”

陆雪弃用手肘轻轻推了他一下，没推动，便眯了眯眼道：“愿者上钩？”

伊人侧首，那看似明眸皓齿的表情似乎突然间全是危险而警戒的笑意，齐恒只觉得激灵一下，突然之间福至心灵，举着手起誓一般赔笑道：“夫人放心，若是那些鱼再不识趣，我就跳下湖去抓住它们给你挂到鱼钩上！”

陆雪弃收回目光，哼了一声，这钓了快一个时辰的鱼了，屡次被他坏事，现在还敢凑过来捣乱，真当她来看秋高气爽水波粼粼的风景啊！

“有鱼了！快！”她耳边只听得齐恒一声大惊小怪的疾呼，手边的钓竿也被一股大力猛地抢走了，大概因为齐恒过于兴奋，猛地起身让整个小船都开始左右摇晃。

眼见动荡的碧波绿水间一尾银色的大鲈鱼露出了挣扎的英姿，陆雪弃也开心地站起来，一看齐恒手忙脚乱地使用着蛮力，就想着抢来钓竿矫正，但那犟驴还不肯放手，一面大呼小叫道：“我来我来！太重了！”

陆雪弃见那鱼有脱钩的迹象，清喝道：“放开！我来！”

可还没等到她抢回钓竿，那条鱼已经一个鲈鱼打挺逃出生天，只剩下空钩钓竿碧波荡漾。齐恒傻乎乎地看着湖面，语无伦次地道：“这，这……”

陆雪弃睨了一眼他那傻样，袖手坐了下去。

齐恒看着空钩半晌，又偷看了一眼陆雪弃，讪讪地放下钓竿，坐在陆雪弃旁边讪讪地唤道：“雪奴儿。”

陆雪弃扭头不理她。

秋风阵阵，金色的芦苇在湖面上荡出一个优雅的弧度，而雪奴儿的长发也轻轻地飘扬起来，贴在了她的面颊。

齐恒的大手抚过她的长发，然后伸臂搂住了她，将下巴顶在陆雪弃的颈窝。

他的声音低沉磁性偏又带着几分无赖的甜腻，他唤：“雪奴儿。”

陆雪弃没理他，只觉得颈项间被他吞吐的气息弄得痒痒的。

然后他唤了一声又一声。

“雪奴儿。”

“雪奴儿。”

陆雪弃哼了一声继续不理他，还耸了耸肩膀想将那张讨厌的脸躲开。却听得那人突然“哎呀”一声站起身，大喊道：“鱼！又上钩啦！”

陆雪弃惊喜之下起身，不料却一下子撞进那人坚硬的胸膛里，被他张臂坏抱住，直到听得头顶上那压抑着的闷笑声，陆雪弃才察觉到自己是上了当。

陆雪弃一拳打在齐恒的胸口。

齐恒自顾笑："傻丫头，我刚才根本就没上饵啊。"

陆雪弃又打了他一拳，然后拳头被他一把攥住。这回的声音略带着夸张的委屈："真是，哪有为了一条鱼就毒打夫君的！"

陆雪弃终于忍不住"扑哧"一笑，小拳头雨点般打过去，笑骂道："你讨厌！你赔我的鱼，赔我鱼！"

小船摇晃，整个江面都是两个人的笑闹声，惊得芦苇里休憩的水鸟也振翼飞了出去。

齐恒抱着怀里花枝乱动般的人，心中生情，忍不住低头吻在她的额头。

清风拂过，摇碎模糊了一对璧人湖中的倒影。可是在小厮阿辰的眼中，直接被那阵秋风伤了眼睛。

这，这虽然是夫妻，即便恩爱，可也用不着如此光天化日众目睽睽之下如胶似漆，就这么搂搂抱抱又啃又咬吧！

阿辰不禁尴尬地咳了一声，反倒惊起苇丛小憩的水鸟振翼而起，扑落的水滴溅落在阿辰的脸上。

小厮阿辰捂脸无声哀叹，我的天啊，怎么今天这么倒霉啊！

不料刚放下衣袖，又有水鸟的黑影在头上一掠而去，他觉得脸上一凉，下意识伸手去抹，然后心一下子凉了半截！

不会真这么倒霉吧，可他手上那一抹灰黑灰黑的东西是什么东西，不会真的是鸟屎吧！

他捂额直接觉得自己没脸见人了！

明明是那一双人有伤风化，为什么倒霉的人竟然是他啊！

好在倒霉的小厮最终被那一双人发现了。

齐恒奇怪地唤道："阿辰？"

正在湖边撅着屁股洗脸的小厮哀哀地应了一声。

"你在那干什么呢？"

"我，"阿辰站起身欲哭无泪，"我，我没干什么……"

陆雪弃看看天色，日头还高，不到午饭的时间，扬声对阿辰道："是先生有事吗？"

阿辰下意识地点了下头，然后神思才清明过来，大声道："是临安王来了！"

齐恒一听，看向陆雪弃惊喜道："三哥？"说着，他便摇船划桨向岸边赶过去。

靠了岸，小厮看着旁若无人的两人，莫名其妙脸便红了。然后齐恒便很是莫名其妙地看了他一眼，还凉凉地来了一句："天很热吗？"

小厮的脚下就踉跄了一步：我的爷！你真不知道你们自己干的什么事吗？！怎么可以这么若无其事还把别人当瞎子呢？

厅堂的窗半开着，阳光从窗格间透进来，落在桌角的青花敞口瓶上。瓶里白色紫色的菊正在怒放，紫若圆盘，开得清雅水灵生机盎然。

菊花旁青衫的楚清，正倾身为临安王倒茶，茶香顿时飘散弥漫厅堂。陆雪弃和齐恒跨进厅堂，临安王听到声音，抬目看过来。

他人正对着阳光，眼神含笑，衬得格外清雅清亮。他开口的第一句话竟询问："可曾钓到鱼了？"

跟在身后的小厮阿辰听此嘴角抽搐，他们那样子能钓到鱼才怪！

楚清在一旁笑语道："我们都等着，雪奴儿下厨做的清蒸鱼呢！"

"三哥，那个，"齐恒挠挠头讪笑，突然灵机一动岔开话题，"战事全结束了？"

"也只有你们这世外桃源不知归处的，才不知道战事早结束了。"临安王说着话，眼神却似笑非笑地瞟向齐恒身后的陆雪弃，"死丫头该当何罪，竟拐走了我的阿恒！”

陆雪弃闲闲淡淡地说道：“王爷，那是我的夫君，怎么便是您的阿恒了？”

临安王道：“他乃我大周麾下的战将王爷，战场之上，两军纷争之间，哪里就轮到儿女私情你的夫君临阵脱逃了！”

陆雪弃反唇道：“战将王爷，大周麾下？人家绑缚的俘虏，你们箭下的靶子，王爷也好睁着眼说这瞎话。”

一贯清雅好风度的临安王此时抬袖捂脸哀号道：“天啊，小王这无脸见人了！你就不能别这么一针见血毫不留情吗？”

众人便一齐哄笑起来。

这边笑着，齐恒和陆雪弃便在下首坐了，趁着小厮倒茶的工夫，临安王道：“看这表情，就是两手空空垂钓失败，若是成了，阿恒早就来一句三哥来得正好，中午有鱼了。”

陆雪弃听了，便斜睨了齐恒一眼。

齐恒再次讪讪地笑了。

临安王一语中的地评价：“阿恒率性少等待，不是钓鱼的性子。”

陆雪弃有些气闷：“抬竿太早，一上午被他弄跑了三条大鱼！”

众人便都笑，临安王道：“巧的是我带来了几条银鱼，雪奴儿仍然可以一展厨艺。”

陆雪弃眼睛一亮：“三哥岔路来的药王谷，哪里来的银鱼？”

临安王呷着茶笑眯眯地道：“我未卜先知，得知雪奴儿正在馋鱼，命人快马加鞭从云安运过来的活鱼！”

陆雪弃眼神晶亮，一下子站起道：“当真？我看看去！”

她说完，竟一阵风般跑出去了！

临安王有点意外，他望了望齐恒，结舌道：“她馋嘴到这个地步了？”

齐恒则道：“三哥见笑了。”

临安王心中一跳，看向楚清道：“不会是……”

楚清秒懂了临安王的眼神，朝他摇了摇头。

阿恒已经成亲，于他也没什么好避讳的，临安王问楚清道：“经过上次，雪奴儿本难有子嗣的毒已经破了吧？”

齐恒听此心顿时漏跳了半拍，连呼吸也变轻了。

楚清的话却模棱两可不太乐观：“从雪奴儿脉象来看，她上次因为动用了身体全部的元气精华闯过一关，之后惫怠体虚下来，因此身体需要细细调养，如今她忍不住嘴馋，也是身体需求修补的一种反应，而非怀有身孕。”

齐恒激荡的难言心意便慢慢平息下去。此事意料之中，他与雪奴儿能虎口逃生长相厮守，上天待他们已然足够慷慨，他不能再那么贪婪。

银鱼鲜美，午餐丰盛。

临安王小憩之后，在那日下午，于齐恒他们的住处竹屋轩，寻陆雪弃喝茶下棋，齐恒便坐在一侧观战。

临安王笑眯眯地拈棋落子，貌似不经意地对齐恒道：“阿恒以后有什么打算？”

齐恒望了望陆雪弃，眉梢眼角皆是暖融融的温柔宠溺，他张嘴说道：“雪奴儿在楚先生这里调理得差不多了，我们就去找个有山有水的地方，建几间屋，种几畦菜，买上些水田，院子里种满花，甜甜蜜蜜过日子去吧。”

临安王道：“你不想回朝堂做王爷帮三哥吗？”

齐恒顿住，与陆雪弃面面相觑，转而推拒道：“三哥手下的士族，多的是有识之士。”

临安王笑了笑，便停下了手里的棋，伸了脉给陆雪弃，说道：“雪奴儿天资聪慧，跟着楚先生住在这里有些日子，又有原来大祭司的家传底子，替三哥看看脉可好？”

陆雪弃点头，伸出三根手指按住，然后原本脸上的笑渐渐淡了，凝滞住。

临安王垂着眼眸，唇边衔笑没有说话。陆雪弃按着他的脉，久久不放开。

齐恒看着情形不对，狐疑道："怎么了？"

临安王抽了胳膊回来，淡然道："三哥活不过两年了，所以想让阿恒和雪奴儿此番跟我回去！"

齐恒骇然变色，转向陆雪弃问道："三哥他说什么？"

陆雪弃垂下头，没有应。齐恒霍然起身断然道："不可能，我不信！"

临安王倒笑得云淡风轻："人终有一死，原也是平常事，阿恒不用太介意。天地逆旅，人生如寄，生与死，也不算什么大事！"

齐恒陡然红了眼睛，哽咽道："三哥！"

临安王拍着他的背安抚他坐下，笑道："不是三哥不想让你们做神仙眷侣，实在是家国天下无人可以托付。二哥孱弱不堪大任，东夏劲敌，乾贞帝虽这次受了重创，但他日若想毁约卷土重来也不无可能，届时大周又有谁可以御敌？"

齐恒道："可我就是一介莽撞武夫……"

临安王笑得和煦明亮："阿恒莫忘了，除了你，还有雪奴儿！雪奴儿可不是什么一介武夫，你的雪奴儿在一天，东夏乾贞帝便一日不敢逐鹿中原！"

陆雪弃却只笑着将指尖的棋子落下："有三哥护佑，我当然自在山野，可若无三哥，我便愿插手这家国天下，因为手上无权势，我无可防身。"

大周安兴三十年，十月初九，齐恒回到朝堂，重新被封为平原王，陆雪弃为平原王妃——这位名义上的陆氏嫡系二房嫡女，以勇武善战天下闻名，身世离奇来历可疑，可是亮相众人前，又弱柳扶风般娇美动人，和大周正牌贵女当真没有什么区别。

她的脸色未曾涂粉，却有种如冰似雪的晶莹洁白，一双水润的眸子顾盼之间，清光莹莹，笑如春水化冰。

今日这位王妃办了一场菊花宴，请的是陆王颜谢诸家贵女，不过是

深秋季节，她却披上了雪白的狐裘，一条大红的狐皮领横围在肩颈上，好像一簇跳动的火焰。

这样重而炫的衣服，裹在娇小柔弱的王妃身上，竟然也挺得起来，还反而有种莫名其妙的和谐。

未曾有雨雪，天气响晴，她竟然捧着手炉，手炉小小的，紫金的颜色，玲珑的雕花外围，看磨出的光亮竟似已用了许久许久。

她的宴会有着很是珍奇的美食美酒。很多贵女出门受命，要将平原王妃宴上的小食美酒带回一些来，甚至自备食盒酒坛。又听闻平原王妃善饮，会煮酒，能赋诗，可称文采风流。

过了许久后，依旧有她的许多传闻。

番外二

东夏兵败，临安王主政，大周上下风气猛地焕然一新。

诸家士族的清流子弟，脱颖而出开始全面参与政事。而平原王齐恒则与陆定然负责练兵整军，一年有大半数时间远在边疆。

临安王呕心沥血，不过两年，大周表面上一派政通人和兵强马壮的好气象。可临安王的身体，当真是不行了。

安兴三十二年八月十七，临安王接见了东夏的来使，他理完政事却没有回府，而是去向安兴帝请安。

安兴帝有着帝王的名分却没有帝王的权力，他真的只对性命无忧吃喝玩乐感兴趣，对能否大权在握，他毫不纠结。

大周保下了，齐家的天下保下了，那些操心事有人管，他觉得不是件坏事。

而且渊儿对自己当真是恭敬周到，没什么可挑剔的。除了起用齐恒，让他觉得分外尴尬，可是他三十几年的帝王做下来，别的没有，脸皮很厚，大不了就是虚情假意嘘寒问暖应付应付，渊儿和那两个人也很知趣，除了册封那日，一年到头那两个人也只有过年时来请一次安而已，他都能和颜悦色，从未恼羞成怒。

最近安兴帝迷恋上斗蛐蛐。

临安王进来的时候，他正在摩拳擦掌地参与鏖战，见儿子进来，安兴帝兴致丝毫未减，眼不离蛐蛐，朝临安王招手道："渊儿快来，我的铁马大将军快赢了！"

临安王含笑走了过去，站在安兴帝旁边，一起观战了好一会儿。

"铁马大将军"毫无意外地获胜了，潘公公将蛐蛐笼子撤下，打水服侍安兴帝净手，那边有小太监躬身上茶。

父子落座。安兴帝意兴未泯，对临安王道："渊儿，你送朕的铁马大将军果然厉害！"

临安王端茶呷了一口，笑了笑："父皇喜欢就好。"

安兴帝道："中秋那天，你带来的莲蓉软月饼味道甚美，父皇意犹未尽，你下次让雪奴儿再做点。"

一声雪奴儿出口，竟没有觉得什么不妥。临安王自然而然地应道："好。"

安兴帝料定儿子必定有事，想着今日接见了东夏使者，便主动问道："可是那东夏人，又狼子野心，想毁约冒犯吗？"

临安王道："毁约冒犯不用使臣专门走一趟的，东夏人很客气，只是希望再多开放一些城市，和我们做生意。"

"呃，这也是好事啊！"安兴帝随口应付着，没有战事，没有祸端，他实在想不起儿子还有什么事要来找他。

"父皇，"临安王开口道，"当前无事，可东夏亡我之心未泯，若是儿臣有个万一，东夏铁蹄悍然而至，索要他们的乌姜皇后，我大周，要如何应付？"

安兴帝骤然出了一身冷汗。

他小心翼翼看了临安王一眼，道："渊儿你，你……"

时日无多这话终是没有说出口，但是临安王朝他点点头，肯定了他的猜测，并且道："楚先生说，我已时日无多。"

临安王随意的平静语声让安兴帝一个哆嗦，他猛地站起身，面如土色不可思议地看向临安王。

临安王神色如常，乃至看着气色还不错，风神俊朗清雅出尘一如往常。

安兴帝忽然怀疑地问道：“渊儿你是诓骗父皇吧？父皇年纪大了，可经不起吓了。”

临安王道：“没有，儿臣确实，时日无多。”

安兴帝面色大变。

临安王却只是静静地为安兴帝斟了一杯茶，说道：“若我死后，乾贞帝兴兵讨要乌姜，父皇会怎么做？”

他的语声伴着倒茶的流水声，不是疑问而是陈述。

安兴帝的脸忽红忽白，突然咬牙切齿地说道：“就知道她是个祸患！”

临安王对着茶杯，嘴角突然挑了挑，然后垂下了眼睑。

安兴帝在一侧道：“渊儿，不是父皇怯战，上一战我大周实属侥幸，东夏休养生息，若是有备而来，我大周迎敌怕是凶多吉少！”

临安王握杯静静地道：“父皇说得对。”

“那女人不除，一直是东夏的借口！”

“不错。”

“若我大周兵祸连绵民不聊生，都是齐恒死心塌地要占着那女人，那可是乾贞帝的女人！”

“娶谁不好，偏要娶那个灾星祸水！”

“他这是要亡我大周！祸害掉祖宗的基业！”

安兴帝气得团团转，边转边骂，突然发现一旁的儿子早就没有了声息。他戛然停话，像被人掐住脖子一般看向了临安王。

安兴帝后知后觉地想，自己是不是说错什么话了？可渊儿一死，大厦将倾，大周亡国在即，他还有什么可顾及的？

父子之间一时无声，大殿死一般沉寂。

良久临安王回头，对安兴帝笑了笑，说道："父皇勿忧，儿臣已与乾贞帝达成协议，会在我死之后，献上雪奴儿罢战求和。"

这一语无异于石破天惊，惊喜来得太过突然，安兴帝似信非信，有些摇晃站立不稳。

"渊儿你说的可当真？"

"当真。"

"真的当真？"安兴帝一箭步按住了临安王的肩膀。

临安王静声道："当真。"

"这……这是为何？渊儿你怎么突然就改变主意？"

安兴帝语无伦次，临安王平声静气："儿臣原来年轻，只凭意气做事，这几年方明白父皇苦心。"

安兴帝声息颤抖，拉住临安王的手流泪唏嘘道："渊儿！"

临安王与安兴帝相望："儿臣知错了……"

安兴帝热泪横流，抬起衣袖擦拭眼角。临安王却拿过茶杯，将藏在指甲里的毒药散落进去，然后不动声色地呈给安兴帝道："是儿臣不好，父皇喝茶。"

安兴帝接了茶一饮而下，临安王的瞳孔缩了缩，垂下了眼眸。

那一夜父子相谈甚欢，只不过临安王咳嗽加剧，不宜久留，临别郑重地向安兴帝叩头请安而去。

彼时明月初上，外面的月光霜雪般洁白美好。临安王在宫门不远处驻足，回头而望，不由得内心悲恸，猛地呕出一口血来。临墨在一旁一把扶住，惊呼道："王爷……您！"

临安王伸手止住临墨的惊呼，悲声道："走吧！"踩碎了那一地的月光，临安王笔挺的背影越来越远。

父皇，为了大周，儿臣宁可背上遗臭万年的骂名。

第二天传来安兴帝薨逝的消息，而让朝野一片哗然的是临安王打开的遗诏，上书由第七子平原王齐恒继帝位。

看似意外，但临安王的心腹人手都知道临安王患病已久，所以众人都安静地接受了旨意。

最不支持的人自然是齐恒。他不但抗旨不遵，还怒气冲冲地闯进临安王府的书房质问三哥。

“三哥，你这是什么意思？为什么要把帝位让给我？”

“因为我活不久了。”

临安王的声音清晰冷静，让齐恒一下子红了眼圈，他执拗地吼道：“纵使如此也不应该由我！难道你信不过我会尽力辅佐侄儿吗？三哥！”

临安王清俊的面容此时分外苍白，他看也没看齐恒，只是平静地说道：“一个王爷的妻，有的是法子离间逼迫让她离开，但若为皇后，则不可同日而语。”

齐恒一下子愣怔住。半晌，他哽咽道：“可是三哥……我……”

临安王淡声道：“我意已决，下去吧。”

八月二十四，临安王亲自主持齐恒的登基大典，一路护送齐恒登上宝座，年号永宁。

八月二十五日，永宁帝齐恒下诏册原平原王妃陆雪弃为皇后。

八月二十六日，永宁帝齐恒下诏说自己膝下无子，过继临安王长子齐思观为自己长子，封为太子，由皇后陆雪弃抚育。

这道圣旨传到临安王府的时候，临安王静静地听着，半晌，挑唇苦笑了下，然后久久沉默。

在传旨的太监走了很远之后，他才看着圣旨轻叹了一句：“阿恒太急切了。”

这是他在人世的最后一句话，当晚便陷入了昏迷，于八月二十七日凌晨，病逝在临安王府，身旁只有楚清陪伴，没有唤御医。

举国缟素，全民痛哭。

彼时得到消息的乾贞帝一身缁衣站在庭前如水的月光里，轻轻叹了口气。临安王是他最劲的强敌，也是知己。

临安王英年早逝，而他苟活于世。

没有对手的人生不仅寂寞，还在于那个对手在临死前，给他设了一个心魔难解的局，就是那个女人，乌姜月光。

临安王就是在告诉自己，陆雪弃是天命所归的皇后，他不珍惜天命，那就换别人接手天命。

他当初放弃了自己的皇后，就是已放弃了这天下。

命运曾经如此眷顾于他，江山唾手，美人在怀，但最终他满盘皆输。剩下他守着半壁江山，看着她成为别人的皇后享尽繁华。

这边黑鹰过来，躬身提醒道："陛下，夜深了。"

乾贞帝却负手，问黑鹰道："你说，朕是输给了临安王，还是那个女人？"

黑鹰低下头没敢回答。乾贞帝独自苦笑了笑，这种事，原本也无人能回答。

番外三

暮春的御花园，上午的阳光缎子一般洒落在花枝上，陆雪弃半卧长椅，散着发，手边一杯热茶，在花荫里看着书。

子归园的桃花开得红如火深似海，思观领着思行沿着石子小路，于花团锦簇中穿行而来。

见了陆雪弃，思行立马挣了哥哥的手，撒欢儿般飞奔过去，呼着“七婶婶”，便一头扎在陆雪弃的怀里。

陆雪弃笑着搂抱住怀里的小东西：“下学了？”

这边思观也已走了过来，规规矩矩行礼道见过母后。陆雪弃笑着让思观坐了，唤宫女上茶来。

思行的小脑袋从陆雪弃的怀里钻了出来，腻在陆雪弃身上开始告状：“七婶婶，哥哥他今天欺负我！”

思观道：“你不好好念书，带头捣乱，还敢跟母后告状？”

陆雪弃笑吟吟地抚着思行道：“那思行说说，哥哥是怎么欺负你了啊？”

思行委委屈屈地伸出左手，擎在陆雪弃面前道：“七婶婶你看！”

小手心红红的，陆雪弃忙拿过来吹了吹，然后轻轻揉着，说道：“思行淘气被哥哥罚了啊？”

思行道："我没有带头捣乱，是六哥先欺负我，嘲笑我是学舌的巴哥，我才和他打起来的，哥哥知道了不但不帮我，还呵斥我，打我手心！"

思观在一侧道："母后别听他胡说，他和二伯家六弟打架，先生喝止，一众人都停手了，偏他还不肯罢休，还敢趁机下黑手，将六弟推进了湖里，这么小年纪就这般胡闹，再不管教如何能行？"

思行今年刚刚入学，极聪明，背书极快，又一字不差，因他在皇室里排行第八，故而有些个人就给他起了个绰号，叫学舌巴哥，借此挑衅嘲笑他，他之前也和陆雪弃抱怨过。

思行在陆雪弃面前倒是有胆子和哥哥顶嘴，当下理直气壮地道："他个子大，压着我打了半天，敢情他愿意住手！"

思观瞪了他一眼，思行作势在陆雪弃怀里一哆嗦，立刻紧张兮兮地抱紧陆雪弃，贴着陆雪弃的怀抱嚷嚷道："七婶婶救命，哥哥回去之后定还要教训我，思行不回去了，跟七婶婶睡！"

陆雪弃遂笑，抱了思行问道："那思行躲得了初一，躲得了十五？"

思行滚在陆雪弃怀里撒娇："哥哥最听七婶婶的话，七婶婶说不罚了，哥哥就不罚了！"

陆雪弃笑盈盈地看向思观，思观道："母后，六弟是余姚王世子，此番落水，虽是小孩子打架，但是不责罚思行，二伯如何罢休……"

思行道："他是余姚王世子有什么了不起？我将来还是临安王呢！"

思观连忙呵斥道："闭嘴！"

思行顿时老实了，抓着陆雪弃的袖子，眼里含泪，撇着嘴道："分明是他先欺负人的，是他欺负我没有父王，呜呜……"

又来这一招，思观无奈地扭过头，对这个弟弟又怜惜又气恨。陆雪弃却笑容晏晏，将思行举高了，复又放在怀里，道："思行这次先领了哥哥的罚，然后婶婶教你一个以后再没人能欺负你的法子！"

思行一怔，面露惊喜，乌黑如水葡萄般的眸子亮晶晶地望着陆雪弃："真的？"

陆雪弃笑着一扬头："不会有假。"

思行一骨碌抱住陆雪弃的脖子，欢喜地在陆雪弃的脸上蹭着讨好："我就知道七婶婶最疼我，七婶婶最好！"

花满枝丫，桃花开得极盛，一树树的绚烂明亮，有风缓缓地吹来，花瓣星星点点，疏疏落落地落在茶桌上。

思行抓着陆雪弃的衣襟，纯真的眼底竟有了些许的惆怅，黯然说道："七婶婶，思行最喜欢吃您做的桃花酥饼和玫瑰饼了，可是哥哥说您如今是皇后，母仪天下，没有工夫给思行做饼，也不能再去陪思行放风筝了。"

思观看着弟弟不由得心底怅然，去年桃花开时，父王领着他和弟弟出去踏青，七婶带着他和弟弟放风筝，父王和七叔则坐在树下品着茶，笑盈盈地望着他们。

思观不由得神思摇晃，他们本是他的七叔七婶，但如今已是自己的父皇和母后。

思观后来才明白，将他过继为七叔的嫡子是七叔为了报答自己父王，七叔是想最后能将天下交回到自己手里。自己看似荣光，被立为太子，但是七叔一日为帝，三宫六院，若以后有了亲生的孩子，自己也是处在风口浪尖，成为别人的眼中钉肉中刺，凶险异常。

唯一能倚仗的，也只有这位比自己年长不到十岁的母后了。她不能生育，绝不藏私，无论是为人做事，还是权谋心计，乃至武功毒药，她都竭尽心力地教导自己。

思观这边想着，陆雪弃已起身，笑着将思行抛起来又接住，放他在地上说道："婶婶今年一早就采了花苞做饼了！思行若是想玩儿，御花园里也能放风筝！"

思行欢呼一声，跳着道："七婶婶，我们现在去玩捉迷藏吧！"说完，他非常热情主动地凑过去拉着哥哥的手，"哥哥，快来这边！"

陆雪弃不由得笑，这古灵精怪的小家伙是想卖乖讨好，让思观消了责罚他的心思吧。

于是三个人在御花园，桃花林，追逐玩耍起来。玩了一会儿，思行料定哥哥不会追究了，便缠着陆雪弃要学不被别人欺负的好法子。

陆雪弃教了他几招躲闪制敌的办法，思行学会了，觉得简单便有些怀疑，陆雪弃只开口让思观陪着他比试，三招就将思观摔了个跟头。

思行怔住，转而大跳大笑："哇！我打败哥哥了！"

思观爬起来，看弟弟那样子，不由得笑了一下，转而对陆雪弃道："母后，他连我都不怕，看来没人能管得住他了！"

陆雪弃嫣然一笑，对着思观耳语几句，思观遂对着手舞足蹈、得意忘形的弟弟道："过来，再比试一次。"

思行兴致勃勃地过去了，岂料三两招便被哥哥死死地制住，挣扎不开，他不由得大声道："这次不算，七婶婶新教你的！"

思观笑了笑，松开了手。

陆雪弃拉过他笑道："怎么不算啊，你的不也是七婶婶新教的？"

思行不服气，嘟着嘴道："七婶婶总是偏心哥哥，哼！"

陆雪弃道："做哥哥的总得有威严啊，要是总被你摔一跤，那还了得，嗯？"

思行又拉着陆雪弃的手撒娇："七婶婶你再教我，不能让哥哥欺负我！"

暮春天热，这一番玩闹，两个小家伙都出了薄汗，陆雪弃拿帕子为他们擦了擦，说道："时辰不早了，不能玩闹了，前些日子太后娘娘还说想你们了，今儿个正好带上点心，去太后娘娘宫里探望一番吧。"

陆雪弃着人将桃花酥饼装好，一手牵了一个去见太后。思行路过桃花树，随意踢了一脚，花瓣纷纷扬扬往下落，他一下子乐了，抱着树干使劲摇着道："七婶婶你别动！我摇许多花瓣下来落你身上，婶婶身上都是花，真是美极了！"

陆雪弃在花雨中站着，思观恭顺地站在她身侧。

思行看着，忽然飞扑过来，叫道：“七婶婶抱！”

陆雪弃将他一把抱起，思行凑在她的颈间嗅着，伸出小手捋着陆雪弃的长发，亲上了她的面颊，说道：“婶婶好香！”

陆雪弃失笑：“这么点大就会讨好女人，这要长大了还能得了？”

明明灭灭的光斑洒落他们的身上，桃花落在地上、发上、衣上，衬得陆雪弃艳如胭脂。

思观在一侧笑了。

中午齐恒赶到太后寝宫用餐。餐后思观和思行留在了太后身边，齐恒便携陆雪弃回了寝宫。

午后骄阳正好。齐恒抱了陆雪弃，有些疲惫地叹了口气。

陆雪弃笑：“陛下为何烦恼？”

齐恒气恨道：“谁再敢上折子让朕选秀纳妃，朕就杀了他！”

陆雪弃往榻上一歪，笑道：“暴君。”

齐恒一怔，转而捏着陆雪弃的小脸，问：“雪奴儿不恼？”

陆雪弃歪着头，清亮亮的眸子里含着笑，说道：“陛下是九五之尊，选秀纳妃，自然是天经地义。”

齐恒故作生气地压在她的身上：“雪奴儿这话当真吗？那是谁逼着我发誓，说要胆敢爱上别人，就杀了我？”

齐恒捏住她下巴，陆雪弃躲开笑道：“此一时彼一时，如今我不敢了。”

齐恒将人搂过来，抚着她的发，贴着她的脸，轻叹道：“能心无旁骛地拥着我的雪奴儿，没有后患，无须惊恐，我便心满意足，又怎敢再求其他？”

陆雪弃声浅语柔：“即便为子嗣计，也不动心？”

齐恒道：“不，有思观就够了，再多出几个儿子，手足相残，我便是负了你，也负了三哥！”

陆雪弃久久没说话。齐恒拥着她，道："当初三哥曾在继位大典后对我说，凭雪奴儿的韬略才干，虽然做一个安于后宫的皇后实在可惜，但大周需要雪奴儿，只有成为大周的帝后，一起管治天下，让我们大周强盛，雪奴儿才能真正地安全无虞，不必忌惮那人。三哥说让我不要有负担，因为他成全的不是我，而是借我之手来请求雪奴儿的帮助，以此换一个繁华富强的大周。雪奴儿，我此生定不负你。"

陆雪弃突然伸手搂住齐恒的腰背，或许别人羡慕齐恒靠着妻子得到九五之尊的位置，可是她知道，一直以来都是她的夫君在成全她。

两人静静依偎着，直到陆雪弃睡着。

她躺在他的脸侧，呼吸可闻。齐恒静静地望着她的睡颜，在下午的春阳中，齐恒搂着她，感到一种无法言喻的欢愉。

朝堂险恶，但乾贞帝再也不能抢走她，她从此就是他的，一生一世，完完全全是他的。

春阳煦暖，陆雪弃没有真的睡着，她心中有一个烦恼。她隐约察觉到自己的身体就快完全康复，甚至有希望可以生儿育女。

让思观当太子是她和齐恒的真心意愿，但若是她真的他日诞下龙子，谁又能保证未来自己的孩子和思观兄弟相亲，而不是手足相残？

一切的一切，就暂且等到来的那一天再说吧。